Michaela Seul

Sonst kommt dich der Jäger holen

Franza und Flipper ermitteln

Kriminalroman

WILHELM HEYNE VERLAG
MÜNCHEN

Verlagsgruppe Random House FSC-DEU-0100
Das für dieses Buch verwendete FSC®-zertifizierte Papier
Holmen Book Cream liefert Holmen Paper,
Hallstavik, Schweden.

Originalausgabe 04/2013
Copyright © 2012 by Michaela Seul
Copyright © 2013 by Wilhelm Heyne Verlag, München
in der Verlagsgruppe Random House GmbH
Printed in Germany 2013
Redaktion: Susann Rehlein
Umschlaggestaltung: © Eisele Grafik Design, München
Satz: Greiner & Reichel, Köln
Druck und Bindung: GGP Media GmbH, Pößneck

ISBN: 978-3-453-43609-1

www.heyne.de

1

Grün aufgedunsen, die Leiche. Ein monströses Etwas mit einem Stich ins Gräulich-Schwärzliche. So was schaut sich keiner freiwillig an. Aber der Herr Kriminalhauptkommissar war ein Spezialfall. Leider. Und ich mittlerweile auch – weil ich nicht von ihm loskam, und deshalb passierte immer wieder das Gleiche. Nur die Tatorte wechselten. Mal war es der Küchentisch, dann der Fahrstuhl, selten das Bett, zweimal der Starnberger See. Auch *im* Wasser.

Und jetzt stand ich in seiner Wohnung und starrte auf den Küchentisch mit den Leichenfotos. Bestimmt war es verboten, so was von der Dienststelle mit nach Hause zu nehmen. So verboten, wie es war, sich den Ersatzschlüssel eines Polizeibeamten aus dessen Kellerabteil zu holen. Aber ich hatte keine Wahl, Herr Kommissar! Wer hatte mir denn ein paar Stunden zuvor die Klamotten dermaßen heftig vom Leib gerissen, dass mein Handy aus der Tasche geglitten war, weshalb ich es jetzt in der Wohnung suchen musste!?

Ich schob das Foto mit der grünen Leiche zurück in das Notizbuch auf dem Küchentisch, in das ich rein zufällig bei meiner Suche nach dem Handy einen Blick geworfen hatte. Sie erinnerte mich an die aufgeblähten Leiber nach der Tsunamikatastrophe an den Traumstränden Thailands. Damals hatte ich ungerechterweise vermutet, das wären alles dicke Wohlstandstouristen. Doch

5

es war das Leichengas, das sie aufgetrieben hatte wie gestrandete Wale. Ab einem bestimmten Grad an Aufblähung besteht die Gefahr, dass Leichen platzen. Deshalb sollte man sie vor der Bergung punktieren, damit die Gase entweichen. Kennst du einen Kommissar, kennst du dich aus.

Flipper, mein großer schwarzer Riese, hielt neben der Wohnungstür Wache. Unglücklich sah er aus. Ich brauchte keinen Spiegel, an meinem Hund konnte ich stets ablesen, wie es mir ging. Flipper war anfangs strikt gegen die Erweiterung unseres Rudels gewesen. Vor einem Vierteljahr, im Frühsommer, hatten wir Felix Tixel kennengelernt. Flipper hatte eine Leiche aufgespürt und Felix die folgenden Ermittlungen geleitet, die mich in Lebensgefahr gebracht hatten.

Flipper fand, wir sollten abhauen. Wie meistens hatte er recht. Aber die Chefin in unserem Rudel war nun mal ich. Erneut griff ich nach dem Heft im Brusttaschenformat, in das der Kommissar seine Gedanken und Ideen zu notieren pflegte. Wer Beweismaterial offen liegen lässt, wünscht sich, dass es entdeckt wird.

Beate Maierhöfen hatte die grüne Leiche geheißen, als sie noch geatmet hatte. Im Verwesungsprozess verliert der Mensch sein Geschlecht, auch das hatte ich vom Kommissar gelernt. Oft ist es nicht erkennbar, ob eine Leiche männlich oder weiblich ist. Der Fall Maierhöfen war mittlerweile aufgeklärt, wie ich den Notizen entnahm. Abgehakt wie der Fall Franza. Deshalb hatte ich mir auch lieber den Ersatzschlüssel aus dem Keller geholt, statt ihn anzurufen und ein Treffen zu vereinbaren, das dann doch wieder nur auf dem Küchentisch geendet, aber nichts geändert hätte an unserer Situation. Wir passten perfekt zusammen. Wir durften bloß nicht reden. Dabei hatte es zuerst ganz anders ausgesehen: Felix Tixel hatte mich im Sommer ins Undosa am Starnberger See zum Essen eingeladen. Da war es zum ersten Mal passiert. An der Uferpromenade auf dem Weg zum Auto. Ich hatte so was bislang nur im Kino gesehen. Dass man außer sich gerät vor Leidenschaft. Danach zitterten mir die Knie. Irgendwie schämte ich mich. Und irgendwie war ich auch stolz. Dann gingen wir schwimmen, und meine Haut war so heiß, dass es beim Eintauchen zischte.

Auf der Heimfahrt sprachen wir kein einziges Wort. Vielleicht war er genauso durcheinander wie ich, vielleicht war das alles für ihn normal. Woher sollte ich wissen, was für einen Mann normal ist, der berufsbedingt in menschlichen Abgründen herumstochert.

Am Morgen nach dem Vorfall am und im See schickte ich Felix eine SMS: *Es war ganz erquickend, aber es hat nichts zu bedeuten, F.* Er sollte sich nicht verpflichtet fühlen, bloß weil er mir das Leben gerettet hatte.

In dem Augenblick, als ich auf Senden drückte, erhielt ich seine SMS: *Franza, das war unvergesslich, doch du bist die richtige Frau zum falschen Zeitpunkt, F.*

Schön, dass wir uns einig waren. Trotzdem mussten wir uns in den darauffolgenden zwei Monaten geradezu zwanghaft noch einige Male bestätigen, dass wir recht hatten. Es endete fast jedes Mal wie beim ersten Mal. Daraufhin riet mir meine Freundin Andrea, sie ist Psychologin, ihn bei sich zu Hause zu treffen, um ihm »auf einer anderen Ebene« zu begegnen. »Du musst mal bei ihm übernachten. Mit ihm frühstücken. Alltag zelebrieren. Nicht nur immer diese Exzesse. Mit diesem Muster lauft ihr beide voreinander weg, das ist geradezu klassisch: angstbesetztes Vermeidungsverhalten.«

»Sollte er seinen Tag mit Wurst beginnen, will ich nicht mal mit ihm befreundet sein.«

Andrea prustete laut heraus.

Ich rechtfertigte mich: »Ein Mann, der herb, rustikal, bitter oder sauer schmeckt, passt einfach nicht in mein Beuteschema.«

Ich war aufgeregt gewesen, als ich gestern Abend in einem nigelnagelneuen roten Sommerkleid, oben eng, unten Glocke, zum Sonntagsgeläut einer Kirche bei Felix klingelte. Normalerweise trage ich lieber Hosen. Aber er hatte schließlich auch gekocht. Pasta. Da passt ein Kleid einfach besser. Wenn ich von den erotischen Zwischenfällen im Flur und im Keller absah, war es ein fast normaler Abend. Kurz nach sechs, ich hatte wenig geschlafen in dieser Nacht, klingelte das Telefon neben seinem Bett. Das gefiel mir nicht. Privat ist privat. Angeblich hatte er bis Montagmittag frei. Seine Stimme klang auch nicht mehr nach Dämmerlicht, sondern dienstlich.

»Tut mir leid, Franza, ich muss gleich weg.«

»Aber wir wollten frühstücken!«, quengelte ich.

»Ich bin Polizist. Das weißt du. Verbrechen geschehen nicht pünktlich Montagmorgen zum Dienstantritt und werden Freitagnachmittag zum Wochenende gelöst.«

»Und das ist dir wohl jetzt auch recht?«

Versöhnlich lächelte er mich an. »Du kennst mich nicht besonders gut.«

»Nein«, stimmte ich zu. »Wir ficken nur.«

»So würde ich das nicht nennen.«

Felix schlug die Decke zurück und ging ins Bad. Ich warf einen letzten Blick, wie ich mir schwor, auf seine muskulöse, v-förmige Figur. Erwartete er, dass ich jetzt Kaffee kochte? Den er im Stehen runterkippen würde und Tschüss? Wie sahen die Pflichten einer Kriminalhauptkommissarsfreundin aus? War das die Rama-Idylle, nach der ich mich zwei Tage vor meiner Menstruation hin und wieder heimlich sehnte? Nein, es war ein Albtraum, und ich sollte mich glücklich schätzen, aufgewacht zu sein. Ich war nicht auf der Welt, um auf einen Mann zu warten. Ich hatte mein eigenes Leben. Nach meinen Regeln.

Ich zog mich an und mahnte Flipper, der im Wohnzimmer wie verrückt wedelte, zur Ruhe. Er hasste es, eingesperrt zu sein, aber es war nötig gewesen. Kann man sich vor seinem Hund schämen? Man kann.

Auf leisen Sohlen verließen wir die Wohnung.

Von der Rothmundstraße in der Isarvorstadt, wo Felix seit der Trennung von seiner Frau und seiner kleinen Tochter lebte, bis zu mir in die Au waren es zu Fuß zirka fünfzehn Minuten. Nach fünf Minuten tastete ich nach meinem Handy. Nicht, dass ich glaubte, er hätte mich angefunkt. Den Akku wollte ich kontrollieren. Und auch zu Recht, wie ich feststellte, denn das Handy war nicht da, wo es hingehörte.

Sollte ich zurückgehen und bei ihm klingeln? *Du, äh, ich hab mein Handy bei dir vergessen, sorry.* Und den wahnsinnig wichtigen Kommissar davon abhalten, die Welt zu retten? Diese Schuld würde ich nicht auf mich laden. Ich ließ mir zehn Minuten Zeit für den Rückweg. Sein Wagen stand erwartungsgemäß nicht mehr auf seinem Parkplatz. Als verantwortungsvolle Bürgerin, die polizeiliche Ermittlungen keinesfalls behindert, schnappte ich mir Felix' Ersatzwohnungsschlüssel aus dem Keller. Das Versteck kannte ich seit unserer Gassirunde mit Flipper gestern Abend, als Felix feststellen musste, dass er den Schlüssel in der Wohnung hatte liegen lassen, was mir schmeichelte. War er etwa nervös gewesen?

9

In Felix' Wohnung schickte ich Flipper los, mein Handy zu suchen. Ich selbst blieb diskret im Flur. Doch dann wollte ich noch einmal durch die Wohnung streifen und mir alles einprägen, damit ich es gründlicher vergessen konnte. Je mehr ich mir einprägte, desto besser.

Das Notizbuch des Kommissars zog mich magisch an. Man konnte ja mal schauen. Unverbindlich. Beim Blättern hielt ich die Luft an. Bloß keine Speicheltropfen oder Hautschuppen hinterlassen. Auf die grüne Beate Maierhöfen folgte *Gerd Jensen, 56. Jagdunfall? Selbstmord? Mord?* Dieser letzte Eintrag in dem Büchlein, datiert auf gestern, betraf den aktuellen Fall des Kommissars, der mich von meinen eigenen Ermittlungen – ob Wurst oder Marmelade – abgehalten hatte. Im Vergleich zu anderen Seiten war hier nichts durchgestrichen, die meisten Fragen offen. Ich studierte die Wegskizze zum Tatort in der Nähe von Andechs. Es freute mich, dass der Kommissar an der frischen Luft ermittelte. So ein Beamter darbt viel zu oft in seinem Büro. Das glaubt man als normale Fernsehkrimiguckerin gar nicht, wie viel die in ihren Büros hocken und recherchieren.

Gerd Jensen war an einem Lungendurchschuss gestorben. *Höhe passt*, hatte der Kommissar vermerkt, *Ein- und Austrittswinkel von schräg oben nach unten.* Ich überlegte, was das bedeuten sollte. Einige Zeichnungen schienen den Tathergang zu betreffen. Waren das Bäume – oder war es Gekritzel? Dann stand da noch *Abpraller?* Ferner gab es drei Fotos des Toten. In Embryostellung lag er im Gras, hellrotes, schaumiges Blut bedeckte seine Brust. Eine Nahaufnahme zeigte ein kleines Einschussloch an seiner lodengrünen Weste. Auf dem dritten Foto sah ich das Opfer von hinten. In seinem Rücken klaffte ein Krater. Mir wurde flau. So ein großes Loch gehörte in keinen Rücken. Und so ein Foto gehörte nicht auf den Küchentisch eines Vaters. Felix' dreijährige Tochter übernachtete gelegentlich bei ihm. Nein, das war kein Mann für mich, und ich wollte ihn ja ohnehin nicht. Franza Fischer war glücklicher Single und gedachte das auch zu bleiben. Tock, tock, tock, klopfte Flippers Rute zustimmend.

2

Tock, tock, tock, klopfte ich drei Stunden später an die Bürotür von Enzo, der mich zu sich zitiert hatte. In Enzos Schwabinger Bodytempel gab ich seit Jahren Kurse in Yoga, Osteoporose-Gymnastik und Selbstverteidigung. Mir schwante nichts Gutes. Der Tag hatte beschissen begonnen, er würde beschissen weitergehen.

»Ciao Bella«, begrüßte Enzo mich mit drei Küsschen auf die Wange und »Ciao Bello« Flipper, der gefühlte fünf Minuten geknuddelt wurde. Daran war ich gewöhnt. Viele Leute behandeln mich wie Flippers Anhängsel; es gibt Unangenehmeres.

Enzo setzte sich hinter seinen Schreibtisch, auf dem bequem ein Hubschrauber hätte landen können. »Franza! Wenn du haste Probleme, eh, du musste mit mirä sprächen. Non cia vere paura.«

»Probleme?«, fragte ich.

Enzo rieb Zeigefinger und Daumen aneinander.

»Ich habe keine Probleme«, sagte ich.

Enzo schnalzte mit der Zunge. »Ich will ganzä offen spräche. Du biste zu teuer für meine Studio, wenn ich haben junge Mädchen für die halbe Preise. Bittä. Bleib sitzen, Bella!«

Ich blieb aber nicht sitzen. Dafür blieb Flipper sitzen. Leckte sich in aller Gemütsruhe die linke Pfote. Und zwar mit einer solchen Hingabe, dass sowohl Enzo als auch ich ihn irritiert anstarrten. Dann fiel der Groschen bei mir.

»Weißt du Enzo, du magst recht damit haben, dass ich eine deiner teuersten Trainerinnen bin. Aber, mit Verlaub: Ich bin auch eine der besten. Zudem arbeite ich schon lange für dich. Insofern steht mir ein Treuebonus zu. Und außerdem bezahlst du mich nach dem Two-in-one-Prinzip.«

Enzo zog eine Augenbraue hoch. »Was ist das, he?«

»Du hast zwei Trainer in einem.«

»Ich seh dich nur eine Male, Franza. Und ich habe heute schon eine Grappa gehabt. Wieso soll ich zahlen für diche mehr als für die gleiche Show von andere Mädchen, he? Ich bin eine Geschäftsmann, ick musse macken Kalkulatione, eh! Auch wenn du haste neue Haare.«

Ich hatte keine neuen Haare. Ich war noch immer saharablond, schulterblattlang. Und Flipper rabenschwarz.

»Was glaubst du, wie viele deiner Mitglieder das Studio wechseln, wenn Flipper als Co-Trainer kündigt? Denk mal darüber nach, Enzo«, riet ich ihm, schnippte mit den Fingern, Flipper sprang auf, und wir verließen Enzos Flugplatz. Ich hatte mich weit hinauf gewagt, und vielleicht würde ich abstürzen mit meiner hochfliegenden Fantasie einer Unterschriftenaktion: Rettet Flippers Arbeitsplatz! Doch meine Kurse waren ausgebucht; Neumitglieder fragten, bevor sie einen Vertrag unterschrieben, nach der Bekämpf-den-inneren-Schweinehund-Strategie des vierbeinigen Spezialisten. Sie fragten nach dem Motivator, der müde Waden zärtlich zwickte und nach dem erbarmungslosen Auspeitscher, dessen Rute nimmermüde all jene traf, deren Schweiß nicht in Strömen floss.

»Hallo, Franza, hallo, Flipper«, grüßte mich eine der neuen Trainerinnen, die für die Hälfte meines Stundenlohns arbeitete. Ich hatte ihren Namen schon wieder vergessen. Irgendwie sah das ganze junge Gemüse gleich aus.

»Was sagt uns das?«, fragte ich Flipper. Er war schon vorausgerannt auf die Leopoldstraße, blieb stehen und schaute mich mit schräg geneigtem Kopf an. Was für ein schöner Hund. Meiner! Manchmal machte mich sein Anblick regelrecht fassungslos. Das sollte er besser nicht merken, er würde es schamlos ausnutzen. »Hey, du bist ja auch ein junges Gemüse mit deinen drei Jahren«, stellte ich fest und hockte mich auf dem schmalen Bürgersteig zwischen zwei Straßencafés vor ihn hin. Grunzend rückte Flipper näher. »Du bist drei und ich dreiunddreißig«, wiederholte ich zärtlich. »Aber bald schon wirst du mich überholt haben.« Ich wollte nicht weiterdenken. Ein Hundeleben ist viel zu kurz. Ich drückte meine Wange an sein seidiges Fell. Ich brauchte niemanden. Ich hatte den besten Freund der Welt. Und es war mir total egal, dass er herb frühstückte, manchmal konnte ich in seinen Hundefutterdosen kleine Geflügelherzen erkennen oder Gurgeln – und ich liebte ihn trotzdem.

3

Das Kloster Andechs, rund vierzig Kilometer von München entfernt, ist vor allem wegen des Biers der Benediktinermönche ein beliebter Ausflugsort. Es liegt auf einem Hügel, und zu seinen Füßen erstreckt sich lang gezogen der Ammersee. Unter dem Höhenweg blitzt grün der Pilsensee, ebenso saftig schimmernd wie der türkisfarbene Wörthsee. Fehlen nur noch der größte und der kleinste See, Starnberger und Weßlinger, um das Naherholungsgebiet mit dem schönen Titel Fünfseenland zu krönen. Es war also durchaus nachvollziehbar, dass ich am nächsten Vormittag hier mal Gassi ging. Dazu hätte ich keine Kommissarsnotizen studieren müssen. Außerdem war ich nun mal ein neugieriger Mensch. Als ich einen Fetzen rot-weißes Polizei-Absperrungsband entdeckte, den der Wind am Rande eines Maisfeldes um die Leiter eines Hochsitzes gewickelt hatte, wusste ich, dass ich auf der richtigen Fährte war. Früher hätte ich auf solche Details nicht geachtet. Wenn man selbst schon einmal Teil eines Falles war, entwickelt man einen Blick für Verbrechen. Oft machen erst die Markierungen einen Tatort als solchen sichtbar.

Am Waldrand neben dem Maisfeld dehnte sich ein Jogger. »Ich an Ihrer Stelle«, sagte er, während er an einen Baum gestützt seine Übungen absolvierte, deren Folgen er bald einem Orthopäden vorstellen würde, »täte meinen Hund nicht frei laufen lassen im Wald.«

»Ich an Ihrer Stelle«, erwiderte ich, »täte den Kopf nicht zum Himmel drehen, wenn der Restkörper zur Erde schaut.«

»Da wird schnell mal scharf geschossen«, warnte er.

»Plötzlich macht es Knack, und ein Halswirbel ist draußen«, ergänzte ich.

Der Mann grinste und richtete sich auf. Er war jünger, als ich auf den ersten Blick geschätzt hatte, noch keine vierzig; die Stirnglatze passte nicht zu seinem faltenlosen Gesicht.

»Nein, im Ernst«, sagte er. »Passen'S auf Ihren Hund auf.«

»Der wildert nicht«, sagte ich meinen Standardspruch im Wald.

»Des mag schon sein«, sagte der Mann. »Aber hier ist kürzlich ein Hund erschossen worden. Sie brauchen natürlich nicht auf mich hören. Zumal ich dagegen bin, dass Hunde frei laufen. Jedenfalls will ich es Ihnen gesagt haben.«

»Hier wird überhaupt gern geschossen?«, fragte ich.

»Wie meinen'S des?«

»Hat es nicht erst vor ein paar Tagen in dieser Gegend«, das Bild des Toten aus Felix' Notizbuch erschien vor meinem inneren Auge, »einen Jagdunfall gegeben?«

»Aber neugierig samma ned?«

»Und Sie ein echter Menschenkenner«, grinste ich.

»Sackradi! Sie gfallen mir!« Der Mann streckte die Hand aus. »Sepp Friesenegger«.

Ich ergriff sie: »Franza Fischer«. Flipper nahm in formvollendetem Sitz neben mir Platz.

»Schöner Kerl«, sagte Sepp Friesenegger. »Aber riesig. Des is ja ein halbes Pony.«

»Nein, ein ganzer Hund.«

Er lachte. »Und was ist er für eine Rasse?«

»Von jeder nur das Beste«, erwiderte ich wahrheitsgemäß.

»Also steckt auch ein Jagdhund drin, weil Jagdhunde überhaupt die Besten sind«, behauptete Sepp Friesenegger. »Und dann rennt er hinter dem Wild her, solange er nicht ausgebildet ist. Ham Sie schon mal ein hechelndes Reh gesehen? Oder eines, das der Hund erwischt hat? Ist kein schöner Anblick, aufgeschlitzt, und die Gedärme hängen raus. Vielleicht is des Viech damit noch gerannt in Todesangst und hat die Därme hinter sich hergeschleift, und dann sind sie irgendwo hängen geblieben an einer Wurzel und ...«

»Warum müssen Sie und Ihresgleichen immer so drastisch sein!«, entfuhr es mir.

»Ich bin nicht drastisch, sondern realistisch. Ich hab nun mal genug totgehetztes Wild gesehen und schwangere Geißen mit zwei, drei Kitzen im Bauch, die, von Hunden aufgescheucht, eine Frühgeburt erlitten haben und dabei elendig verblutet sind.«

Betroffen schaute ich zu Boden.

»Ich muss weiter«, verabschiedete sich Sepp Friesenegger, winkte mir zu und rannte los, mit einer Armhaltung, die auf Dauer zu Schulterbeschwerden führen musste.

17

4

Der Schreck fuhr mir in die Glieder, als Flipper plötzlich verschwunden war. Sepp Frieseneggers Worte im Ohr, pfiff ich meinen schrillsten Flipperpfiff. Viel zu weit weg antwortete er mir. Ich versuchte das Bellen zu orten. Es klang nicht so, wie Flipper normalerweise bellte. Es klang nach Alarmstufe rot, und genauso fühlte ich mich. Ich stolperte durch den Wald, hörte mein Atmen und das Rascheln des Laubs, das meine Füße aufwirbelten. Warum, verdammt noch mal, kam Flipper nicht? War das der Vorführeffekt nach dem Gespräch mit dem Jogger – von wegen mein Hund folgt ... Da entdeckte ich ihn. Zum Glück hing kein Gedärm aus seinem Maul. Aufgeregt hechelnd, doch in vorbildlicher Haltung, ein Sieger auf dem Podest, saß er neben einem Laubhaufen und wendete den Kopf in meine Richtung. Kommst du auch mal endlich, las ich in seinem Blick. Ich schnappte nach Luft, und wollte ihn gerade an unser Verhältnis erinnern, in dem immerhin ich den Dosenöffner befehligte, da sah ich es. Und bekam keine Luft mehr. Gar keine.

»Flipper!«, japste ich. »Was ist das?«

Er schaute weg. Peinlich berührt, wie mir vorkam. Ich war die Chefin. Ich sollte wissen, was das war. Das wusste doch jeder. Das war eine Maschinenpistole, genannt Skorpion. Sehr beliebt bei Personenschützern, da man sie problemlos verdeckt tragen kann und sie in der Regel mit einem zusätzlichen Schalldämpfer geliefert wird. Eine robuste und auch bei extremen klimatischen Bedingungen zuverlässige Waffe, die in gewissen Kreisen als Statussymbol gilt. Ein Must-have sozusagen.

»Also ich weiß natürlich nicht hundert Pro, ob es eine echte Waffe ist«, keuchte ich mithilfe meines Handys in Felix' Ohr, »oder nur eine Attrappe, aber ich habe sie mal vorsichtig hochgehoben ... Nein, nicht mit meinen Händen, ich hab meinen Jackenärmel benutzt ... Wie? Verwischt? Ich bin doch nicht blöd! Ich glaube, sie ist recht schwer, zu schwer für ein Kinderspielzeug, allerdings habe ich bislang weder eine scharfe Waffe noch eine Spielzeugwaffe in der Hand gehabt, höchstens irgendwann mal beim Oktoberfest, woran ich mich aber kaum erinnere, insofern ...«

»Franza!«, rief Felix jetzt schon zum dritten Mal in Folge. »Beantworte gefälligst meine Frage.«

»Welche?«, tat ich harmlos.

»Was treibst du da, wo du bist? Sag mir, dass du woanders bist. Sag mir, dass du am Arsch der Welt bist, aber nicht in Andechs und um Andechs herum.«

»Was hast du gegen Andechs? Bist du evangelisch?«

Schweigen.

»Ich bin spazieren gegangen.«

»Wieso dort?«

»Wieso nicht?«

Sogar durchs Telefon konnte ich die blauen Blitze spüren, die seine Augen verschossen.

»Du brauchst mich nicht so anschreien«, schrie ich. »Ich habe überhaupt nichts gemacht. Und ich habe das Ding auch nicht gefunden. Flipper war es.«

»Ja, natürlich. Bei dir sind immer die anderen schuld.«

»Bitte, dann leg ich jetzt auf und lass das Ding hier im Wald. Ist mir doch egal. Ich kann ja wieder ein bisschen Erde und Laub darüberschieben – mit den Schuhen, damit ich keine Fingerabdrücke hinterlasse, und damit alles so aussieht wie zuvor, soll ich das? Wäre das in deinem Sinne, Herr Kriminalhauptkommissar?«

»Franza, es reicht jetzt! Die Waffe lag also nicht frei, Flipper hat sie ausgegraben?«, bemühte Felix sich, sachlich zu klingen.

»Ja. Und wenn du mir die Schuld daran gibst, dann bist du derjenige, der keine Verantwortung übernimmt, weil du nämlich dahintersteckst. Du hast das Ganze eingefädelt.« Überrascht stellte ich fest, wie treffsicher mein schlechtes Gewissen meine Fantasie beflügelte.

Sein »Aha« klang so kalt, dass der See zu Füßen des Klosters gewissermaßen gefror. Das tat mir weh. Ich wollte ihn nicht gegen mich aufbringen. Und ich war eine Niete im Schlittschuhlaufen. Ja, es war eine blöde Idee, an einem seiner Tatorte Gassi zu gehen. Nein, das würde ich mir niemals, niemals, niemals anmerken lassen. Ich wählte den Angriff zu meiner Verteidigung.

»Als ich mit dem Leberstich im Krankenhaus lag, hast du Flipper nicht ins Tierheim gebracht, sondern zu deinem Hundeführerkollegen und seinem Sprengstoffsuchhund. Du hast mir selbst gesagt, dass Elmar Flipper mit zum Training genommen hat, und dann seine Hündin ...«

»Franza, ich diskutiere jetzt nicht mit dir darüber, was Elmar und Carina Flipper beigebracht haben könnten und ob das versehentlich oder absichtlich geschehen wäre. Ich komme jetzt. Also bleib, wo du bist. Lauf nicht wieder weg.«

»Nein.«

»Warum bist du gestern überhaupt verschwunden?«, wollte er wissen.

»Flipper musste dringend raus«, behauptete ich.

Schweigen. Dann fragte er: »Wo bist du überhaupt genau?«

»Das weißt du doch schon, du weißt doch sowieso immer alles.«

Schweigen.

»Am besten du gibst Wilder Hund ins Navi ein.« Ich bemühte mich, ahnungslos zu klingen. »Ich glaube, so heißt hier ein Aussichtshügel oder eine Wanderroute. Ein Gasthaus gibt es auch. Ich habe vorhin ein Schild gesehen. Dann links über den kleinen See zum Höhenweg. Da warte ich. Es ist nicht weit bis zu der Stelle.«

»Leider weiß ich ziemlich genau, wo du bist, Franza. In dreißig Minuten bin ich bei euch. Du kannst die Zeit bis dahin nutzen, dir eine plausible Erklärung auszudenken, warum du da bist, wo du bist.«

Er beendete das Gespräch ohne Gruß und hörte deshalb meine Antwort nicht.

»Damit ich da bin, wo du bist.«

Und das war ganz in meinem Sinn.

Wie Rotkäppchen stand ich im Wald und wartete auf den bösen Wolf. Heiß blies Flippers Atem an meine Hand. Ich setzte mich neben ihn auf einen Baumstamm, den die noch immer kräftige Septembersonne heizkissenwarm bestrahlt hatte, und dachte nach. Felix würde mir nicht glauben, wenn ich behauptete, zufällig in dieser Gegend spazieren gegangen zu sein. Aber war das nicht genau das Kennzeichen des Zufalls? Flippers Waffenfund hatte mir die Tarnkappe vom Kopf gerissen. »Du bist schuld«, ließ ich ihn wissen.

Flipper schaute mich konzentriert an. »Okay«, nickte ich bedächtig, während ich mit zunehmender Erkenntnis seine Brust kraulte. Da ich mit dem Kommissar bekannt war, hatte ich auch Zugang zu seinem morphogenetischen Feld. Meiner Überzeugung nach trägt jeder Mensch dieses Feld mit sich herum, beziehungsweise hat Zugang dazu. Es ist eine Art Aura, aus der wir mehr lesen können, als wir bewusst wahrnehmen. Somit könnte ich intuitiv gespürt haben, wo sich Felix' Gedanken bewegten und, ohne es zu wissen, genau dort spazieren gegangen sein. So musste es gewesen sein. Aber ob der Kommissar mir das glauben würde?

5

Die Art, wie Felix aus dem schwarzen BMW stieg, die Tür zuknallte, mit geschmeidigen, kraftvollen Schritten in meine Richtung lief ohne zu lächeln, zeigte deutlich: Dies war kein privates Tête-à-tête. Aber ich würde mich nicht einschüchtern lassen. Ich hatte einfach nur einen Fund gemeldet. Er musste mich wenigstens höflich behandeln; als Steuerzahlerin war ich praktisch seine Arbeitgeberin.

Die Beifahrertür öffnete sich. Moppelchen, schoss es mir durch den Kopf. Die hatte ich ganz vergessen. Felix' Kollegin Claudia von Dobbeler: die Vegetarierin mit den Wurstsemmeln. Felix hatte das bei einer unserer ersten Begegnungen sehr lustig gefunden, damals, als ich noch nicht einmal seinen Vornamen kannte, bloß den Herrn Hauptkommissar Tixel. Doch es war ein Mann, der da ausstieg, junges Gemüse wie die Mädchen in den Fitnessstudios. Ob der überhaupt schon volljährig war? Beine wie ein Fohlen, lang und dünn, ein schlaksiger Gang. Alles an ihm wirkte unfertig, selbst seine blonden Haare, die zwar dicht wuchsen, doch farblos an zu kurz aufgebackene Semmeln erinnerten.

Auf den letzten Metern zu mir verschränkte Felix die Arme vor der Brust. Er wollte mir nicht mal die Hand schütteln. Flipper ließ sich von Felix' rüpelhaftem Benehmen nicht irritieren, sondern begrüßte ihn begeistert, indem er an ihm hochsprang. Flipper springt niemals an jemandem hoch. Das ist absolut verboten. Bei

23

Welpen finden das die meisten Leute süß, doch Welpen wachsen. Und wenn einem dann ein freundlicher Riese die Pfoten auf die Schultern legt, die lange, feuchtwarme Zunge ausfährt und einem genüsslich quer über das Gesicht schleckt, nennen das nur noch wenige süß, sauer wie sie sind. Anspringen ist tabu. Das weiß Flipper. Wenn man es ihm allerdings beibringt, indem man sich seinen Lieblingsball unter die Achsel klemmt und ihn damit regelrecht verrückt macht ...

»Vorsicht!«, rief der junge Mann.

Felix stieß Flipper mit einem Kampfschrei – der gehörte zum Spiel, das die beiden vor Kurzem einstudiert hatten – vor die Brust, was Flipper begeistert quittierte. Er griff wild bellend erneut an. In den Augenwinkeln nahm ich eine Bewegung wahr und reagierte, ehe ich die Gefahr tatsächlich begriff. Ich warf mich auf Flipper, während Felix »Nicht schießen!« brüllte. Flipper und ich im Moos. Mein Unterarm von einem Ast aufgeschürft und mein Herzschlag weit über der zulässigen Geschwindigkeitsbegrenzung. Wütend sprang ich auf die Beine. Doch das Gesicht des jungen Mannes besänftigte mich sofort.

»Ich, äh, ich hab, äh, gedacht, dass ...« Er wollte seine Waffe zurück in das Holster an seinem Gürtel stecken, es gelang nicht. Seine Hände zitterten so stark, dass er rechts und links daneben zielte.

»Mensch, Johannes«, sagte Felix, war mit schnellen Schritten bei ihm, nahm ihm die Waffe ab und steckte sie in das Holster. Dann packte er seinen Kollegen am Oberarm. »Alles klar?«

»Äh, ich dachte wirklich ...«

»Schon gut. Lass uns später darüber reden. Nicht jetzt. Jedenfalls wollte der nur spielen.«

»Aber Felix, das behaupten alle!«, widersprach Johannes. »Davor haben sie uns gewarnt, dass sie das alle sagen, und das sah wirklich gefährlich aus, der ist ja ein ziemliches Kaliber.«

»Das Kaliber heißt Flipper«, grinste Felix.

»Äh, ja«, nickte Johannes und blickte verwirrt von Felix zu mir.

»Du solltest ein wenig Hundesprache lernen, Johannes. Man kann meistens sehr genau ablesen, was ein Hund im Schilde führt, und wenn man das weiß, dann befähigt einen das, die Gefährlichkeit von Situationen einzuschätzen, was wiederum das eigene Vorgehen, sprich die Wahl der Mittel, beeinflusst. Auch wir haben öfter mit Hunden zu tun, natürlich nicht so oft wie die Kollegen von der Schutzpolizei.«

»Eben, deswegen haben wir ja auch ...«, setzte Johannes zu einer Verteidigung an, brach dann ab. »Mach ich Felix. Danke für den Tipp.«

Felix nickte anerkennend.

Sein junger Kollege wandte sich mir zu und hielt mir die Hand hin. »Johannes Winter.« Sein Adamsapfel hüpfte auf und ab. In seiner zarten Gesichtshaut war das dunkle Rot verglüht zu einem Hauch von Rosa. Als ich ihm die Hand schüttelte, merkte ich, dass sie genauso feucht war wie meine. Ob seine Beine sich auch wie Gummi anfühlten? Er hatte wohl einen kleinen Schock. Meiner war größer, weil doppelt. Mit der Liebe ist es wie mit dem Rauchen, und die Warnung steht auf jeder Zigarettenschachtel, es kann also niemand behaupten, er habe nichts gewusst.

Verlieben fügt Ihnen und den Menschen in Ihrer Umgebung erheblichen Schaden zu. Verlieben macht sehr schnell abhängig: Fangen Sie gar nicht erst an! Verlieben kann zu einem langsamen und schmerzhaften Tod führen.

»Bitte entschuldigen Sie, ich habe ... Also ich wusste ja nicht. Und ich hätte bestimmt nicht auf Ihren Hund geschossen, sondern in die Luft, ehrlich. Zuerst ein Warnschuss. Das ist die Abfolge.«

Johannes Winter schaute mich aufrichtig betroffen aus wässrig blauen Augen an.

»Passt schon.«

Der junge Mann blickte noch einmal forschend Felix ins Gesicht und zog dann ein Notizbuch aus der Brusttasche seiner blauen Jacke. »Sie haben hier also eine Waffe gefunden?«, fragte er mich.

»Nicht ich. Mein Hund.«

»Franza, hör auf mit dem Schmarrn!«, rief Felix, und Johannes Winter zuckte zusammen, als gelte ihm der Schmarrn.

»Das kenn ich alles schon«, ranzte Felix mich an. »*Nicht ich, sondern mein Hund. Ich wollte nicht hier spazieren gehen, mein Hund wollte das, ich wollte nicht weglaufen, mein Hund musste mal – und so weiter.*«

»Äh, Entschuldigung«, fragte Johannes Winter. »Kennen Sie sich?« Der Hellste schien er nicht zu sein. Immerhin kannte sein Chef meinen Hund. Also lag es nahe, dass er auch mich kannte. Aber vielleicht war er noch immer durcheinander. Felix schwieg. Ich schloss mich ihm an.

»Äh, Felix, also, äh, was machen wir jetzt?«, wollte Johannes wissen.

»Wir schauen den Fund an«, sagte Felix.

»Da drüben«. Ich ging voraus zu der Ausgrabungsstätte neben dem Laubhügel. Johannes und Felix folgten mir in größerem Abstand. Leider hörte ich nicht, was sie sprachen. Am Fundort kniete sich Felix vor die Waffe.

»Da schau her«, sagte er.

»Echt echt?«, fragte Johannes.

»Ja«, nickte Felix und blickte mich forschend an. Mir wurde heiß bei dem Gedanken, dass er mir nicht glaubte. Dass er den Fund für falschen Alarm gehalten hatte.

»Sie sind also hier spazieren gegangen«, fasste Johannes zusammen, »mit Ihrem Hund, und dann haben Sie zufällig die Waffe ..., also Ihr Hund hat die Waffe gefunden. So was hab ich ja noch nie gehört. Also ich meine, dass Hunde Waffen finden. Manchmal finden Hunde nämlich Leichen, wissen Sie.«

»Hat er auch schon mal«, sagte Felix.

»Ach, daher kennen Sie sich?«, kombinierte Johannes und erklärte mir fast unterwürfig: »Wissen Sie, ich bin heute den ersten Tag im Einsatz. Ich habe ...«

»Hol mal die Sachen aus dem Auto«, unterbrach Felix ihn. Auf ein Bitte verzichtete er.

Während Johannes sich am Auto zu schaffen machte, musterte Felix mich. Ich konnte keine Emotionen an seinem Gesicht ablesen. Dann fragte er: »Was soll das, Franza? Gestern haust du einfach ab und heute das.«

»Du hattest gesagt, dass du freihast. Dann gehst du doch ans Telefon, mitten in der Nacht.«

Er hob die rechte Hand zum Himmel und rang nach Worten. »Ich bin Polizist! Ich muss ans Telefon gehen.«

»Auch ein Polizist hat mal frei. Ich hab einfach keine Lust, ständig auf dich zu warten«, sagte ich lockerer, als mir zumute war.

Ich war nicht weggelaufen, ich hatte mich in Sicherheit gebracht. Seit ich ihn kannte, versuchte ich mich vor ihm zu retten, denn ich mochte ihn viel zu gern, und so was führt nur in die Abhängigkeit. Das würde mir nie wieder passieren. Das Beste an meiner letzten Beziehung war, dass ich kurz nach der

Trennung von Abgehakt diese winzig kleine, schwarze, fiepende Flaumkugel gefunden hatte in einem Gebüsch bei Garmisch-Partenkirchen. Ich brauchte keinen Freund mehr. Flipper genügte mir, voll und ganz. Deshalb hieß er ja auch so. Das mit dem Schwimmen, das war nur zweitrangig, auch wenn er es erstklassig beherrschte.

»Hier in der Gegend ist neulich ein Jäger erschossen worden, Franza. Da drüben.« Felix wies nach links. »Wo der Wald aufhört, hinter dem Hügel an einem Maisfeld, Luftlinie sind das keine fünfhundert Meter.«

Ich wusste, wo das war. Dort flatterte das Polizei-Absperrungsband im milden Septemberlüfterl am Hochsitz.

»Es wird dich also nicht wundern, Franza, dass ich mich wundere, warum du ausgerechnet hier Gassi gehst.«

»Aber ich bin doch gar nicht im Maisfeld. Ich bin im Wald.«

»Ich frage mich«, fuhr Felix fort, »was diese Maschinenpistole hier soll. Nicht, dass ich eine Jagdbüchse weniger erstaunlich gefunden hätte. Das alles kommt mir sehr merkwürdig vor. Ich frage mich«, sagte Felix, »ob du dahintersteckst.«

»Was?« Ich riss die Augen auf. Er verdächtigte mich, eine Waffe im Wald zu vergraben? Das war nicht sein Ernst.

»Nämlich bei dir«, sagte Felix, »kenn ich mich überhaupt nicht aus. Du machst Sachen, die sind einfach ... unlogisch.«

»Ich war noch nie so logisch wie jetzt!«, rief ich. »Wen hätte ich denn anrufen sollen? Einen Bestatter? Einen Arzt?«

»Genau das mein ich«, seufzte Felix und schenkte mir zum ersten Mal in diesem Fall ein Lächeln.

»Total unlogisch.«

Johannes kehrte mit einem kleinen Köfferchen zurück. Er klappte es auf, zog einen Fotoapparat heraus und fotografierte die Waffe von allen Seiten. Dann streifte er sich Handschuhe über.

»Was meinst du, Johannes«, fragte Felix, »ob wir hier mit einem Metalldetektor suchen sollen oder die Hundestaffel anfordern?«

»Aber warum, Chef?«

»Weil, wo eine Waffe liegt, noch mehrere liegen können, und für Patronenhülsen würde ich mich auch interessieren.«

Röte schoss in Johannes' Gesicht.

»Ach was«, entschied Felix. »Ruf die Hundestaffel. Die Sprengstoffsuchhunde sollen hier mal durchlaufen. Die sind entschieden leistungsfähiger als ein Metalldetektor.«

»Äh, Entschuldigung, das hab ich noch nie gemacht, die Hundestaffel angefordert, sage ich da, wie sonst auch, bei der Einsatzzentrale Bescheid?«

»Schon gut«, erwiderte Felix freundlich. »Ich kümmere mich selbst darum. Ist die Waffe eigentlich geladen?«

»Äh, Moment«, sagte Johannes.

Ohne eine Antwort abzuwarten, ging Felix zu seinem BMW. Neugierig beobachtete ich, wie Johannes die Waffe in eine Plastiktüte packte. »Die kommt in die Asservatenkammer«, erzählte er mir unaufgefordert. Ich fand ihn putzig. Viel zu lieb für einen coolen Bullen. Aber vielleicht würde sich das abschleifen von Fall zu Fall. Vielleicht war Felix auch mal so gewesen. Vielleicht waren sie alle mal so und wurden dann zu den harten Kerlen, wegen denen Frauen wie ich uns verflüssigten, während wir überlegten, wie wir sie weichkochen konnten.

»Also, Sie kennen sich von einer anderen Sache?«, fragte Johannes. »Das ist ja ein Zufall, dass Sie sich jetzt noch mal treffen.

So was habe ich noch nie gehört. Ich meine, klar hat man seine Kundschaft. Man kennt seine Hehler, oder es gibt die typischen Verdächtigen, aber zweimal eine Auffindesituation, das ist wirklich kurios.«

»Wenn man einen Hund hat, ist man eben viel unterwegs.«

»Ja, klar. Man muss immer Gassi und so.«

»Ich glaube, hierher gehe ich nie wieder.«

»Wieso? Ist doch schön.«

»Vorhin hat mir jemand erzählt, dass hier kürzlich ein Hund erschossen wurde ...«

»Das tut mir wirklich leid!« Johannes Winters Adamsapfel sprang nervös auf und ab.

»Nein, das hat jetzt nichts mit Ihnen zu tun. Das hat mir ein Jogger erzählt.«

»Und Ihr Hund, der Flipper – witziger Name –, der hat also schon mal eine Leiche gefunden?«

»Ja.«

»Und jetzt eine Waffe, das ist wirklich ein Ding!«

Er musste das nicht noch mal beteuern, um mir klarzumachen, dass ich Felix in eine unangenehme Situation gebracht hatte. Plauderte er Dienstgeheimnisse aus? Das hätte ich mir alles vorher überlegen sollen. Jetzt war es zu spät. Jetzt konnte ich nur noch für Schadensbegrenzung sorgen.

Ich wandte mich an Johannes. »Wissen Sie, Ihr Chef war so freundlich, meinen Hund unterzubringen, als ich im Krankenhaus lag. Er hat Flipper zu einem Polizeihundeführer gebracht. Das fand ich wahnsinnig nett von ihm, dass er sich so gekümmert hat. Die Carina ist ein Sprengstoffsuchhund, und ich glaube, dass Flipper ein bisschen was von ihr abgeschaut hat.«

Johannes nickte stolz. »Ja, mein Chef ist total super. Ich habe

Glück gehabt, weil eine Kollegin krank ist. Sonst wäre ich heute beim KDD dabei.«

Kriminaldauerdienst, das Wort kannte ich, weil Felix von diesen Kollegen in meinem Beisein zweimal Anrufe erhalten hatte.

»Johannes?«

Der Gerufene apportierte den Plastikbeutel mit der Waffe für Felix.

6

Aufgeregtes Hundegebell kündigte die Polizeihundestaffel an, die mit mehreren Bussen und Anhängern eintraf. Ich zählte acht Hundeführer in olivgrünen Overalls und einen in einem blauen. Er testete wohl die Eignung der zukünftigen Garderobe der bayerischen Polizei: Bald würde Bayern vollständig blau sein.

Flipper war entzückt. Er träumte vermutlich von einer Liaison mit einer staatlichen Spürnase. Doch daraus wurde nichts, denn einer der Hundeführer bat mich, den Tatort zu verlassen. »Ihr Hund lenkt die Diensthunde ab.«

»Ist der Elmar mit der Carina dabei?«, fragte ich.

»Ach, den kennen Sie?«

Ich nickte, obwohl ich ihn nur einmal gesehen hatte.

»Nein, die sind heute bei einem Fortbildungslehrgang in unserer Diensthundeschule in Herzogau. Soll ich einen Gruß bestellen?«

»Gern. Vom Flipper.«

Der Hundeführer lachte. »Das kann ich mir merken!« Er tippte an seine Mütze und ging zu einem der Busse.

Sein Chef, wie ich vermutete, sprach mit Felix. Der deutete weiträumig durch das Gelände, der andere nickte. Als die Hundeführer damit begannen, das Waldstück für eine systematische Suche mit Flatterleinen zu markieren, eskortierte ich Flipper zu meinem Volvo. Er sollte im Wagen warten; ich selbst würde mir die Show nicht entgehen lassen.

Die Hunde, jeder von ihnen trug ein Geschirr mit der gelben Aufschrift Polizei, wurden nicht alle auf einmal freigelassen, sondern nacheinander. Von dem netten Hundeführer, der Elmar grüßen wollte, erfuhr ich, dass es die Konzentration der Hunde negativ beeinträchtigen würde, wenn sie zusammen suchen sollten.

»Diese Arbeit ist sehr, sehr anstrengend für die Hunde. Nach maximal fünfzehn Minuten sind die platt und brauchen eine Pause. Sie müssen sich vorstellen, dass so ein Hund beim Suchen bis zu dreihundert Mal einatmet, ehe er wieder ausatmet.«

»Und das sind jetzt alles Sprengstoffhunde?«

»Ja. Am Einsatzort wurde schließlich eine Waffe gefunden – von Ihrem Hund, wie ich gehört habe: Respekt!«

»Wie bringen Sie den Hunden eigentlich bei, Waffen aufzuspüren?«

»Die Hunde suchen nicht Waffen an sich, denn die sind im Grunde ja nur ein Haufen Metall, ein bisschen Plastik und Öl. Sie reagieren aber auf Gerüche, die einer Waffe meistens anhaften, auf Pulverschmauch oder die Munition, die in der Waffe ist. Deshalb finden sie auch Patronenhülsen.«

»Dann sind Hunde also lebende Metalldetektoren?«

»Besser. Hundenasen sind viel besser! Und vielseitiger. Ein Metalldetektor würde keinen vergrabenen Plastiksprengstoff anzeigen. Oder Minen, die häufig nur aus Kunststoff hergestellt werden. Für einen Hund ist das kein Problem.«

»Diese Polizeihunde haben einen gefährlichen Job! Wenn der Sprengstoff explodiert, den sie ausbuddeln ...«

»Unsere Hunde buddeln nicht. Sie zeigen den Fund passiv an.

33

Sonst würden sie sich selbst in Lebensgefahr bringen. Der Hund setzt sich und starrt auf die Stelle, wo der Sprengstoff versteckt ist. Dann wird er belohnt; sofort wird mit ihm gespielt. So lernt der Hund, dass sich das Finden für ihn rentiert. Motivation ist alles.«

Ich musste einmal tief durchatmen, so eng wurde es mir in der Brust. Hunde und Sprengstoff, das war ein sehr trauriges Thema. In Kriegen wurden Hunde bis heute als lebende Bomben eingesetzt mit fernzündbaren Sprengstoffgürteln.

»Mit Zwang und Druck geht da gar nichts. Als Hundehalterin wissen Sie selbst, dass der Hund an sich es immer gut machen will. Er will die Aufgabe erfüllen, die man ihm stellt, das liegt in seiner Natur.«

»Glauben Sie, dass ein Hund das vom bloßen Zuschauen lernen kann?«, fragte ich den Fachmann.

»Das wohl kaum. Aber wie ich den Elmar kenne, hat er sich einen Spaß daraus gemacht, Flipper ein bisschen mit den Gerüchen von Sprengstoff vertraut zu machen. Vor ein paar Jahren hat er sich schon mal darin versucht, ein Rauschgiftspürschwein auszubilden. Das ist letztendlich daran gescheitert, dass das vermeintliche Minischwein sich zu einem riesiger Eber auswuchs und sich somit für die Rauschgiftsuche disqualifizierte.«

»Und wenn Ihr Hund jetzt hier was findet?«, erkundigte ich mich.

»Dann wird das große Programm abgespult. Der Hubschrauber mit dem Entschärfungskommando aus München fliegt ein, Roboter mit Kameras werden installiert – das ist nicht mehr unser Bier«, er lachte, »das kann man hier in Andechs glatt wörtlich nehmen.«

Der auskunftsfreudige Hundeführer ging zu einem der Busse, um seinen Nino zu holen. Wie die meisten der hier eingesetzten

Spezialisten war er ein belgischer Schäferhund, ein Malinois. Faszinierte schaute ich den Hunden bei der Arbeit zu. Was für eine Aufregung, was für ein Gewedel und Gebell. Die machten das gerne, das war eine Riesengaudi für die, zweifelsohne. Ein Hund nach dem anderen wurde an einer langen Leine durch die Absperrung geführt. Ich wünschte mir sehr, sie würden etwas finden, am besten ein Waffenarsenal, damit Felix' Erfolg so groß wäre, dass niemand auf die Idee käme, Fragen zu stellen.

»Sind Sie die Leserin, die uns angerufen hat?«, sprach mich da plötzlich ein junges Gemüse an.

»Ich habe nirgends angerufen.«

Die brünette, dickliche Frau mit dünnen, abstehenden Girlie-Zöpfen streckte ihre Hand aus. »Annalena Bomhart vom *Kreisboten*. Wir haben einen Anruf erhalten, dass es erneut zu einem Polizeieinsatz gekommen ist. Hängt das noch immer mit dem toten Jäger zusammen, oder ist ein weiteres Verbrechen in unserer Gegend geschehen?«

»Ich bin nicht von der Polizei.«

»O, Entschuldigung. Sie wandern wahrscheinlich zum Kloster hoch? Haben Sie irgendwas gesehen?«

»Es ist wohl eine Waffe gefunden worden«, rutschte mir heraus.

»Die Tatwaffe im Jägerfall?«

Ich zuckte mit den Schultern. »Haben Sie eine Ahnung«, wollte Girlie von mir wissen, »warum die Polizeihunde erst jetzt eingesetzt werden? Die Spuren sind doch längst kalt. Am Samstag hätten die Hunde Sinn gemacht – aber heute ... Ach, ich frag mal einen der Hundeführer, Wiederschaun.«

Sie fragte aber keinen Hundeführer. Sie lief schnurstracks zu dem Alphatier, das in der Mitte des Geschehens die Arbeit der

35

Hundeführer beobachtete. Manchmal streifte sein Blick mich, als wäre ich ein Baum, ein Strauch, Gebüsch.

Das junge Gemüse ließ nicht ab von ihm, obwohl er sich wortkarg gab, wie ich seinen Gesten entnahm. Aber einmal lachte er doch richtig laut und entblößte sein Raubtiergebiss, sodass das junge Gemüse seinen Kopf in den Nacken warf und ihm seinen weißen Hals mit dem fetten Doppelkinn darbot.

Johannes näherte sich mir eilig. »Frau Flipper! Gut, dass Sie noch da sind. Ich muss Ihre Personalien aufnehmen, und wir sollen einen Termin vereinbaren, damit wir ein Protokoll machen können.«

Felix hatte ihn geschickt. Felix redete nicht mehr mit mir.

»Ich heiße ...«, begann ich, als ein dunkler Audi mit einem Powerslide auf der Lichtung landete. Zwei Männer in Anzügen und Sonnenbrillen stiegen aus. Sie sahen sich kurz um und gingen dann zielstrebig auf Felix zu. Einer spuckte seinen Kaugummi in die Brombeeren. Nur er reichte Felix die Hand. Der andere blieb breitbeinig vor Felix stehen und überkreuzte die Arme vor der Brust. Den folgenden Wortwechsel, unerfreulich für Felix, wie deutlich zu erkennen war, beobachteten Johannes und ich Seit an Seit.

»Leck mich am Arsch«, entfuhr es dem jungen Mann, als Felix zu seinem BMW stapfte und einem der Männer die von Flipper freigelegte, in Plastik verpackte Waffe überreichte. Der wog sie kurz in der Hand und gab sie dem anderen. Ein weiterer Wortwechsel, dann kehrten die Männer zügig zu ihrem Audi zurück und verstauten die Waffe im Kofferraum. Felix verpasste einem Baumstamm einen Fußtritt.

»Was bedeutet das? Wer sind diese Männer? Wieso kriegen

sie die Waffe?«, erkundigte ich mich bei Johannes. Das gefiel mir nicht. Das war meine, unsere Waffe. Zum ersten Mal benahm Johannes sich wie ein richtiger Polizist. Er biss die Zähne aufeinander, seine Kiefer mahlten. Ohne mich weiter zu beachten, ging er gemessenen Schritts zu Felix. Der Audi der Feinde fuhr in triumphierender Langsamkeit weg, während Felix den Chef der Hundestaffel zu sich winkte. Die beiden besprachen sich kurz. Jetzt war Felix derjenige, der etwas anordnete, was dem anderen nicht gefiel. Doch der zeigte mehr Selbstbeherrschung. Der Einsatz wurde in Windeseile abgebrochen, und auch ich trat den Rückzug an. Felix wollte ich jetzt bestimmt nicht begegnen. Auf dem Weg zu meinem Auto traf ich einen fluchenden Hundeführer. »Sind Sie schon fertig?«, fragte ich ihn.

»Fertig? Für die Luftnummer hamma unsa Spezialtraining abgebrochen und sand fuchzig Kilometa gfahrn. Aber mir ham ja nix Bessas zum doa. Die spinnan doch! Und jetzt sollt ma leise zampacken. Leise! Der komplette Wahnsinn is des wieder mal.«

»Haben Sie was gefunden? Wer waren die Männer?«

Auch dieser Hundeführer war ein echter Cop und ließ mich einfach stehen. Kurz darauf verließen die Busse, eine bellende Kolonne, das Gelände. Ich entschloss mich zu einem Abstecher ins Hundeparadies, den Tierladen in Weßling. Für Flipper ein Selbstbedienungsrestaurant. An der Ampel vor dem Breitwandkino in Herrsching, an der Bucht des Ammersees gelegen, und sie war dunkelgelb, fast rot, überholte mich Felix' BMW. Felix schaute starr nach vorne. Zu gern hätte ich gewusst, was in seinem Kopf vorging.

37

7

»Ich möchte wirklich mal wissen«, stöhnte Claudia von Dobbeler, »was in deinem Kopf vorgeht, Felix. Nein, ich möchte es lieber nicht wissen, weil ich nämlich jetzt nach Hause fahre. Und im Übrigen bin ich noch zwei Tage krankgeschrieben.«

»Ja, was machst du dann hier? Entweder du bist da oder nicht, aber wenn du da bist, dann auch gscheit.«

»Ich habe eben ein Pflichtbewusstsein. Die Aktenvermerke liegen in deinem Fach. Und deine Laune kannst du an einem anderen auslassen. Zum Beispiel an unserem Chef. Der will dich nämlich sehen. Die haben schon mehrfach mit ihm telefoniert.«

»Die gehen mir dermaßen auf den Zeiger.«

»Felix! Steiger dich da nicht so rein! Das bringt doch nichts, und du wirst immer den Kürzeren ziehen. Wenn du nicht mit ihnen zusammenarbeitest, nehmen sie dir den Fall weg, das weißt du doch. Das ist ein Klacks für die. Ein Telefonat kostet die das, und du bist draußen. Das haben wir vor zwei Jahren alles schon mal durchexerziert mit dem Dieter.«

»Ich bin nicht der Dieter.«

»Hoffentlich«, sagte Claudia von Dobbeler, schnappte sich ihren Schlüsselbund, an dem eine schwarze Miniaturbillardkugel baumelte, ging zur Tür, zögerte. »Felix! Du bist ein Superpolizist. Und so was wie neulich ... Das kann jedem passieren, und deshalb ...«

38

»Lass mich mit dem Scheißfall in Ruhe!«

Das Telefon klingelte, und weder er noch Kriminalkommissarin Claudia von Dobbeler mussten auf das Display schauen, um zu wissen, wer da anrief.

»Ich lasse mir nicht gern was wegnehmen«, erklärte Felix seinem Vorgesetzten Leopold Chefbauer, während er auf dem Drehstuhl vor dem Schreibtisch des Ersten Kriminalhauptkommissars Platz nahm. »Und ich lasse mir auch nicht gern in meinem Fall rumfuhrwerken.«

Leopold Chefbauer nickte bedächtig. An seiner Ruhe waren auch schon pathologisch jähzornige Choleriker abgeprallt. Es ging das Gerücht, dass er manche Täter allein mit seinem Schweigen zu einem Geständnis gebracht hatte. Der große, sehr kräftige Mann mit den sanften braunen Augen klopfte seine Pfeife vorsichtig am Aschenbecher aus. »Das, was du hier für dich beanspruchst, gehört dir nicht, Felix. Es ist ein Fall wie jeder andere auch.« Nachdenklich schaute er in den Pfeifenkopf und redete dann in ihn hinein. »Aber das passiert schon mal, dass im Eifer des Gefechts die Pferde mit einem durchgehen. Offenbar standen die Kollegen unter Druck. Einen anderen Ton hätten's schon anschlagen können, sicher. Dann wäre es für alle leichter gewesen, den Ball flach zu halten. Das Ganze ist halt saudumm gelaufen. Für alle Beteiligten. Die von der Hundestaffel sind auch nicht grad begeistert von dieser Pleite. Die hatten ein Spezialtraining angesetzt. Ist wohl schwierig, das zeitnah noch einmal hinzukriegen. Nun gut. Das hast du nicht gewusst, das wusste keiner von uns.«

»Wir wissen überhaupt sehr wenig«, warf Felix ein. Sein Stuhl quietschte. Jämmerlicher Ton.

Leopold Chefbauer nahm einen Metallspatel aus der Schublade, der winzig wirkte in seinen Pranken, und kratzte behutsam im Pfeifenkopf herum. »Das liegt in der Natur der Sache. Das ist doch immer so, wenn die OK kommt oder das LKA, BKA. Übermorgen, also am Freitag um halb drei, ist eine Besprechung angesetzt, bei uns. Hast du bis dahin deinen Bericht fertig zum Fall des toten Jägers Jensen? Die Eckdaten habe ich bereits mitgeteilt.«

»Im Grunde ist alles dokumentiert.«

»Sie werden die Akten mitnehmen. Das wirst du sicher professionell über die Bühne bringen, Felix?«

»Gewiss.«

»Ich weiß, manche von denen tragen die Nase hoch. Doch es gibt auch normale«, erklärte Chefbauer und knickte einen rotweißen Pfeifenreiniger. »Am Freitag werden wir hören, wie viel Spielraum wir haben und bis wo wir ermitteln, wo unsere Grenzen sind. Bis dahin stimmen wir uns eng mit ihnen ab. Die wollen über jeden Schritt informiert werden. Und ich sowieso. Ist alles klar so weit, was die Abläufe angeht?«

»Selbstverständlich.«

»Gut.« Leopold Chefbauer fädelte den Pfeifenreiniger durch das Mundstück. »Was hast du für einen Eindruck von unserem Polizeiobermeister Winter?«

»Motiviert.«

»Dann behältst du ihn die zwei Wochen, bis Claudia wieder da ist. Die hat aber auch ein Pech mit ihrem Haxen, und das zum Umzug. Da kannst du einen Bänderriss so gut brauchen wie einen Kropf. Jemand soll den Dienstplan vom Johannes Winter anpassen. Hab ein Auge auf den Jungen. Er braucht Praxis.«

»Die wird er kaum kriegen, wenn uns alles aus der Hand genommen wird.«

»Wir sind uns einig?« Leopold Chefbauer überhörte das Gesagte und blies probeweise durch das Mundstück.

Felix nickte.

»Ist der Bericht vom Waffenfund schon fertig?«

»Ich schreibe ihn, bevor ich heimgehe.«

»Lass das den Johannes machen.«

»Aber er …«

»Der Johannes soll das schreiben.«

8

Wie so oft, wenn ich Andreas Namen in meinem Handydisplay las, bekam ich ein schlechtes Gewissen. Ich sollte mich öfter bei ihr melden. In meinem Leben ist kein Platz für viele Sozialkontakte, mir genügt das Geschnatter in den Umkleidekabinen. Meistens war Andrea es, die mich anrief. Sie teilte Flippers Meinung, dass eine Frau eine beste Freundin brauchte. Ich hatte früher schon mal einer besten Freundin vertraut – bis ich sie mit Abgehakt in meinem Bett vorfand. Das lag nun mehr als drei Jahre zurück. Ich war lernfähig, und seit drei Jahren war mein Leben komplett. Mit Flipper. Wenn ich einen kritischen Blick in mein Umfeld warf, war ich tatsächlich die Einzige, der ich reinen Gewissens vollständige psychische Gesundheit attestieren konnte. Man kann Probleme auch züchten. Damenumkleidekabinen sind diesbezüglich die reinsten Biotope. Ich jedenfalls brauche keine Tiefenpsychologie, Astrologie und anderen Kram. Ist doch logisch, dass man sich schlecht fühlt, wenn man dauernd gefragt wird, wie es einem geht, weil man dann nämlich erst mal darüber nachdenkt, ob es einem eventuell schlecht geht, und das endet nur zu fünfzig Prozent positiv. Ich frage Flipper auch nicht fünfmal hintereinander. Einmal reicht. Und manchmal ist es besser, selbst das ausfallen zu lassen und sich auf das zu konzentrieren, was ansteht. Bauchmuskeltraining, Napf füllen, für die Nachbarin einkaufen.

Andrea hörte sich meine Schilderung der Geschehnisse an, ohne mich zu unterbrechen. Dann sprach sie das aus, was ich selbst befürchtete: »Wenn aktenkundig wird, dass die Frau Fischer und ihr Hund schon wieder was ausgebuddelt haben, könnte das ein schlechtes Licht auf Felix werfen.« Andrea ließ keinen Zweifel daran aufkommen, dass sie sich die Umsetzung ihres Ratschlags, ich solle Felix besser kennenlernen, ehe ich mich von ihm trennte, anders vorgestellt hatte.

»Die Leiche damals war nicht auszubuddeln, die lag schon frei«, korrigierte ich.

»Soviel ich weiß, verstößt es gegen die Dienstvorschrift, wenn man als Polizist Ermittlungsakten mit nach Hause nimmt. Das sieht nicht gut aus für deinen Kommissar.«

»Aber es waren keine polizeilichen Unterlagen! Es war ein privates Notizbuch.«

Andrea stöhnte. »Weißt du, im Grunde genommen bist du wie ein Hund. Du musst überall deine Nase reinstecken.«

»Leider bin ich kein Hund«, grinste ich. Meine nimmersatte Neugier hatte Andrea mir schon öfter zum Vorwurf gemacht. »Denn als Hund würde ich den Mörder aufstöbern.«

»Bitte nicht! Bitte nicht schon wieder ein Mörder!« Abwehrend hob sie die Hände.

»Es gibt wahnsinnig viele Frau Fischers, das muss nicht ich gewesen sein, die abermals was gefunden hat im Wald. Fischer ist ein Allerweltsname. Deshalb fällt das bestimmt keinem auf.«

»Und wie viele Hunde namens Flipper gibt es?«

»Die werden den Hund kaum namentlich in ihrem Protokoll erwähnen! Der Hund heißt Hund und basta.«

»Was wohl dahintersteckt, wenn Sonderermittler, so was werden die zwei Männer in dem Audi vermutlich sein, anrauschen und den Fund einkassieren?«, überlegte Andrea. »Angenommen, Flipper hat die Tatwaffe gefunden, mit der dieser Jäger erschossen wurde ...«

»... Ich weiß nicht mal, ob es Mord war«, unterbrach ich sie.

»Sicher war das Mord. Sonst wäre die Mordkommission nicht mit der Sache betraut! Die werden denken, dein Kommissar verrät Interna.«

»Sag nicht immer *dein Kommissar*. Außerdem heißen die nicht Mordkommission, sondern K1, *Tötungsdelikte und sonstige unklare Todesfälle*.«

»Deiner oder nicht – jedenfalls steckt er in Schwierigkeiten. Besser wäre es gewesen, du hättest einen neuen Termin für ein Frühstück mit ihm verabredet, anstatt Hals über Kopf abzuhauen und im Anschluss unerlaubt Akteneinsicht zu nehmen.«

Andreas Stimme klang ernst. »Meide Andechs wie der Teufel das Weihwasser! Keinesfalls darfst du dich in die Ermittlungen einmischen. Du hast erst kürzlich erlebt, wie das enden kann. Beschränke deinen Kontakt mit Felix also auf sein Privatleben.« Sie grinste. »Sonst wirst du nie rauskriegen, was er frühstückt.«

Ich nickte schuldbewusst. Aber wie sollte ich meinen Kontakt mit ihm auf sein Privatleben beschränken, wenn er gar keinen Kontakt mehr wollte? Zuerst musste ich meine Schuld wiedergutmachen. Ich musste dem Kommissar auf der dienstlichen Ebene einen Tipp geben, damit Felix auf der privaten Ebene meine Entschuldigung annehmen würde.

9

Am nächsten Tag fuhr ich wieder raus, gleich nach Rückenschule und Step. Ich wollte mich noch einmal am Ort des Waffenfundes umsehen – großräumig. Vielleicht würde Flipper etwas Interessantes finden. Er durfte schnuppern, wo er wollte, im Gegensatz zu den Polizeihunden an der Leine. Ich wünschte mir, Flipper möge einen Beweis sicherstellen, der Felix dazu befähigte, seinen aktuellen Fall zu klären. Dann würden wir auf der privaten Ebene noch mal ganz von vorne anfangen. Am besten vorerst ohne Körperkontakt, einfach nur reden.

Über Nacht hatte es geregnet, klar und würzig stand die Luft über den Seen, und die Wälder leuchteten wie frisch gewaschen. Beschwingt lief ich auf dem Seehöhenweg an einem Stahlzaun entlang, der mindestens zweieinhalb Meter hoch und mit Stacheldraht gesichert war. Ein kleiner Pfad hatte mich vom Waldweg aus hergeführt. Leider fuhren hier offensichtlich gelegentlich Autos entlang – Jäger? –, und in den Reifenspuren sammelten sich Wasser und Matsch. Ich wollte gerade umkehren, da entdeckte ich das Anwesen eines Großkopferten. Ein Normalkopfter könnte sich nicht mal die Schmiergelder für die Ausweisung dieses schönen Fleckchens als Bauland leisten. Und bräuchte auch nicht so viel Angst zu haben: Alle paar Zaunmeter spähte eine Kamera den Weg aus. An der Einfahrt, die durch ein blick-

45

dichtes automatisches Tor gesichert war, fehlte der Name. »Das würde mich ja schon interessieren, wer hier wohnt«, teilte ich Flipper mit, dem die Maulwurfsimmobilien an der Auffahrt deutlich mehr Eindruck machten.

Neugierig versuchte ich einen Blick auf das Anwesen hinter dem Zaun zu erhaschen, das sicher eine herrliche Aussicht über den See bot, doch die dichte Hecke vereitelte es. So trat ich achselzuckend den Rückweg an. Ob ich einen Abstecher zum Fundort der Waffe wagen durfte?

Flipper stieß ein warnendes Knurren aus, zu bedrohlich, um einem Maulwurf zu gelten. Ich fuhr herum. Zwei Muskelpakete – beide an die eins neunzig groß, einer mit schwarzer Strickmütze, der andere mit Käppi, beide in Kargohosen und eng anliegenden schwarzen Pullovern – standen vor mir. Waren die Typen vom Himmel gefallen? Aber nach Priesterseminar sahen sie nicht aus. Mit drei, vier Sätzen bezog Flipper Position neben mir, das Nackenfell gesträubt. Der mit der Mütze wedelte mit der Hand durch die Luft, so ähnlich, wie es in Historienfilmen Majestäten zu tun pflegen, wenn sich die Dienerschaft hurtig entfernen soll. Bei Flipper kam die Botschaft an. Er hob sein Bein und markierte einen der Eisenpfosten an der Einfahrt. Innerlich klatschte ich ihm Beifall. Da rannte der mit dem Käppi auf Flipper zu. Ich wusste genau, was er vorhatte. Flipper auch. Er wich dem Fußtritt aus und bleckte die Zähne.

»Weg. Privat«, sagte der mit dem Käppi, und der mit der Mütze zischte, als wäre ich eine lästige Fliege, während er noch mal winkte, schneller diesmal. Er ohrfeigte die Luft.

Ich wechselte einen Blick mit Flipper. Wir waren einer Meinung. Wir würden darauf verzichten, uns die Dienstausweise zeigen zu lassen, weil wir uns sonst vielleicht auch würden ausweisen müssen; Frau Fischer blieb lieber anonym.

»Einen schönen Tag noch, die Herren«, verabschiedete ich mich. Ich spürte meinen Herzschlag bis in die Kehle, als ich den Männern den Rücken zuwandte und so locker wie möglich Richtung Waldweg lief. Wenn das Felix' Kollegen waren – halleluja. Dann litt ich keineswegs, wie meine Psychologenfreundin Andrea behauptete, unter Bindungsangst. Dann hatte ich allen Grund, den Mann zu meiden wie der Teufel das Weihwasser.

10

Seit Montag, dem Tag, an dem ich zufällig das Notizbuch des Kommissars gefunden und zufällig gründlich studiert hatte, und verstärkt seit Dienstag, dem Tag, an dem Flipper die Waffe ausgegraben hatte, suchte ich jeden Morgen in verschiedenen Zeitungen nach Informationen über den Jägerfall. Der tote Jäger, Gerd J., war bislang nur einmal aufgetaucht – je näher das Oktoberfest rückte, desto mehr Platz beanspruchte das Vorglühen: die Trachtenmoden. In der neuen Ausgabe des Kreisboten, dem meine besondere Aufmerksamkeit galt, schließlich war eine Journalistin jener Zeitung vor Ort gewesen, entdeckte ich am Donnerstag eine Reportage über eine Übung der bayerischen Hundestaffel. In einem Waldgebiet bei Andechs seien die Ermittler auf leisen Pfoten in fremdem Terrain verschiedensten Aufgaben nachgegangen. Es gebe Rauschgift-, Sprengstoff-, Personen- und Leichensuchhunde. Ein einziger Hund sei in der Polizeiarbeit so effektiv wie fünf Beamte. Viele Kriminelle hätten größere Angst vor Polizeihunden als vor Polizisten. Hunde seien die besseren Schnüffler und schnelleren Läufer. Sie witterten einen Angriff vor seiner Ausführung und außerdem alle Arten von Drogen. Die darauf geschulten Personensuchhunde, Mantrailer genannt, stellten Flüchtende selbst in einer Fußgängerzone – als Fährte dienten ihnen bereits wenige Hautschuppen. Andere Hunde seien darauf spezialisiert, vergrabene Leichen zu finden oder eine für das menschliche Auge nicht sichtbare Blutspur im Wald – alle zwei, drei Meter ein Tropfen. Aus diesem Grund seien die Spezialkräfte auf Pfoten auch nicht billig. Rechnete man die zeit- und kostenintensive Ausbildung und den Unterhalt eines Tieres zusammen, komme man auf einen Wert von rund zwanzigtausend Euro.

Ich blätterte vor zum Impressum, tippte die Telefonnummer der Redaktion ein und ließ mich mit Annalena Bomhart verbinden.

»Ich weiß nicht, ob Sie sie sich an mich erinnern«, begann ich mit einer Floskel, »wir haben uns am Dienstag in dem Wald bei Andechs getroffen und kurz miteinander gesprochen. Sie haben mich mit einer Leserin verwechselt.«

»Ja, ich erinnere mich. Worum geht's?«

»Wenn Sie sich an mich erinnern, dann doch bestimmt auch an die Waffe?«

»Worauf wollen Sie hinaus?«

»Ich würde gerne wissen, warum Sie von einer Übung berichten, obwohl es keine war. Die Polizeihundestaffel hatte einen Einsatz, weil im Wald eine Waffe gefunden wurde. Ich weiß, dass Sie das wissen.«

Schweigen. Dann ein zögerliches: »Hat Ihnen der Artikel nicht gefallen?«

»In der Gegend wurde letzte Woche ein Jäger erschossen. Waren Sie nicht deshalb vor Ort?«

»Es haben bereits zwei Leser angerufen, die meine Reportage sehr gelobt haben, wir überlegen jetzt, ob wir eine Serie über die Polizeiarbeit insgesamt machen, könnten wir Sie damit als Leserin gewinnen?«

»Warum schreiben Sie nichts über den Waffenfund? Warum

bezeichnen Sie den Einsatz der Polizeihundestaffel als Training?«

»Schade, dass Ihnen der Artikel nicht gefallen hat. Auf Wiederhören.« Sie beendete das Gespräch.

»Irgendwas stimmt hier nicht«, dachte ich laut. »Und es würde mich brennend interessieren, inwieweit die Polizei dahintersteckt. Was vertuschen die? Hast du eine Fährte, Flipper?«

11

»Dann gebe ich dir mal eine Zusammenfassung zu dem Fall, damit ich beruhigt mein Knie auskurieren kann und du weißt, was die Verdeckten auf den Plan gerufen hat«, begann Claudia von Dobbeler.

Johannes Winter streckte den Rücken durch, während er hinter Claudia, die sich auf violette Krücken stützte, in ihr Büro trat und an einem mit Papier überhäuften Tisch Platz nahm. »Äh, mit den Verdeckten meinst du eine OK-Dienststelle, okay?«

»OK, okay. Organisierte Kriminalität«, grinste Claudia. »Viele Fachdezernate haben Verdeckte im Einsatz. Wir auch manchmal. Ich selbst habe früher ... Aber lassen wir das.« Sie kramte ein Schokobonbon aus ihrer Jackentasche, zögerte, steckte es dann zurück.

»Warst du beim K 3 2, Fachkommissariat verdeckte Ermittlungen?«

Claudia seufzte. »Ich hab keine Zeit, mit dir Dienststellenquiz zu spielen.«

»Die Verdeckten könnten vom LKA sein?«

»Hier dürfte eher das BKA seine Hände im Spiel haben.«

»Oder sogar der Verfassungsschutz«, flüsterte Johannes, beugte sich nach vorne und machte »Buh!«.

Claudia zuckte zurück. »Spinner!«

Johannes grinste. »Weißt du, was die von uns wollen?«

»Die checken alle Lagemeldungen und schöpfen das ab, was für sie interessant ist. In diesem Fall: unser toter Jäger Gerd Jensen. Und wieso wohl, du Musterschüler?«

Johannes verdrehte die Augen und leierte herunter: »Gerd Jensen, sechsundfünfzig, Abteilungsleiter bei einer Waffenfirma, erschossen anlässlich einer Drückjagd vor, äh, fünf Tagen, am Samstag. Lungenschuss, er war nicht sofort, aber sehr schnell tot, wie am schaumigen Blut ersichtlich. Wurde erst nach schätzungsweise zehn bis fünfzehn Minuten von einem anderen Jäger gefunden. Die extreme Wunde stammt von einem Dum-Dum-, äh, einem Teilmantelgeschoss, die Munition war höchstwahrscheinlich bearbeitet worden. Dieser Umstand spricht dafür, dass sich der Schütze mit Waffen auskennt. Distanzschuss mit Zielfernrohr. Keine Schmauchspuren am Opfer. Schusskanal von oben nach unten. Der Täter hockte wahrscheinlich in einem Baum, die Hochsitze waren alle mit Jägern besetzt.«

»Prima. Setzen.«

»Laut Genfer Kriegswaffenkonvention sind Teilmantelgeschosse verboten«, legte Johannes nach. »Was glaubst du, Claudia, warum die Verdeckten sich für einen Jäger interessieren?«

»Das werden die uns nicht auf die Nase binden.«

»Um einen Wilderer wird es sich ja wohl kaum handeln! Jedenfalls werde ich mein Bestes geben, dich würdig zu vertreten«, versprach Johannes eifrig.

»Na hoffentlich«, entgegnete Claudia salopp. »Wenn ich in zwei Wochen zurückkomme, will ich keinen toten Jäger mehr auf meinem Tisch haben.«

Johannes wirkte irritiert. »Äh, ja. Selbstverständlich.«

»Du hast den Tatort gesehen?«

»Felix hat ihn mir gezeigt, als wir zu dem Waffenfund gefahren sind.«

»Diese Drückjagd, bei der das Opfer zu Tode kam, hat die ortsansässige Waffenschmiede Puster in Verbindung mit dem Hegering veranstaltet, das ist ein Zusammenschluss von Jägern. Zudem waren einige Gäste geladen.«

»Wie viele Jäger waren dabei?«, fragte Johannes.

»Zweiundzwanzig angemeldet.«

»Ist einer der Angemeldeten nicht zur Jagd gekommen?«

»Gut aufgepasst, Kollege. Tatsächlich. Der Jagdleiter erschien nicht: Franz Brandl. Als Jagdleiter wäre er verantwortlich gewesen für den kompletten Plan, für die Aufstellung der Schützen und die Einteilung der Treiber. Das fanden einige der Befragten ungewöhnlich, weil er sonst sehr zuverlässig ist.«

»Glaubst du, er wusste, dass was passieren würde, und ist deshalb nicht erschienen? Vielleicht hatte er Angst, dass es ihn auch erwischen könnte? In einem solchen Fall müsste etwas Größeres dahinterstecken! In welcher Sache ermitteln die Verdeckten? Waffenschmuggel? Aber in einer Jagdgesellschaft? Es muss Mitwisser geben. Haben wir dafür Anhaltspunkte? Wie hängt das zusammen?«

»Mach mal halblang, Johannes. Laut den Verdeckten hängt da gar nichts zusammen.«

»Wieso wurde die Jagd nicht abgeblasen, wenn der Leiter fehlte?«, fragte Johannes.

Claudia schmunzelte. »Geblasen wird nicht mehr. Von wegen Waidmannsromantik. Heutzutage verständigen sich die Jäger mit ihren Handys, weil das Wild ja auch nicht auf der Brennsuppn dahergeschwommen ist, wie man in Bayern sagt.«

»Ich bin von hier.«

Claudia ignorierte den Einwurf. »Wenn der Jäger in sein Horn bläst, bleibt das Wild zu Hause und stellt sich tot. Um deine Frage

53

zu beantworten: Ein anderer Jäger hat wohl die Leitung übernommen. Es gab dann allerdings eine Verzögerung im Zeitplan. Meiner Meinung nach sollte man hier noch mal nachforschen.«

Johannes deutete auf den Papierstapel vor sich. »Äh, darf ich?« Claudia zog eine Schublade auf und reichte ihm einen Zettel.

Johannes notierte etwas, ließ seinen Kugelschreiber sinken: »Der Zeitpunkt dieser Drückjagd war also langfristig bekannt?«

Claudia nickte. »Eine solche Veranstaltung muss immer angemeldet sein.«

»Es sollte wie ein Jagdunfall aussehen.«

»Das liegt nahe. Allzu große Mühe hat der Täter sich allerdings nicht gegeben. Da wäre mehr drin gewesen, auch wenn die Schusshöhe auf den ersten Blick stimmt. Wir wissen nicht mit Sicherheit, von wo der Täter geschossen hat, weil wir nicht wissen, wo genau das Opfer stand, wenn es denn stand. Vielleicht hat der Mann sich auch gerade gebückt, vielleicht kniete er. Wir haben Gras- und Erdspuren in der Knieregion der Hose. Aber wann hat er gekniet? Als er erschossen wurde, was fast wie eine Hinrichtung anmuten würde? Oder zufällig, davor? Er hat nicht mehr lang gelebt, ein paar Atemzüge bloß, wie du ja selbst schon anhand des schaumigen Blutes beschrieben hast. Das steht auch im Gutachten von der Rechtsmedizin. Wahrscheinlich ist er noch zwei, drei Schritte gestolpert, natürlich nach hinten, die Wucht des Geschosses war enorm. Dann ist er auf den Rücken gefallen und hat sich«, Claudia räusperte sich, »in einer Art Schutzreflex zusammengerollt.« Sie räusperte sich erneut. »Ich mag das ja gar nicht, wenn sie so daliegen in Embryohaltung.«

»Äh, wieso?«, fragte Johannes.

Sie ignorierte seine Frage. »Wir haben Hunderte von Bäumen

untersucht, und die sportlichen Kollegen von der BePo sind zum Teil sogar hochgeklettert. Wir haben ein Dutzend Bäume mit Spuren gefunden, abgebrochene Äste, Schab- und Schleifspuren an der Rinde, zertretenes Geäst am Stamm. Aber ob das der Täter war? In der Nähe gibt es zu allem Übel auch noch einen Waldkindergarten. An den Bäumen können wir natürlich keine Spuren sicherstellen. Aber wir haben selbstverständlich Rinde mitgenommen und versuchen DNA zu gewinnen. Die Spurenlage ist katastrophal.«

Johannes räusperte sich. »In dem Moment, in dem eine dergestalt präparierte Munition aufprallt, zerlegt sie sich in ihre Einzelteile, deshalb auch der Riesenausschuss am Rücken des Opfers. Das bedeutet, man findet das Projektil nicht im Ganzen, sondern nur noch Trümmer, Fragmente. Das ist meistens zu wenig, um festzustellen, aus welcher Waffe geschossen wurde.«

Claudia verkniff sich ein Grinsen ob des Eifers ihres jungen Kollegen. »Wir haben natürlich alle Waffen sichergestellt. Was glaubst du, wie die vom K 7 gestöhnt haben, als wir mit achtundzwanzig Waffen ankamen.«

»Bei zweiundzwanzig Jägern?«

»Die restlichen sechs waren Leihgaben der Waffenfirma, die die Jagdgäste mal ausprobieren durften.«

»Mit allen wurde geschossen?«

»Mit fast allen.«

Claudia schob Johannes eine graue Mappe zu. »Die Kollegen von der Spurensicherung schließen einen Unfall definitiv aus. Der Schuss in den Oberkörper spricht dafür, dass der Täter auf Nummer sicher gehen wollte. Er ist bestimmt ein guter Schütze, und er wird sich mit Waffen auskennen ...«

»Also doch ein Jäger?«

»Und es war ihm daran gelegen, sein Opfer zu töten, was wir an der Munition ablesen können. Doch er hat sich nicht getraut, in den Kopf zu schießen. Vielleicht war er dafür zu unsicher, oder er hat uns für blöd gehalten und damit gerechnet, wir würden an einen Jagdunfall glauben. Aber bei einem Jagdunfall wäre ein Kopfschuss komplett unglaubwürdig, rein von der Höhe her. So groß ist keine Sau, außer du hast einen Abpraller.«

»Und die Hülse haben wir auch nicht, nehme ich an?«

»Wir haben ein Dutzend Bäume im Angebot, die sind zum Teil massiv eingewachsen, und du weißt ja selbst, wie weit eine Hülse fliegen kann, und sie ruft nicht *Hier!*, wenn wir sie suchen. Auch die Hunde haben nichts gefunden.«

»Vielleicht hat der Täter sie mitgenommen?«

»Der hätte dieselben Schwierigkeiten gehabt.«

»Aber er weiß, von welchem Baum aus er geschossen hat. Da hat es doch diesen Serienmörder gegeben, der auch nie eine Hülse hinterlassen hat, erinnerst du dich? Da sind sie später draufgekommen, dass der aus einer Plastiktüte heraus geschossen hat. Der hat praktisch die Hülse gleich aufgefangen und ...«

»Ja, ja. Aber das war eine Pistole. Nein, Johannes, ich glaube, dass die Hülse noch irgendwo liegt. Die Patrone ist zertrümmert, aber die Hülse wird ganz sein, und die Kollegen werden sie schon noch finden.«

»Kannten die Jäger sich untereinander alle?«

»Nein.«

»Könnte sich ein Fremder unter sie geschmuggelt haben?«

»Unsere Kollegin Laura fragt die Beteiligten, wer sich an wen erinnert.«

»Und wieso war der ursprüngliche Jagdleiter nicht auf seinem Posten?«

»Franz Brandl hat zu Protokoll gegeben, dass er plötzlich keine Lust mehr gehabt habe. Merkwürdig ist, dass er kein Hehl daraus macht, das Opfer – Gerd Jensen – nicht gemocht zu haben. Unter uns: Er freut sich richtig, dass der weg ist. Und zwar so offensichtlich, wie ich es überhaupt noch nie erlebt habe. Da ist keine Spur von Bedauern oder ... Ich weiß auch nicht. Nicht mal gespieltes Mitleid. Rein gar nichts.«

»Dann wäre er aber ein dummer Mörder.«

»Jeder Mörder ist in gewisser Weise dumm.«

»Äh, wie meinst du das bitte?«

»Na, weil wir sie alle kriegen. Früher oder später.«

»Klar«, nickte Johannes eilig.

»Hat er ein Alibi?«

»Er sagt, er war mit seinem Hund spazieren.«

»Zeugen?«

»Sein Hund.«

Johannes schüttelte den Kopf. »Hundebesitzer sind echt komische Leute.«

Claudia nickte.

»Und was hat der Tote mit der Maschinenpistole zu tun, die der Hund von der Frau Fischer gefunden hat? Damit wurde Gerd Jensen wohl kaum erschossen?«

Claudia riss die Augen auf. »Fischer? Hund?«

»So heißt die Frau, die ...«

»Bitte wer?«

»Die Auffinderin. Also ihr Hund. Franziska Fischer. Ich schreibe gerade das Protokoll. Der Erste Kriminalhauptkommissar, Ekahaka, will es heute noch haben.«

»Franziska Fischer? Und der Hund ist groß und schwarz, hat ein blaues und ein braunes Auge und einen ganz blöden Namen

57

für einen Hund ..., so einen Namen, wo man denkt, den muss man sich merken, so ein ganz saudummer Name ist das ...«

»Flipper!«

Claudia starrte Johannes an.

Er lehnte sich zurück. »Ja, ich weiß. Die hat schon mal was gefunden. Felix hat ... Also er wollte nicht darüber sprechen, äh, glaube ich.«

»Ach, sieh an, da will er nicht darüber sprechen, das wundert mich jetzt aber.«

»Äh, kennst du die Frau Fischer?«

»Flüchtig.«

»Habt ihr so was schon mal gehabt, dass eine Auffinderin zweimal was findet?«

»Nein, und ich halte das auch nicht für Zufall.«

Johannes starrte Claudia an. »Und was heißt das jetzt?«

»Frag doch den Felix.«

»Das mach ich bestimmt nicht noch mal.«

»Siehst du, Johannes, trotz Bänderriss bin ich ganz froh, dass ich die schlechte Laune von dem Felix mal eine Weile nicht ertragen muss.«

»Aber er ist der Beste! Alle bei uns wollten zu ihm!«

»Er war vielleicht mal der Beste. Vor seinem *Scheißfall*, wie er ihn zu nennen pflegt. Da hat unseren Superkommissar seine Intuition im Stich gelassen. Und das war nicht nur unprofessionell mit seinem Alleingang, sondern auch peinlich und teuer. Er hat zwei Wagen geschrottet.«

Johannes Augen leuchteten auf: »Verfolgungsjagd?«

»Guck nicht so viel fern.« Claudia schaute auf ihre Armbanduhr. »In neuneinhalb Minuten hab ich hier Feierabend. Der Kaffeeautomat steht im Erdgeschoss, ich würde dir allerdings Lauras

58

Büro empfehlen, die hat eine Espressomaschine.« Sie wies zum Fenster »Die Pflanze da muss zweimal die Woche gegossen werden. Was willst du noch wissen?«

»Und wenn nun diese Frau Fischer die Sachen, äh, Beweise, die sie findet, selbst versteckt? Um sich interessant zu machen? So was gibt es!«

»Du sollst nicht so viel fernsehen!«

»Und was ist mit der Maschinenpistole?«

»Ihr werdet es rausfinden. Beziehungsweise nicht ihr, sondern die Verdeckten.«

»Glaubst du, ich kann bei der Besprechung heute Nachmittag dabei sein?«

»Nein, das glaube ich nicht.«

»Aber wenn ich doch jetzt dem Felix zugeteilt bin ...«

»Das ist Führungsebene, mein Lieber. Da musst du noch ein bisschen reifen.«

»Wärst du nicht gern dabei?«

»Könnte ich ja, wenn ich wollte. Aber nein danke. Und jetzt schreib mal lieber deinen Bericht. Der Chefbauer wartet nicht gern. Vergiss bloß nicht, den Namen der Auffinderin reinzuschreiben, hörst du!«

»Steht schon drin. Bin fast fertig. Ich wünsch dir gute Besserung mit deinem Knie und einen schönen Urlaub. Und danke für die Ratschläge.«

»Das ist kein Urlaub. Ich ziehe mit meinem Freund zusammen.«

»Na, dann fängt dein Urlaub halt nach dem Urlaub an, wenn du wieder da bist«, sagte Johannes freundlich. »Weil bis dahin ganz bestimmt kein toter Jäger mehr auf deinem Tisch liegt. Dafür werde ich persönlich sorgen!«

12

Wie im Urlaub fühlte ich mich im Speckgürtel München, wo die Hügel in weichen Wellen wogten. Dies war ein rein privates Gassi auf dem Höhenweg mit Blick über die Seen. Ein Farbengenuss im Herbst, wenn das Laub allmählich zu rosten beginnt und der Wald im milden Licht glüht. Seit Jahren arbeitete ich an meinem Verhältnis zum Herbst, den ich gern gerngehabt hätte, doch viel zu oft stimmte er mich melancholisch. Aber wenn ich Flipper zuschaute, wie er galoppierte und buddelte und Stöcken hinterherfetzte, gelobte ich immer Besserung. Mein Hund mag jede Jahreszeit, weil er im Jetzt lebt. Wo war er überhaupt? »Flipper?«

»Witziger Name für einen Hund!«

O, wie peinlich. Schon wieder dieser Jogger. Ich wollte ihm keine Gelegenheit geben, mich auf mein Fehlverhalten hinzuweisen. Ich hatte nicht mal eine Leine dabei, zum Glück lief Flipper brav auf dem Weg. »Joggen Sie immer zu verschiedenen Tageszeiten?«, startete ich ein Ablenkungsmanöver. Dem Läufer fiel der Unsinn in meiner Frage nicht auf. Mir schon. Aber zu spät.

»Ich hab mein Gwand in der Firma. Wenn es zeitlich passt, dann dreh ich meine Runde. Übrigens: Ihr Tipp von neulich. Ich habe mich erkundigt. Sie haben recht, Dehnung in dieser Position ist schlecht für die Halswirbel. Danke.«

»Gern geschehen. Und Sie sind Jäger?«

»Sieht man mir das an?«

»Nein, aber wie Sie gesprochen haben – über die aufgeschlitzten Rehkitze.«

»Ja. Das ist kein schöner Tod.«

»Gibt es den denn? Einen schönen Tod?«

»Freilich. Mit einem Blattschuss zum Beispiel. Der verletzt die Lunge oder das Herz und ist sofort tödlich.«

»Aha«, sagte ich und sah die handschriftlichen Notizen des Kommissars vor mir. Lungendurchschuss. Hieß das beim Menschen auch Blattschuss?

Sepp Friesenegger musterte mich auf eine Art und Weise, die mir verriet, dass ich ihm gefiel. Deshalb zeigte er sich wohl auch nachsichtig bezüglich Flipper. Wenn eine gewisse Anziehung im Spiel ist, schaltet der Verstand ab. Ich hatte das Thema in letzter Zeit leidenschaftlich studiert.

»Jäger schützen das Wild. Und trotzdem haben wir einen Abschuss zu bringen. Der wird uns vorgeschrieben, das entscheiden wir nicht selbst. Wir geben viel Geld aus, um dieses Ziel zu erreichen. Unsere Waffen, die Munition und die hoch präzise Zieloptik sind kostspielig. Hightech vom Feinsten, wir bezahlen das aus eigener Tasche.«

»Woher kommt dann der schlechte Ruf der Jäger?«

»Erstens aus dem letzten Jahrtausend. Und zweitens gibt es bei uns wie überall schwarze Schafe, die glauben, sie könnten auf das Schießkino verzichten.«

»Schießkino?«, wiederholte ich.

»Auf einer Leinwand werden wie im Kino Filme abgespielt. Sie sehen beispielsweise Sauen durchs Bild laufen. Mit einer speziellen Feinschrotmunition können Sie auf die Sauen, also auf die

Leinwand, schießen. Sie sehen genau, wo Sie getroffen haben, beziehungsweise wo nicht. Sie erkennen, was Sie falsch machen, und können Ihre Fehler korrigieren. Das ist eine naturadäquate Übungsmethode, da Sie auf bewegte Objekte schießen. Ich arbeite bei der Firma Puster«, stolz wies er nach rechts über den Hügel. »Unsere Kunden genießen den Service, die Waffen, die sie bei uns kaufen, gleich in unserem Haus einzuschießen. Selbstverständlich steht unsere Anlage auch Jägern offen.«

Ich schaute wohl ein wenig begriffsstutzig drein, denn er fuhr fort: »Wenn Sie ein Auto kaufen, fahren Sie es ja auch erst mal Probe. Man will schließlich wissen, was man erwirbt. Das soll schon passen. Vom Gefühl her und überhaupt.«

»Also wenn ich bei Ihnen eine Waffe kaufen würde, könnte ich die in Ihrem Schießkino einschießen?«

»Einen Waffenschein sollten Sie freilich haben.«

»Gibt es Frauenwaffen?«

Sepp Friesenegger grinste. »Mehr als genug. Leuchtend blaue Augen zum Beispiel.«

Ich schoss einen Blitz ab.

Er trat einen Schritt zurück. »Nein, es gibt nur Waffen für kleinere Menschen. Aber eine solche würden Sie nicht brauchen, Sie sind locker über eins siebzig.«

Geistesabwesend nickte ich. Eine Waffenfirma in der Nähe!

»Kürzlich sind wir mit der Firma Bittermann & Sohn aus Kiel fusioniert, die auch Behördenwaffen herstellt. Wir haben aber nur die jagdlichen Komponenten integriert. Waffen, Zubehör, Bekleidung.«

»Was für eine Waffe benutzt eigentlich die Polizei?«

»Weit verbreitetet ist die P7 von Heckler & Koch, neun mal neunzehn Millimeter.«

Ich erinnerte mich an das schwarze Ding, das Felix auf die Garderobe gelegt hatte, kaum dass wir in seiner Wohnung waren. Er hatte mir das T-Shirt vom Leib geküsst, ich hatte ihm seine Jeansjacke heruntergerissen. Wenn ich es mir recht überlegte, war er zu Beginn meistens zärtlicher als ich. Mein Hunger war größer, ich hatte auch mal an einer Essstörung gelitten in der Pubertät.

»Ist das eine gute Waffe?«

Sepp Friesenegger zuckte mit den Schultern. »Na ja. Mir geht der Schlitten zu schwer. Aber treffsicher ist sie schon und leicht zu sichern, das muss man ihr lassen. Sie ist allerdings keine Schönheit, nein, das kann man nicht behaupten.«

»Schön fand ich daran gar nichts«, entfuhr es mir. Ich räusperte mich. »Ich hab mal eine wo liegen sehen.«

»Das dürfte eigentlich nicht passieren, dass man eine wo liegen sieht«, sagte Sepp Friesenegger. »Eine Waffe muss weggesperrt sein. Immer.«

»Und wenn nicht?«

»Verstoßen Sie, beziehungsweise der Besitzer, gegen das Gesetz.«

»Man könnte also denjenigen anzeigen, der die Waffe einfach so rumliegen lässt, auch in seiner eigenen Wohnung?«

»Wer Waffen oder Munition besitzt, hat die erforderlichen Vorkehrungen zu treffen, um zu verhindern, dass diese Gegenstände abhandenkommen oder Dritte sie unbefugt an sich nehmen.« Die Einladung kam plötzlich: »Besuchen Sie mich halt mal.«

Überrascht starrte ich ihn an.

»Im Schießkino meine ich. Wenn Sie sich für die Materie interessieren.«

»Kann ich auch mal schießen?«

»Schau ma mal.« Er grinste. »Aber ich sag's Ihnen gleich: Wenn

Sie es einmal getan haben, wollen Sie es immer wieder tun. Es ist Adrenalin pur.«

Ich verstand sehr gut, wovon er sprach.

»Haben Sie eine Heckler & Koch in Ihrem Kino?«

»Nein. Aber viele andere viel schönere Waffen, elegantere. Büchsen, Flinten, Revolver. Und einen 45er-Colt. Den müssen Sie mit beiden Händen festhalten, sonst fliegt er Ihnen glatt davon. Also, was ich sagen will: Bei uns gibt es alles, was das Herz begehrt«, er machte eine Kunstpause, »fast alles. Ich bin nicht nur Hobbyjäger, sondern hauptberuflich Büchsenmacher. Und das ist kein Job. Das ist eine Passion.«

Bedeutet das nicht dasselbe wie Leidenschaft, dachte ich, während ich mich erkundigte: »Haben Sie den toten Jäger gekannt?«

»Ich kenne hier alle. Warum fragen Sie das?«

»Es interessiert mich eben. Wenn man wo spazieren geht, und es schaut so unberührt, so unschuldig aus, und dann erfährt man, dass das gar nicht stimmt. Die Gefahren lauern überall.«

»Zum Beispiel, wenn man in eine Mündung blickt«, sagte Sepp Friesenegger und schaute viel zu lange auf meinen Mund.

»Und wie war der so, der tote Jäger?«, fragte ich.

»Es gibt manche, um die es schad ist. Und andere.«

Ich nickte.

»Vergönnen mag man's ja keinem«, Sepp Friesenegger zögerte, »aber es gibt halt Leut, die auf der Jagd mehr Feinde ham als wie die Sauen.«

13

»Tom Stiefel«, stellte Tom Stiefel sich am Freitag um 14:28 Uhr auf dem Flur der Kripo Fürstenfeldbruck vor. Sein Händedruck war kühl und kräftig.

»Leopold Chefbauer«, sagte Leopold Chefbauer.

»Christian Wagner«, sagte der Kollege von Tom Stiefel.

»Leopold Chefbauer«, sagte Leopold Chefbauer.

»Und wo ist der Tixel?«, fragte Tom Stiefel.

Das wüsste ich auch gern, dachte Leopold Chefbauer und sagte: »Er ist leider aufgehalten worden.«

Christian Wagner schaute auf seine Uhr.

»Nun, wir haben uns ja schon kennengelernt«, sagte Tom Stiefel. »Im Wald, beim Fundort der Waffe.«

»Und wir haben es eilig«, ergänzte Christian Wagner.

»Ja, sicher«, murmelte Leopold Chefbauer.

»Also wir haben eure Protokolle gelesen und entnehmen den Akten, dass ihr euch bei euren Ermittlungen bislang nicht auf dieses Gebiet beschränkt habt«, eröffnete Tom Stiefel die Unterredung.

»Das ist nicht in unserem Sinne und muss sofort eingestellt werden«, ergänzte Christian Wagner. »Wir möchten, dass Sie sich *ausschließlich* auf den Jäger und sein Umfeld beschränken. Die Maschinenpistole hat unserer Hypothese nach nichts mit Ihrem Fall zu tun, könnte aber zu einem anderen Fall passen, den wir seit mehreren Monaten auf dem Tisch haben. Wir brauchen in dieser Gegend definitiv kein erhöhtes Polizeiaufkommen.«

»Kein Aufsehen jedweder Art«, fasste Tom Stiefel knapp zusammen.

»Der tote Jäger hat bereits für beträchtliches Aufsehen gesorgt«, wandte Leopold Chefbauer ein.

»Leider. Deshalb müssen wir jetzt sehr behutsam vorgehen.«

»Wir wollen Ihre Untersuchung nicht behindern, doch aus ermittlungstaktischen Gründen ist es notwendig, dass wir über alle Ihre Schritte im Vorfeld informiert werden. Sie werden weiterhin im Umfeld des toten Jägers ermitteln. Wie wir gelesen haben, gibt es dort die eine oder andere Spur. Sollten Sie das engere Umfeld verlassen, stimmen Sie das mit uns ab. Und selbstverständlich auch, wenn Sie im Rahmen Ihrer Ermittlungen etwas Außergewöhnliches feststellen.«

»Das betrifft vor allem den angrenzenden Wald ...«

»Wo die Skorpion gefunden wurde?«, fragte Leopold Chefbauer

»Welche Skorpion?«

Einen kurzen Augenblick glaubte Leopold Chefbauer, Stiefel meine das ernst. Dann merkte er, dass der Verdeckte scherzte. Sie sahen so aus, wie sie immer aussahen, so wie Felix sie beschrieben hatte: cool und arrogant. Sie waren in Felix' Alter und ihm nicht mal unähnlich, so sportlich und selbstbewusst im Auftreten, und sie versprühten, so würde Leopold Chefbauers pubertierende Enkelin Amelie das nennen, zu viel Testosteron. Christian Wagner breitete eine Karte auf dem Tisch des Besprechungszimmers aus. »Wir haben den sensiblen Bereich markiert.«

Leopold Chefbauer nickte. »Ich gebe die Karte an meine Mitarbeiter weiter.«

»Wer ist noch in Ihrem Ermittlungsteam außer Herrn Tixel?«

»Im Prinzip Frau von Dobbeler, allerdings ist sie im Urlaub. Dann noch sechs erfahrene Kollegen und ein junger Mitarbeiter von der SchuPo, der erst seit dieser Woche bei uns ist.«

»Nun, wir haben Erkundigungen eingezogen«, sagte Tom Stiefel, und er brauchte nicht zu erläutern, worüber.

»Hauptkommissar Felix Tixel ist einer meiner besten Männer und ...«

»Das haben wir gelesen«, grinste Tom Stiefel.

»Ist Ihnen so was noch nie passiert?«, ging Chefbauer in die Offensive. »Haben Sie noch nie eine falsche Spur verfolgt?.«

Christian Wagner starrte konzentriert auf den Lichtschalter neben der Tür.

»Sie garantieren uns eine reibungslose Zusammenarbeit?«, wollte Tom Stiefel wissen.

Leopold Chefbauer nickte.

»Herr Tixel hat sich unserer Ansicht nach nicht so kooperativ verhalten, wie wir das in Anbetracht der Situation erwarten müssen.«

»Ihr Auftritt im Wald kam völlig überraschend für ihn.«

»Wir mögen Überraschungen«, grinste Tom Stiefel frech.

14

Das Telefon fiel mir fast aus der Hand.

»Kriminalhauptkommissar Felix Tixel«, meldete er sich. »Frau Fischer?«

Alberner konnte er wohl nicht. Ich hatte in seinen Bizeps gebissen und kannte die Narbe oberhalb von.

»Am Apparat«, erwiderte ich.

»Mir liegt ein Protokoll vor«, sagte er, »in dem die Rede davon ist, dass Sie Kenntnis darüber haben, dass in dem Gebiet, wo Sie am vergangenen Dienstag Gassi gegangen sind, ein Hund erschossen worden sein soll.«

»Felix«, sagte ich.

Er reagierte nicht darauf. War er nicht allein im Zimmer? Oder wollte er mich so auf Distanz halten. Mir zu verstehen geben, dass ich nun ausschließlich mit dem Bullen sprach. Also gut. Das konnte mir bloß recht sein. Wir kannten uns nicht mehr privat. War es nicht genau das, was ich wollte?

»Mein Kollege Johannes Winter erinnert sich daran, diese Mitteilung von Ihnen erhalten zu haben. Ist das korrekt?«

»Ja.«

»Woher wissen Sie das?«

»Ein Jäger hat es mir gesagt. Vielleicht stimmt es ja auch nicht. Das ist mir schon öfter passiert. Jäger machen Hundebesitzern gern Angst, glaube ich. Die wollen, dass Hunde angeleint werden.«

Felix prustete laut heraus. »Sonst kommt dich der Jäger holen mit dem Schießgewehr.«

Erleichtert fiel ich in sein Lachen ein.

Eine Stunde später trafen wir uns. Weil er gerade in Schwabing war, schlug Felix den Kaisergarten vor. Ich nahm das Fahrrad, begeistert fetzte Flipper neben mir durch den Englischen Garten.

Felix saß draußen wie viele andere Gäste, die den warmen Septembernachmittag genossen. Er trug ein weißes, eng anliegendes T-Shirt, das seinen v-förmigen Oberkörper betonte, und schwarze Jeans. Ich setzte mich ihm gegenüber. Mein Kopf, den ich Pedaltritt für Pedaltritt voller guter Vorsätze gepumpt hatte, schaltete ab. Überhitzungsschaden. Wir schauten uns an. Wir redeten kein Wort. Felix legte einen Fünfeuroschein unter seine halb volle Apfelschorle. Wir liefen die Kaiserstraße entlang, ohne uns zu berühren, nicht mal an den Händen. Zu heiß. Ich betrachtete sein markantes Profil. Die langen Oberschenkelmuskeln und seinen kraftvollen Gang. Er musste mir nicht erklären, dass er sich hier auskannte; ich folgte ihm in irgendein Jugendstilgebäude, an dessen Eingangsbereich blankpolierte Schilder mehrere Anwaltskanzleien anpriesen. Die Tür war offen. Wir gingen in den Keller. Wie immer hatte ich Angst, dass wir einmal in einer öffentlichen Toilette enden würden wie alle Süchtigen, doch wie jedes Mal war es sauber, und es gab alles, was wir brauchten. In dem ordentlich aufgeräumten Abstellraum wurden ausgemusterte Fotokopierer, Drucker und Computer aufbewahrt. Flipper bezog unaufgefordert seinen Wachposten am Treppenabsatz.

Es war anders diesmal. Zuerst sehr wild, wütend fast. Dann sehr zärtlich, viel zu zärtlich. Er hielt meinen Kopf in seinen Händen und sagte »Franzi«, was außer ihm nur meine Oma zu mir gesagt hatte, und dann küsste er mich, als wollte er mich in sich einsaugen. Verdammt, wir müssen reden, dachte ich. So geht das nicht. Jetzt ist es schon wieder falsch gelaufen.

»Wir zwei, wir sollten uns mal aussprechen«, flüsterte Felix in mein Ohr.

»Und frühstücken«, flüsterte ich zurück, denn ich wusste noch immer nicht, ob er mit Wurst oder Honig in den Tag startete.

»Schießt du eigentlich gut?«, fragte ich, obwohl ich etwas ganz anderes hätte fragen sollen, wollen, doch das harte Ding drückte mich.

»Ja.«

»Hast du schon mal auf einen Menschen geschossen?«

Er zog sich ein klein wenig zurück, und seine Muskeln wurden härter. Ich hatte ihn verärgert. Es tat mir sofort leid. Wie immer zu spät.

»Auf der letzten Wiesn hab ich für die Sinah einen Riesenteddy geschossen. In Rosa.«

Er traf mich. Mitten ins Herz. So was hatte ich mir früher immer gewünscht. Einen Papa, der mir einen Teddy schoss. Felix schob mich ein Stück weg von sich und musterte mich aufmerksam.

»Soll ich dir auch mal einen schießen?«

»Ich brauch keinen Teddy, ich hab meinen Flipper.«

»Dann eben eine Blume.«

Ich wollte gerade sagen, dass die Blumen aus Plastik und bloß Staubfänger waren. Und dann wollte ich *Ja gerne* sagen. *Sehr gerne.* Da klingelte sein Handy. Zwei, drei Sekunden zögerte er. Dann ging er ran. Und dann war er weg.

15

»Leopold hier. Felix, wo bist du! Hast du die Besprechung vergessen!«

»Servus, Chefbauer. Ich habe meine Tochter aus dem Kindergarten geholt.«

»Bitte?«

»Das war ein Notfall. Meine Frau, also meine zukünftige Exfrau hatte ein Problem, und die Kindergärtnerin hat gedroht, Sinah auf die Straße zu stellen. Mitten in Schwabing.«

»Das darf sie nicht.«

»Ja, das weiß ich schon. Aber es klang ernst. Offenbar wird sie öfter zu spät abgeholt.«

»Und warum erfahre ich das erst jetzt? Das hat keinen guten Eindruck hinterlassen!«

»Ich hab dir auf die Mailbox gesprochen. Wie ist es denn gelaufen?«

»Wie zu erwarten.«

»In fünfundvierzig Minuten bin ich da.«

»Komm nicht hierher. Ruf den Bert an. Der hat Neuigkeiten. Und dann könntest du noch mal zu der Waffenschmiede Puster rausfahren.« Chefbauer knurrte. »Das ist uns ja freundlicherweise gestattet. Nimm den Johannes mit. Der ist noch bei einer Befragung in der Gegend da draußen.«

»Ich rede. Du sagst nichts«, wies Felix Johannes an, als sie am Spätnachmittag auf das Firmengebäude der Waffenschmiede Puster, einen vierstöckigen lang gezogenen Bau mit Flachdach, zugingen.

»Der Bert hat eine SMS geschickt: Wir sollen die Liste nicht vergessen.«

»Ja. Dann merkst du dir das mit der Liste, und wenn wir uns verabschieden, fragst du danach.«

»Also, das sage ich dann?«, vergewisserte Johannes sich.

»Ja, das ist dein Job.«

»Und sonst halte ich mich im Hintergrund.«

Felix klopfte Johannes grinsend auf die Schulter. »So lob ich mir meine Mitarbeiter.«

»Du, Felix?«

»Hm.«

»Hast du schon mal eine Verfolgungsfahrt gehabt?«

Felix stutzte, dann sagte er: »Schon lange her. Auf der Carrerabahn mit meinem Schulfreund Hartmut. Und du?«

»Äh, noch nie.«

»Kann ja noch werden«, erwiderte Felix locker, zückte seinen Dienstausweis und hielt ihn vor der gläsernen Eingangstür in die Luft. Ein Summer ertönte.

»Grüß Gott«, sagte eine blonde, mollige Frau, an deren Ohren versilberte Pistölchen baumelten.

»Wir sind angemeldet. Herr Happach erwartet uns.«

Nun zog auch Johannes seinen Ausweis hervor, doch die Empfangsdame ignorierte ihn gänzlich.

Sie mussten keine zwei Minuten warten, da holte Direktor Happach sie am Empfang ab. Er war Mitte vierzig, untersetzt, hatte einen Schnauzer und trug die gleiche Kleidung, wie sie im Eingangsbereich an Schaufensterpuppen ausgestellt war. Jagdmode in Tarnfarben: schlammfarbene Hose, braun kariertes Hemd, Wildlederweste.

Schon auf dem Weg zu seinem Büro wandte sich der Direktor an Felix. »Ich dachte eigentlich, wir hätten bei unserem Gespräch am Montag alles geklärt?«

»Es gibt neue Erkenntnisse. Deshalb möchten wir noch einmal mit Ihnen über Ihren verstorbenen Abteilungsleiter Gerd Jensen sprechen.«

Im Büro des Direktors nahm Felix ungebeten Platz auf einem Zweisitzersofa in einer Ecke des Raumes, während Johannes die Geweihe bestaunte, die eine komplette Wandseite gegenüber der Fensterfront bedeckten.

Mit einem »Meine Herren«, nahm Direktor Happach hinter seinem Schreibtisch Platz. Felix schaute Johannes an. Es dauerte eine Weile, bis der begriff und sich vor den Schreibtisch setzte.

»Was für neue Erkenntnisse konnten Sie gewinnen, und inwieweit kann ich weiterhelfen?«, wandte sich der Direktor an Felix.

»Was glauben Sie denn?«, fragte der zurück.

Happachs Gesicht rötete sich leicht. »Ich möchte Sie erneut dringend um Diskretion bitten. Es befleckt den guten Ruf unserer Firma, wenn wir mit einem Jagdunfall in Verbindung gebracht werden. Das geht ganz und gar nicht. Gerade jetzt, wo wir mit der jagdlichen Sparte der Firma Bittermann & Sohn fusioniert haben. Da schauen doch alle auf uns.«

»Diese Fusion hat vor einem halben Jahr stattgefunden?«

»Vor acht Monaten, um genau zu sein.«

»Das bedeutet, dass Sie jetzt mit einem Ihrer größten Konkurrenten an einem Strang ziehen, mit dem Sie sich gleichzeitig einen hart umkämpften Markt teilen.«

»In dieser hochsensiblen Situation ist es absolut erforderlich, dass ausschließlich Erfolgsmeldungen nach außen dringen. Wir können uns keinen Jagdunfall leisten!«, ereiferte sich der Direktor.

»Aber es war doch gar kein Unfall!«, entfuhr es Johannes.

»Wir im Haus hier wissen natürlich, dass unser geschätzter Mitarbeiter Gerd Jensen einem Gewaltverbrechen zum Opfer fiel«, führte Direktor Happach aus. »Doch die Leute draußen erinnern sich nicht an solche Details. Die lesen in der Zeitung *Jagdfirma, Jagdwaffe, toter Jäger*. Das setzt sich fest in den Köpfen der Leute. Unbewusst. Das wissen die gar nicht, und es ist trotzdem drin und kann sich bei einer Kaufentscheidung zu unserem Nachteil auswirken. Natürlich stirbt mal ein Mitarbeiter. An Krebs oder einem Herzinfarkt. Aber bitte schön doch nicht durch eine Waffe! Das ist ein No-Go in einer Waffenschmiede, verstehen Sie das denn nicht?«

»Gewiss«, sagte Felix.

»Unsere Jäger halten sich an die Regeln der Berufsgenossenschaft. Jagdunfälle passieren immer dann, wenn jemand fahrlässig handelt. Bei dieser Jagd, Herr Kriminalhauptkommissar, es gab im Übrigen keinerlei Beanstandungen, waren zweiundzwanzig langjährige Jäger anwesend. Alles erfahrene und besonnene Männer.«

»Und vier Frauen.«

»Ja, auch sie sehr erfahren. Ausnahmslos Ehefrauen.«

Felix blickte starr zu Boden.

Der Direktor hob die Hände wie ein Priester beim Segen. »Leider hört man immer wieder einmal – aus anderen Revieren, das betone ich – von Jägern, die ihre Waffe nicht entladen, wenn sie den Hochsitz verlassen. Es könnte ja sein, dass ihnen auf dem Weg zum Auto eine Sau begegnet – ich bitte Sie, das ist doch menschlich.«

Felix hob den Blick. »Absolut.«

»Aber bei uns kommt das nicht vor, nicht in unserem Kreis, nicht im Hegering.«

»Herr Happach, ich verstehe Ihre Sorge um das Image Ihres Unternehmens, aber wir wollen die Kirche im Dorf lassen. Wir sprechen hier nicht über einen Jagdunfall. Mein Kollege und ich sind bei Ihnen, weil das K1 Ermittlungen in einem Tötungsdelikt aufgenommen hat.«

Herr Happach verdrehte die Augen. »Hören Sie mir denn nicht zu?«

»Ich höre sehr genau zu.«

»Nichts anderes habe ich gesagt. Es geht um die Außenwirkung!«

»Mir geht es darum, den Mord aufzuklären«, sagte Felix.

»Ja, uns doch auch! Was glauben Sie, was das für ein schreckliches Gefühl ist, gerade für meine Mitarbeiter. Dass einer ihrer Kollegen ... Einer von uns ... Ermordet!«

»Ehrlich gesagt erwecken Sie nicht den Eindruck.«

»Sie erwarten doch wohl nicht, dass ich vor Ihnen in Tränen ausbreche?« Kopfschüttelnd starrte der Direktor aus dem Fenster.

»Die Firmengruppe Puster-Bittermann kann keinen Toten brauchen, ist das so schwer zu verstehen?«

»Ich kann auch keinen Toten mehr gebrauchen. Ich habe schon mehr als genug«, erwiderte Felix überfreundlich.

Happach tupfte sich mit einem Stofftaschentuch die Stirn. »Sie sprachen zuvor von neuen Erkenntnissen, die sich ergeben haben.«

»Was war er denn für ein Mensch, der Herr Jensen?«

»Sehr korrekt. Engagiert. Morgens der Erste, abends der Letzte«, grinsend schob Happach nach: »Was bei uns gar nicht so einfach ist.«

»Und was war er für ein Mensch, der Herr Jensen?«

»Also. Tja. Da bin ich vielleicht der falsche Ansprechpartner. Ich kenne, kannte, ihn ja auch nur kurz, wie gesagt, wir haben erst vor acht Monaten fusioniert und ...«

»Der Herr Jensen kam von Bittermann & Sohn?«

»Ja.«

»Und wie hat er sich eingewöhnt?«

»Hervorragend.«

»Also war er ein anpassungsfähiger Kollege?«

»Nein, eher nicht – wie meinen Sie das?«

»Es ist manchmal nicht so leicht, wenn einer aus dem hohen Norden in den Süden ...«

»Ach so!« Happach schmunzelte.

»Ja, und dann gibt es da auch noch Konflikte, die jenseits regionaler Animositäten auftauchen können, viele Fusionen verlaufen alles andere als reibungslos.«

»Mit Verlaub, Herr Hauptkommissar, das sind Gerüchte. Und wir Jäger – wir sind aus einem Holz geschnitzt. Da spielt es doch keine Rolle, ob einer ein Preuß oder ein Bayer ist. Die meisten Mitarbeiter arbeiten schon sehr lange bei uns, das heißt, wir sind praktisch eine Familie.«

»Auch der Franz Brandl?«

»Selbstverständlich!«

»Der Herr Brandl hat bei Puster in etwa die gleiche Position inne, die Herr Jensen bei Bittermann hatte?«

»Nein, das kann man gar nicht vergleichen.«

»Ach nein? Bei unserem letzten Gespräch haben Sie das selbst gesagt.«

»Ich? Nein, da haben Sie mich falsch verstanden. Der Herr Brandl ist unser Starverkäufer. Der kann mit den Leuten. Die mögen ihn.«

»Den Gerd Jensen hat man nicht gemocht?«

»Jetzt verdrehen Sie mir schon wieder das Wort im Mund! Jensen war mehr ein Manager. Ein Organisator, Planer. Aber ja, in der Position waren sie durchaus gleich, Brandl für Puster, Jensen für Bittermann & Sohn. Wissen Sie, Herr Hauptkommissar, wenn man solche wunderbaren Produkte herstellt wie wir in diesem Hause, Produkte, die einzigartig sind in ihrer Perfektion und in dem Zusammenspiel von Ästhetik, Präzision, Zuverlässigkeit, Sicherheit und Führigkeit, dann hat man keine Zeit für irgendein Gehackel. Sie tragen selbst eine Waffe. Sie kennen sich aus. Nehmen Sie mal eine unserer Büchsen in die Hand. Gehen Sie damit in unser Schießkino. Ich kann das gern für Sie arrangieren. Haben Sie so was bei der Polizei oder bloß einen Schießstand?«

»Freilich ham mir ein Schießkino!«, entfuhr es Johannes.

Happach beachtete ihn nicht. Unverwandt schaute er Felix an. »Schon beim ersten Anblick, beim ersten Anschlagen der Büchse, beim ersten Schwingen wird Ihnen klar, was Sie da in der Hand halten, und Sie merken, dass es eine Freude ist, bei uns im Team zu sein und daran mitzuwirken.«

»Wann kann ich bei Ihnen anfangen?«, fragte Felix.

Direktor Happach wirkte irritiert.

»War Gerd Jensen unbeliebt?«, lud Felix nach.

»Ich kann nur wiederholen, was ich bei unserem ersten Gespräch bereits erklärte, dass ich nicht weiß, mit wem er privat

Kontakt hatte. Er hat hier im Haus hervorragende Arbeit geleistet, und das alles ist ein schwerer Verlust für unsere Firma.«

»Mit wem hatte er am meisten Kontakt?«

Happach zuckte mit den Schultern.

»Wer kann uns das sagen?«

»Vielleicht seine Sekretärin.«

»Kann mein Mitarbeiter mit ihr sprechen?«

»Tut mir leid, sie ist heute nicht im Haus. Wie meine Sekretärin auch. Die Damen sind auf einer Fortbildung.«

»Da sind Sie aber oft. Waren sie nicht auch am Montag aushäusig?«

»Wir schulen unsere Mitarbeiter regelmäßig.«

Johannes räusperte sich. »Wir möchten Sie bitten, uns eine Liste aller Mitarbeiter zu schicken mit einem Vermerk, wer zu Puster und wer zu Bittermann gehört, wer wann in die Firmen eingetreten ist und wem in den letzten zwölf Monaten gekündigt wurde.«

Felix stand auf, ging zum Fenster, schaute hinaus und stellte dann fest: »Die Liste kriegen wir heute noch. Das dürfte ja wohl kein Problem sein, wo hier bis auf die Sekretärinnen alle so gern Überstunden machen.«

16

Mein italienischer Freund, der Föhn, blies lässig warme Luft von den Alpen her. Über München wellte sich ein blaues Himmelmeer. Der Fernsehturm, der weit weg im Münchner Norden aufsticht, stand zum Fensterputzen nah und fast auf einer Höhe mit den Türmen an der Reichenbachbrücke und dem schwarzen Hut der alten Sendlinger Pfarrkirche. Es kam sehr selten vor, dass ich keine Lust zum Training hatte. Auf dem Weg zum Sportstudio begegneten mir viele Leute in Freitagsfeierabendlaune. Das Wochenende stand vor der Tür – für mich gab es so was nicht. Meine Kurse liefen auch am Wochenende.

Vier Stunden später, ich hatte Body Combat im Studio Sportive beendet, fragte mich Florentine, die neue Geschäftsführerin des Studios, ob ich kurz Zeit hätte. Eine Formulierung, die bei mir die Alarmsirenen schrillen ließ.

»Klar«, erwiderte ich locker. Die Art, wie Flipper sich neben mich setzte, verriet mir, noch bevor Florentine begann, worum es sich drehte. »Franza, wir sind ein Dienstleistungsunternehmen. Wir möchten unsere Kunden dort abholen, wo sie stehen.«

»Prima. Das machen wir doch auch«, bestätigte ich.

»Wir«, sagte sie in einem Ton, der mir zeigte, dass es ein Wir gab, zu dem ich keine Zugangsberechtigung hatte, »finden es wichtig, dass sich unsere Mitarbeiter fortbilden.«

»Allein im letzten Jahr habe ich drei Scheine gemacht.«

»Wir denken dabei nicht an solche Trainerinnenscheine.«

»Sondern?«

»Kommunikation, Motivation, Coaching, Leading. Was hältst du davon«, fragte Florentine, »mal so einen Kurs zu belegen?«

»Finde ich prima, dass ihr eurem Personal das finanziert«, lobte ich begeisterter, als ich es war.

Florentine versuchte, mich mütterlich anzulächeln, was schiefgehen musste, sie war mit fünfunddreißig gerade mal zwei Jahre älter als ich. »Die Erfahrung zeigt«, erklärte sie mir, »dass man eine solche Weiterbildungsmaßnahme aus eigener Tasche bezahlen sollte. Das ist psychologisch erwiesen. Nur dann rentiert sie sich.«

»Ach so«, sagte ich und dachte: für euch.

»Du musst das als Beitrag zu deiner Persönlichkeitsentwicklung verstehen. Davon profitierst du nicht nur beruflich. Es wird dein Leben verändern. Auch privat, weißt du.«

»Ich finde mein Leben eigentlich recht schön«, widersprach ich.

»Das sagst du nur, weil du nicht weißt, wie es sein *könnte*«, behauptete sie. Offenbar hatte sie das Seminar bereits besucht.

»Glaubst du, du schaffst das innerhalb des nächsten Jahres? Wir würden gern offensiv damit werben, dass alle unsere Trainer nicht nur fit in Fragen rund um den Körper sind, sondern auch, was die Physis, äh, Psyche, betrifft. Das Mentale eben. Wir arbeiten gerade an einem Konzept. Move your Motivation oder so ähnlich.«

»Klingt prima oder so ähnlich«, gab ich mir immerhin Mühe.

Auf dem Weg nach draußen wedelte Flipper nur noch das Nötigste weg. »Keine Sorge«, tröstete ich ihn. »Verhungern werden wir bestimmt nicht! Aber blöd wäre das schon, wenn uns gleich zwei Studios wegbrechen würden. Wir bräuchten mehr Privatkunden, Flipper. Das wäre auch viel angenehmer, und wir würden locker das Doppelte verdienen.«

Freundlich hechelte er mich an. Eine dicke Japanerin, ich kannte bislang nur dünne, fragte mich: »Guter Freund, Hund?«

»Der beste«, sagte ich.

»Besser als Mann?«, wollte sie wissen.

Ich nickte, und sie reckte den Daumen. »Ich Katze. Auch besser als Mann.«

17

Um diese Uhrzeit, noch dazu an einem Freitag, an dem kein neuer Mord geschehen, beziehungsweise ein eventuell geschehener Mord noch nicht aktenkundig war, befanden sich kaum Kollegen im Büro, und auf ihrem Stockwerk brannte kein zweites Licht. Felix schob einen der beiden Pizzakartons über den Tisch zu Johannes. Der ließ sich Zeit mit dem Öffnen und beobachtete, ob Felix Messer und Gabel benutzen oder die bereits geschnittenen Stücke mit der Hand essen würde.

»Wie geht das eigentlich bei euch, schreib ich jetzt meine Überstunden auf? Es ist ja schon gleich zehn«, stellte Johannes fest, bevor er sein Pizzadreieck in die Hand nahm und herzhaft zubiss.

»Da musst du mal mit dem Chefbauer reden, wie das bei dir gehandhabt wird. Magst was trinken? Apfelschorle ist da.«

»Ja gern. Schreibst du deine Überstunden auf?«

»Gelegentlich.« Felix öffnete einen Schrank hinter sich und nahm zwei Flaschen heraus. »Leider nicht kalt. Hab vergessen, Nachschub in den Kühlschrank zu stellen.«

»Danke.«

Johannes öffnete die Flasche und prostete Felix zu. Der zog sich einen Stuhl heran und legte seine Beine darauf.

»Fandest du den Besuch bei dem Direktor eigentlich ergiebig?«, erkundigte Johannes sich.

Felix kaute nachdenklich. »Besonders viele Auswahlmöglichkeiten haben wir nicht mehr, jetzt, wo die Verdeckten uns ausbremsen.«

»Hast du so was schon mal erlebt?«

»Einmal.«

»Und die sagen einem wirklich nicht, worum es geht? Auch dem Chefbauer nicht?«

»Manchmal kriegst du was mit. Aber immer nur einen Bruchteil. Den Überblick behalten die schön selbst. Sogar wenn es zu einem Zugriff kommt und sie uns anfordern, erfährst du erst unmittelbar vor dem Einsatz, worum es geht, also das Puzzlestückchen, das sie für dich aufdecken. Die haben halt Sorge, dass das sonst zu verstärkten Abschottungsmaßnahmen führen würde, so was kennen wir ja auch. Misstrauen erschwert unser Geschäft.«

Johannes nickte. »Aber ich würde schon gern ein bisschen mehr wissen, als wir wissen.« Ein Käsefaden schlang sich um seinen Handrücken. Er schleckte ihn weg, warf einen raschen Seitenblick zu Felix.

»O, tut so 'ne Pizza gut«, seufzte der behaglich. »Ich merke jetzt erst, wie hungrig ich bin.«

»Im Großen und Ganzen geht das schon in Ordnung mit den Verdeckten«, beschloss Johannes großzügig. »Die haben halt so ein elitäres Gehabe an den Tag gelegt.«

»Das passiert leicht, wenn du zu einer Spezialeinheit gehörst, die abgeschottet in priorisierten Fällen ermittelt und nicht Hinz und Kunz gegenüber Rechenschaft zu leisten hat.«

Johannes musterte Felix neugierig. »Das klingt so, als wäre das okay für dich?«

»Wenn ich darunter leiden würde, müsste ich mich beim LKA oder BKA bewerben. Aber dazu bin ich viel zu gern hier.«

»Ich auch. Und ich bin total froh, dass ich bei euch gelandet bin.«

»Übers Wochenende bleibst du trotzdem daheim, und am Montag reicht es mir, wenn du um zehn da bist.«

»Ich kann auch um acht kommen. Oder um sieben?«

»Nein, nein, schlaf dich aus.«

»Und du?«

»Ich brauch nicht so viel Schlaf. Ich bin ja nicht mehr in der Wachstumsphase.« Felix hob seine Flasche. »Prost. Nach dem Essen kannst heimgehen.« Er grinste. »Oder sonst wohin.«

»Und was machst du?«, fragte Johannes leicht errötend.

»Ich schau mir die Akten an.«

»Nimmst du die mit nach Hause?«

»Nein. Du weißt doch, dass so was gegen die Dienstvorschrift ist.«

»Ja klar, aber es ist schon spät, und ich hab mal gehört, das wird durchaus gemacht.«

»Nicht bei uns«, sagte Felix ernst. »Gewöhn dir das auf keinen Fall an, hörst du!«

Zwei Stunden später saßen sie noch immer über den Akten. Johannes hatte sie zum großen Teil an den vergangenen Tagen gelesen, doch nun merkte er, dass er einiges übersehen hatte. Zweiundzwanzig Protokolle von zweiundzwanzig Jägern. Felix hatte erklärt, dass sich vieles erst durch mehrmaliges Lesen erschließe. Doch so sehr Johannes sich auch bemühte, seinen Blick zu verändern, der Einschusswinkel blieb derselbe.

Das Opfer, Gerd Jensen, war sechsundfünfzig Jahre alt, verheiratet und Vater von zwei erwachsenen Kindern, Sohn und Tochter, die in Marburg und Dresden studierten. Seine Frau arbeitete halbtags als Apothekerin in Kiel. Gerd Jensen hatte keine Vorstrafen, keine Schulden, nicht mal Punkte in Flensburg und hatte in Drößling in möblierten zwei Zimmern gewohnt. »Ein sehr angenehmer Mieter«, hatte seine Vermieterin ausgesagt, »und am Wochenende meistens weg.«

Johannes schluckte. »Felix«, sagte er.

»Hm.«

»Der ist am Wochenende oft weg gewesen. Wo ist weg?«

»Ja, das ist mir auch aufgefallen. Kiel. Da war er halt daheim. Ist da auch geboren. Er und seine Frau bewohnen ein Eigenheim. Ich habe Fotos gesehen. Hübsche Hütte. Familie und Freundeskreis sind auch dort oben; Jensen war im Schützenverein und beim Vogelschutzbund, außerdem hat er eine Initiative gegründet für Naturlehrpfade. Also ich glaube nicht, dass der hier glücklich war.«

Johannes nickte. »Wie auch, da oben schaut es doch ganz anders aus als wie bei uns, da ist alles flach, und wenn du noch dazu viel draußen bist, dann erinnert dich das doch ständig dran, dass du viel zu weit weg von daheim bist.«

»Nee du«, widersprach Felix. »Flach ist es in Kiel nicht. Das ist Ostsee. Da ist die Küste hügelig, so ähnlich wie bei uns. Aber klar: Einer wie der braucht ständig seine steife Brise, der braucht den Blick aufs Meer und Möwen, schnell ziehende Wolken und einen ganz anderen Himmel als unseren. Der braucht schwarz-weiße Kühe, die da oben schwarz-bunte heißen, keine braun-weißen, die da oben rot-bunte heißen. Der braucht Windräder und keinen Föhn.« Die letzten Sätze hatte Felix in Platt gesprochen, und Johannes hing bewundernd an seinen Lippen.

»Also so würd es mir gehen«, schloss Felix.

»Mir auch«, sagte Johannes. »Die Entfernung ist wirklich kein Katzensprung.«

85

»Aber es ist machbar. Laura hat das gecheckt. Er ist mit dem Nachtzug gefahren und manchmal geflogen.«

»Schade.«

»Gut mitgedacht, Johannes. Ruf doch bei Gelegenheit mal in Kiel an. Frag die Beamten, die der Witwe die Todesnachricht überbracht haben, ob ihnen irgendwas aufgefallen ist. Eventuell hat Claudia sich erkundigt, dann müsste es eine Notiz geben.«

»Mach ich.«

Felix betrachtete eine Aufnahme, die Gerd Jensen und seine Frau zeigte. Claudia hatte das Foto aus der Wohnung in Drößling mitgenommen, als sie noch wenig über das Opfer wussten. Wie immer, wenn Felix mit Zeugnissen aus dem Leben eines Menschen konfrontiert war, in dessen Mordsache er ermittelte, wurde ihm bewusst, wie dünn das Eis war, das ihn vor dem Einbrechen schützte. Als junger Polizist hatte er manchmal in den Gesichtern der späteren Opfer nach Spuren gesucht, die ihr Schicksal ankündigten. Es gab solche Spuren nicht. Nicht bei den Gewaltverbrechen, die Felix aufklärte.

»Ich werde noch mal mit dem Franz Brandl reden«, sagte Felix zu Johannes. »Das ist der ...«

»Starverkäufer. Ich weiß. Der den Gerd Jensen nicht gemocht hat.«

Felix legte das Foto der Jensens auf den Stapel der Unterlagen, die er gesichtet hatte, und nahm eine der Aufnahmen vom Tatort zur Hand. Gerd Jensens schlammbespritztes Gesicht, er hatte sich im Fallen zur Seite gedreht und zusammengekrümmt. »Auf den ersten Blick sah es nach Jagdunfall aus«, sinnierte Felix.

»Warum mag die Claudia das nicht, wenn einer so zusammengefaltet daliegt?«, fragte Johannes.

»Ach, das mag sie nicht?«

Johannes zuckte mit den Schultern und stand auf. »Also ich glaub, ich geh dann mal, wenn es dir recht ist?«

»Freilich. Und dank dir schön für deine Unterstützung. Hast lang durchgehalten.«

Johannes, schon in der Jacke, blickte auf das Foto von Gerd Jensen und seiner Frau. »Die sehen ... nett aus.«

»Ja«, nickte Felix und dachte, dass sie genauso aussahen, wie Paare aussehen, die lange zusammen waren. Irgendetwas in ihren Gesichtern hatte sich angeglichen. Bei keinem gab es ein herausstechendes Merkmal. Ein Durchschnittsehepaar in den späten Fünfzigern, sie brünett, wahrscheinlich gefärbt, er leicht angegraut, beide schlank, sportliches Aussehen. Beide hatten einen gewissen Ausdruck um die Augen, schwer zu sagen, was der bedeutete, Gelassenheit oder Resignation.

Ich hab niemand, dem ich wegen der gemeinsam verbrachten Zeit ähnlich sehe, ging es Felix durch den Kopf. Und ob ich das noch hinkriege? Es dauert eine Weile, bis die Isar ihre Kiesel geschliffen hat.

Als Johannes zu seinem Auto ging, sah er, dass nun noch ein zweites Licht brannte auf dem Stockwerk, im Besprechungszimmer. Wahrscheinlich die Putzleute. Gähnend und heilfroh, dass er das Wochenende freihatte, sperrte er seinen Seat auf. Aber am Montag, nahm er sich vor, bin ich um acht da, spätestens.

Felix stand vor der großen Tafel im Besprechungszimmer und starrte auf das Material, das sie zusammengetragen hatten. Das Foto von Gerd Jensen. Das Gebäude der Waffenschmiede. Der Tatort mit Zufahrtswegen. Schließlich die beteiligten Jäger und andere Zeugen, Hinweisgeber, Auskunftspersonen die sie vernommen hatten. Ein Riesenhaufen Fakten, ein Heuhaufen sozusagen. Und nirgends eine Verbindung. Wenn bloß nicht der schlimmste aller Fälle eingetreten war, nämlich dass irgendein Misanthrop seine Waffe an dem Erstbesten, der ihm begegnet war, ausprobiert hatte. Und auch den würden wir kriegen, dachte Felix. Wir kriegen sie alle. Früher oder später ... Aber es war schon recht spät. Gerd Jensen war bald eine Woche tot. Sie hatten zu wenig Handfestes dafür, dass es am Anfang so leicht ausgesehen hatte. Daran waren die Jäger mit ihren Geschichten schuld. Natürlich hatten sie verstärkt innerhalb der feinen Jagdgesellschaft ermittelt, die erst alle unisono wahnsinnig betroffen gewesen waren. In den Einzelgesprächen hatten sie dann ausgepackt, was sie schon immer mal loswerden wollten, was sich in den letzten zwanzig, dreißig, vierzig Jahren so angestaut hatte an Neid, Missgunst, Eifersucht. Die achtzehn Männer und vier Frauen hatten eine Menge zu erzählen gehabt, wer wem den Bock weggeschossen, zu viel gesoffen und eine Freundin hatte. Auf der Suche nach einem Motiv hatten sie vieles davon überprüft und das hatte Zeit gefressen und Verwirrung gestiftet. Und dann noch die von oben verordneten Scheuklappen ... Wie soll ich frei denken, wenn ich nicht nach rechts und links schauen darf? Auch wenn da vielleicht gar nichts ist. Felix nahm ein Blatt Papier und zeichnete mit schnellen Strichen eine Maschinenpistole darauf. Pinnte das Blatt zu den Fakten. Irgendwie fühlte er sich jetzt besser. So gut, dass er sogar grinsen konnte. Obwohl die Skorpion keine Präzisionswaffe war, mit der man aus größerer Entfernung gezielt einen einzelnen Schuss abschießen würde, gehörte sie für ihn mit in das Bild. Auch wenn es sie laut den Verdeckten gar nicht gab.

Felix blieb lange vor der Tafel stehen und zog Linien mit seinen

Augen von der Skorpion zu den anderen Details. Jäger schossen nicht mit Maschinenpistolen ... oder? Zudem war die Skorpion in Deutschland verboten, sie feuerte zehnmal schneller als ein MG. Wenn stimmte, was er im Netz recherchiert hatte, war der italienische Politiker Aldo Moro durch eine Skorpion getötet worden. Steckte gar der Vatikan dahinter, hier am Heiligen Berg von Andechs? Als Felix die Polizeiinspektion Fürstenfeldbruck verließ, war es Zeit für das erste Morgengebet.

18

Ich konnte mir nicht vorstellen, dass die merkwürdige Villa mit dem hohen Zaun und den Kameras kein beliebtes Gesprächsthema in dem kleinen Ort am Wilden Hund sein sollte. Es waren gerade mal eine Handvoll Häuser, die sich malerisch um das Ufer eines kleinen Weihers scharten, dahinter begann der für den Durchfahrtsverkehr gesperrte Waldweg, von dem der Pfad mit den tiefen Autospuren zu der Villa führte.

Flipper sprang voller Vorfreude auf ein langes Samstagsnachmittagsgassi aus dem Volvo. Während ich ihm sein Halsband anlegte, instruierte ich ihn. »Wir müssen Kontakt zu den Anwohnern herstellen. Versuch, irgendwo reinzukommen. Aber keine Fehler! Kein Katzenfutter, kein Bellen, na, du weißt schon.«

Flipper wusste, wie ich seinem begeisterten Wedeln entnahm.

»Na, dann los!«, schickte ich ihn auf die Fährte.

Zehn Minuten später waren wir drin. Allerdings nicht so, wie ich mir das vorgestellt hatte. Flipper saß mit angehobener rechter Pfote in einem Garten – vor einem Grab. Wenn ich das Schluchzen der Frau nicht gehört hätte, wäre ich an dem Grundstück vorbeigelaufen; der Hügel mit dem Kreuz war von der Straße aus nicht sichtbar. Aber während ich noch versucht hatte, über den Zaun zu spähen, war Flipper schon jenseits.

»Entschuldigung?«, fragte ich und ging den mit rötlichen Stei-

90

nen gepflasterten Weg von der Gartenpforte aus auf die Frau
zu. Gerade so viel Unkraut, dass es romantisch anmutete, spross
in den Ritzen. Die Frau hielt eine Hand auf den Mund gepresst,
stand wie eine Statue zwischen einem prachtvollen Herbstblu-
menbeet, dem Grabhügel und dem malerischen Haus mit den
grünen Fensterläden, und starrte Flipper an wie eine Erschei-
nung. Ihre Schultern zuckten. Ich schätzte sie auf Ende fünfzig.
Sie war mittelgroß, mitteldick, mittelblond und mittelattraktiv.
In ihrer freien Hand hielt sie ein kleines Messer umkrampft, ihre
Finger vom Zwetschgenaufschneiden bräunlich verfärbt.

»Ist der echt?«, flüsterte sie, ohne sich zu wundern, woher ich
kam. Sie wartete keine Antwort ab. »Das gibt's doch gar nicht!
Das schaut aus, als würd er eine Andacht halten. Was tut er da?«

Ich konnte schlecht sagen, dass Flipper eine Mission erfüllte.
Außerdem kam mir das alles selbst ein bisschen unheimlich vor.
Ein Grab im Garten, davor ein betender Hund. Die Ruhestatt war
im Doppelbettformat aufgeschüttet, und als ich das Spielzeug
entdeckte, das die Trauerstelle umrandete, wurde mir eng in der
Kehle. Man durfte kein Kind im Garten begraben, man durfte
überhaupt keine Menschen in seinem Garten begraben, sicher
machten das manche Leute, aber eher heimlich, und aus nachvoll-
ziehbaren Gründen verzichteten die meisten auf Grabschmuck.

Flipper drehte den Kopf zu mir. Ich las die Frage in seinem
Blick, ob er jetzt die Pfote wieder absetzen könnte. Vielleicht wollte er aber auch nur ein Leckerli. Ich kramte in meiner Tasche.

»Warten Sie!«, rief die Frau und hastete zu einem Tischchen,
auf dem diverse Gartengerätschaften und Arbeitshandschuhe
lagen. Sie nahm eine Erdnussdose, öffnete sie, schüttete ein paar
Nüsse in ihre hohle Hand und lockte Flipper zu sich.

»Bitte keine Nüsse«, sagte ich schnell.

91

»Da sind doch keine Nüsse nicht drin. Das sind Leckerlis! Na, du schöner schwarzer Kerl du, komm mal her.«

Flipper schaute mich an. Ich nickte. Langsam ging er zu der Frau, setzte sich vor sie und nahm sehr manierlich drei Frolic entgegen. Dann leckte er sich in Ermangelung einer Serviette über die Schnauze und wartete auf Nachschub. Die Frau streichelte seine seidigen Ohren, verlor sich ganz in der Berührung. »Dass der sich vor das Grab gesetzt hat! Das hat ausgesehen, als wollte er seine Aufwartung machen. Und wie der Pfote gehoben hat. Wie ein Vorsteher. Nein, so was habe ich noch nie gesehen. Wollen Sie ein Glas Wasser? Ist ganz schön warm heute.«

»Gern«, sagte ich.

Fünf Minuten später saßen wir in der Laube. Irgendwo im Haus lief Kaffee durch, der ofenwarme Zwetschgendatschi stand bereits auf dem Tisch, und Flipper hatte einen ganzen Napf voll irgendwas bekommen. Normalerweise bin ich strikt gegen Zwischenmahlzeiten. Doch hier gehörten sie zum Türöffner. Selbstverständlich würde sein Abendessen heute ausfallen. Frau Brandl, wie sie sich mir vorgestellt hatte, »ich bin die Brandl Maria«, lief ins Haus, um Zucker und Milch zu holen.

»Nur Milch«, rief ich ihr nach.

»Zucker beruhigt die Nerven«, erwiderte sie, und ich hatte Gelegenheit, das Haus ausgiebig von außen zu betrachten. Im Fünfseenland stehen viele Schmuckstücke, doch das hier war besonders schmuck, und es lag nicht allein an den Holzbalkonen, den Erkern und den großen Fenstern. Es lag nicht nur an den Spalierrosen und Geranien in allen Rottönen, an den Astern und Dahlien und Monstersonnenblumen am grün gestrichenen Zaun und dem in jedem Winkel prachtvoll blühenden Garten. Es waren vor allem die überall versteckten Kleinigkeiten. Ein Springbrunnen, bunte Zierkugeln, antik anmutende Vasen, Arrangements aus charaktervollen Steinen. So würde ich auch gern wohnen, aber ohne die viele Arbeit, die das machte, daran scheiterte bei mir jegliche Gemütlichkeit. Sicher verbreiteten Teppiche Behaglichkeit. Doch praktischer war das blanke Parkett. Sicher war Krimskrams gemütlich. Doch man musste ihn auch abstauben. zumindest könnte ich mir ein, zwei Kissen für mein Sofa zulegen, beschloss ich wieder mal.

Trotz aller Idylle, glücklich war Frau Brandl nicht. Das große Leid, das ihr widerfahren war, hatte keinen Platz mehr in ihr und drängte nach außen. Da war ich gerade recht gekommen. Noch dazu war ich im Alter von der Walli. »Neunundzwanzig?«

»Dreiunddreißig«, sagte ich.

Maria Brandl machte ihre Lippen ganz schmal. »So alt wird sie nimmer werden«, sagte sie, »keine dreißig«. Mich schauderte, und ich warf einen scheuen Blick zu dem Doppelbettgrab.

»Am 17. Oktober ist es ein Jahr. Es war viel Laub auf der Straße, und bestimmt ist die Walli auch zu schnell unterwegs gewesen. Sie hat es immer so eilig gehabt. Danach denkt man sich dann auf einmal komisches Zeug, so was wie, dass sie in ihre kurze Lebenszeit viel zu viel hineinpacken musste. Als hätte sie was geahnt. Aber das ist natürlich ein Schmarrn. Wär sie nicht tot, würd das keiner denken, da würde sie als das gelten, was man sie geheißen hat, wie sie noch am Leben war: eine ganz eine Fixe.«

»Das tut mir sehr leid«, sagte ich.

»Danke«, sagte Frau Brandl. »Passen Sie gut auf sich auf. Denn wenn ein Kind stirbt, das bricht seiner Mutter und dem Vater das Herz.«

»Ja«, sagte ich gepresst und fand mich ein bisschen merkwürdig, weil ich hier keinen kannte und trotzdem so traurig war. Was ist, wenn es keine Mutter und keinen Vater gibt, denen das Herz brechen kann?

»Wenn das Kind weg ist, ist nichts mehr, wie es mal war, auch wenn man sich bloß am Wochenende gesehen hat. Das ist gegen die Ordnung. Kinder gehen nicht vor ihren Eltern. Diese Wunde heilt nie.«

»Ja«, bestätigte ich erneut.

»Aber erzählen Sie mir was von sich. Hören Sie auch so gern den blonden Geiger mit dem Pferdeschwanz und essen Sie gern Sushi, und was machen Sie beruflich?«

»Ich bin Sportlehrerin«, sagte ich.

»Garrett heißt er, David Garrett, jetzt hab ich's. Die Walli hat Hundesport gemacht. Da war sie spitzenklasse. Die haben viel gewonnen, sie und die Laika. Das hat man gar nicht geglaubt, weil die Laika ja nicht gefolgt hat. Nur auf dem Platz. Das hätten Sie mal sehen sollen. Das war ein blindes Verständnis zwischen den beiden.«

»Da in dem Grab ...«

»Da ist die Laika drin.«

Ich lehnte mich zurück. Alles ganz entspannt. Man musste nur ein bisschen Geduld haben, dann klärten sich die Dinge wie von selbst. Wobei diese letzte Ruhestätte wahrscheinlich ebenfalls gegen das Gesetz verstieß. Man durfte vielleicht einen Hamster begraben im eigenen Garten oder einen Wellensittich. Aber einen Hund?

»Die Laika war mit im Auto bei dem Unfall?«, fragte ich.

»Ja. Aber die Laika hat den Unfall überlebt. Drei Wochen war sie in Weilheim in der Tierklinik. Die haben sie zusammengeflickt.

da ist überhaupt nichts zurückgeblieben, nicht mal ein Humpeln.«

»Ja, aber ... Warum dann das Grab? War sie denn schon älter?«

»Vier Jahre«, sagte Frau Brandl und klang zum ersten Mal bitter. »Sie wurde erschossen.«

»Was?« Ich fuhr zusammen. Also doch kein Angsteinjager. Also doch ein toter Hund. »Ich bin gewarnt worden! Aber ich habe es nicht glauben wollen. Jäger sagen so was zur Abschreckung. Neulich war ich hier schon mal spazieren, und ein Jogger hat mir geraten, meinen Hund nicht frei laufen zu lassen.«

»Das war bestimmt der Friesenegger Sepp. Das kann gar kein anderer nicht gewesen sein, sonst joggt hier kein Hiesiger nicht. Hat er Ihnen auch gesagt, wer den Hund erschossen hat?«, fragte Maria Brandl. Es klang fast ein wenig lauernd.

»Weiß man das denn?«

»Ja, das weiß man.«

»Und wie ist der Täter bestraft worden?«

»Gar nicht.«

»Aber das geht doch nicht!«

»Wenn man die richtigen Beziehungen hat, geht hier alles. Jetzt muss ich leider weg. Ich arbeite im Hospiz. Ehrenamtlich. Aber besuchen Sie mich gern wieder einmal, wenn Sie in der Gegend sind. Das würde mich freuen. Einen Kuchen und einen Kaffee kriegen Sie bei mir immer. Und für ihn«, sie wies auf Flipper, »hab ich natürlich auch was in petto.«

Überschwänglich wedelnd versprach Flipper, dass wir beizeiten auf die Einladung zurückkommen würden.

95

19

Liebeskummer ist ungefähr wie bei lebendigem Leibe auf einen Grill gelegt, als Vegetarierin direkt neben eine arme Sau. In drei Worten: Liebeskummer ist scheiße. Will keiner haben. Hatte ich auch nicht. Bloß schlechte Laune, Sonntagabend allein daheim. Flipper beobachtete, wie ich durch die Wohnung lief. Sein Starren nervte mich. Ich stieß die Terrassentür für ihn auf, er trottete raus, ich schloss die Tür, er wollte wieder rein. Diese Tür hatte mein Vermieter nachträglich einbauen lassen, obwohl Tierhaltung laut Mietvertrag verboten war. Herr Kammerer hatte auch seine Eigenbedarfskündigung zurückgezogen, als ihm meine Freundin Andrea mitteilte, dass ich Opfer eines Gewaltverbrechens geworden war, das seinen Verlauf nahm, nachdem er mir die Wohnung gekündigt hatte. Seitdem genoss ich seinen besonderen Schutz.

In unserem Viertel brannten nur noch wenige Lichter in den Häusern. Bei meiner letzten Runde mit Flipper begegnete mir am Bereiteranger Frau Haimerl mit ihrem Rehpinscherrüden Monster, den es regelmäßig rasend machte, dass Flipper ihn nicht ernstnahm. Der beachtete den Zwerg gar nicht, was Frau Haimerl als Flucht interpretierte. Wir wechselten die üblichen Worte, die Hundebesitzer beim Gassi so sagen. Je nach Tageszeit gibt es verschiedene Textbausteine, und nun war der für die Nacht dran.

Dass man sich doch noch einmal aufraffen müsse, aber es sei ja auch schön draußen. Er unterschied sich nur unwesentlich von dem morgendlichen Textbaustein, dass man habe aufstehen müssen, aber es sei ja auch schön draußen. »Ja, schön ist es draußen«, sagte ich, die ich mich eigentlich nie aufraffen musste. An der Zeppelinstraße sah ich auf kleinen Balkonen neben großen Schüsseln zwei Gestalten an aufglimmenden Stängeln hängen, einmal links oben, einmal rechts unten. Ein Husten fiel auf die Straße. Rauchen war ungesund. Manchmal endete es tödlich.

20

Felix zündete sich eine Zigarette an und trat hinaus auf seinen Balkon. Er musste achtgeben, nicht wieder mit dem Rauchen anzufangen. Seit dem Scheißfall hatte er hin und wieder eine geraucht, immer nur eine, nachts auf dem Balkon. Es war ein lauer Sonntagabend, eher augustig als septembrig, und man war zu viel allein, wenn man ausnahmsweise mal einen halben Tag Zeit hatte. Man sollte mal wieder unter Leute gehen. Man sollte so viel.

Felix setzte sich auf den rot lackierten Biergartenstuhl, den der Vormieter ihm überlassen hatte, legte die Füße auf die Brüstung und den Kopf in den Nacken. Blickte dem Rauch nach, der vom lauen Nachtwind verwirbelt wurde und unter dem Dach verschwand. Das Zucken eines Blaulichts. Ein Notarztwagen, vielleicht eine Geburt, vorne an der Ecke befand sich die Uni-Frauenklinik Maistraße. Da war auch Sinah zur Welt gekommen. Übermorgen vor drei Jahren. Prinzessin Lilifee war bereits als Geschenk eingepackt. Nein, das mach ich selber, hatte er abgelehnt, als die Verkäuferin im Spielwarengeschäft es angeboten hatte.

Er hatte körperlich schmerzende Sehnsucht nach seiner Tochter. Ihrem Duft. Ihrer weichen Haut. Ihren blauen Augen. Ihrer Stimme. Ihren Geschichten. Wenn sie Schweinchen spielte und in sein Ohr grunzte. Ihr müdes Gesicht nach dem Mittagsschlaf. Wenn er sie hoch in die Luft werfen sollte, ihr Lachen und ihr Vertrauen: Papa fang mich auf! Den gestrigen Nachmittag hatten sie zusammen verbracht. Eigentlich hätte Felix sie über Nacht behalten sollen. Doch dann war Melanie etwas dazwischengekommen. Er widersprach nicht mehr. Sonst wurde es noch schlimmer. Er nahm, was er kriegen konnte, und sei es eine halbe Stunde, um sie vom Kindergarten abzuholen. Danach war es immer besonders grausam. Bei jedem Wiedersehen riss die Wunde auf. Sie heilte nie, denn schon wieder begann das Spiel von vorne. Scheißspiel. Manchmal war die Sehnsucht kaum auszuhalten. Jetzt zum Beispiel. Es war viel zu spät um anzurufen, und es ging ja immer erst Melanie ans Telefon. Sie hatte meistens neue Erkenntnisse, die stets gleich klangen. Sein Beruf war schuld an allem, und wenn Sinah dann an den Apparat kam, konnte er nicht mehr das sagen, was er sagen wollte, weil er sich geärgert hatte. Nein, er liebte seinen Beruf nicht mehr als seine Tochter, auch wenn er öfter in der Arbeit als daheim gewesen war. Er liebte seinen Beruf überhaupt nicht. Aber es befriedigte ihn zutiefst, wenn er gelegentlich das Gefühl hatte, eine Art Gleichgewicht herzustellen, obwohl er wusste, dass er ein Unrecht, das vom K1 bearbeitet wurde, niemals wieder gutmachen konnte.

Morgen ganz früh ruf ich an, noch vor dem Kindergarten, nahm Felix sich vor und wusste insgeheim, dass er es nicht tun würde. Du weißt doch, dass wir morgens keine Zeit zum Telefonieren haben. So lief das Spiel. Scheißspiel. Scheißfall. Scheißrauchen. Er drückte die Zigarette aus, stand auf und schaute die Straße entlang, wie von selbst glitt sein Blick nach rechts, in Richtung Sendlinger Tor und dahin, wo Franza wohnte, in die Au. Au. Was sollte man sonst auch erwarten, dachte Felix.

21

Wie zu erwarten war Johannes am Montagmorgen um acht Uhr im Büro. Felix wusste nicht, ob ihm das gefiel. Wie zu erwarten war der Kaffee des neuen Mitarbeiters zu stark. Am Anfang übertreiben sie es immer, aber es war gut gemeint, wie alles an diesem jungen Mann von der SchuPo. Kurz vor zehn kam Franz Brandl, Laura hatte ihn einbestellt. Felix überließ Johannes das Reden, aber Franz Brandl sagte nichts Neues. Er habe urplötzlich keine Lust auf die Jagd gehabt.

»Laut unseren Informationen ist so etwas noch nie vorgekommen.«

»Menschen sind nicht immer gleich.«

»Sie gelten als überaus zuverlässig.«

»Man kann zuverlässig anderen gegenüber sein und zuverlässig sich selbst gegenüber. Und außerdem war das Wetter so schön.«

»Zu schön für die Jagd, geht das?«

»Freilich.«

»Sie haben also einer plötzlichen Eingebung folgend Ihr Amt als Jagdleiter sausen lassen und sind stattdessen mit Ihrem Hund spazieren gegangen.«

»Mit dem Hallodri, ja.«

»Gibt es dafür Zeugen?«

»Glauben Sie, die wachsen irgendwo aus dem Boden, wenn Sie mich nur oft genug fragen?«

»Zeugen?«

»Der Hallodri.«

»Und wo genau sind Sie spazieren gegangen?«

»Des weiß ich heut nimmer.«

»Es ist aber wichtig.«

»Schauen Sie, ich könnt Ihnen jetzt irgendwas erzählen, wo ich gewesen wär, aber wenn ich doch nicht weiß, ob ich da war, wo ich gesagt hätte. Man will doch die Polizei nicht anlügen, ned wahr? Wenn Sie jeden Tag mit dem Hund gehen und ihm eine Abwechslung bieten wollen, dann erinnern Sie sich auch nicht mehr. Freilich könnte es sein, dass ich Ihnen jetzt was sag, aus dem Stegreif praktisch, und dass ich dann da tatsächlich war, aber gewiss weiß ich das nicht.«

Johannes schaute Hilfe suchend zu Felix. Der reagierte nicht darauf, sondern beobachte Franz Brandl regungslos.

»Und Ihre Frau?«, hakte Johannes nach.

»Die hat ein Ehrenamt und war unterwegs.«

»Wo?«

»Immer noch im Hospiz.«

Felix wischte über das Aufnahmegerät, als wolle er sich vergewissern, dass es funktionierte. Dann sagte er mit ruhiger Stimme und so, als würden sie nicht schon zwanzig Minuten zusammensitzen: »Herr Brandl, da haben Sie ein schlimmes Jahr hinter sich.«

Johannes musterte Felix irritiert.

»Ja«, sagte Franz Brandl.

»Und wie geht es Ihnen jetzt?«

Zum ersten Mal schaute Franz Brandl Felix richtig an. Forschend, abwartend, und für einen Moment streifte Felix ein kalter Hauch.

»Nichts ist, wie es mal war, und nix wird, wie es mal war, und nix ist mehr, wie es sich gehört.«

»Ihre Kollegen sagen, man merkt Ihnen nicht viel an.«

»Die können nichts dafür. Und außerdem hilft die Arbeit.«

Felix wandte sich an Johannes. »Herrn Brandls Tochter ist vor einem Jahr tödlich verunglückt.«

»Oh«, machte Johannes und überlegte fieberhaft, weshalb er das nicht wusste, ob er das wissen müsste oder ob er es gar nicht wissen konnte.

»Am siebzehnten Oktober«, ergänzte Franz Brandl, als wäre das wichtig.

»Dann haben Sie das erste Jahr bald geschafft.«

»Sie wollen mir jetzt aber nicht weismachen, dass es dann leichter wird?«, höhnte Franz Brandl.

»Man hört, dass es leichter wird, Jahr für Jahr«, erwiderte Felix.

»Nicht wenn ein Kind stirbt. Haben Sie ein Kind?«

»Eine Tochter.«

»Wie alt?«

»Drei.«

»Und wenn Sie weg wär?«

Felix schwieg.

»Nichts ist mehr, wie es sich gehört, und nichts wird mehr, wie es war.«

»Ja«, sagte Felix. »Und wie ist es jetzt bei Ihnen in der Firma ohne den Gerd Jensen?«

»Sehr schön«, sagte Franz Brandl, und dann fingen sie noch zweimal von vorne an.

Und als Franz Brandl gegangen war, wollte Johannes etwas sagen, aber Felix winkte ab. »Wir haben nichts gegen ihn.«

»Er hat kein Alibi. Ein Hund ist kein Zeuge.«

»O doch. Er kann bloß nicht reden«, widersprach Felix. »Wir haben nur Brandls Erleichterung, dass der Tote tot ist. Damit macht er sich nicht strafbar.«

»Aber warum macht ihn das so glücklich?«

»Glücklich? Nein. Johannes, ich glaub, glücklich wird der Mann nicht mehr.«

»Was steckt dann dahinter? Wieso hat er etwas gegen den Toten?«

»Weil er ein besserer Schütze war, weil er mehr verdient, besseren Umsatz gemacht hat, weil er besser ausgesehen oder hochdeutsch geredet hat, weil die Chemie nicht gestimmt hat oder wegen irgendeiner Frauengeschichte, ich weiß es nicht.«

»Aber müsste ihm das nicht wurscht gewesen sein, wenn seine Tochter tot ist?«

»Ich kann nicht reinschauen in ihn. Wir werden jetzt mal neue Saiten aufziehen bei einigen Herrschaften.«

»Jawoll!« Johannes setzt sich kerzengerade hin.

»Ich hab ein paar Jobs für dich«, kündigte Felix an. »Erstens kriegst du raus, wie der Brandl an den Leichnam von seinem Hund gekommen ist.«

»Äh, wie?«

»Die Tochter, Valerie Brandl, ist bei einem Verkehrsunfall ums Leben gekommen, ihr Hund war mit im Wagen. Ich will wissen, wer ihm den Hund gegeben hat. Die haben bei sich im Garten ein Grab, da kriegst du das kalte Grausen. Da ist der Hund drin. Für mich schaut das so aus, als ginge es da um die Tochter. Ich glaube nicht, dass so ein Grab im Garten erlaubt ist. In deinem eigenen Garten darfst du vielleicht einen Hamster begraben oder einen Wellensittich. Aber einen Hund?«

103

»Okay. Herausfinden, wer ihm den Kadaver gegeben hat.«

»Vielleicht kriegen wir ihn leichter, wenn wir drohen, einem anderen Schwierigkeiten zu machen.«

Johannes riss die Augen auf.

»Nur so ein Gefühl«, sagte Felix. »Ich glaube nicht, dass er derjenige war, der im Baum gesessen und geschossen hat. Aber ich glaube auch nicht, dass er alles gesagt hat, was er sagen könnte. Im Großen und Ganzen macht mir der Brandl den Eindruck, er wäre ein aufrechter Kerl.«

»Also ist er prinzipiell nicht verdächtig?«

»Auch ein aufrechter Kerl kann einen Mord begehen, so lange er glaubt, dass er im Recht ist. Das kommt sogar ziemlich oft vor. Das sind dann solche, die dir erklären, dass sie die Welt vom Bösen befreit haben, und du bist jetzt schuld, wenn das Böse zurückkehrt.«

Johannes hing an Felix' Lippen.

»Und wenn dieser kleine Appell an Brandls Ehrgefühl nicht funktioniert, können wir ihm noch immer androhen, das Grab beseitigen zu lassen.«

»Dürfen wir das?«

»Da reicht ein Fingerzeig. Zweitens ...«

»Ja?«

»Frau Fischer.«

»Äh, Fischer?«

»Die Auffinderin. Sie soll herkommen, und du machst ein Protokoll mit ihr. Und frag sie mal, wo sie am Freitagnachmittag zwischen«, er grinste, »zwei und vier war.«

Johannes' Adamsapfel hüpfte auf und ab. »Als die Verdeckten da waren? Gibt es da eine Verbindung.«

Felix schwieg.

»Äh, Felix, kennst du sie eigentlich besser?«

»Willst du mir irgendwas sagen, Johannes?«

»Äh, nein. War nur so ein Gefühl und ... Also Laura hat gemeint, dass ihr, also dass du ... Wo du doch ihren Hund zu dem Hundeführer gegeben hast und dass du, also dass sie vielleicht gewusst hat ... Laura hat gemeint, dass es doch so Leute gibt, die gern, äh, die sich gern für die Polizeiarbeit interessieren und so.«

»So, so. Das hat die Laura gemeint.«

»Ja, aber ich glaube, nicht nur die Laura, also nicht, dass du jetzt meinst ...«

»Genau deshalb bestellst du sie für morgen ein, und dann fragst du sie das.«

»Äh, ob sie dich privat kennt?«

»Johannes, das ist eine wirklich gute Frage.«

»Jetzt verarschst du mich aber?«

»Drittens lässt du dir von Laura die Ergebnisse der Kontenüberprüfung vom Jensen geben.«

»Mach ich.«

»Brauchst was zum Schreiben?«

»Nein, das kann ich mir merken.«

»Frag den Bert, wenn irgendwas unklar ist. Ich bin später mal weg.«

»Äh, wo, äh, ja. Mach ich. Den Bert fragen.«

»Und dann machst du bitte eine Internetrecherche in der Jägerszene. Ich will wissen, ob der Mord an Gerd Jensen wirklich als Jagdunfall diskutiert wird und das Image der Firma Puster-Bittermann befleckt, wie unser Herr Direktor das ausgedrückt hat. Da gibt es diverse Foren, Bert hat diesbezüglich schon mal nach anderen Dingen recherchiert, er kann dir die ergiebigsten Adressen nennen.«

105

»Okay.«

»Und dann …«

»Felix, jetzt brauche ich doch was zu schreiben.«

»Da bin ich aber froh.«

»Äh, und was ich dir noch sagen wollte: Ich habe in Kiel angerufen. Die Kollegen berichteten, die Witwe habe geweint …«

Es klopfte.

»So was brauchst du mir nicht sagen, Johannes, das ist ja das Normale, dass eine Witwe weint. Wenn ich mich recht entsinne, hatte ich dich gebeten, in Erfahrung zu bringen, ob etwas Ungewöhnliches geschehen ist. Ja, bitte.«

Laura Lichtenstern trat ein.

Johannes starrte zu Boden.

»Gute Arbeit«, munterte Felix ihn auf.

»Wir haben jetzt gleich Besprechung«, begann Laura. »Ich wollte das Zimmer vorbereiten und habe da etwas an der Pinwand gefunden, das … Also ich glaube, das ist eine Zeichnung von deiner Tochter. Keine Ahnung, wie die da hinkommt, jedenfalls habe ich sie mal abgenommen. Ich hoffe, das ist in deinem Sinne?« Sie reichte ihm seine Skizze der Skorpion.

Felix griff nach dem Blatt. »Danke, Laura.«

Sie zwinkerte ihm zu. »Gern geschehen! Ziemlich begabt, deine Kleine! Aber sie hat die Schulterstütze vergessen.«

22

Am Montagmittag hatte ich mir die Mailbox-Nachricht von Felix' jungem Kollegen zweimal angehört und sie dann gelöscht. Er würde wohl kaum in den nächsten Tagen das Glück haben, mich persönlich zu erwischen. Wenn ich mit der Polizei reden würde, dann mit Felix. Und der konnte sich ja wohl denken, wo sich die uneinsichtige Frau Fischer wieder mal rumtrieb: in der Sperrzone.

Flippers Schnauze steckte in einem Maulwurfshügel. Seine Pfoten wirbelten wie Trommelstöcke. Er machte einen Buckel, sprang mit allen vieren hoch, peste auf mich zu mit seinem muskulösen lang gestreckten Körper, ein Galopper auf der Zielgeraden. Doch dann ... Was war das? Flipper ging durch! Mit langen Sätzen raste er an mir vorbei den Waldrand entlang. Und war verschwunden. Mein Plan, mich bei Frau Brandl zum Kaffee einzuladen, verpuffte.

Irgendwo im Wald hörte ich ihn heulen, und ich bekam eine Gänsehaut. So hatte ich ihn erst einmal gehört. Das war, als Andrea in den Isarauen überfallen worden war und Flipper den Täter in die Flucht geschlagen hatte. Ich rannte in den Wald, immer Flippers Heulen hinterher. Nach zwei, drei Minuten kam ich atemlos an einem Holzstapel an, Flipper saß hektisch hechelnd davor. Und noch jemand saß da.

107

Die Frau, nein, das Mädchen, kauerte hinter dem Holzstapel am Rand des Trampelpfades. Riesengroße, weit aufgerissene Augen, türkise Seen. Flipper schickte mir einen Eilantrag. Tu was, las ich in seinem Blick, denn ich konnte mich nicht losreißen von diesen Gletschereisbonbons. Hilfe holen? Wo? Die Villa mit dem hohen Zaun und den Kameras war in Sichtweite. Lieber einen Notruf per Handy absetzen?

»Hallo«, sagte ich erst mal. Hallo war immer gut. Freundlich und alltäglich, den Ball schön flach halten. Ein Mörder würde nicht Hallo sagen. Also in der Regel. Es mochte durchaus solche geben, aber die hatten ihr Verbrechen geplant und wollten ihr Opfer in falscher Sicherheit wiegen. Ich hatte keinen Plan, wie immer war ich nur zufällig vorbeigekommen.

Flipper schwenkte die weiße Fahne und machte Platz, um unsere friedliche Absicht zu beweisen, drehte sogar Verlegenheit demonstrierend den Kopf weg. Das ließ einen Verdacht in mir keimen. Hatte er etwas gutzumachen? Hatte er die Frau hinter den Holzstapel gehetzt? Manche Menschen haben panische Angst vor Hunden. Die können in Gegenwart eines Hundes nicht mehr klar denken und verfallen in Schreckstarre. Wo kam diese Frau überhaupt her? Im Wald lief man doch nicht so rum! Leopardenmini, knallrote High Heels, die sie verkrampft in der Hand hielt, schwarzer Body, tief ausgeschnitten, ein Dekolleté wie Milch und Honig und darauf das hässlichste Tattoo der Welt: ein grob gezeichneter Pferdekopf.

Die junge Frau sagte kein Wort. Starrte in die Büsche rechts von uns. Und zitterte.

»Flipper, hier«, befahl ich leise, obwohl sich in mir mittlerweile ziemlich viel Druck aufgebaut hatte. Angenehmer wäre es gewesen zu rufen. Doch damit hätte ich die Frau erst recht eingeschüchtert. Vor ängstlichen Menschen bin ich lieber leise, sonst kriegen die noch mehr Angst, weil das den Eindruck vermittelt, die Besitzerin hätte ihren Hund nicht im Griff. Flipper setzte sich an meine Seite und schaute abwartend von der jungen Frau zu mir.

»Kann ich Ihnen helfen?«, fragte ich.

Keine Reaktion.

Jetzt fehlt mir nur noch Sepp Friesenegger, dachte ich, und als ich die knackenden Zweige hörte, war ich sicher, gleich würde er auftauchen und mich abermals ohne Leine erwischen. Doch er war es nicht. Es waren die Kollegen von Felix. Zu dritt kamen sie den Trampelpfad entlang. Zwei kannte ich schon von unserem unhöflichen Treffen vor der hohen Mauer, der dritte trug einen dunkelgrauen Anzug mit rotem Hemd. Auch nicht unbedingt die passende Aufmachung für einen Waldspaziergang. Flipper knurrte leise. Das musste ich ihm abgewöhnen, Polizisten anzuknurren, damit brachte er sich in Gefahr.

Die junge Frau duckte sich. Mädchen, dachte ich. Denn das steckte in ihr drin, hinter all der Schminke. Es hätte mich nicht gewundert, wenn sie sich die Augen zugehalten hätte, damit sie nicht mehr da wäre, doch die türkisen Seen traten über die Ufer.

Einer der Männer, deren Bekanntschaft ich bereits gemacht hatte, ging mit schnellen Schritten zu dem Mädchen, riss sie am Arm grob nach oben, versetzte ihr einen rüden Stoß. So was kann Flipper nicht ausstehen. Zu Recht, wie ich finde, egal, ob Polizist oder nicht. Mit einem Satz sprang er dazwischen. Und hätte beinahe den Fußtritt eingesteckt, den der Kerl für ihn aufbewahrt hatte seit dem letzten Mal. Doch der Kerl hatte kein Augenmaß und verfehlte Flipper. Die Absicht zählte. Ich schnellte vor.

Eine Stimme, leise und scharf wie eine Rasierklinge, fuhr dazwischen. Ich starrte den Mann mit dem roten Hemd an. Er war

109

in meinem Alter, und das Erste, was mir zu seinem Gesicht einfiel, war Asket. Tief liegende Augen. Grün. Intensiver Blick. Hervorstechende Wangenknochen. Adlernase. Schmale Lippen. Interessanter Typ. Und gefährlich. Ein Flirren um ihn. Der Wald, der Heilige Berg, das Mädchen und die Polizei – was wurde hier gespielt? Der Asket war kleiner als die Bodyguards, knapp eins achtzig, doch instinktiv scannte ich ihn als meinen Hauptgegner ein, und dass er ebenbürtig war, merkte ich daran, dass er meinen nicht durchgeführten Angriff taktisch klug parierte, Körperspannung abließ, lächelte. Beziehungsweise den Mund in Lächelform verzerrte.

Eines der Muskelpakete sagte etwas, und erst jetzt begriff ich, dass sie nicht deutsch redeten. Also waren sie auch keine Polizisten, die in Zivil großräumig die Umgebung des Tatorts observierten.

Der mit dem roten Hemd wandte sich mir zu. »Danke, dass Sie unsere Schwester gefunden haben«, sagte er mit osteuropäischem Akzent.

»Das ist Ihre Schwester?«, rief ich überrascht.

Der Asket verkrampfte sein Gesicht erneut zu einem Lächeln. Diesmal galt es der jungen Frau. Bei so viel Fürsorge wurde mir ganz kalt ums Herz.

»Sind das Ihre Brüder?«, fragte ich sie.

Die Frau blieb stumm. Ich konnte nicht erkennen, ob sie nun mehr oder weniger Angst hatte als zuvor. Jedenfalls machte sie keinen entspannten Eindruck im Beisein ihrer Familie. Doch als Flipper ihr einen ihrer Schuhe brachte, die sie bei dem groben Handgriff ihres Bruders verloren hatte, entdeckte ich die Andeutung eines Lächelns in ihrem Gesicht – das nicht die geringste Ähnlichkeit mit dem der Männer aufwies.

»Also das glaube ich nicht«, entfuhr es mir, »dass das Ihre Schwester ist!«

110

Flipper bellte zur Bekräftigung. Einer der beiden Muskelpakete griff sich langsam an den unteren Rücken, als befürchte er, einen Hexenschuss zu bekommen. Den konnte er gern haben. Von mir persönlich.

»Unsere Schwester hat große Angst vor Hunden. Sie ist einmal gebissen worden. Als Kind«, mischte sich der mit dem roten Hemd ein. »Deshalb ist sie jetzt auch weggelaufen. Vielleicht hat Ihr Hund sie gejagt?«

»Klar. Der frisst auch kleine Kinder.«

»Das hier ist Privatgrund und ...«

»Nein, das ist ein öffentlicher Wald.«

»Sicher. Aber da vorne, das ist alles in Privatbesitz.«

Ich wandte mich an die Frau. »Geht es Ihnen gut? Kennen Sie diese Männer? Der Hund hat Ihnen doch nichts getan?«

Eines der Muskelpakete sagte etwas auf – nun war ich mir sicher – Russisch zu ihr. Es klang bedrohlich. Aber Russisch klingt immer schnell bedrohlich, finde ich. Vielleicht tat ich dieser reizenden Familie unrecht? Vielleicht versprach er ihr, dass er ihr jetzt gleich einen Schokoladenpudding kochen würde. Mit gehackten Haselnüssen und Vanillesauce. Ich wollte nicht irgendwelchen Vorurteilen folgen. Aber ich hatte das deutliche Gefühl, dass der Haussegen hier schief hing.

Die Frau starrte zu Boden. Ich machte drei Schritte in ihre Richtung. Ein Muskelpaket wollte mich aufhalten. Der mit dem roten Hemd schüttelte unmerklich den Kopf. Das Paket blieb stehen.

»Hallo?«, fragte ich und berührte die Frau leicht am Arm. »Sind Sie verletzt? Brauchen Sie Hilfe? Sind Sie freiwillig hier?«

Das andere Muskelpaket stieß ein Knurren aus, mit dem es Flipper Konkurrenz machen konnte. Vielleicht war es aber auch ein Wort. Wie gesagt, Russisch, so schön es sein mag, hört sich

111

in meinen Ohren bedrohlich an, vor allem, wenn es aus solchen Resonanzkörpern gutturale klingt.

»Das ist sehr freundlich von Ihnen«, mischte sich der mit dem roten Hemd ein. »Aber unsere Schwester kann Sie nicht verstehen.«

»Ist sie taub?«

»Nein. Aber sie spricht Ihre Sprache nicht.«

»Die hat es ihr aber nicht zufällig *verschlagen?*«

Der Asket lächelte amüsiert. Er konnte tatsächlich lächeln, und es stand ihm gut. Er musste sehr bewandert im Deutschen sein, um meine Anspielung zu verstehen. Ich überlegte, ob er eine deutsche Mutter hatte – mit dieser Frage könnte ich die falsche Schwester entlarven, doch Flipper übernahm die Regie und stupste mit seiner Schnauze gegen die Hand der jungen Frau. Sie reagierte nicht. Ich notierte mir eine Frage an Andrea: War das der Schock? Oder bedeutete es, dass sie keine Angst vor Hunden hatte? Eher vor den Männern?

Da atmete die junge Frau tief durch, warf den Kopf nach hinten und funkelte die Bodyguards an. Sie war eine Schönheit, ohne Frage, und wäre sie nicht so grell geschminkt, noch viel schöner. Die ist bestimmt noch keine zwanzig, ging mir durch den Kopf. Wenn überhaupt schon achtzehn.

Die junge Frau schaute mir in die Augen. Ich hätte gern eine Nachricht empfangen, doch ich las nichts in ihrem türkisen Blick. Kein Danke, kein Hilferuf, gar nichts. Und das war die einzige Ähnlichkeit, die sie mit den Männern verband. Auch ihre Augen waren undurchsichtig wie das Gestrüpp, das uns umgab.

Der mit dem roten Hemd sagte einige Sätze auf Russisch und zog dann noch einmal eine Lächelgrimasse in meine Richtung.

»Auf Wiedersehen. Vielen Dank für Ihre Bemühungen.«

Er ging voraus, dann folgte, eskortiert von den Muskelmännern, die Frau, die High Heels in ihren Händen standen wie Pinguinflügelchen an beiden Seiten ab.

Ich setzte mich auf einen Baumstamm und überlegte. War die Frau freiwillig hier? Wie alt sie wohl sein mochte? War sie im Besitz ihres Passes? Ich traute mir nicht zu, die Lage zu beurteilen. Es war mir egal, was Felix von mir denken würde. Ich wollte, dass dieser Frau geholfen wurde, wenn sie Hilfe benötigte. Ich zückte mein Handy und rief ihn an, nicht auf seinem Handy, sondern in seiner Dienststelle. Dort würde er mir nicht entkommen. Kaum hatte ich »Russen« gesagt, schlug er von sich aus ein Treffen vor.

»Jetzt gleich.«

»Wo?«

»Ich habe einen Termin in München, kennst du das Hotel in der Lindwurmstraße, bei mir ums Eck, verdammt, wie heißt das jetzt gleich wieder, vorne Richtung Sendlinger Tor, daneben ist ein Café.«

»Ich weiß, wo das ist. In der Nähe habe ich mal Yoga unterrichtet.«

»In einer Stunde?«

Er klang völlig normal. Überhaupt nicht genervt von meinen Ermittlungen. Eher neugierig. Und damit verblüffte er mich.

*

»Ja?«

»Die Frau mit dem Hund war schon wieder da. Hat Galina gesehen. Was soll ich tun?«

»Häng dich dran.«

»Okay.«

23

In dem kleinen Café in der Lindwurmstraße machte Felix es mir leicht, indem er in Deckung blieb. Ich saß dem Kommissar gegenüber. Er wollte, dass ich die Begegnung im Wald zweimal erzählte. Beim ersten Mal hatte er mich nicht aus den Augen gelassen, nun, beim zweiten Mal, schweifte sein Blick zum Fenster, und er schaute auf die Lindwurmstraße hinaus, als würde sich dort eine Wüste erstrecken, so weit in der Ferne ermittelten seine Gedanken. Als ich geendet hatte, schwieg er lange, dann ging ein halber Mond auf in seinem Mundwinkel.

»Russen also.«

Es schien ihn zu freuen.

»Was kannst du unternehmen, um dieser Frau mit der Tätowierung zu helfen? Man muss mit ihr reden, ohne die Kerle im Hintergrund.«

»Willst du ein Stück Kuchen?«, fragte er mich, als hätte ich mir das verdient.

Ich lehnte ab.

»Weißt du«, sagte er schließlich, »ich habe in diesem Fall schon einmal mit einem Russen gesprochen. Ganz am Anfang, im Zuge der ersten Befragungen. Es gab ja doch einige Zeugen, Spaziergänger und so weiter. Doch den habe ich vergessen. Obwohl es auf der Hand liegt. Klar, BKA. Er hätte ja irgendein Hausmeister sein können. Heutzutage gibt es überall Osteuropäer. Die Grenzen sind offen, das ist nichts, was einen automatisch alarmiert. Russen also.«

»Und was bedeutet das?«, fragte ich, denn leider konnte ich mir auf seine Erläuterungen keinen Reim machen.

»Das, was ich mir schon gedacht habe, wenn ich es hätte denken dürfen, ist nun von außen, also von dir, zu mir gekommen, was die Lage verändert und einiges erklärt. Vor allem auch die Skorpion. Sehr beliebt im Ostblock. Aber eben auch in Südeuropa. Da war ich auf einer ganz falschen Spur.«

»Was bist du eigentlich für ein Sternzeichen?«, fragte ich.

Aber er schaute schweigend dem Verkehr auf der Lindwurmstraße zu, vor dem Café hielt ein Taxi. Plötzlich ein Erkennen im Blick des Kommissars.

»Frau Jensen.«

»Wer?«

»Die Frau des Opfers«, er zuckte mit den Schultern. »Natürlich. Das Hotel hab ich ihr selbst empfohlen. Ist nicht so einfach, wenn man unvermittelt nach einer Unterkunft gefragt wird. Da ist mir das eingefallen. Kennst du so was?«, fragte er mich.

Ich hatte keine Ahnung, wovon er sprach, und das sah er mir wohl an.

»Dass einem so was dann plötzlich einfällt, was man unbewusst wahrgenommen hat? Das Hotel liegt ja bei mir um die Ecke. Es ist gar nicht so teuer, wie es von außen wirkt.«

Jetzt konnte ich wieder mitspielen. »Zur Wiesn ist das hier die teuerste Gegend«, widersprach ich.

»Ja, sicher«, sagte er zerstreut. Dann legte er seine Hand auf meine. »Franza, ich muss los.«

»Wohin?«, rutschte es mir heraus.

115

Er musterte mich einen Moment. Dann lächelte er und sagte einfach: »Weg«.

*

»Ja?«

»Die Frau mit dem Hund ist ein Polizeispitzel. Sie sitzt jetzt mit dem Bullen, der mit Andrej gesprochen hat, in einem Café in München. Was soll ich tun?«

»Bleib dran. Krieg raus, wie sie heißt, wo sie wohnt.«

»Okay.«

*

Felix war noch keine fünf Minuten fort, und ich hatte gerade meinen Milchkaffee ausgetrunken, da lief Frau Jensen, die Witwe des Opfers, erneut am Café vorbei.

Ich dachte nicht darüber nach, warum ich es tat. Es war wie ein Reflex.

»Fuß«, raunte ich Flipper zu, als wir auf die Lindwurmstraße traten. Frau Jensen, eine unauffällige, schlanke Gestalt Mitte fünfzig in Jeans und sportlicher blauer Windjacke, hakte sich bei einem Mann mit Schnauzer unter. Ich wechselte einen Blick mit Flipper.

»Wir bleiben dran«, gab ich die Parole aus.

Frau Jensen und ihr Begleiter liefen zum Sendlinger Tor und über die Herzog-Wilhelm-Straße zur Fußgängerzone. Kurz überlegte ich, Flipper irgendwo warten zu lassen, weil ein großer schwarzer Hund auffällt, doch das war nicht nötig – die beiden drehten sich kein einziges Mal um. Als sie am Stachus die Roll-

116

treppen zur U- und S-Bahn nahmen, hatte ich keine Lust mehr. Albernes Spiel. Aber vielleicht war es doch wichtig, wie dieser Hausmeister, von dem Felix gesprochen hatte. Ich konnte es ja mal erwähnen.

»Herr Kommissar?«

»Frau Fischer?«

»Ich bin gerade in der Fußgängerzone, zufällig. Vor mir läuft die Frau, die du mir gezeigt hast.«

»Welche Frau?«

»Die von dem Opfer.«

»Franza!«

»Ja, also ich wollte nur sagen, dass sie nicht allein ist.«

»Wie bitte?«

»Sie ist mit einem Mann unterwegs. Sie geht bei ihm unterge-hakt durch die Fußgängerzone. Sie gehen so, als wären sie sehr vertraut miteinander. Sie scheinen sich gut zu kennen. Ist das nicht ungewöhnlich für eine frische Witwe?«

»Der Mann ist ihr Schwager. Was dir wurscht sein kann. Und weißt du, was ich überhaupt nicht ausstehen kann?«

Ich schwieg.

»Leute, die genau wissen, wie sich andere in einem Trauerfall zu verhalten haben. Leute, die genau wissen, wie es auszuschau-en hat, wenn jemand mit einem Verlust klarkommen muss. Die hab ich gefressen, solche Leute. Servus, Franza.«

117

24

Noch am nächsten Tag litt ich unter Felix' berechtigter Ohrfeige. Am liebsten hätte ich mich im Bett verkrochen. Doch da stellte Flipper seine Ohren natürlich auf Durchzug. Hast du einen Hund, hast du Gassi. Nach unserer Morgenrunde und Yoga am Ostbahnhof fuhr ich wie jeden Dienstag zu Dr. Anton Dürr, einem meiner drei Privatkunden, mit dem ich im Grünwalder Forst den Trimm-dich-Pfad absolvierte. Als ich Anton Dürr kennenlernte, wog er hundertvierzig Kilo. Ohne Flipper hätte ich diesen gewichtigen Privatkunden schnell vergrault. Ich fand seine wuchernde Leiblichkeit schlichtweg unappetitlich, zumal Anton Dürr keine Notwendigkeit sah, abzunehmen. Sein Vater hatte ihm angedroht, seinen Teil der renommierten Kanzlei zu verkaufen, sollte sich das Erscheinungsbild seines Filius nicht dem Profil der Sozietät angleichen. Ihn dazu zu motivieren, fehlte mir die Motivation, denn jahrelang hatte Anton Dürr das Vorurteil gezüchtet, Menschen, die Sport treiben, wären geistig träge. Er bemühte sich nicht, das vor mir zu verbergen. Ich kämpfte mit dem Vorurteil, fette Leute wären undiszipliniert und willensschwach. Das Gegenteil ist der Fall. Die meisten Dicken haben eine Diät nach der anderen durchgehalten, und gäbe es Jojo nicht, hätte es auch mal geklappt.

Zum Glück übernahm Flipper schon bei unserem ersten Treffen mit Dr. Dürr das Kommando. Sonst hätte es im Übrigen auch kein zweites gegeben. Er setzte sich vor den Anwalt und schaute ihn todunglücklich an.

»Kann es sein, dass das Tier Bewegung braucht?«, fragte Dr. Dürr mich.

Wir fingen langsam an, mit Nordic Walking, bei dem Flipper schon nach wenigen Metern die Zunge raushängen ließ, sodass Anton Dürr nicht aus der Puste kam. Normalerweise hasst Flipper die Stöcke, die man nicht apportieren darf. Bei Dr. Dürr waren sie akzeptiert. Am erstaunlichsten fand ich, dass Flipper den Puls des Anwalts abzuhören schien: Kurz bevor seine Pulsuhr die Maximalgrenze angezeigt hätte, drosselte Flipper als unser Schrittmacher das Tempo.

Mittlerweile wog Anton unter hundert. Für jedes verlorene Kilo hatten Flipper oder ich ein kleines oder sogar größeres Präsent erhalten; zu Weihnachten ein Designer-Deluxe-Hundebett im Wert von knapp fünfhundert Euro. Ich hätte das nicht angenommen, aber bei Flipper kannte ich keine Skrupel.

Wir liefen zehn Minuten in lockerem Tempo und absolvierten die Übungen an den Stationen. Das hätte Anton natürlich auch allein machen können, aber ob er es allein gemacht hätte? »Sag mal«, fragte ich ihn zwischen Armkreisen und Rumpfbeugen, »darf man eigentlich ein Tier in seinem Garten begraben?«

Erschrocken schaute Anton zu Flipper.

»Er ist kerngesund«, beruhigte ich ihn.

»Soviel ich weiß, ist das nur bei kleinen Tieren möglich, und es ist natürlich genehmigungspflichtig. Das wird je nach Landkreis unterschiedlich gehandhabt, und selbstverständlich sollte die Bestattung nicht in einem Wasserschutzgebiet erfolgen.«

119

»Klar«, sagte ich mit enger Kehle. »Flipper ist viel zu groß zum Sterben, weißt du.«

»Das will ich wohl meinen!«, bekräftigte Anton. »Darf ich euch nach der Runde zu einem Eiweißdrink einladen?«

»Danke, Anton, nächste Woche gern. Wir haben noch einen Termin im Schießkino.« Ich gab das Startsignal zum Endspurt.

Die Waffenschmiede Puster war in einem mehrstöckigen Bürogebäude untergebracht, wenn auch in ausnehmend schöner Gegend in Sichtweite des Andechser Hügels. Von den Fenstern aus hatte man einen herrlichen Ausblick auf den allmählich ins Rötliche hineinherbstelnden Wald. Am Parkplatz wies ein blaues Schild den Weg zum Schießkino. Die Glastür am Haupteingang des Gebäudes war verschlossen.

»Ja, bitte?«, fragte eine Stimme aus einem Lautsprecher.

Ich schaute in die Kamera über mir. »Ich möchte zum Herrn Friesenegger.«

»Und Ihr Name?«

»Fischer.«

Kurz darauf erschien eine blonde Frau mit zwei ausnehmend hässlichen Ohrringen in Pistolenform am Eingang und öffnete mir die Tür. Und da war auch schon Sepp Friesenegger.

»Sakradi, meine Jogginglehrerin!«

»Ach, eine Jogginglehrerin?«, mäkelte die Blondine spitz. »Du brauchst wohl bei allem Hilfe?« Ihre Pistolen zuckten nervös.

»Ma muas ned ois glaum, wos stimmt, Sally«, gab Sepp Friesenegger charmant zurück.

Sally verdrehte die Augen und scharwenzelte in ihr Glashaus am Eingang.

»Hätte ich nicht kommen sollen?«, fragte ich.

»Aber ich bitt Sie. Eine schöne Frau am Kommen hindern, wär ein Verbrechen!«

»Ich habe Ihre Einladung einfach wörtlich genommen«, ignorierte ich seine Anspielung.

»So war sie auch gemeint. Wo ist denn der Hund?«

»Im Auto.«

»Das hätte ich auch vorgeschlagen. Es ist a bisserl laut im Schießkino, und für einen Hund haben wir bestimmt keinen passenden Ohrenschutz.«

Wie bestellt, hörte ich es knallen.

»Leider haben Sie sich einen schlechten Moment ausgesucht«, bedauerte Sepp Friesenegger und bedeutete mir, ihm zu folgen. »Heut sind wir ausgebucht. Ich glaub nicht, dass es mit Selberschießen im Schießkino klappt. Großwildjäger haben sich angesagt. Aber Zuschauen geht natürlich immer«, er blickte mir tief in die Augen, »schaun Sie gern zu?«

»Das wäre prima, wo ich schon mal da bin«, ließ ich ihn auflaufen und durchquerte das geräumige Foyer, an dessen Ende sich eine Cafeteria und rechts davon der Eingang zum Schießkino befand. Es war mit einer Glaswand von der Gastronomie abgetrennt. Hier konnte man beim Kaffeetrinken beobachten, wie Wildschweine auf der Leinwand über eine Lichtung flitzten, es knallte – und dann fielen sie um.

»Das ist der Wildschweinfilm«, erläuterte Sepp Friesenegger überflüssigerweise. »Den haben wir neu. Ich finde das mit dem Umfallen kontraproduktiv. Klar, es kickt einen, aber man muss später trotzdem genau analysieren, wohin der Schuss gegangen wäre, denn draußen fällt dir keine Sau um, wenn du nicht final triffst.«

Ich stellte mich mit dem Gesicht an die Glasscheibe, schirmte

121

die Augen mit beiden Händen ab und beobachtete, wie ein untersetzter Mann in blau kariertem Hemd fünfmal hintereinander auf die Leinwand ballerte. Fünfmal Mündungsfeuer vor dem Gewehr. Fünfmal ein Schlag nach hinten. Der Rückstoß.

»Basküle in edlem schwarzem Finish«, flüsterte mir Sepp Friesenegger ins Ohr. »Hinterschaft mit bayerischer Backe und Doppelfalz.«

Ich schnalzte mit der Zunge.

»Sicherer Anschlag auch bei Nässe«, balzte er weiter. »Wenn gewünscht mit Kickstop und Gummischaftkappen, Synthetik-Lochschaft, griffsichere Elastomer-Einlagen, sehr gute Rückstoßdämpfung bei hervorragenden Gleiteigenschaften.«

Jetzt wurde es mir zu scharf.

»Das klingt teuer«, bremste ich ihn.

»Die Büchsen?«

Ich nickte.

»Es kann sehr steil nach oben gehen.«

»Und das Schießen?«

»Einhundertzwanzig die Stunde. Wenn Sie wollen, zeige ich Ihnen den Hundertmeterschießstand. Der ist frei, und da sind wir unter uns.«

»Und was machen wir da, unter uns?«

»Also ich bin diesbezüglich ganz offen«, prahlte er.

»Patronenlager und Lauf sind kalt gehämmert«, ließ ich ihn abprallen mit Hardfacts, die ich zuvor im Vorübergehen auf einem Plakat gelesen hatte.

Sepp Friesenegger stieß einen anerkennenden Pfiff aus. »Heißes Geschoss!«

»Die Waffe ist entsichert«, stellte ich klar. »Sie sollten etwas vorsichtiger sein.«

122

Er kniff die Augen zusammen. Ich konnte förmlich sehen, wie es hinter seiner Stirn arbeitete, während er versuchte, mich einzuschätzen.

Ich folgte ihm durch einen Flur und über eine Treppe ins Kellergeschoss. Er sperrte eine Stahltür auf, und ich schaute in ein Rohr, Schussrohr, ein sehr langer Gang. Hundert Meter, kombinierte ich.

»Zuerst suchen Sie sich eine Waffe aus.«

Ratlos schweifte mein Blick zwischen einem Dutzend Gewehren hin und her, die in einer Ecke ausgestellt waren.

»Es gibt Kurzwaffen und Langwaffen«, erklärte Sepp Friesenegger. An seiner Stimme hörte ich, dass er sich dafür entschieden hatte, eine kugelsichere Weste anzulegen. »Zu den Kurzwaffen zählen Pistolen und Revolver. Langwaffen, wie der Name schon sagt, haben eine längere Lauflänge. Mit ihnen zielt und trifft man besser, auch auf größere Distanz. Mit einer kurzläufigen Pistole schießt man eher auf ein nahes Objekt.«

Er wies auf ein schwarzes Gewehr: »Das ist ein Repetierer. Keine Schönheit, aber eines unserer besten Stücke.« Er nahm die Waffe aus der Halterung und reichte sie mir.

»So schwer!«, staunte ich.

»Das liegt an der Zieloptik. Die ist optional.«

Probeweise hielt ich die Waffe in Schussposition.

»Hinsetzen«, befahl Sepp Friesenegger und deutete auf den Stuhl vor einem kleinen Tisch mit Haltevorrichtung.

Brav nahm ich Platz.

»Auflegen.«

Ich legte den Lauf des Gewehrs in die dafür vorgesehene Holzkonstruktion.

»Schauen Sie durch das Zielfernrohr.«

123

»Ich sehe ein Kreuz.«

»Konzentrieren Sie sich auf den Kreis, nicht auf das Kreuz. Legen Sie Ihre Wange so dicht an den Schaft, dass der schwarze, runde Ring außen gleichmäßig, aber möglichst klein zu sehen ist. Er darf nicht auf der einen Seite dick und auf der anderen dünn sein.«

»Wenn jetzt ein Tier im Fadenkreuz stünde, würde ich es treffen?«

»Vielleicht.«

»Die Waffe ist viel schwerer, als ich mir das vorgestellt habe. Ich kann sie kaum ruhig halten. Das ist richtig anstrengend!«

»Die Wange anlegen«, befahl Sepp Friesenegger.

Ich ließ das Gewehr sinken. »Ist lange nicht so einfach, wie es im Fernsehen beim Biathlon ausschaut.«

»Nein«, strahlte Sepp Friesenegger. Ich hatte zugegeben, was er hören wollte. Schützen waren Helden. »Das will gelernt sein. Deshalb ist das Schießkino eine geniale Erfindung, die hoffentlich in naher Zukunft von noch viel mehr Jägern genutzt wird, damit alle immer besser werden. So gut, dass Tiere nur noch in seltensten Ausnahmefällen durch Schussfehler leiden müssen.«

»Kommen die denn öfter vor?«

»Nie. Jäger machen keine Fehler.« Er zwinkerte mir zu.

Eigentlich war er ein sympathischer Kerl, der Sepp. Vielleicht ein bisschen brunftig, aber im Großen und Ganzen in Ordnung.

»Wichtig ist es, nicht zu verreißen«, erläuterte er. »Und als Frau müssen Sie natürlich erst mal lernen, die Augen offen zu lassen.«

»Wie bitte?«

»Frauen machen beim Schießen oft die Augen zu. Ihnen fehlen halt die Nerven, weil es Überwindung kostet. Um gut zu schießen, um zu treffen, müssen Sie nicht an das Tier hinschauen, sondern in das Tier reinschauen. Sie verbinden sich mit dem Tier, um es zu töten, ziehen quasi eine Linie in das Tier hinein. Das muss man aushalten.«

»Also braucht man viel Selbstbewusstsein, um zu schießen«, resümierte ich. »Man muss sich über die Verantwortung klar sein. Man will das Tier ja töten.« Oder den Menschen, dachte ich. »Da darf der Entschluss nicht wanken.« Ich hatte das kaum ausgesprochen, da fiel mir auf, dass der Schuss im Wort Entschluss bereits anklang.

»Selbstbewusstsein oder Ignoranz und Dummheit«, ergänzte Sepp Friesenegger. »Wir haben so ein paar alte Opas auf dem Hundertmeterschießstand, die sind halb blind und treffen quasi nichts mehr, aber am Selbstbewusstsein mangelt es ihnen nicht. Natürlich brauchen sie kein Schießkino, und den Jagdschein haben sie wie den Führerschein auf Lebenszeit.«

»Mal sehen, wie wir uns benehmen, wenn wir in dem Alter sind«, erwiderte ich und reichte Sepp Friesenegger die Waffe. »Das wäre kein Hobby für mich. Nach dem Schießtraining müsste ich zur Physiotherapie. Das geht enorm in die Schultern, in den ganzen Rücken.«

»Drum tut Joggen so gut.«

Ich stand auf und streckte mich. »Das war sehr interessant, vielen Dank. Darf ich Sie auf einen Kaffee und Kuchen einladen? Oder habe ich Sie schon zu lang von Ihrer Arbeit abgehalten?«

»Ich kann mir meine Pausen einteilen, wie es passt. Ich muss noch kurz ein Telefonat führen, weil ich dann heute später zum Gießen komme.«

»Sie gießen Kugeln?«

Sepp Friesenegger prustete laut heraus.

»Ein Exkollege liegt im Krankenhaus, und ich gieße seinen

125

Garten. Wollen Sie schon vorgehen in die Cafeteria, und ich ruf noch geschwind den Kreitmayer an?«

»Gern«, sagte ich, holte mir einen Cappuccino und einen Obstsalat und setzte mich in eine illustre Runde zwischen einen Eisbären, ein Bison, einen Braunbären, mehrere Hirschen und ein Wildschwein. Nur mit Mühe unterdrückte ich den Impuls, die Bären zu streicheln. Im Schießkino liefen nun Löwen und Elefanten über die Leinwand, es knallte und stank wie streng riechende Räucherstäbchen. Den Kommentaren entnahm ich, dass sich hier eine Reisegruppe auf eine bevorstehende Safari einschoss.

Auch an dem Tisch hinter mir ging es lebhaft zu. Als der Name Brandl fiel, spitzte ich die Ohren, während ich nach einem der auf dem Tisch ausliegenden Prospekte griff und mir den Anschein versunkenen Lesens gab – und die Diskussion wie ein Hörspiel verfolgte.

Frauenstimme: Wir müssen zusammenhalten. Die wollen bloß einen Keil zwischen uns treiben.

Männerstimme: Ich finde das auch richtig, dass der Franz nichts sagt. Das ist seine Privatangelegenheit und seine Privatmeinung.

Männerstimme: Aber es wird rauskommen. Früher oder später. Das wissen viel zu viele. Er hat ja nicht hinterm Berg damit gehalten. Er hat es jedem erzählt.

Frauenstimme: Ich bewundere ihn für seinen Mut. Er ist nicht so wie die meisten von uns. Er hat von Anfang an immer gesagt, was ihm nicht passt. Er ist keiner, der sich wegduckt. Von wegen dicke Hosn und dann Schwanz einziehen.

Männerstimme: Was hat ihm das jetzt gebracht? Im Visier der Kripo steht er. Und geholfen hat er keinem damit.

Frauenstimme: Das eine hat mit dem anderen nichts zu tun. Das ist eine Verkettung tragischer Umstände. Wenn wir jetzt die Pferde scheu machen, wird alles nur noch schlimmer.

Frauenstimme: Dann glauben die gleich, sie wissen jetzt was.

Männerstimme: Das stimmt schon. Man macht sich ja von außen gar kein Bild. Da sieht alles schnell ganz anders aus.

Männerstimme: Wenn hier jemand was anzeigen sollte, dann ist das die Geschäftsleitung. Die waren dabei.

Männerstimme: Der Fisch fängt am Kopf zu stinken an.

Frauenstimme: Die Polizei war schon zweimal beim Direktor Happach.

Männerstimme: Und?

Frauenstimme: Ich weiß nichts. Ich war auf Fortbildung. Aber es wird wohl nichts Wichtiges gewesen sein, sonst wären sie ja schon längst bei der Alice gewesen, und es hätte mal jemand nach der Laika gefragt. Hat euch jemand nach der Laika gefragt?

Männerstimme: Keiner.

Männerstimme: Niemand.

Frauenstimme: Mich auch nicht.

Mehrere Stimmen gleichzeitig: Sepp!

»Hallo miteinander«, grüßte Sepp Friesenegger die Runde. »Ich hab Besuch.«

Männerstimme: »Da schau her!«

Männerstimme: »Sauber sog i.«

Frauenstimme: »Weiß des die Lisa?«

Ich drehte mich zum Nebentisch und lächelte in die Runde, als würde ich sie jetzt erst bemerken. Konzentriert scannte ich sie ein

127

und hatte dann keine Kapazitäten mehr frei für Flirtpingpong mit dem Sepp. Nur eines brannte mir auf der Seele: »Ist die Laika der erschossene Hund, von dem Sie mir bei unserer Begegnung im Wald erzählt haben? Wer hat sie eigentlich erschossen? Kennen Sie den Täter?«

Sepp Friesenegger wurde blass.

25

»Aber sagen Sie mir doch bitte, Frau Brandl«, fragte ich, als sie mir ein zweites Stück Zwetschgendatschi auf den Teller legte und nachdem ich ein Fotoalbum mit Bildern von der Walli angeschaut hatte und auch das Autogramm von David Garrett, wo *für Walli, love David* draufstand, »wer hat die Laika erschossen?«

»Essen sie erst amal was. Die Walli hat immer zwei Stückl Kuchen packt.«

Ich legte mir eine Hand auf den Bauch. »Ich kann nimma. Da ist schon ein Obstsalat drin.«

»Grüß Gott!« Der Mann musste sich angeschlichen haben. Weder ich, das war entschuldbar, noch Flipper hatten ihn kommen gehört. Das würde ich meinem Wachhund später genüsslich unter die Nase reiben.

»Franz!«, rief Maria.

Ein wedelndes Etwas wuselte um unsere Beine, steckte eine zweite Wedelmaschine an, und Flipper und ein bayerischer Gebirgsschweißhund jagten durch den Garten.

»Des is der Hallodri«, stellte der Mann seinen Hund vor.

»Des is mei Mann«, stellte Frau Brandl ihren Gatten vor.

»Des is der Flipper«, stellte ich meinen Hund vor.

»Des is des Frauli vom Flipper«, stellte Frau Brandl mich vor.

»Des hab ich mir schon denkt«, sagte ihr Mann und nickte mir

129

freundlich zu. Er war Ende fünfzig, mittelgroß und drahtig und hatte ein sympathisches, offenes Gesicht mit warmen braunen Augen. Er passte gut zu seiner Frau. Irgendetwas in den Gesichtern des Paares hatte sich angeglichen. Sie sahen einander ähnlich, ohne dass ich hätte sagen können, woran das lag. Ich hab niemand, mit dem ich mir wegen der gemeinsam verbrachten Zeit ähnlich schau, ging es mir durch den Kopf. Ob ich das überhaupt jemals hinkrieg? Es dauert eine Weile, bis die Isar ihre Kiesel geschliffen hat. Und wenn ich so weitermachte, würde ich eher Flipper ähnlicher.

»Ich wollt nur den Hallodri heimbringen«, sagte Franz Brandl, »ich hab noch einen Termin, um sieben bin ich wieder da.«

Er beugte sich zu seiner Frau und gab ihr einen Kuss. Sehr langsam machte er das, und seine Lippen verharrten eine Weile auf ihrer Wange. Einen Kuss, als würde er ihr etwas anvertrauen, das sie für ihn aufbewahren sollte, bis er wieder heimkam. Was der Kommissar wohl gerade machte?

26

»Das ist Schlamperei, Claudia!«, rief Felix ins Telefon. »Ja, ich weiß, dass du umziehst, und da hat man den Kopf voll. Aber ein Hund, der bei einem Unfall dabei war, ist nicht automatisch bei dem Unfall gestorben, auch wenn du Hunde nicht ausstehen kannst und dir dein Knie wehtut. Der Hund war nicht tot, der hat noch gelebt. Ein Doktor in Weilheim hat ihn zusammengeflickt, und er ist erst vor ein paar Wochen erschossen worden, wie der Bert erfahren hat. Und wenn du ... Claudia? Claudia!«

Felix knallte den Hörer auf die Gabel. Johannes, der vor seinem Schreibtisch saß, zuckte zusammen.

»Frau von Dobbeler hat das Gespräch beendet«, erklärte Felix.

»Sie hat ja auch Urlaub«, sagte Johannes.

»Aber vorher hat sie keinen gehabt. Ich verlass mich doch nicht drauf, wenn mir irgendeiner von der freiwilligen Feuerwehr zwischen Tür und Angel erzählt, dass der Hund praktisch bloß noch Matsch war. Da frage ich doch mal nach. Und wenn ich das mache, dann erfahre ich, o Wunder, dass der Matsch eben doch noch gelebt hat und der Brandl Franz den Hund höchstpersönlich in die Tierklinik gefahren hat, wo sie ihn wieder hochgepäppelt haben, den Matsch.«

»Äh, aber ist das denn so wichtig, ob und wann der Hund gestorben ist?«

Felix hob die Hände zum Himmel. »Jetzt haben wir endlich einen Grund, warum dieser verstockte Brandl was gegen den Jensen gehabt haben könnte. Der hat dem den Hund erschossen.«

»Wie?«

»Wer mir den Hund erschießt«, sagte Felix und sah ganz anders aus, als Hauptkommissar Tixel für gewöhnlich aussah, »den mach ich kalt, den mach ich fertig, den mach ich alle. Da kenn ich nix.«

»Äh, Felix?«

»O-Ton, Johannes.«

»Aber nicht vom Brandl? Oder hast du noch mal mit dem geredet?«

»Nein, nicht vom Brandl. Von einem Polizeihundeführer.«

»Tatsache?«

»Ja. War ein Freund von mir. Und ich hab ihn verstanden.«

»Aber wir haben doch keine Beweise dafür, dass der Jensen den Hund erschossen hat? Liegt da eine Anzeige vor? Woher weiß der Bert das?«

»Es wurde nichts angezeigt. Aber in mir drin zeigt was an«, erwiderte Felix und wies auf seine Brust. »Woher kommt diese abgrundtiefe Genugtuung von dem Brandl, die er kein bisschen verbirgt? Der fühlt sich im Recht. Für den ist die Welt jetzt wenigstens ein kleines bisschen wieder im Lot. Du hast ihn selbst gesehen. Der macht doch den Eindruck eines Mannes, der Wiedergutmachung erfahren hat durch den Tod von Jensen, so wie er sich überhaupt nicht anstrengt, Mitgefühl zu heucheln.«

»Ein Hund ist ein Hund, ich meine, ein Hund ist ein Tier. Das kann man nicht vergleichen.«

»Ach nein? Kann man nicht?«

»Nein, weil Hunde ja zum Beispiel nicht denken können.«

»Ach, sie können nicht denken?«

»Also, nur wenig?«, fragte Johannes unsicher.

»Wenn du einen Säugling und einen Hund in manchen Bereichen vergleichst, dann ist der Hund vernünftiger.«

»Ja, das mag schon sein, aber der Mensch entwickelt sich weiter. Er spricht, er fasst logische Schlüsse, er erinnert sich – er hat ein ... Selbstbewusstsein, ich glaube, so lautet die Definition, also er ist sich seiner selbst bewusst.«

»Und deshalb ist er mehr wert, der Mensch, als das Tier?«

Johannes klickte an einem Kugelschreiber herum.

»Auch Affen haben ein Ich-Bewusstsein, das ist erforscht, Johannes. Und es wird Ihnen trotzdem bei lebendigem Leib das Gehirn herausgelöffelt. Eine Delikatesse. Die Frage ist nicht, ob Tiere denken können oder sprechen. Sondern ob sie fühlen und, ja, leiden können.«

»Du hast gestern eine Leberkässemmel gegessen!«, hielt Johannes dagegen.

»Leberkäs ist ja kein Fleisch in dem Sinn«, sagte Felix. »Und das Beste an dem Leberkäs ist sowieso der Senf. Aber du hast schon recht. Genau das ist das Problem. Ich bin nicht konsequent. Doch ich weiß, wie ich mir die Welt wünschen würde. Und ich weiß, dass Hunde eine Seele haben.«

»Deshalb verstehst du dich so gut mit der Frau Fischer ihrem Hund.«

»Besser als mit seiner Chefin«, grinste Felix und wollte wissen: »Hast du einen Termin mit ihr vereinbart?«

»Sie hat noch nicht zurückgerufen.«

»Das wird sie wohl auch nicht. Ruf sie noch mal an. Nein, schick eine Vorladung raus. Die Dame braucht eine Deluxe-Einladung.«

»Aber, Felix, wenn der Jensen den Hund von dem Brandl er-schossen hat …«

»Den Hund von seiner toten Tochter, Johannes. Das ist noch mal was anderes. Und viel schlimmer. Das ist so schlimm, wie du es dir gar nicht vorstellen kannst.«

27

»Für meinen Mann war das so schlimm, das kann man sich gar nicht vorstellen«, sagte Frau Brandl zu mir, und ihre Augen schimmerten feucht. »Wie der Hund tot war, da ist ihm das Mädel zum zweiten Mal gestorben. Das mit der Walli und meinem Mann, das war von Anfang an eine ganz spezielle Geschichte. Die Walli war ein Säugling, da hat der Franz sie schon immer mit sich rumgetragen. Im Sommer hat er sie sich vorn in die Jacke reingesteckt und ist mit ihr am Hochsitz gesessen die halbe Nacht. Und wie sie dann größer geworden ist, hat er sie überall mit hingenommen. Ein Herz und eine Seele, das haben alle gesagt. Sie schauen sich ja auch gleich wie fotokopiert. Da wenn ich Ihnen jetzt Babyfotos von meinem Mann zeig, dann wissen Sie nicht, ob das die Walli ist. Wie sie dann größer geworden ist, hat es schon nachgelassen, weil sie nicht mehr mit auf die Jagd wollte, und sie hat viel lernen müssen am Gymnasium. Aber die Papatochter, die ist sie immer geblieben.«

»Und wie war das für Sie?«

»Ich hab mich dran gewöhnt. Das waren immer die zwei und ich. Egal, worum es ging. Ich wollte im Urlaub ans Meer, die zwei in die Berge. Ich wollt ein kleineres Auto, die zwei einen Kombi. Ich wollte im Fernsehen einen Krimi sehen, den Naturfilm haben wir angeschaut. Zwei gegen eine. Das war so. Da habe ich mich doch nicht aufgeregt. Wie sie dann in die Pubertät gekommen ist, das war nicht leicht, weil die haben ja beide so einen Sturkopf. Was glauben Sie, dass bei uns die Fetzen geflogen sind. Da war der Franz auch eifersüchtig auf die Buben, die mit seinem Augenstern ins Kino wollten und zum Tanzen. Ich war heilfroh, wie das durch war, was natürlich auch an ihrem ersten Freund gelegen hat, den wir ja von klein auf kennen, der war wie ein Sohn für uns. Wie die Walli dann studiert hat, ist sie jedes Wochenende heimgekommen. Ich glaub, mehr zu ihrem Bapa als zu mir.«

»Sie erzählen das so, als hätte es Ihnen nichts ausgemacht«, sagte ich verwundert, eingedenk der vielen verletzten Töchterseelen, die sich durch erbarmungslose Workouts beweisen wollten, dass sie die Mütter, die sie nie hatten, auch nicht brauchten, und wenn etwas zählte, dann höchstens Kalorien.

Frau Brandl lächelte. »Nein, ich war nicht eifersüchtig. Da sind Sie vielleicht noch ein bisschen zu jung, Franza, um das zu verstehen. Glücklich haben die zwei mich gemacht. Meine zwei! Wenn ich sie nebeneinander stehen hab sehen, beide in der gleichen Körperhaltung, da ist mir doch das Herz aufgegangen! Wenn die Walli heimgekommen ist und *hallo Mutsch*, so hat sie mich genannt, gerufen hat und durchs Haus gerannt ist, immer schnurstracks zum Kühlschrank. Freilich ist da jedes Mal was Spezielles für sie dringestanden. Das muss doch so sein, wenn das Kind heimkommt. Das ist doch bei Ihnen bestimmt genauso, wenn Sie Ihre Eltern besuchen?«

»Ich bin bei meiner Oma aufgewachsen.«

»Ich auch«, sagte Frau Brandl. »Da hat sich nichts gefehlt.«

»Und wie die Walli verunglückt ist, haben Sie und Ihr Mann ihren Hund aufgenommen?«

»Die Laika war ja so schwer verletzt, dass man geglaubt hat, das wird nichts mehr. Aber mein Mann hat gesagt, sie sollen alles versuchen. Und wie sie über den Berg war, hat sie sich überraschend schnell erholt. Das hätte keiner für möglich gehalten. Ja, wie soll ich sagen: So ist dann die Laika an die Stelle von der Walli gerückt. Und ich war froh darüber – weil er eben nicht redet, mein Mann. Der frisst doch alles in sich rein. Und drum war ich ja so froh um die Laika. Mit der hat er geredet, und ich glaub, wenn die im Wald waren miteinander, dann hat er ihr vielleicht sogar mal sein Herz ausgeschüttet. Bei Hunden brauchen Sie nicht viele Worte, die nehmen Sie als Ganzes und wissen oft mehr über einen als wie man selbst. Das Herz ausschütten, das hat er bitter nötig gehabt, mein Mann. Durch die Firmenfusion hat er zu allem Unglück noch eine Front offen gehabt.«

Spontan legte ich meine Hand über die von Maria Brandl. Sie war eiskalt. »Das tut mir alles so leid.«

Maria Brandl atmete schwer und erzählte mir das Ende der traurigen Geschichte. »Die hat nicht gefolgt, die Laika. Am Hundesportplatz, da ist die geflitzt. Aber sonst – keine Chance. Das hat niemand verstanden, wie das zusammengeht. Die Walli hat sie aus Griechenland mitgebracht. Das Streunern hat der im Blut gesteckt. Und mein Mann, der so viele Jagdhunde ausgebildet hat, der hat nichts dagegen unternommen. Das ist der Hund von der Walli, an dem wird nicht rumerzogen. Also ist sie uns dauernd abgehauen. Ich glaub, der Hund hat sein Frauli gesucht. So ein Viecherl ist ja treu über den Tod hinaus. Ich hab immer Angst um den Hund gehabt. Den verwechselst du doch leicht mit einem Frischling oder Überläufer.«

»Mit wem?«

»Mit einer pubertierenden Sau. Und wo hier gleich drei Pachten sind. Gerade in der Dämmerung. Und dann ist es passiert. Freitagnacht kommt der Franz heim und hat den toten Hund im

137

Arm. Der ganze Bauch aufgerissen. Der Hallodri hat ihn gefunden, zwei Stunden haben sie gesucht. Kein Wort hat mein Mann geredet. Drei Tage nicht. Bis in der Früh hat er das Grab ausgehoben. Und dann hat er seine Walli noch mal beerdigt.«

»Wissen Sie, wer's war?«, fragte ich atemlos.

Sie kniff die Lippen zusammen und sah dadurch viel älter aus. Und hart. Ein kühler Hauch streifte mich. Ich wollte nicht darüber nachdenken.

»Was sind das eigentlich für Russen, die in der Villa am Höhenweg wohnen?«, fragte ich.

»Über die Russen red ich nicht«, erklärte Frau Brandl. »Da reg ich mich nur auf, und über Lappalien reg ich mich nicht mehr auf.«

28

»Bitte, Chefbauer, reg dich nicht auf«, bat Laura ihren Chef.

»Ich reg mich nicht auf!«, rief der und wollte wissen: »Warum ist das für euch so schwierig? Über alle Schritte werden die Kollegen vom BKA informiert. Wo liegt das Problem?«

Felix wollte etwas sagen, doch Leopold Chefbauer war noch nicht fertig. »Wieso fragt der Bert in dem Kramerladen in Drößling nach Russen? Wieso ist in eurem Team nichts abgesprochen? Kann mir das mal einer erklären?«

»Wir dachten, weil wir schon mal mit einem Russen geredet haben und ...«

»Die Ermittlungen sind mit den Kollegen abzustimmen. Ist das jetzt mal angekommen?«

Alle nickten.

»Gut. Dann an die Arbeit. Felix bleibt bitte noch einen Moment.«

Als die Tür hinter den anderen ins Schloss gefallen war, äußerte der Erste Kriminalhauptkommissar seine Kritik deutlicher. »Du musst die Ermittlungen deiner Truppe besser koordinieren. Da weiß die rechte Hand nicht, was die linke macht.«

»Das liegt daran, dass Claudia am Anfang viel recherchiert hat und jetzt im Urlaub ist. Uns fehlt vorne und hinten die Zeit. Ich kümmere mich darum, dass es besser klappt. Maxi könnte vielleicht Zusammenfassungen liefern. Sie liest schnell und hat eine rasche Auffassungsgabe. Kann ich sie hinzuziehen?«

»Von mir aus. Wenn die Solveig sie dir ausleiht. Wie macht sich der Johannes?«

»Prima.«

»Bei mir hinterlässt er auch einen aufgeweckten Eindruck. Aber er soll sich mal wieder rasieren.«

»Chefbauer!«

»Ja, das meine ich.«

»Ich sag ihm das nicht. Außerdem hat der so wenig Bartwuchs, der wird froh sein, wenn überhaupt was da steht.«

»Na gut. Ich habe mir seine Aktenvermerke durchgelesen. Er bringt die Dinge auf den Punkt. Gefällt mir. Ihr kommt also voran mit dem Brandl?«

»Die Freude von Franz Brandl über den Tod von Jensen könnte damit zusammenhängen, dass Gerd Jensen eventuell den Hund von Franz Brandl erschossen hat.«

»Sonst keine neuen Erkenntnisse über ihn? Bleibt er bei seinem Alibi, das keins ist?«

»Ja.«

»Gefällt mir nicht, das Ganze, gefällt mir nicht. Was denkst du über den Brandl? Die Claudia hat am ersten Tag schon gesagt, der wär nicht sauber.«

»Man könnte auf die Idee kommen, er hätte nicht mehr viel zu verlieren nach dem Tod seiner Tochter. Aber er ist verheiratet, und wohl auch relativ glücklich, wenn man das nach fünf Minuten Gespräch mit einem Paar so beurteilen kann ...«

»Das kann man! Besuch mal mich und meine Frau, hahaha.«

»Sag mal, Chefbauer, hast du was genommen?«

»Schmarrn. Darf man hier vielleicht nicht mehr lachen?«

»Wenn einer plötzlich anders ist als sonst, macht ihn das verdächtig. Abweichendes Verhalten nennen wir das beim Protokollschreiben.«

»Als ob ich sonst zum Lachen in den Keller gehen würde! Weiter«, befahl Leopold Chefbauer und knickte einen Pfeifenreiniger.

»Bert krempelt die Firma um. Es gab wohl einige Entlassungen nach der Fusion, das checken wir gerade. Simon und Peter sind mit Befragungen beschäftigt. Johannes war jetzt oft mit mir unterwegs. Er überprüft im Moment die Finanzen des Opfers, sein Haus ist noch nicht abbezahlt. Fred trägt das Kleinzeug zusammen und recherchiert in der Vorgangsverwaltung. Dabei ist eine vielleicht interessante Geschichte ans Licht gekommen. Vor drei Jahren hat es in Kiel einen Überfall auf die Firma von Gerd Jensen gegeben. Nur Jensen war im Gebäude. Der Sicherheitsdienst hat geschlampt. Wir überprüfen das. Es ist unklar, wie die reingekommen sind. Jensen hat eine Platzwunde davongetragen, die Akten müssten morgen bei uns sein. Keine Festnahme.«

Chefbauer stopfte seine Pfeife. »Hast du den Bericht von der Laura gelesen? Diese Jäger! Zweiundzwanzig verschiedene Verschwörungstheorien – eine absurder als die andere! Als hätte man in ein Wespennest gestochen. Ich habe geglaubt, Jäger reden nicht viel. Dass die auf ihren Hochsitzen hocken und still beobachten. Von wegen! Die haben zu viel Zeit im Wald, sich Geschichten auszudenken.«

»Siehst du, Chefbauer, und da ist mir der Brandl lieber. Der sagt nichts, und das, was er nicht sagt, meint er auch so. Ich fahr noch mal zu ihm. Jetzt gleich.«

»Ich hoffe, wir können bald zu einem Abschluss kommen.«

»Ist dir das schon mal aufgefallen, Chefbauer, im Abschluss ist der Abschuss drin?«

29

»Der Jensen war's, gell?«, fragte Felix. »Der Jensen hat die Laika erschossen.«

Franz Brandl schaute an Felix vorbei aus dem Fenster in seinem Büro in der Waffenschmiede Puster. Von hier hatte er einen atemberaubenden Blick über einen herbstlich leuchtenden Wald, der rötlich schimmernd im Dunst lag.

»Ich weiß, wie das ist, wenn einem ein Hund stirbt«, sagte Felix.

»Irgendwann stirbt ein jeder Hund. Das liegt in der Natur der Sache.«

»Ja, es ist traurig, dass sie uns nicht ein Leben lang begleiten können, aber ein ermordeter Hund liegt nicht in der Natur der Sache«, widersprach Felix.

»Ein ermordeter Hund. Da schau her. So was traut sich der Kommissar in den Mund nehmen. Was sagen denn Ihre Vorgesetzten dazu? Wie wär denn das, wenn ich jetzt zu Ihnen kommen würde und anzeigen wollte, dass mir einer meinen Hund ermordet hat?«

»Ich bin nicht bloß ein Kommissar, ich bin auch ein Privatmensch. Und selbst wenn ich den Mord am Tier nicht mit denselben Mitteln und derselben Personaldichte wie den Mord am Menschen verfolgen kann, ungestraft kommt bei uns keiner weg, der Tiere quält oder tötet.«

»Ja, ja, Gerede.«

»Nein, kein Gerede. Bis zu drei Jahre Haft.«

»Ach, geh! Kennen Sie vielleicht einen, der wo ins Gefängnis gekommen wär wegen einem Viech? Die meisten kriegen eine Geldstrafe, wenn überhaupt, wenn überhaupt.«

Sie schwiegen eine Weile und schauten über die Wipfel.

»Als junger Mann wollte ich zur Hundestaffel«, begann Felix unvermittelt. »Gleichzeitig wollte ich auch zur Mordkommission. Mit meinem Opa – ich war fast jedes Wochenende bei meinen Großeltern – habe ich verbotenerweise den Freitagskrimi angeschaut. Die Kommissare fand ich nicht so toll, aber das Blaulicht unterm Sitz hat mir schon imponiert. Manche Fälle spielten in Starnberg, da hat mein Opa gewohnt, und das war die Bestätigung, dass die Großkopferten alle Dreck am Stecken haben.«

»Da sag ich nix dagegen«, warf Franz Brandl ein, der Felix aufmerksam zugehört hatte.

»Ich bin nicht zur Hundestaffel gegangen. Aber ich hab mich immer gefreut, wenn wir mit ihnen zusammengearbeitet haben, das kommt hin und wieder vor, zum Beispiel wenn wir einen Flüchtigen verfolgen ... Der Mann hatte seine Freundin im Wald – ich muss es so sagen: hingerichtet. Vorher hat er sie grausam zu Tode gequält. Ich will Ihnen die Details ersparen und mir auch, weil ich bis heute noch manchmal daran denken muss. In unmittelbarer Nähe des Tatorts wohnte ein Kollege der Hundestaffel. Er war seit einem Jahr in Pension, mit seinem Hund, wie das so üblich ist. Die Hunde bleiben für gewöhnlich bei ihren Hundeführern und beziehen vom Staat eine kleine Pension für ihr Futter.«

Franz Brandl nickte, wohl um zu zeigen, dass ihm das bekannt war.

»Der Carlo war acht damals, ein prächtiger Bursche, das ganze Revier hat ihn geliebt, das kann ich wirklich so stehen lassen. Der

143

Carlo hätte bestimmt noch ein, zwei Jahre Dienst tun können, aber der Chef der Staffel hat zusammen mit dem Tierarzt ein Auge zugedrückt und die beiden, Carlo und Eckart, sind zusammen in den Ruhestand geschickt worden, bevor man von dem Hund verlangt hat, sich an einen neuen Hundeführer zu gewöhnen für so eine kurze Zeit. Jedenfalls rief in dieser Mordsache mein damaliger Chef, ich war noch nicht lang dabei, den Eckart zur Hilfe. Die Spur war noch frisch, und wir wollten den Kerl unbedingt kriegen. Eine Stunde hätten wir auf die Hundestaffel warten müssen, das schien uns allen zu lang. Natürlich haben wir uns hinterher Vorwürfe gemacht. Aber keiner von uns hatte einen klaren Kopf nach dieser Leiche, auch nicht mein Chef, der war fast sechzig, aber so was wie die Frau hatte er noch nicht gesehen.

Ich war als Zweiter beim Carlo. Bauchschuss. Er lag im Arm vom Eckart, und ich befürchtete zuerst, beide wären getroffen, so voller Blut war der Eckart. Das war der Tag, an dem ich kein Polizist mehr sein wollte. Erst die Frau, dann der Hund, und ich kann nicht sagen, was für mich schlimmer war. Beides zusammen war jedenfalls unerträglich. Ich habe wochenlang noch das Hecheln und Jaulen von dem Carlo und die Schreie vom Eckart gehört, wie er immer wieder und wieder nach seinem Carlo gerufen hat, als schon längst nichts mehr zu machen war. Zu viert haben meine Kollegen ihn weggezerrt. Er ist nie mehr auf die Beine gekommen danach.«

Franz Brandl schaute Felix forschend an. »Und was hat er gekriegt …, der Doppelmörder?«

»Er hat sich selbst erschossen.«

Wieder schwiegen sie eine Weile. Dann sagte Franz Brandl durch das Fenster in den Wald hinein: »Gerd Jensen hat den Hund Laika meiner Tochter erschossen.«

»Haben Sie dafür Beweise?«, fragte Felix.

»Dafür brauch ich keine Beweise. Das weiß ich. Und wenn das stimmt, was Sie mir jetzt gerade erzählt haben, wobei ich sehr genau weiß, dass ihr alle miteinander Schauspieler seid bei der Polizei, aber angenommen es stimmt, dann wissen Sie, dass ich keine Beweise brauche. Ich weiß, wer die Laika auf dem Gewissen hat: Weil es so ist.«

30

Ich war ein bisschen nervös, als ich mich Donnerstagabend an der Rezeption des neu eröffneten Fitnesscenters im Lehel zu einem Vorstellungsgespräch meldete. Eine reine Vorsichtsmaßnahme, versuchte ich mich zu beruhigen. Noch bestand keine Not. Doch wenn sich der Trend des Preisdumpings fortsetzte, war es besser, frühzeitig Gegenmaßnahmen zu ergreifen.

Ich musste nicht lange warten, bis mich die Geschäftsführerin Saskia, eine attraktive, durchtrainierte blonde Enddreißigerin, in ihr Büro bat.

»Dein Werdegang ist ungewöhnlich«, stellte sie fest, nachdem ich meine berufliche Laufbahn referiert hatte. »Mir ist noch nie eine Kampfsporttrainerin mit so vielen Gürteln begegnet, die auch Kardio und Yoga unterrichtet.«

»Ist das ein Minuspunkt?«, fragte ich.

Saskia lachte. Mehrere Brillanten an den Zähnen. An der Sonne fast so blinkend wie eine Zahnspange. Sie war mir sympathisch. »Sag mal«, fragte sie, »bist du nicht die mit dem Hund? Ich hab von dir gehört und jetzt zwei und zwei zusammengezählt. Eine Reihe von Leuten, denen es bei Enzo seit der Preiserhöhung nicht mehr gefällt, sind zu uns gewechselt. Wir haben recht attraktive Startangebote, und unser Laden ist derzeit das Modernste, was du in München kriegen kannst.«

»Das stimmt«, bestätigte ich.

»Wo ist denn deine Lassie?«

»Im Auto.«

»Könnt ihr eine Probestunde geben? Jetzt gleich? Das würde mich brennend interessieren, wie das abläuft und wie es ankommt. Für die letzte Stunde heute Abend ist mir jemand ausgefallen. Wie wär's? Du und Lassie?«

»Er heißt Flipper.«

Saskia schmunzelte. »Body Attac ist dir ein Begriff?«

»Klar.«

»Und?«

»Ich mach das. Aber den Hund lass ich für die Probestunde im Auto«, erklärte ich.

Als ich meine Tasche aus dem Volvo holte, überlegte ich, ob das ein Fehler war. Flipper hätte meine Chancen vielleicht erhöht. Andererseits wollte ich nicht wegen meines Hundes Arbeit bekommen.

In dem großzügig geschnittenen Loft des Studios, das bequem Platz für fünfzig Leute bot, machte ich mich mit dem CD-Player vertraut, als die ersten Teilnehmer eintrafen. Body Attac ist ein Cardio-Workout zum Aufbau von Kraft und Ausdauer. Athletische Aerobic-Bewegungen werden mit Kraft- und Stabilisationsübungen kombiniert. Pausen gibt es nur, wenn jemand trinkt, wobei Profis das auch im Laufen erledigen. Manche kommen mit drei Trinkflaschen in die fünfzig Minuten. Ich musterte die Leute, die nach und nach eintrudelten, und hoffte, dass es eine bestehende Klasse war, keine Anfänger, die frustriert scheitern mussten, aber wer nicht mithalten konnte, ging sowieso freiwillig raus, so lange er noch gehen konnte.

147

Um Viertel nach acht bat ich den letzten Teilnehmer, die Tür zu schließen, und drückte auf Play. Um 20:17 kam Felix Tixel herein, ganz in Schwarz, ein rotes Handtuch über der Schulter. Für einen Moment wurden meine Knie schwach. Natürlich war mir nicht verborgen geblieben, dass er viel Sport machte. Aber doch bitte nicht in einem Fitnessstudio; im Krankenhaus hatte er mir einen Jogginganzug geliehen mit dem Logo vom Polizeisportverein. Na, mal sehen, wie fit sie dort waren.

Um 20:23 Uhr verließen die ersten beiden Teilnehmer das Feld.

Um 20:30 Uhr waren wir noch zu zwölft.

Um 20: 41 Uhr zu sechst.

Ab 20:45 Uhr zu zweit.

Er und ich.

Draußen vor der Glasscheibe ein Dutzend Zuschauer, das unser Duell beobachtete. Ich hatte ein Handicap: das Headset. Ich musste sprechen, und er hörte meinen definitiv zu schnellen Atem, den ich am liebsten ruhig wie bei einer Entspannungsübung hätte fließen lassen. Doch mit diesem Wunsch stieß ich an meine Grenzen. Keuchend schenkte ich mir nichts. Und ihm erst recht nicht. Ich jagte ihn unterbrochen von Liegestützen, Klimmzügen, beides auch einarmig, Crunches und den schlimmsten Folterübungen, die mir einfielen, durch die Halle. Und mich. Dabei geriet ich völlig außer Kontrolle. In einem Zustand der Raserei schüttete ich Endorphine aus wie eine verliebte Weltmeisterin; Franza im Rausch. Auf einmal war es fünf nach neun. Keine Zeit mehr für Muskelentspannung. Schlechtes Timing. Durchgefallen. Saskia sah das anders. Sie riss die Tür auf und gratulierte mir. Dann fragte sie Felix: »Alles okay? War vielleicht 'n bisschen heftig für ein Probetraining?«

»Keine Spur«, japste Felix.

148

Saskia lachte. »Franza, kommst du, bevor zu gehst, noch kurz zu mir ins Büro?«

»Servus«, verabschiedete Felix sich von mir, als hätte er mich noch nie gesehen. »Und danke. Das war ... unvergesslich.«

Saskia schaute ihm nach mit blitzendem Gebiss. »Knusprig!«

Eine halbe Stunde später hatte ich wider Erwarten ein traumhaftes Angebot in der Tasche. Mit keinem Wort hatte Saskia den Aufbau meines Workouts bemängelt. Sie bot mir an, mich einigen High Potentials zu vermitteln. Leute, die gern extrem hart trainierten – aber aus beruflichen Gründen oft keine Zeit vor einundzwanzig Uhr hatten und somit die letzten Classes verpassten. Das Studio wollte mich als Special-Mastercoach – »einen Namen überlegen wir uns noch« – offerieren.

»Der Typ von vorhin, da bin ich sicher«, grinste Saskia zum Abschied, »das ist dein erster Fan.«

149

31

»Alles okay, Felix?«, fragte Johannes Winter am Freitagmorgen als er hinter Felix das kleine Besprechungszimmer betrat.

»Ja.«

»Du gehst irgendwie komisch. Tut dir was weh?«

»Alles«, stöhnte Felix und ließ sich auf einen Stuhl fallen. »Was macht die Kontenüberprüfung?«

»Fast abgeschlossen. Einen vorzeitigen Ruhestand hätte Jensen sich nicht leisten können. Die Finanzierung für sein Haus läuft bis zu seinem fünfundsechzigsten Lebensjahr. Biobau, das geht ins Geld.«

»Und die Witwe?«

»Arbeitet halbtags in einer Apotheke ...«

»... ich erinnere mich, danke!«

»... Soweit ich weiß, ist kein weiteres Vermögen vorhanden, da bin ich noch dran.«

»Das ist natürlich ein Dilemma, wenn man das schöne Biohaus kaum genießen kann, weil man tausend Kilometer weit weg davon arbeitet, um es zu finanzieren. Eine solche Entfernung wirkt sich auch nicht gerade günstig auf die eigene Biobilanz aus.« Felix massierte gedankenverloren seinen rechten Oberschenkel.

»Ich habe noch was rausgekriegt, Felix. Hat aber nichts mit dem Fall zu tun.«

»Aha?«

»Die Skorpion, die war sehr beliebt seinerzeit bei den Roten Brigaden. Aldo Moro, das war ein italienischer Politiker, wurde mit einer erschossen.«

»So, so. Das hat also nichts mit dem Fall zu tun, deiner Meinung nach?«

»Äh, nein? Da haben wir doch klare Anweisung.«

»Genau, Johannes. Und deshalb will ich es auch nicht wissen. Was hast du noch? Das mit Aldo Moro habe ich auch gefunden: bei Google.«

»Äh, was ich noch habe?«

Felix grinste.

»Ich weiß, wie die zwei Verdeckten heißen.«

»Das weiß ich auch.«

»Äh, ich meine, ich weiß, dass sie eben keine italienische Mafia machen. Die sind spezialisiert auf Russenmafia.«

»Wo hast du das her?«

»Quellenschutz«, stieß Johannes atemlos hervor.

Felix versuchte, verärgert auszusehen, was ihm nicht gelang. Er platzte laut heraus – und das deutete Johannes als Startschuss.

»Bei der russischen Mafia«, sprudelte er los, »herrschen total andere Regeln als bei der italienischen. Da geht es nicht um die Familie, da musst du auch nicht verwandt sein. Das sind reine Zweckgemeinschaften, lose Gruppierungen, die sich je nach Bedarf schnell formieren und auch wieder auflösen. Oftmals erreichen sie ihre Gewinne durch eine fast betriebswirtschaftliche Herangehensweise.«

»Mehrwertsteuerkarussell«, warf Felix ein.

»Die operieren hoch professionell, abgeschottet und konspirativ aus dem Verborgenen heraus, und es ist enorm schwer, sie

151

dingfest zu machen. Mit Scheinfirmen, Auslandskonten und Offshore-Banken werden illegale Gelder in den legalen Wirtschaftskreislauf gebracht. Viele von den Bossen wahren nach außen hin eine bürgerliche Fassade. Sie benutzen Politik, Verwaltung und Justiz für ihre Zwecke. Deshalb ist es auch so schwierig, ihnen mit unserem rechtsstaatlichen Instrumentarium beizukommen. Und genau das versuchen Kollegen wie Tom Stiefel und Christian Wagner.«

»Schlussfolgere ich richtig, dass du dich beim BKA oder Verfassungsschutz bewerben möchtest?«

Johannes wurde knallrot. »Äh, natürlich nicht. Nein. Ehrlich gesagt fand ich den Auftritt der beiden im Wald ziemlich daneben, und ich habe mir überlegt, warum die so sind. Mal angenommen, die haben nichts gegen uns, warum auch? Letztlich sind wir alle Polizisten. Unsere Mission ist dieselbe.«

»Wir sind die Guten!«, spottete Felix.

»Aber sicher!«, bestätigte Johannes grinsend. »Mal angenommen, denen geht der Arsch auf Grundeis. Die haben Angst um ihren Fall. Keine Ahnung, was für einer das ist, jedenfalls sind sie nervös, weil sie befürchten, wir könnten ihnen was kaputtmachen. Die Mafia, egal, welche, hat ihre Ohren überall. Die hört das Gras wachsen, und beim geringsten Verdacht werden alle Aktivitäten eingestellt. Die Verdeckten sind an irgendeiner hochbrisanten Geschichte dran und haben Angst, dass wir – ohne es zu wollen, ganz einfach, weil wir gar nicht wissen, dass es eine ist – ihre Beute in die Flucht schlagen.«

»Jetzt sagst du mir einfach noch, was das mit unserem toten Jäger zu tun hat, und dann schreibe ich dir eigenhändig eine erstklassige Empfehlung. Gerd Jensen als Kopf der russischen Mafia? Die Waffenschmiede Puster in den Händen der Russenmafia? Direktor Happach ein Spion, der aus der Kälte kam? Und Gerd Jensen, ein Gegenspion von der Gegenseite, ist ihm auf die Schliche gekommen? Ach nein. Er wurde ja gar nicht mit einer Skorpion erschossen. Sondern mit einer ... Haben wir das schon?«

»Nein, leider nicht. Ohne Hülse kein Abgleich. Aber sie basteln noch an den Splittern, die sie vom Projektil haben.« Johannes räusperte sich. »Ich hab auch mal in der Jägerschaft recherchiert.«

»Ah ja?«

»Also, wo du doch gesagt hast, dass Hunde eine Seele haben und so.«

»Ja?« Felix beugte sich vor.

»Aus Gründen des Tierschutzes verwenden Jäger Schrot und Teilmantelgeschosse, was ja praktisch Dum-Dum-Geschosse sind.«

»Scheußliche Wunden«, warf Felix ein, »schneller Tod.«

Johannes nickte. »Außer die Jäger sind scharf auf das Fell. Da will man natürlich kein großes Loch im Pelz haben. Und deshalb verwenden sie beim Fangschuss Vollmantelgeschosse.«

Felix stand auf. »Und jetzt haben wir ihnen ihre ganzen schönen Waffen weggenommen.« Sein Grinsen entgleiste. Stöhnend griff er sich an den Oberschenkel.

153

32

Ich war wahnsinnig gut gelaunt an diesem Freitag-morgen, trotz meines beachtlichen Muskelkaters. Der Sommer war noch mal zurückgekehrt, und ich hatte vielleicht einen neu-en Job. Leistungssport ist auf Dauer nicht gesund. Alles, was man übertreibt, schädigt den Körper. Ich würde Zeit sparen und mehr Geld verdienen, wenn ich mich auf solvente Privatkunden konzentrierte, und die lästige Fahrerei von einem zum anderen Studio würde auch entfallen.

Außerdem bekam ich freitags meistens ofenwarme Rohr-nudeln von meiner Nachbarin Rosina Marklstorfer frei Haus ge-liefert. Flipper war ebenfalls gut drauf an diesem Morgen und markierte, wie ich es mir gewünscht hatte, an einer Buche. Wir haben eine Abmachung. Buche heißt Landpartie, Eiche Isargassi.

Von ganz allein fuhr der Volvo Richtung Andechs. Mal schau-en, was die Mönche so trieben. Und nach einem ausgiebigen Gassi Frau Brandl besuchen. Ihr Zwetschgendatschi barg Sucht-potenzial.

Die russische Familie war nicht zu Hause oder versteckte sich vor mir. Obwohl ich gut sichtbar einmal am Grundstück ent-langmarschierte, öffnete sich kein Fenster, und niemand wollte mich vertreiben. Vielleicht waren die Kameras bloß Attrappen. Ich fand mich ein bisschen albern, weil ich ständig Nervenkitzel suchte, aber vielleicht konnte ich der jungen Frau helfen. Ihre Brüder sollten ruhig merken, dass ich ein Auge auf sie hatte. Eineinhalb Stunden streifte ich mit Flipper durch den leuchtenden Herbstwald bis zum Gut Hartschimmelhof.

Als ich auf dem Rückweg zu meinem Auto noch einmal an der Villa vorbeilief, öffnete sich das Tor für einen roten Kangoo. »Stopp«, bremste ich Flipper mitten im Apportieren. *Ricks Rohrservice, Gas, Wasser, Heizung aus Meisterhand* fuhr langsam an uns vorbei. Neugierig lief ich zum Eingang der Villa. Der Blick vom Haus über den See hätte mich schon mal interessiert, einfach um zu wissen, in welcher Aussicht sich Schmiergeld präsentierte. Leider wurde mir das verwehrt. Da waren sie ja doch, die Gebrüder, nein, das war ein anderer. Ein kleiner Dicker diesmal. Auch er gehörte zur Familie, wie ich an seinen Umgangsformen zweifellos erkannte.

»Weg! Privat!«

Mit einer Drohgebärde kam er auf mich zu. Zu solchen Ausbrüchen hatten sich seine Verwandten bislang nicht hinreißen lassen. Sie waren auch attraktiver als dieser hier mit seinem feisten Gesicht, den Schlitzaugen und der Knollennase. Kein Verwandter ersten Grades, eher der verstoßene uneheliche Sohn. Bastard sagt man ja heutzutage nicht mehr, auch nicht zu Hunden übrigens, da bin ich empfindlich. Ich war zwar ohnehin auf dem Weg zu meinem Auto, doch ich bin nicht der Typ, der sich in Luft auflöst, sobald einem das irgendwer anschafft. So knotete ich erst mal mein Schuhband neu, und ich ließ mir Zeit dafür. Da tat der Russe etwas, womit ich niemals gerechnet hätte. Er versetzte mir einen Fußtritt an den Oberarm. Nicht wirklich fest, doch er genügte, um mich aus dem Gleichgewicht zu bringen, und ich rollte zur Seite. Sein »Weg!« und mein »Flipper!« vermischten

155

sich zu einem Ruf. Mein Hund war schneller als der Schall, sprang dem Mann mit voller Wucht in den Rücken. Das »G« aus seinem *Weg!* grunzte der Russe bereits ins feuchte Laub. Mit Flüchen, auf deren Übersetzung ich keinen Wert legte, kam er auf die Beine, fletschte die Zähne. Flipper nahm die Herausforderung an und zog knurrend die Lefzen zurück. Eins zu null für ihn. Beim reinen Gebissvergleich schnitt der Russe mickrig ab. Das brachte ihn womöglich erst recht zum Rasen. Fahrig nestelte er an seiner Hose herum.

»Ich stech ihn ab wie ein Wildschwein«, zischte er mit schwerer russischer Zunge, offenbar über Nacht in Wodka eingelegt.

Mir wurde heiß. Natürlich hätte ich mich auf eine Diskussion einlassen können. Ich hätte den Gast aus Osteuropa darauf aufmerksam machen können, dass wir uns hier in Deutschland befanden, wo auch Wildschweine nicht einfach abgestochen werden. Ich hätte ihn auf die Folgen hinweisen können, die ein tätlicher Angriff nach sich zöge – ich hätte auch einfach weglaufen können. Der hätte mich nie eingeholt. Und ich hätte die Herausforderung annehmen können. Doch seit dem Messerkampf im Taubenschlag, aus dem Felix mich im Frühling gerettet hatte, reagierte ich empfindlich auf scharfe Klingen. Gelegentlich beim Duschen, wenn warmes Wasser meine Taille hinabbrann, durchströmte mich das gruselige unbeschreibliche Gefühl, wie das Messer in meine Seite eingedrungen war.

Flipper und ich verließen die Gegend. Nicht übermäßig schnell, doch wir trödelten auch nicht. Als wir auf dem aufgeschütteten Waldweg standen, überlegte ich, was ich unternehmen sollte. Felix anrufen? Dann müsste ich zugeben, dass ich schon wieder im Sperrbezirk patrouillierte. Das würde das unvergessliche Er-

lebnis von gestern beschmutzen. Wir hatten ein so leidenschaft-
liches Body Attac. Diesen Muskelschmerz wollte ich nicht unterbrechen.

Abermals erfreute ich mich am Anblick des schönen Brandl-
Hauses und blieb eine Weile vor dem Gartenzaun stehen, um
es als Postkartenidyll in mich aufzunehmen. An Flippers
schwachem Wedeln konnte ich ablesen, dass Hallodri nicht zu
Hause war. Franz Brandls Jeep stand auch nicht in der Einfahrt,
nur ein silberfarbener Jetta. Vielleicht wirkte dieses Haus deshalb
so anziehend auf mich, weil darin zwei Menschen wohnten, die
sich liebten. Als würde ihre Zuneigung um das Haus herum ab-
strahlen. Die Art und Weise, wie sie über ihn gesprochen hatte.
Und vor allem: Wie er sie geküsst hatte. Das berührte mich heute
noch.

Hatte Frau Brandl mich gesehen? Die Haustür öffnete sich.
Nein, sie schaute gar nicht zu mir. Neben Maria Brandl stand
eine Frau ganz in Weiß. Zuerst hielt ich sie für eine Seglerin und
jünger, doch als die beiden auf mich zukamen, alterte die Weiße
Schritt für Schritt. Unzählige Zigaretten hatten sich in ihr Gesicht
gegerbt, das Ende der Kette hielt sie zwischen ihren Fingern.

»Ach Franza, schade!«, sagte Frau Brandl, während sie Flippers
Flanken klopfte. »Jetzt muss ich weg. Meine Freundin Alice holt
mich gerade ab.«

»Alice Ludewig«, sagte die Frau und streckte die Hand vor.

»Franza Fischer«, sagte ich automatisch, während ich nach-
lauschte, was dieser Name in mir zum Klingen brachte.

Die beiden Frauen stiegen in den silbernen Jetta. Maria Brandl
winkte mir zu. Alice! Im Schießkino hatte ich den Namen gehört.
An *Alice im Wunderland* hatte ich gedacht. ... Aber in welchem Zu-

157

sammenhang ... Es dauerte nur noch Sekunden, bis es mir einfiel. Eine Frauenstimme hatte die Frage gestellt, ob die Polizei schon bei Alice gewesen sei. Der Jetta fuhr an. Ich starrte ihm nach und wünschte mir Flippers Gehör in tausendfacher Verstärkung.

33

»Maria, die Polizei kommt heute Nachmittag zu mir.«

»Wieso denn zu dir?«

»Sie überprüfen alle, denen seit der Fusion gekündigt wurde. Bei Karin und Friedrich waren sie schon. Zu mir kommt ein Kommissar, bei den anderen waren es Frauen, das wäre mir ehrlich gesagt lieber.«

»Du wirkst aufgeregt.«

»Das bin ich auch.«

»Aber wieso denn, Alice?«

»Weil ich nicht weiß, was ich denen sagen soll.«

»Die Wahrheit natürlich.«

»Wenn ich die Wahrheit sage, dann hänge ich deinen Mann hin.«

»Nein, das tust du nicht.«

»Doch, das tue ich wohl. Schaust du denn nie fern? Da sagt man kaum mal etwas, und schon schnappt die Falle zu. So wie der Franz sich für mich eingesetzt hat! Und dann das mit der Laika. Das ist doch ein gefundenes Fressen für die. Nein, ich will euch nicht noch mehr Probleme machen.«

»Das ist lieb von dir, Alice, aber wirklich nicht nötig.«

»Ich habe mich entschieden. Ich sag nichts vom Franz. Ich vergesse seinen Auftritt einfach. So was kann einem doch mal passieren. Es wäre ohne ihn alles genauso gekommen. Diese Be-

sprechung hat nichts damit zu tun. Das war doch ein abgekarte-
tes Spiel.«

»Wieso glaubst du, dass du den Franz schützen musst?«

»Für dich mach ich das.«

»Wieso für mich?«

»Weil ich nicht will, dass du auch ohne Mann leben musst. Das ist nicht schön, Maria, auch wenn du manchmal sagst, dass du mich beneidest, weil es bei mir viel weniger Dreck gibt. Der fehlende Dreck allein ersetzt dir keinen Mann.«

34

Schon von Weitem entdeckte ich, dass auf dem kleinen Parkplatz am Wanderweg neben meinem Volvo der rote Kangoo vom Rohrservice parkte. Rick, wie ich vermutete, hatte eine Leberkässemmel, zwei Schnitzelsemmeln, eine Literflasche Cola und eine Tafel Schokolade auf dem Beifahrersitz ausgelegt. Interessiert musterte Flipper das Angebot.

»Der schaut aber hungrig aus!«, stellte der rothaarige junge Mann fest.

»Alles nur Show«, fiel ich Flipper in den Rücken.

»Prächtiger Kerl!«, lobte Rick. »Und so gut erzogen! Sie waren doch vorhin im Wald? Da habe ich gesehen, wie Sie ihn im Apportieren gestoppt haben. Tolle Leistung!«

»Danke«, freute ich mich. »Aber ich glaube, da gehe ich nicht mehr spazieren. Da wohnen so unsympathische Typen.«

»Die Russen?«, lachte er und kraulte Flippers Hals, was der sich nur zu gern gefallen ließ. Vorspiel zum Leberkäs.

»Ach, Russen sind das. Das war mir gar nicht klar, aber osteuropäisch klang es schon.«

Rick wischte sich eine Hand an der Hose ab und biss in seine erste Semmel. Ich lehnte mich an die geöffnete Beifahrertür und schaute zu, wie ein Fleck süßer Senf an Ricks Kinn entlang Richtung Kehlkopf rutschte.

»Ja, die sind wirklich seltsam, die Russen. Zuerst haben sie es wahnsinnig wichtig, und dann wollen sie mich gar nicht reinlassen.«

»Wie denn das?«

»Mein Onkel hat bei denen die ganze Installation gemacht«, plauderte Rick munter los. »Aber der ist eben heute auf der Messe. Da rufen sie in der Früh an, dass es dringend ist, mein Onkel ruft mich an. Ich soll alles stehen und liegen lassen und zuerst zu denen fahren – und dann schicken sie mich wieder weg. Sie wollen, dass mein Onkel selbst kommt. Ich also wieder zurück in die Firma, Stunden später soll ich wieder alles stehen und liegen lassen und sofort hin. Normalerweise würden wir solche ja warten lassen, Rohrfraß hin oder her. Aber klar will auch der Russe nicht, dass ein Rohr platzt. Da wird er dann schon mal tolerant.«

Onkel Ricks Neffe, wie ich nun vermutete, riss ein Stück Leberkäs ab. Für Flipper, wie ich annahm.

»Danke!« Die meisten Leute begreifen nicht, dass ein Hund am gesündesten nur von seinem direkten Vorgesetzten Futter entgegennimmt. Mit einem Schnapp war der Leberkäs weg.

»Kauen is wohl nicht?«, fragte Onkel Ricks Neffe.

»Leberkäs kauen?«, fragte ich nach.

Onkel Ricks Neffe grinste.

»Also tolerant fand ich den Russen nicht, der mir vorhin begegnet ist. Mir hat er fast ein bisschen Angst gemacht.«

»Ja, die sind nicht gerade höflich. Aber sie zahlen sofort. Da fehlt sich nichts. Mein Onkel sagt, von der reinen Abwicklung her sind das sehr angenehme Kunden. Die wissen genau, was sie wollen. Da wird nicht ständig umdisponiert und storniert. Mein Onkel sagt, wenn alle deren Zahlungsmoral hätten, dann würden nicht so viele Handwerksbetriebe pleitegehen. Aber klar, die sind schon eigen. Die lassen auch nicht jeden ins Haus. Ich war zuerst nur im Erdgeschoss in der Küche. Aber ich musste ja in den Keller, um die Leitungen zu kontrollieren. Da durfte ich nicht einfach runter, da haben die vorher telefoniert. Keine Ahnung, mit wem. Und wenn du aus einem Raum rausgehst, machen sie immer die Tür zu, und du bist nie irgendwo allein. Sogar, wenn du mal aufs Klo musst, geht einer mit. Der wartet vor der Tür und bringt dich dann wieder an deinen Arbeitsplatz. Fremde Länder, fremde Sitten, sag ich da nur.«

»Ja, vielleicht liegt es an der Sprachbarriere«, gab ich mich harmlos. »Wem gehört die Villa eigentlich?«

»Einem steinreichen Geschäftsmann aus Moskau. Nix Genaues weiß man nicht. Die Rechnungen gehen an eine deutsche Firma. Aber Sie haben schon recht mit Ihrem komischen Gefühl. Diese Russen sind auch nicht beliebt hier, schon wegen den Bodyguards, das macht keine gute Stimmung.«

»Bodyguards?«

»Na ja, so sehen sie wenigstens aus. Große Kerle, die manchmal um das Grundstück schleichen. Haben Sie nicht eben einen gesehen?«

»Der war klein und dick.«

»Das ist der Hausmeister. Der wohnt aber nicht da. Anscheinend feiern sie gern Feste, also dieser Geschäftsmann aus Moskau. Der lädt seine Freunde hierher ein, vielleicht gehen sie ja auf die Jagd, was weiß denn ich. Jedenfalls fahren dann die wirklich dicken Schlitten durch den Wald, im Sommer war ein Maybach dabei. Diese Bonzen haben wiederum ihre Bodyguards, und es gibt Anwohner, die das nicht so gern sehen. Dabei haben alle ansässigen Betriebe prima verdient an dem Haus, da ist ja von allem nur das Beste und Teuerste verbaut worden. Die haben eine Wellnesslandschaft da unten drin, da schnallst du ab.«

163

»Glauben Sie, das geht mit rechten Dingen zu?«, fragte ich ohne Umschweife.

»Wo geht denn was mit rechten Dingen zu«, wollte Onkel Ricks Neffe wissen, »wenn viel Geld im Spiel ist?«

35

Alice Ludewig wohnte in einem Gebäude, das man in Herrsching durchaus als Hochhaus bezeichnen konnte, im obersten Stockwerk, dem sechsten. Herrsching, ein beliebter Ausflugs- und Urlaubsort, für die Münchner auch mit der S-Bahn erreichbar, liegt am Ammersee, und wer über die nötigen Mittel verfügt, kann sich das auch beim Zähneputzen vor Augen halten. Alice Ludewig war dermaßen erschrocken von dem angekündigten Besuch der Polizei, dass sie zuerst einmal in Tränen ausbrach. So was gab es: Leute, die sich unter Verdacht fühlten, kaum tauchte die Kripo auf. Felix brauchte fünf Minuten, um ihr klarzumachen, dass er ihr nur einige Fragen zu ihrer früheren Tätigkeit als Telefonistin bei der Firma Puster stellen wollte. Sie führten denselben Dialog, den sie bereits am Telefon zweimal absolviert hatten. Alice Ludewig erklärte ausschweifend, dass sie Gerd Jensen praktisch nicht gekannt habe. Dabei rauchte sie eineinhalb Zigaretten. Sie war eine jener Frauen, die man von hinten für Mitte zwanzig halten konnte. Klein, zierlich, blond – und von vorne sah sie gut zehn Jahre älter aus als Ende fünfzig, was vor allem am Nikotin lag. Ich darf mir das Rauchen nicht wieder angewöhnen, dachte Felix.

Alice Ludewig fragte mehrmals, ob er Kaffee wollte. Beim vierten Mal stimmte er zu. Vielleicht würde das Hantieren in der Küche sie beruhigen. Der Kaffee lief durch, als Johannes kam, der noch ein Telefonat mit Gerd Jensens Bank geführt hatte. Felix schickte ihn gleich wieder weg, süße Teilchen holen. Später bereute er, Johannes nicht von Anfang an neben sich gehabt zu haben, denn in seiner Gegenwart entspannte sich Alice Ludewig merklich. Felix hätte sich nicht gewundert, wenn sie Johannes über die Wange gestreichelt hätte. Des Rätsels Lösung fand sich im Wohnzimmer, das förmlich tapeziert war mit Fotos von einem Säugling, Kleinkind, Buben, Teenager, jungen Mann.

»Ich hab ihn allein großgezogen, meinen Benny.«

»Das ist nicht einfach«, sagte Felix höflich.

»Nein. Von meinem Mann habe ich keinerlei Unterstützung bekommen.«

Felix schwieg, und das war das Beste, was er tun konnte, denn auf dieses Thema reagierte er zurzeit allergisch. Frau Ludewig schenkte Kaffee aus. Felix stellte sein Aufnahmegerät auf den Tisch, die Einwilligung zur Aufzeichnung hatte Frau Ludewig mit stark zitternder Hand bereits unterschrieben. Obwohl ihn ihr Gehabe nervte, konnte er sich gut vorstellen, dass sie damit früher einmal gut angekommen war, eine ausnehmend hübsche junge Mutter, zu deren ganz besonderem Charme dieses Hilflose, leicht Überdrehte, Aufgescheuchte gehörte. Es gab Männer, die zog so etwas magisch an.

»Zucker?«, fragte Frau Ludewig, obwohl der unmittelbar vor Felix' Tasse stand, als hätte er keine Hände, sich selbst zu bedienen, und hatte ihm auch schon ein Stück in die Tasse geworfen.

Er musste sich sehr zusammenreißen, höflich zu lächeln und begann mit seiner Befragung, die er so schnell wie möglich über die Bühne bringen wollte. Und dann raus an die frische Luft. Ein Blick zu Johannes zeigte ihm, dass sein junger Kollege sich wohlfühlte. Mit rosa Bäckchen und gutem Appetit biss er in eine Apfeltasche.

»Frau Ludewig«, begann Felix, »Sie wurden als Folge der Fusion der Firma Puster mit Bittermann & Sohn gekündigt. Erzählen Sie uns doch bitte einmal, wie es dazu kam.«

»Ja, wie es eben so kommt. Neue Besen kehren gut.«

»Aber Ihre Stelle ist doch gar nicht mehr besetzt worden, wenn wir richtig informiert sind«, schaltete Johannes sich ein – Manieren beweisend, mit vor den Mund gehaltener Hand.

»Ja, das stimmt. Der Herr Jensen hat gemeint, dass eine Telefonzentrale altmodisch wäre. Die Mitarbeiter sollten ihre Anrufe selbst verwalten. Wenn sie nicht am Platz sind, springt das Band an. Anrufer können Nachrichten hinterlassen, wie es heutzutage fast überall üblich ist.«

»Und was meinen Sie dazu?«, fragte Felix.

»Ob das langfristig eine gute Kundenpflege ist, wird sich zeigen. Es ist so mancher Auftrag als Resultat eines netten Geplauders entstanden. Immer mal habe ich mich nach der Zufriedenheit erkundigt oder auch ganz allgemein nach dem Wetter da oben oder da unten. Und so ist dann das eine zum anderen gekommen, und plötzlich ist einem Anrufer eingefallen, dass er ja doch mal wieder eine größere Bestellung aufgeben könnte. Außerdem habe ich viel mehr gemacht als nur die Telefonzentrale.«

»Ja, da waren Sie bestimmt ein phänomenales Kontakttalent, Frau Ludewig. Das muss man schon können, so mit den Leuten reden. Und was haben Sie noch gemacht zum Beispiel?«, wollte Felix wissen.

Sie lächelte ihn so charmant an, dass mindestens zehntausend Zigaretten aus ihrem Gesicht fielen und ein blonder zarter Engel weit hinten im Dunst sichtbar wurde.

»Ich habe die Besprechungszimmer hergerichtet, wenn Besuch kam, das Catering bestellt und dekoriert, die Kurierfahrer verwaltet, Postein- und -ausgang ...«, sie geriet ins Stocken.

Felix lächelte ihr aufmunternd zu. »Da waren Sie so was wie die gute Seele im Betrieb? Bestimmt haben Sie Ihre Chefs an alle Mitarbeitergeburtstage erinnert?«

»Ja«, strahlte Frau Ludewig. »Und manchen auch an den seiner Frau. Da ist Wert drauf gelegt worden bei uns, das hat die Frau Drexl früher eingeführt, die Sekretärin vom Direktor.«

»Ja, solche wie Sie, wenn es nicht gäbe, gell!«, lobte Johannes holprig, den Felix' Gesprächsführung offenbar gleichermaßen verwirrte und faszinierte.

»Mir hätte nur noch ein Jahr gefehlt, dann hätte ich mit Arbeitslosengeld überbrücken können. Aber jetzt werd ich wohl abrutschen in Hartz IV.« Sie zündete sich die nächste Zigarette an.

»Kann Ihr Sohn Sie unterstützen?«

»Niemals würde ich das wollen! Niemals!«, rief Frau Ludewig aufgebracht.

»Also ich würde meiner Mutter jederzeit was geben, sollte sie knappsen«, gestand Johannes freimütig und fügte dann ein zerknirschtes »und wenn ich es mir leisten könnte« hinzu.

»Aber Ihre Mutter würde das nicht annehmen«, gab Frau Ludewig auch Johannes Zucker in den Kaffee.

Der reagierte nicht so empfindlich wie Felix, vielleicht weil er noch nicht so lange abgestillt war.

»Es hätte mir sehr geholfen, wenn ich noch ein Jahr länger bei Puster hätte bleiben können«, betonte Frau Ludewig.

»Gab es Fürsprecher?«

»Natürlich waren meine Kollegen traurig, aber da kann man nichts machen. Das waren die Chefs, die das entschieden haben.«

»Die Chefs oder einer, der Herr Jensen?«

»Von ihm ging es aus. Er wollte Kosten senken. Ich bin ja nicht die Einzige, die es getroffen hat.«

»Und warum war er so erpicht auf diese Einsparungen? Puster und Bittermann stehen beide prima da. Das sind von Grund auf solide und gesunde Unternehmen. Und das Einsparen und Umstrukturieren war laut Firmenleitung gar nicht die Aufgabe des Herrn Jensen?«

»Das kann schon sein, aber der Herr Jensen wollte es eben besonders gut machen. Das habe ich im Übrigen nicht erfunden, das habe ich von seiner Sekretärin, die hat mir da mal was erzählt ...«

»Ja?«

»Er wollte denen in Kiel zeigen, was für ein hervorragender Mitarbeiter er ist. Er wollte denen beweisen, dass es ein Fehler war, ihn ins bayerische Exil zu schicken.«

»Das verstehe ich jetzt nicht. Damit würde er doch geradezu untermauern, dass sie mit seiner Versetzung das Richtige getan haben.«

»Irgendwann ist fertig eingespart, und dann hätte er wieder zurückgekonnt. Wir vermuten, dass er irgendeinen Bock geschossen hat. Wir glauben, dass er praktisch zwangsversetzt wurde. Dem hat es nicht gefallen bei uns. Der wollte eine Scharte auswetzen, damit er heimdarf.«

Felix rührte sehr lange in seiner Kaffeetasse, obwohl er nur ein wenig Milch hineingeschüttet hatte. »Woran haben Sie es denn gemerkt, dass der Herr Jensen unglücklich war?«

»Wenn man normal mit ihm geredet hat, wollte er das übersetzt haben.«

»Er hat sich über den Dialekt beschwert?«, staunte Johannes.

»Ja. Und er hat keine Gelegenheit ausgelassen zu betonen, dass

169

bei ihm da oben alles besser wäre. Die Abläufe, die Struktur, die Geschäftsbeziehungen – einfach alles. Ja, der konnte einem sogar erklären, dass die Bürostühle da oben besser waren. Obwohl wir denselben Lieferanten wie die da oben hatten, waren die Stühle in Kiel bequemer, ergonomischer, orthopädisch gesünder. Der hat an allem und jedem was gefunden. Uns hat er sich als Retter hingestellt – den wir gar nicht gebraucht hätten. Also haben wir den Verdacht gehabt, dass die da oben den Gschaftlhuber loswerden wollen. Dazu haben sie die Fusion genutzt.«

»Hatte der Herr Jensen vielleicht finanzielle Probleme, wissen Sie da etwas?«, fragte Johannes.

»Nein, da weiß ich nichts, aber der hat bestimmt zwanzigmal so viel verdient wie ich. Seine Flüge und Zugfahrten nach Kiel, die hat er obendrein bezahlt gekriegt.«

»Tatsächlich?«

»So einer zahlt doch nicht für seine Wochenendheimfahrten. Unsereins würde das schon bezahlen. Aber so einer, der zahlt auch nicht für seine Wohnung, weil das dann nämlich eine Dienstwohnung ist.«

»Sie haben seit der Lehre bei Puster gearbeitet?«, fragte Felix.

»Ja. Wir sind eine große Familie gewesen.«

»Und alle haben sich gut verstanden.«

»Ja. Also noch schöner war es in der Ära vor dem Direktor Happach, als wir noch unseren Direktor Briegel hatten.«

»Und der Direktor Happach?«

»Der kämpft ja auch um seinen Posten mit denen in Kiel. Eigentlich kümmert er sich nicht mehr um das Tagesgeschäft. Da steht jetzt die Politik im Vordergrund. Also ich sag manchmal zu mir, Alice, sag ich, die besten Jahre in der Firma sind vorbei. Du hast eine so schöne Zeit bei Puster gehabt. Unsere Betriebsausflüge, die vielen Geburtstage, Feiern, es hat immer einen Grund zum Lustigsein gegeben. Ich bin gern in die Arbeit gegangen. Als ich dann aussetzen musste wegen dem Benny, das ist mir nicht leichtgefallen. Aber der Direktor Briegel hat mich ja gleich wieder genommen, und es waren alle immer sehr verständnisvoll, wenn ich mal zu Hause bleiben musste. Masern, Windpocken, Mumps. So was würde ja heute gar nicht mehr gehen. Ich glaube, das liegt an der Computerei. Mit denen hat alles angefangen. Also meine ich schon, dass sie mir, aus Treue vielleicht, das eine Jahr noch hätten gewähren sollen. Und es ist nicht so, dass ich mich geweigert hätte, einen Computer zu lernen. Ich habe ja zum Schluss einen gehabt. Für die Telefonvermittlung. Klick, klick, das war überhaupt kein Problem für mich. Das hat mir sogar Spaß gemacht. Der Systemadministrator hat gemeint, in mir würde eine kleine Hackerin stecken. Also ich hätte es da weit bringen können, wenn man mich gelassen hätte.«

»Der Gerd Jensen. War der beliebt?«, fragte Felix.

»Eher nicht.«

»Verhasst?«, hakte Johannes nach.

»Also das würde ich auch nicht sagen.«

»Wer hat ihn am wenigsten gemocht?«

»Das weiß ich nicht.«

»Was ist mit dem Franz Brandl?«

»Der arbeitet auch bei uns.«

»Waren die beiden ... sich feindlich gesonnen?«

»Freunde waren sie keine.«

»Sondern?«

»Wie gesagt, die schönen Zeiten waren vorbei.«

»Frau Ludewig, warum winden Sie sich so?«

»Ich winde mich nicht! Ich möchte einfach nicht schlecht über andere sprechen und auch nicht schlecht über das sprechen, was gewesen ist. Das macht einen so negativ. Es ist ohnehin nicht leicht für mich, ich habe sechsundvierzig Absagen bekommen. Jeden Morgen kratze ich meine Selbstachtung zusammen, um Bewerbungen zu schreiben. Wer nimmt mich denn noch mit sechzig? Wer?«

»Hat der Gerd Jensen die Laika erschossen?«

»Welche Laika?«

»Den Hund, der auf dem Foto in Ihrem Flur zu sehen ist«, half Felix ihr auf die Sprünge.

Johannes starrte Felix an.

»Ach der. Der Hund. Ach Laika hat der geheißen. Ja, das stimmt. Das war ein Geburtstag von der Walli.«

»Sind Sie mit der Familie Brandl befreundet?«

»Wir von Puster, wir waren alle miteinander befreundet irgendwie. Wie gesagt: Wir waren eine große Familie.«

Felix hatte die Faxen dicke. Er wollte gerade eine härtere Gangart einlegen, als sein Handy klingelte. Missmutig schaute er auf das Display. »Tixel.« ... »Nein!« ... »Was? Wo? Das glaub ich nicht!«

»Frau Ludewig, wir müssen weg. Wir melden uns die Tage noch mal. Danke für den Kaffee.«

»Was ist denn los?«, fragte Johannes im Hausflur.

»Wir haben einen neuen Mord.«

Er riss die Augen auf. »Echt?«

»In dreißig Minuten fängt die Besprechung an.«

»Darf ich?«, fragte Johannes im Wagen.

»Aber sicher«, erwiderte Felix und reichte ihm das Blaulicht.

36

Am Samstagmittag, als ich nach dem Poweryoga mit nassen Haaren vor Enzos Sportstudio stand und alle irgendwas vorhatten, alle irgendwohin mussten, bloß ich nicht, hätte ich beinahe Andrea angerufen, um sie zu fragen, warum Felix sich nicht bei mir meldete. Als Psychologin konnte sie mir das vielleicht erklären. Aber es würde mir nicht gefallen, zu jenen Frauen zu gehören, die in Ermangelung der Habhaftwerdung eines Mannes mit ihrer Freundin konferieren, um zu klären, was er meint, was er denkt, was er fühlt – auch wenn er selbst das ganz anders beurteilen mochte. Wie sollte sich ein Mann ohne Hilfe einer Frau in seiner Psyche zurechtfinden ... Allzu oft hatte ich solche Gespräche in Umkleidekabinen genervt mitgehört. Hatten die keine anderen Sorgen? Das war das Schlimme. Dass einen die Sehnsucht nach Liebe veränderte – einen für das Glück disqualifizierte. Ich hatte so viele Jahre gebraucht, mich selbst zu gewinnen und das Leben zu mögen. Ich würde das nicht aufs Spiel setzen. Nie mehr sollte mir jemand so wichtig werden, dass ich ohne ihn abstürzte. Das war abgehakt! Aber man konnte ja mal anrufen. Auch wenn man befürchten musste, nach dem Grund für den Anruf gefragt zu werden. Felix fragte aber nicht. Seine Stimme klang müde. Ich hörte, dass er sich über mich freute. Und das machte alles ganz einfach. Wir telefonierten fünf Minuten wie ganz normale Menschen. *Wie geht es dir. Was machst du. Wie geht es Flipper.* So als gäbe es keine Leichen zwischen uns. So als hätten wir uns beim Einkaufen kennengelernt oder an der Langhantel. So als wäre er nur Felix Tixel, ganz ohne Kommissar. Und der lud mich zum Essen ein. Heute Abend.

»Aber du müsstest zu mir kommen, meine Tochter schläft bei mir.«

Nein, es war nicht unkompliziert. An einem unbeschwerten Paar hingen keine Kinder dran und Exfrauen. So hatte ich mir das nicht vorgestellt. Ich schämte mich sofort für meine Gedanken. Deswegen verschwanden sie aber nicht.

»Danke für die Einladung.« Meine Stimme klang belegt. Ich schob ein »Ich komme gern« nach.

Die kleine Sinah hatte ich erst dreimal gesehen. Ein liebes und sehr hübsches Mädchen mit blonden Haaren und tiefseeblauen Felix-Tixel-Augen. Ich stahl ihr die kostbare Zeit mit ihrem Papa. Die war ohnehin so traurig, auch wenn sich beide große Mühe gaben, fröhlich zu sein. Über ihnen schwebte stets die Wolke der bevorstehenden Trennung. Sinah hatte nur Augen für Felix und ein bisschen für Flipper. Sie erinnerte mich schmerzlich an etwas, was ich mir mein Leben lang gewünscht hatte. Einen Papa, der mich hoch in die Luft warf und wieder auffing. Einen Papa mit großen festen, immer warmen Händen, der mit mir Quatsch machte und mich auf seinen Schultern trug. Einen Papa, der mir Schwimmen beibrachte und mir die Welt erklärte und der immer für mich da war. Fehler. Diesen Papa hatte Sinah nicht. Alle zwei Wochen am Samstag oder Sonntag, manchmal unter der Woche, aber schwierig auszuhandeln und oft in letzter Minute abgesagt. Da musste ich doch nicht auch noch dazu? Ich sollte die beiden allein miteinander lassen.

»Sinah liegt zum Betthupferl um sieben im Bett und schläft

meistens gleich ein. Kommst du kurz nach sieben? Ich lass die Tür angelehnt, dann brauchst du nicht klingeln.«

»Um sieben ist mein Unterricht erst aus.«

»Wie es dir passt, Franza. Ich bin da.« Er machte eine kleine Pause. »*Ich* lauf nicht weg.«

»Soll ich was mitbringen?«, fragte ich. Meine Stimme klang rau.

»Dich. Jetzt muss ich noch ein bisschen schlafen, Franza, bevor ich die Sinah abhole. Ich war die ganze Nacht wach.«

»Träum schön«, sagte ich und hätte zu gern gewusst, was er gemacht hatte, die ganze Nacht lang wach.

37

Als Felix und Johannes am Freitagabend das große Besprechungszimmer betreten hatten, waren die meisten Stühle besetzt gewesen, und der Erste Kriminalhauptkommissar Leopold Chefbauer hatte eben begonnen, die Lage zu erörtern. Er musste noch einmal neu beginnen, weil Staatsanwalt Fetsch aus München und Tom Stiefel erschienen, Letzterer stellte sich der Runde nicht vor.

Doris Rose-Meyer hatte ihren Mann Herbert Rose-Meyer im Kreuzlinger Forst, wo Freunde von ihnen eine Jagd gepachtet hatten, erschossen. Sowohl das Ehepaar Rose-Meyer als auch die Freunde hatten zu der Puster-Jagdgesellschaft gehört, bei der Gerd Jensen zu Tode gekommen war. Doris Rose-Meyer hatte vom Hochsitz aus auf ihren Mann angelegt, der bereits auf dem Weg zum Auto war. Dann hatte sie die Polizei angerufen, die sie mit den Worten »ich hab die Sau erledigt« über ihre Tat informiert hatte. Mehr war aus ihr nicht herauszubekommen. Frau Rose-Meyer ließ sich widerstandslos festnehmen. Ihr Mann war laut Aussage des Arztes bereits tot, als sein Körper am Boden aufschlug. Die Täterin machte keine Angaben zur Tat, nur zur ihrer Person und sobald ihr Familienstand – verheiratet – genannt wurde, lachte sie hysterisch auf. Das befreundete Ehepaar machte dafür umso mehr Angaben zur Tat, an der die

Polizei mit ihrem Herumgestochere in der Vergangenheit schuld sei.

»Und hamma auch was Konkretes?«, wollte Felix wissen. »Wie wird der Fall jetzt behandelt? Gehört der zu uns, oder wollen den die Kollegen vom BKA«, er warf Tom Stiefel einen Blick zu, »auch noch übernehmen?«

»Ja, wie wär's, macht's doch mal eine neue Abteilung auf, die OKJ, Organisierte Kriminalität unter Jägern«, scherzte Leopold Chefbauer, womit er Tom Stiefel nicht amüsierte. Der hob die Hand und sagte in herablassendem Ton: »Kein Interesse, danke. Sie können das dienststellenintern regeln. Wir sind lediglich an dem Fall in Andechs interessiert. In dieser Sache ermitteln Sie weiter wie besprochen. Alles läuft über uns.« Tom Stiefel verabschiedete sich mit einem Nicken in die Runde.

»Eigentlich ist der Fall klar«, sagte Laura Lichtenstern.

»Na ja«, widersprach Felix. »Die Kollegen haben ein Geständnis der Täterin Rose-Meyer, aber keiner weiß, ob es eine Verbindung zwischen Gerd Jensen und der Täterin oder ihrem Motiv gibt. Angenommen sie hatte ein Verhältnis mit ihm ...«

»Wieso sie?«, grinste Bert. »Wenn, dann er. Sie hat ihn erschossen, nicht er sie. Das wär doch völlig daneben, wenn sie ihren Mann erschießt, weil sie ein Verhältnis mit einem Toten hat!«

»Außer ...«, Felix machte eine kleine Denkpause. Alle Augen richteten sich auf ihn. »Sie hatte ein Verhältnis mit Gerd Jensen, wovon ihr Mann wusste, weshalb er ihn erschossen hat, was sie wusste, und jetzt hat sie den Tod von Gerd Jensen gerächt.«

»Also praktisch von zwei Männern auf null«, sagte Laura Lichtenstern.

»Diese Jäger!«, stöhnte Leopold Chefbauer.

»Lasst uns mal die Skizze anschauen von der Jagd. Wir haben doch einen Plan, wer wo stand.«

»Eine gute Idee!«, rief Bert und erklärte Staatsanwalt Fetsch, der nicht mit jagdlichen Gepflogenheiten vertraut war: »Bei der Drückjagd hat jeder seine feste Position und darf nicht weg, sonst wird er nämlich eventuell mit einer Sau verwechselt, äh, also allgemein verwechselt, meine ich und …«

»Die tragen doch alle orange Westen!«, zeigte der Staatsanwaltschaft, der offenbar etwas vorgehabt hatte und im Frack erschienen war, sich, was die Kleidungsvorschriften betraf, im Bilde.

»Schon, aber ich habe mir sagen lassen«, erklärte Kriminalhauptkommissarin Solveig Thams, die eigentlich mit der Messerstecherei in Bruck befasst war, »dass man da in eine Art Jagdfieber gerät. Das soll Adrenalin pur sein. Man denkt nicht mehr. Man hält nur noch drauf und peng.«

»Man sollte einfach keine Leute mit Gewehren durch die Gegend laufen lassen«, seufzte der Staatsanwalt.

»Aber dann würde uns glatt die Arbeit ausgehen«, sagte Johannes.

»Nö. Messer haben wir auch noch im Angebot«, widersprach Solveig.

»Herrschaften!«, rief Leopold Chefbauer. »Zurück zur Sache! Wo ist die Skizze?«

Es dauerte zwei Stunden, bis sie die Skizze mit dem Bericht der Spurensicherung noch einmal abgeglichen hatten und jeder alles gesagt hatte, was ihm einfiel, und die üblichen Kollegen das dann alles noch einmal wiederholt und wieder andere es zusammengefasst hatten. Wenn die Jäger die Wahrheit gesagt hatten über ihre Positionen bei der Drückjagd – »und bei zweiundzwanzig teilnehmenden Personen halte ich für unwahrscheinlich, dass die sich in der Kürze der Zeit so schnell abgesprochen haben« – gab Leopold Chefbauer zu bedenken, war es tatsächlich nicht möglich, dass Herbert Rose-Meyer, der ja auch nie unter Tatverdacht stand, etwas mit dem Mord zu tun hatte, zudem war aus seiner Büchse kein einziger Schuss abgegeben worden.

»Das wundert mich jetzt aber schon«, sagte Felix. »Ein Jäger, der nicht schießt?«

»Das hat bei denen die Frau erledigt«, entfuhr es Bert.

»Ist er der Einzige aus der Jagdgesellschaft, der nicht geschossen hat?«, erkundigte Johannes sich.

»Das wissen wir nicht, ob er nicht geschossen hat«, stellte Solveig richtig. »Wir wissen nur, dass aus seiner Waffe nicht geschossen wurde.«

»Und wenn er gar nicht an seinem Platz war, sondern ganz woanders? Und doch geschossen hat?«

»Mit welcher Waffe?«

»Haben wir da nicht eine herrenlose Maschinenpistole in dieser Gegend gefunden?«, stichelte Bert.

»Nein, da täuschst du dich«, schnauzte Leopold Chefbauer ihn an.

»Also ist das jetzt ein Fall, oder sind das zwei Fälle?«, fragte Laura.

»Oder drei?«, grinste Felix.

»Pause!«, ordnete der Erste Kriminalhauptkommissar an.

Einige der Kollegen gingen nach draußen, um zu rauchen. Johannes winkte Felix aufgeregt in den Flur, wo er mit Laura Lichtenstern stand.

»Während wir bei der Frau Ludewig waren, hat die Laura mit

einem von Puster gekündigten Büchsenmacher gesprochen. Der hat ihr eine äußerst interessante Geschichte erzählt, die wir eigentlich von Frau Ludewig hätten erfahren müssen«, erklärte Johannes, »hör mal.«

Als nun Laura den Inhalt ihres Gespräch, den sie sich bereits telefonisch bestätigen hatte lassen, vor Felix wiederholte, beschloss dieser, dass zweiundzwanzig Uhr noch nicht zu spät sei, um Frau Ludewig einen erneuten Besuch abzustatten.

»Ich komm mit«, bot Johannes an.

»Nein, das mach ich allein. Geh du nur heim.«

»Die hatte keine Angst vor der Polizei aus Angst vor der Polizei! Die war nervös, weil sie uns nur die Hälfte erzählt hat! Verdammt, die hat uns angeschmiert!«, stellte Johannes fest. »Und schaut so, als könnte sie kein Wässerchen trüben!«

»Diesmal lass ich mich nicht verarschen«, versprach Felix, und Johannes war sicher, dass Frau Ludewig den verständnisvollen Hauptkommissar mit den süßen Teilchen vom Nachmittag nicht wiedererkennen würde.

»Ja, der Herr Kommissar! Haben Sie was vergessen?«

»Ich nicht. Sie haben etwas vergessen, Frau Ludewig. Und ich weiß nicht, wie ich das deuten soll.«

Sie knickte sofort ein. »Ach das. Ja, ich weiß schon. Das ist mir dann auch gleich eingefallen, wie Sie weg waren. Ich hätte Sie bestimmt morgen angerufen. Von mir aus hätte ich Ihnen das gleich noch gesagt, aber es hat Ihnen ja so pressiert. Sie mussten los. Ihre Quarktasche haben Sie gar nicht aufgegessen.«

»Da bin ich jetzt aber mal gespannt, was Sie vergessen haben.«

»Ja, das war nämlich so«, begann Frau Ludewig und zündete

sich eine Zigarette an. Und dann erzählte sie das, was Felix im Großen und Ganzen von Laura schon wusste.

Im Führungskreis der Waffenschmiede Puster/Bittermann hatte es einen heftigen Streit gegeben, als Gerd Jensen die Entlassung von Alice Ludewig als unverzichtbar bezeichnete. Doch dann hatte er Zahlen auf den Tisch gelegt, und niemand hatte es angesichts dieser Fakten gewagt, der Telefonistin ein Gnadenbrot zu gewähren. Man war schließlich eine Firma, kein Sozialamt. Zum Führungskreis gehörten außer Direktor Happach, Gerd Jensen und Franz Brandl noch drei weitere langjährige Mitarbeiter, die sich durch schweigende Zustimmung auszeichneten – einen davon hatte Laura Lichtenstern bereits befragt – obwohl sie Alice Ludewig seit Jahrzehnten kannten.

»Das hätte ich von denen nie geglaubt«, flüsterte Alice Ludewig. »Ich habe geglaubt, wir halten zusammen, egal, was kommt und auch, wenn es mal Spitz auf Knopf steht. Die hätten doch gar nicht viel tun müssen, außer Nein sagen. Da wird doch abgestimmt.«

Nur ein Einziger in der Runde hatte sein Veto eingelegt: Franz Brandl. Dieser Einspruch sei von Gerd Jensen auf eine überhebliche und verletzende Art abgeschmettert worden, worauf Franz Brandl einen cholerischen Anfall erlitten und Gerd Jensen auf das Heftigste beschimpft, von seinem Stuhl gerissen und mehrfach gewatscht habe. Alle waren entsetzt, so entsetzt, dass es eine Weile gedauert habe, bis man sich von dem Schrecken erholt habe und Franz Brandl von Gerd Jensen wegzerren konnte. So heiß die Wut von Franz Brandl, so kalt die von Gerd Jensen. Der habe umgehend die fristlose Kündigung von Franz Brandl verlangt – dann habe er das Zimmer verlassen, mit starkem Nasenbluten.

»Ja, man hätte ihm kündigen müssen«, hatte einer der drei stummen Führungskreisteilnehmer Hauptkommissarin Laura Lichtenstern gestanden. »Aber der Brandl Franz ist unser Starverkäufer. Da wurde es dann so gedreht, dass er praktisch in sozialem Überengagement überreagiert hätte. Er sollte sich bei Gerd Jensen entschuldigen. Was er nie getan hatte. Der Franz hat nicht mal eine Abmahnung bekommen, aber die Alice, die ist gefeuert worden. Gerade so, als wäre sie schuld an allem.«

»Und warum haben Sie nicht dagegen gestimmt«, hatte Kommissarin Lichtenstern gefragt.

»Ich allein. Ich hätte doch da nichts ausrichten können.«

»Aber es wäre ein Anfang gewesen. Vielleicht hätten dann auch die anderen Mut geschöpft.«

»Wenn ein anderer die Hand gehoben hätte, ich hätte sofort mitgemacht. Aber anfangen ...«

»Einer hatte doch bereits dagegen gestimmt! Franz Brandl!«

»Ja, aber einer ist quasi keiner, zwei wären schon besser gewesen.«

»Wenn Sie die Hand gehoben hätten, wären Sie bereits zu zweit gewesen.«

Als Laura Lichtenstern Felix diesen Dialog erzählt hatte, war ihm die Sache mit der Zeichnung der Skorpion an der Pinwand im Besprechungszimmer eingefallen, die Laura ihm gebracht hatte, damit er keine Schwierigkeiten bekam. »Du hättest die Hand gehoben, Laura?«, vermutete er.

»Natürlich!«, rief sie. »Du etwa nicht?«

»Haben Sie denn wenigstens eine Abfindung bekommen?«, fragte Felix Alice Ludewig, was Laura noch nicht herausgefunden hatte.

»Ja, schon. Da hat sich der Franz für mich eingesetzt. Deshalb ist sie bedeutend höher ausgefallen als das Angebot, das sie mir zuerst gemacht haben.«

»Und warum hat er das getan, der Franz?«

»Weil er ein gstandnes Mannsbild ist.«

»Und am darauffolgenden Wochenende ist der Hund von seiner Tochter erschossen worden.«

Alice Ludewig seufzte schwer.

»Haben Sie das auch vergessen?«

Sie schüttelte den Kopf. Aufrichtig bekümmert sah sie aus. »Nein. Natürlich nicht. Das hat dem Franz das Herz zum zweiten Mal gebrochen.«

»Und? Wer war's?«

»Woher soll ich denn das wissen?«

»Und was hat der Franz gemeint, wer es war?«

»Ich kann doch nicht in den reinschauen.«

»Ich dachte, Sie wären alle eine Familie.«

Alice Ludewig riss routiniert eine neue Schachtel Zigaretten auf. Es hatte etwas Einladendes, wie sie das silberne Papier von den Köpfen zog und dann mit einem dumpfen Geräusch eine Zigarette herausklopfte.

»Wie hat sich das Verhalten von Franz Brandl nach dem Tod der Laika geändert? Frau Ludewig, erzählen Sie mir jetzt nicht, dass Sie das nicht wissen. Ich muss nicht in Ihrer Vergangenheit rumstochern, aber ich glaube, dass Sie den Brandl Franz recht gut kennen.«

»Ja, wir kennen uns schon lang.«

»Eben.«

»Zuerst war er sehr aufgewühlt, würde ich meinen. Er hat den Jensen auf den Tod«, sie stockte, »nicht leiden können. Aber den hat niemand leiden können, außer seiner Sekretärin vielleicht.

183

Der Franz, das ist ein grundguter Mensch. Der regt sich nicht auf. Den Franz bringt nichts aus der Ruhe.«

»Fast nichts.«

»Ja, das war eben der Tropfen, der das Fass zum Überlaufen gebracht hat.«

»Und wie ging es weiter mit den beiden, mit Jensen und dem Franz?«

»Sie haben nicht mehr miteinander gesprochen, nur über ihre Sekretärinnen. Also der Franz hat ja dann keine mehr gehabt, die hat ihm der Jensen wegrationalisiert, wie der Franz im Urlaub war, hinter seinem Rücken quasi. Stattdessen wollte der Jensen so eine Projektmanagerin einstellen, die für mehrere Verkäufer gleichzeitig Termine macht, aber der Franz hat gesagt, wenn seine Frau Lindner weg ist, dann will er gar keine mehr, Lindner oder nix, so ist der Franz.«

»Er scheint sich nicht gegen Jensen durchgesetzt zu haben?«

»Das hat keiner. Weil der alles immer hintenrum gemacht hat, und wenn man es gemerkt hat, war es zu spät. Wir Pusters, wir sind geradeaus.«

»Noch mal zurück zu dem Kommunikationsverhalten der Herren. Die beiden haben also nicht mehr miteinander gesprochen, obwohl sie eigentlich hätten zusammenarbeiten sollen? Sie haben tatsächlich – wie im Kindergarten – über Mittelsleute kommuniziert?«

»Ja. Da hat zum Beispiel die Sekretärin von dem Herrn Jensen was ausgerichtet, und der Franz hat dann ihr geantwortet – manchmal lief das auch über mich.«

Felix schüttelte den Kopf.

»Das klingt jetzt schlimmer, als es sich anhört«, sagte Alice Ludewig beschwichtigend. »Da kann man sich schon arrangieren.«

»Und was hat Ihr Direktor zu diesem Affenzirkus gesagt? Den kann er doch nicht geduldet haben. Oder hat er nichts davon mitbekommen?«

»Also der Herr Direktor Happach hat es sich auf keinen Fall mit dem Franz verderben wollen, weil der ja unser bester Verkäufer ist. Den Franz, den kennt praktisch jeder in der Region Süd, der macht die ganz großen Abschlüsse. Gleichzeitig hat er es sich aber auch nicht mit dem Herrn Jensen verderben wollen, weil der ja von Kiel gekommen ist.«

»So was nenn ich Führungsstärke«, stellte Felix fest und fragte im selben Atemzug: »Könnte es sein, dass der Gerd Jensen ein Verhältnis gehabt hat?«

»Ich wüsst nicht, wann. Er war morgens der Erste und abends der Letzte, und am Wochenende ist er, soviel ich weiß, meistens heimgefahren. Aber vielleicht hat er ja nicht geschlafen. Vielleicht war er deswegen so oft grantig.«

»Kennen Sie das Ehepaar Rose-Meyer?«

»Wenn das mein Gynäkologe ist, dann kenn ich ihn.«

»Herbert Rose-Meyer?«

»Ja. Ich gehe jedes Jahr zur Vorsorge. Aber warum wollen Sie das jetzt auch noch wissen? Arbeitet ihr heimlich mit der Krankenkasse zusammen?«

Felix konnte sich ein Grinsen nicht verkneifen. Die Mitteilung, dass sie sich einen neuen Gynäkologen würde suchen müssen, allerdings schon.

Obwohl er hundemüde war, fuhr er nach der Befragung Frau Ludewigs ins Büro und nahm sich noch einmal die Akten der Mitarbeiterbefragung vor.

Die Sekretärin Traudel Bartsch war die Einzige, die freundlich

185

über Gerd Jensen gesprochen hatte. Sie war allerdings auch die Einzige, die ihn bei Puster besser gekannt hatte. Er sei sehr umweltbewusst gewesen, das habe ihr gut gefallen. Er habe angeregt, Papier nur noch doppelseitig zu bedrucken und aus ökologischen Erwägungen einige Lieferanten gewechselt. Er sei in allem stets sehr korrekt, fast überkorrekt, gewesen. Auf den ersten Blick habe das vielleicht abstoßend gewirkt, doch vieles habe am Dialekt gelegen. Die nachfolgenden Äußerungen der Befragten waren als Zitat wiedergegeben, und Felix hatte schmunzelnd nach dem Kurzzeichen des Verfassers geblättert.

»So ein Preuß, der kann sich ja nicht richtig ausdrücken. Der sagt: Machen Sie das mal. Das sagt man bei uns doch nicht. Bei uns heißt es: Wenn's Ihnen nichts ausmacht, dann könnten'S vielleicht amal. Des versteht doch ein jeder, dass des pressiert.

Aber der hat so eine Militärsprache gehabt. Da eckt einer natürlich an. Ein Bayer lässt sich nun mal nichts anschaffen, schon gar nicht von einem Preußn, da geht der Bayer in den passiven Widerstand, und genau des is dem Jensen passiert. Und wie ich ihm das sagen hab wollen, hat er es nicht verstehen wollen und gemeint, die Leut hier müssten sich ihm anpassen. Ja mei. Da kann er warten, bis er schwarz wird. Mir tut's leid, weil a Schlechter wara ned. Er hat halt des Problem ghabt, dass er ned reden hat können mit die Leut. Des hab ich auch zu meinen Kollegen gsagt, wenn die mich gfragt ham, warum der so gschraubt daherredt. Und wie er dann verlangt hat, dass ma mit eam Hochdeutsch reden soi, ja mei! Ab da hat ja sogar die Kamm Miri, und die ist verheiratet mit einem aus Eckernförde, ganz oben ist das, ab da hat sogar die Miri bayerisch gredt, verstengans? Obwohl es für die ja ein Leichtes gwesn wär, weil die so ein Exemplar quasi daheim hat. Wos i song wui: Des hot der nicht verdient, der Herr Jensen. Mir tut des aufrichtig leid um eam. Und ich kann eam nichts Schlechtes nachsagen, schon gar nicht von seiner Arbeit her. Aber ich hab immer gewusst, dass der ned lang bei uns bleibt. Ein, zwei Jahr, dann is er weg, hab ich denkt. Aber mit weg hab ich natürlich nicht weg wie weg gmeint, sondern weg wie Kiel, verstengans?«

38

Keine Fehler, Franza, beschwor ich mich. Deshalb rief ich vor meinem Rendezvous mit Felix bei Andrea an. Denn ich wusste nicht, ob ich ihm sagen musste, dass ich in der Waffenschmiede Puster ein Gespräch belauscht und eine unerfreuliche Begegnung mit einem dicken Russen gehabt hatte. Wieso sollte ich ihm diese Puzzlestücke, die ich nicht zuordnen konnte, vor die Füße werfen. Ich wollte ihm das fertige Bild präsentieren: den gelösten Fall. Auf einem Silbertablett wollte ich ihm die Herkunft der Skorpion servieren.

»Lieber nicht«, riet Andrea mir. »Behandle den Abend doch einfach als das, was er ist: Eine Essenseinladung von einem Mann, an dem dir liegt.«

»Da bin ich mir nicht mehr so sicher«, behauptete ich.

Sie lachte laut auf, und ich war ihr dankbar dafür, dass sie es dabei beließ. Niemand konnte meine angeblichen Defizite so gut erklären wie die Ärztin für psychosomatische Medizin und Psychotherapeutin Dr. Andrea Witsch.

Ein Praxistipp wäre mir lieber gewesen. »Hast du irgendein Mantra für mich? Etwas, was ich denken kann, wenn der Abend droht zu entgleisen?«, bat ich sie.

»Was verstehst du unter entgleisen?«, wollte sie wissen.

Da fiel mir auf, dass es eine Art von Entgleisen gab, die ich durchaus schätzte, auch wenn sie alles komplizierter machte.

»Es ist wegen ...«, begann ich und wollte gerade Felix' Tochter ins Spiel bringen. Dafür hatte Andrea bestimmt auch Fachtermini im Angebot, Öditussi und Brustneid oder so. Aber vielleicht sollte ich es lieber nicht thematisieren. Vielleicht wäre es dann einfach weg. Und das war wesentlich gesünder für mich, weil diese Kindergeschichten viel zu tief in meine Vergangenheit führten.

»Ja?«, fragte Andrea.

»Seit ein paar Tagen habe ich öfter das Gefühl, ich werde beobachtet«, warf ich Andrea zur Beschwichtigung ein Almosen zu, um den Neid aufs Kind einzudämmen. Ich belog sie nicht, das entsprach der Wahrheit.

»Posttraumatisches Belastungssyndrom«, diagnostizierte Andrea. »Ehrlich gesagt überrascht mich das nicht. Nach allem, was du erlebt hast. Erst der Leichenfund. Dann wärst du fast ermordet worden ...«

»Und was soll das sein?«

»Eine verzögerte Reaktion auf ein belastendes Ereignis. Oft treten die Reaktionen, die unter dem posttraumatischen Belastungssyndrom zusammengefasst sind, erst Monate oder gar Jahre nach dem Ereignis selbst auf.«

Das war mir nun auch nicht recht. Ich hatte einen Ausgang gesucht, keine Gummizelle. »Aber ich hab kein Syndrom, sondern den Eindruck, ich werde beobachtet!«

»Das kann sich ganz verschieden äußern. Beobachte es.«

»Ich soll beobachten, dass ich beobachtet werde?«

»Ja, und du sollst die Wahrheit sagen.«

»Welche Wahrheit?«

»Du rufst doch bestimmt auch deshalb an, weil du nicht weißt, was du anziehen sollst?«

Damit täuschte sie sich auf der ganzen Linie. Ich nahm das Angebot sofort an. »Du hast mich durchschaut«

Das gleiche Problem schien Felix auch zu haben. Er stand in Jeans mit nacktem Oberkörper in seinem Flur und rief: »Ich bin gleich fertig!«

Zuerst sah ich ihn von hinten. Die Zärtlichkeit, die ich für ihn empfand, überraschte mich selbst. Er drehte sich zu mir um. Was für ein Unterhosenwerbungskörper.

Wir begrüßten uns wie zivilisierte Menschen mit einem Händedruck. Dann verschwand er im Bad und kehrte in einem langärmeligen blauen Shirt zurück. Der Boden in Küche und Wohnzimmer war mit Stofftieren übersät, die Flipper eins nach dem anderen interessiert beschnupperte.

»Die müssen immer alle mit«, sagte Felix. »Eins, wenn fehlt – Katastrophe.«

»Wie viele sind es denn?«

»Elf«, erwiderte er wie aus der Pistole geschossen und fragte: »Hunger?«

»Ein bisschen«, log ich. Mein Magen war wie zugeschnürt. Flipper blieb abwartend in der Mitte des Wohnzimmers stehen. Das Kind schlief nebenan, aber es war überall. Da fand auch Flipper keine Ruhe. Als ich Sinah das erste Mal gesehen hatte, im Arm von Felix, hatte ich sie mit einem Spielzeug verwechselt, das die Polizei einsetzte, um Kinder zu beruhigen.

Auf einmal stand sie in der Tür. Die blonde Prinzessin im rosafarbenen Schlafanzug, einen Eisbären im Arm. Schaute mich an mit ihren großen blauen Augen. Sagte lange nichts und dann »hallo«, während Flipper einen tiefen Zug Windelduft nahm. War sie dafür nicht zu alt? Oder trug sie die nur nachts?

190

»Ja, wer ist denn da?«, fragte Felix und klang genauso albern wie ich, wenn ich mit Flipper redete.

Ein Strahlen breitete sich in Sinahs Gesicht aus, sie reckte die Arme nach oben: »Noch eine Geschichte, bitte, Papa.«

Schwungvoll hob er sie hoch. Sie kicherte. Flipper machte den Hals lang und wedelte verzückt.

Ich wollte nicht, dass Felix sich zwischen uns entschied. Ich hatte Angst, ich würde verlieren.

»Du hast doch bestimmt ein Eisfach?«, fragte ich ihn.

»Bitte?«

»Im Kühlschrank.«

»Ja.«

»Ich hol uns geschwind zwei Eisbecher zum Nachtisch. Ich wollte ohnehin Eis mitbringen, das hab ich in der Hektik total vergessen. Und Flipper muss auch noch mal, glaub ich. Ich komm gleich wieder, okay?«

»Und du kommst wirklich wieder?«, fragte er und zog eine Augenbraue hoch.

»Du meinst, wegen unserer flüchtigen Bekanntschaft?«, neckte ich ihn.

»Nein. Wegen der bekannten Fluchtgefahr.«

»Großes Indianerehrenwort«, versprach ich, und Sinah, ihre Wange an der von Felix, Milch-und-Honig über Stoppelfeld, nahm mich in die Pflicht: »Erdbeereis mit Sahne, hugh.«

Röte schoss mir ins Gesicht. Drei Eisbecher.

Mir war schlecht, als ich vor seinem Haus stand. Ich wollte da nie wieder rein. Ich war dem nicht gewachsen. Zu kompliziert, der Fall Felix. Es tat weh, aber ich sollte besser einen Schlussstrich ziehen – so lange das noch möglich war. Mit hängendem

Kopf trottete Flipper neben mir her. Ich ließ die erste Eisdiele links liegen und lief weiter zur Sonnenstraße. Wie lange dauerte ein Märchen? Dann fiel mir ein, dass das Eis auf dem Rückweg schmelzen würde, wenn ich zu weit ging, und ich kehrte um zu der Eisdiele nah bei Felix' Wohnung. Dort konnte ich mich nicht entscheiden. Zwei-, dreimal las ich die Auswahl. War Felix ein Fruchteistyp oder ein Milchspeiseeistyp? Das brachte mich zurück zum Ursprung. Begann er den Tag mit Marmelade oder Wurst?

»Das ist ein sehr schöner Hund«, sagte da eine tiefe Männerstimme zu mir, und sie sagte *sehrrr* und *Chund* und auf angenehme Art nach Wodka klingend.

»Danke«, erwiderte ich stolz, wie immer, wenn ich ein Kompliment für Flipper entgegennahm.

»Chaben Sie keine Angst um diesen sehrrr schönen Chund?«, fragte der Mann, er war um die vierzig und gut gekleidet – weißes Polohemd, dunkelblaue Hose, dazu passende Schuhe, Herrenhandtasche.

»Wieso sollte ich denn Angst haben?«, entgegnete ich und lachte sogar ein wenig, so absurd kam mir die Frage vor.

»So ein Chund«, erklärte der Mann, »chat wenig Bluht. Ist schnell leer.«

Freundlich hob er die Hand zum Gruß und verschwand.

Als ich wieder bei Felix war, hatte ich kein Eis und einen halben Nervenzusammenbruch. Es dauerte fünf Minuten, bis ich berichten konnte, was geschehen war. Und dabei zitterte ich, als hätte man mich in Sibirien ausgesetzt. Felix wollte wissen, wie der Mann ausgesehen habe, wie alt er gewesen sei, ob ich glaube, er sei wirklich Russe oder ob er das nur vorgegeben habe, ob ich ihn schon einmal gesehen hatte und ob ich glaubte, er habe mich verfolgt.

»Ich weiß nicht!«, rief ich. »Immer wenn ich mit dir zu tun habe, ist Flippers Leben in Gefahr. Du bist Gift für uns, Gift!«

»Franza! Du selbst bringst dich dauernd in Gefahr! Du selbst ...«

»Papa?«, fragte Sinah, schon wieder an der Tür.

Verzweifelt flüsterte Felix: »Sie war gerade eingeschlafen.«

Flipper liebt Kinder über alles, und ich vermute, er nimmt es mir übel, dass ich keine habe. Wie immer ergriff er die Gelegenheit, mir zu beweisen, wie pädagogisch wertvoll er mit Kindern umgehen konnte. Sanftmütig trottete er auf Sinah zu, wedelte dosiert an ihre Rippen, bis sie kicherte und stupste sie zart zurück ins Schlafzimmer.

»Der liest dir jetzt eine Geschichte vor«, rief Felix ihr nach.

»O Papa, das geht doch gar nicht. Hunde können nicht lesen. Aber ich erzähl ihm eine Geschichte, ich erzähl ihm jetzt die Geschichte, die du mir eben erzählt hast.«

»Das ist eine ganz tolle Idee, Sinah«, sagte Felix, stand auf, schaute durch den Türspalt, winkte mir. Der Anblick von Sinah im Bett und Flipper davor, sie hatte ihre Arme um seinen kräftigen Hals geschlungen, beruhigte mich. Flipper war da. Es ging ihm gut. Alles war gut. Fast alles.

»In letzter Zeit hatte ich öfter den Eindruck, dass jemand mich beobachtet«, gestand ich Felix. »Aber vielleicht stimmt das ja gar nicht, vielleicht ist das eine posttraumatische Belastungsstörung ...«

»Bitte was?«

»Das ist eine verzögerte Reaktion auf ein belastendes Ereignis.«

193

»Ich weiß, was das ist. Noch mal von vorne, Franza. Der Mann war Russe?«

»Da bin ich mir ziemlich sicher.«

»Russe«, wiederholte Felix zwischen zusammengebissenen Zähnen. Jegliche Feierabendstimmung war aus seinem Gesicht gefallen. Ich erzählte ihm nun doch von dem dicken Russen an der Villa und Ricks Rohrservice, was ich auf keinen Fall gewollt hatte. Felix hörte mir aufmerksam zu, ohne mich zu unterbrechen und mir Vorwürfe zu machen, weil ich das Sperrgebiet betreten hatte.

»Dieser Fettsack hat Flipper auch bedroht. Er hat gesagt: Ich stech ihn ab wie ein Wildschwein, oder so was in der Art.«

»Hm«, machte Felix.

»Du musst was unternehmen! Du musst diese Villa durchsuchen. Da findet sich bestimmt etwas! Diese Leute gehören aus Bayern ausgewiesen. Das meinen auch die Anwohner!«

»Jetzt mal langsam, Franza.«

»Nein, das hat mir Ricks Neffe erzählt, also der vom Rohrservice, die sind nicht gern gesehen, da laufen Bodyguards durch den Wald, möchtest du das vor deiner Haustür haben?«

»Hm«, machte Felix.

»Sag nicht dauernd Hm! Du musst da hinfahren. Gleich morgen! Besser heute noch. Das ist doch kein Problem für dich! Ich kann auf Sinah aufpassen. Oder wir nehmen sie mit. Als Polizist kommst mit deinem Ausweis überall rein.«

»Das habe ich auch mal gedacht. Nein, Franza. Ich kann mich in diesem Fall nicht so frei bewegen, wie ich das gerne hätte. Ich muss bestimmte Einschränkungen berücksichtigen, ich …«

»Was redest du da für einen Mist! Wozu erzähle ich dir das Ganze überhaupt? Du musst jetzt da hinfahren und denen sagen, dass sie uns in Ruhe lassen sollen, dass Flipper ... quasi unter Polizeischutz steht, dass wir in Deutschland sind, und da sticht man keine Hunde ab wie, wie ...« Ich presste meine Hand vor den Mund.

Felix lief auf und ab. Auf und ab. Das machte mich rasend.

»Setz dich doch mal hin!«

»Wie hat der Russe ausgesehen?«

»Welcher?«

»Der am Haus, der dicke.«

Ich beschrieb ihn noch einmal.

»Und die Typen, die du mit Kollegen von mir verwechselt hast?«

»Zwei in Cargohosen sehr groß, der dritte kleiner, rotes Hemd, asketisches Aussehen, ausnehmend gutes Deutsch. Ich habe sein Gesicht noch deutlich vor mir. Wir können jetzt gleich zu dir ins Büro fahren und eine Phantomzeichnung anfertigen. Ich glaube, so was kann ich gut.«

Felix schüttelte den Kopf. »Franza, das geht so nicht.«

»Aber warum nicht?«

»Erzähl mir noch mal von der Frau hinter dem Holzstapel.«

»Aber das hab ich doch schon in dem Café gemacht, da habe ich es dir schon zweimal erzählt.«

»Erzähl es mir noch mal.«

Also erzählte ich es ihm noch mal. Was war bloß mit ihm los? Warum hockten wir noch immer tatenlos rum, warum rief er nirgends an, warum unternahm er nichts? Als Flipper entführt wurde, hatte er doch auch die Initiative ergriffen, sogar seine Reputation aufs Spiel gesetzt, und jetzt ging es offensichtlich um russische Ganoven, warum nicht gleich die Mafia, also einen wirklich dicken Fisch, und ihm fiel nichts Sinnvolleres ein, als sich über das Gesicht zu streichen? Gequält sah er aus, dann soll-

195

te er eben mal in die Gänge kommen, sofort würde es ihm besser gehen – und mir auch.

»Hast du Hunger, Franza?«

»Hunger?«, rief ich und sprang auf. Wie konnte er jetzt an Essen denken! »Ich will nach Hause!«

Er verschränkte die Arme vor der Brust. »Also doch Plan B? Oder war das schon immer Plan A?«, fragte er mich.

»Was?«

»Weglaufen«, erwiderte er knapp.

»Ich lauf nicht weg!«

»Nein, du bewegst dich nur schnell.«

»*Du* läufst dauernd weg«, stellte ich die Dinge richtig. »Du hast nie Zeit. *Du* musst ständig die Welt retten.«

Er breitete die Arme aus. »Wo, Franza? Wo rette ich jetzt die Welt?«

»Ja, jetzt kannst du nicht. Wegen deiner Tochter. Deshalb können wir auch keine Phantomzeichnung anfertigen, das hab ich schon verstanden!«

»Kann es sein, dass du eifersüchtig bist?«

»Ha!« Ich stürmte Richtung Schlafzimmer, Felix stellte sich mir in den Weg, kurz, ganz kurz, spürte ich die Kraft seines muskulösen Körpers, ein Vibrieren in der Luft; er schob mich zur Seite und öffnete behutsam die Tür. Sinah und Flipper lagen vor dem Bett, sie hatte sich an seine Brust gekuschelt und schlief, seine Vorderpfoten umarmten sie. Träge öffnete er sein braunes Auge. Wedelte schwach, nur mit der Schwanzspitze. »Jetzt ein Foto!«, flüsterte Felix. Alle Anspannung war aus seinem Gesicht gewichen. Das war schon ungewöhnlich, wie er Flipper seine Tochter anvertraute. Ein Schnapp und der Kopf wäre ab. Felix machte einen

196

Schnappschuss, den Flipper geduldig abwartete. Dann stand er sehr vorsichtig auf und stupste Sinah zum Abschied zart an die Wange. Felix hob sie aufs Bett, sie schlief einfach weiter.

»Du willst wirklich gehen?«, fragte er.

Nein, dachte ich. »Ja«, sagte ich.

»Das ist schade«, sagte er.

Ja, dachte ich. »Nein«, sagte ich.

»Ich bring dich runter«, sagte er.

Wie lieb von ihm, dachte ich. »Das ist nicht nötig«, sagte ich.

Er öffnete die Tür und hielt sie mir auf. Ich schlüpfte hindurch. Nein, nicht ich allein. Ich war jetzt zwei. Franzaja und Franzanein. Allein Flipper blieb vollständig, aber er war ja immer auf vier Beinen unterwegs.

Die Macht packte uns bei den Briefkästen im Hausflur. So wie überhaupt noch nie. Und danach ging es mir so schlecht wie überhaupt noch nie. Und das hatte drei Gründe. Erstens: Wieso hatte ich ihm nur meine fünfzig verstockten Prozent gezeigt? Zweitens: Wieso konnte ich Sex mit jemandem haben, auf den ich dermaßen wütend war?

Zweieinhalbtens: Wieso war der Sex mit jemandem, auf den ich dermaßen wütend war, dermaßen gut?

Drittens und schlimmstens: Wir hatten etwas Entscheidendes vergessen. Das war noch nie passiert. Aber jetzt war es passiert, und ich hoffte und hätte fast gebetet, dass nichts passiert sein möge.

39

Es wird schon nichts passieren, dachte Felix am Montagmorgen in seinem Büro und nahm den Telefonhörer in die Hand. Ohne die Autos, die dort parkten, wahrzunehmen, schaute er auf den geteerten Platz vor der Polizeiinspektion Fürstenfeldbruck. Auf dem Flur hustete sich jemand einen Lungenflügel aus dem Leib. Bald wären die Kollegen vollzählig. Montag war immer die Hölle los, weil das Wochenende besprochen wurde. Viele Straftaten wurden Samstags und Sonntags begangen. Felix atmete tief durch und schaute auf die Telefonnummer. Dann tippte er sie in die Tastatur des Telefons. Während das Freizeichen ertönte, wusste er, dass er einen Fehler machte. Danach versuchte er, den Fehler zu vergessen. Einfach nicht daran denken, so als hätte er nicht angerufen. Als Bert ihn zur Konferenz um neun Uhr abholte, hatte er das tatsächlich geschafft.

Leopold Chefbauer fasste die Ereignisse des Wochenendes zusammen und gab dann bekannt, dass der Fall Jensen und der Fall Rose-Meyer nicht zusammengelegt würden, dass man aber eng zusammenarbeiten werde. Im Fall Jensen galten nach wie vor dieselben Regeln, Chefbauer rief sie ihnen noch einmal ins Gedächtnis. Der Ort Andechs und die Umgebung sollten keinesfalls mit Polizei assoziiert werden, sondern wie es sich gehörte mit Bier,

Bayern, Beten, in dieser oder einer beliebigen anderen Reihenfolge – aber eben nicht mit Polizei.

Um Andechs rein zu halten wie das bayerische Bier war auch bei der Pressekonferenz alles vermieden worden, was den Eindruck erwecken könnte, die beiden jagdlichen Todesfälle könnten etwas miteinander zu tun haben. Ein einziger Reporter, ein Praktikant, wie sie jetzt von so vielen Zeitungen geschickt wurden, habe nachgefragt, ob das nicht ungewöhnlich sei, zwei tote Jäger auf einmal. Ein anderer habe gerufen: »Die Sau schlägt zurück.«

»Da war einer wohl im morphogenetischen Feld des Falles«, stellte Laura fest.

»Nein, es war ein Maisfeld«, korrigierte Bert.

Am Montagnachmittag traf Felix seinen Chef Chefbauer auf dem Parkplatz, und der winkte ihn zu sich. »Felix! Was ich dich schon dauernd fragen wollte ...«

Da wusste Felix, dass es jetzt so weit war.

»Ja?«, tat er, als hätte er keine Ahnung.

»Diese Frau Fischer, also die Besitzerin des Hundes, der die Skorpion gefunden hat im Wald, die ist doch identisch mit der Frau, die den Toten am Hochsitz gefunden hat in Wampertskirchen im Frühling?«

Felix nickte.

»Hast du eine Erklärung dafür?«

»Nein.«

»Soll ja eine recht fesche Person sein, die Auffinderin.«

»Wer behauptet das?«

»Deine Kollegin Claudia.«

»Willst du mir irgendwas sagen, Chefbauer?«

199

»Willst du mir was sagen, Felix?«

»Nein.«

»Dann haben wir uns verstanden?«

»Ja.«

Obwohl Felix einen Termin mit Franz Brandl vereinbart hatte, war dieser nicht in seinem Büro. Die Empfangsdame mit den Pistolen an den Ohren reichte ihm einen Zettel mit einer Adresse, wo der Herr Brandl sein Mittagessen einnahm. Felix schaut auf sein Handy. Halb zwölf. Würd mich mal interessieren, wann der frühstückt, dachte er.

Außer Franz Brandl waren nur noch eine Handvoll Gäste im Schryegg in Unering, einer urigen bayerischen Wirtschaft wie aus dem Tourismusprospekt, mit deftigem Essen und sämigen dunklen Saucen, die Halbe gehörte zu den Beilagen wie die Knödel und das Dekolleté der Bedienung.

Franz Brandls Teller war bereits leer.

Wann hat der eigentlich mit dem Essen angefangen, fragte Felix sich und bestellte eine Halbe.

»Schweins- oder Sauerbraten, Haxn, Roulade, Ente, Kruste?«, fragte die Bedienung, während sie sich tief über Felix beugte, als sollte er das Menü aus ihrem Ausschnitt buchstabieren.

»Vielleicht später.«

»Aber um zwei machma zu!«

»So lang hab ich fei keine Zeit ned«, erklärte Franz Brandl.

»So lang dauert's bestimmt nicht, wenn Sie nicht allzu lang zum Nachdenken brauchen.«

»Für die Wahrheit muss man nicht nachdenken.«

»Da bin ich ja mal gespannt«, sagte Felix und stellte seine erste Frage: »Warum haben Sie sich für die Alice Ludewig eingesetzt?«

200

»Ach, jetzt ham Sie die Buschtrommel abgehört«, nickte Franz Brandl.

»Ja, jetzt wissen wir Bescheid über Ihren Ausraster im Führungskreis.«

»Dann wissen Sie ja schon alles?«

»Nur den Anfang.«

»Das war auch gleichzeitig das Ende.«

»Was ich nicht glaube.«

»Ihr Bier.«

»Danke«, sagte Felix als die Bedienung es vor ihn hinstellte. »Ich glaube«, begann er nach einem langen Schluck, »dass es für alles, was wir tun oder lassen, mehr oder weniger gute Gründe gibt, wobei manche dieser Gründe nur uns selbst folgerichtig erscheinen. Manche dieser Gründe kennen wir zudem gar nicht oder besser gesagt: Wir wollen sie nicht kennen. Der Grund dafür, dass Sie den Gerd Jensen verprügelt haben ...«

»Ach, geh ...«

»... etwas härter angepackt haben, mag darin liegen, dass Sie einer Kollegin beistehen wollten. Oder dass Sie eine Gelegenheit suchten, ihm was heimzuzahlen. Aber warum Sie dieser Kollegin beigestanden haben – das würde ich schon gern wissen. Wenn Sie es mir nicht sagen, dann muss ich spekulieren.«

»Jetzt wird also bei der Polizei schon spekuliert?«

»Freilich. Eine Spekulation ist quasi ein Verdacht, und der geht bei mir in die Richtung, dass Sie ein Verhältnis mit der Frau Ludewig haben.«

»Ich! Mit der Alice!«

Felix nickte. Und ich kann spekulieren, bis ich schwarz werd, dachte er. Ohne Beweis brauche ich bei keinem Staatsanwalt aufzutauchen.

»Die Alice kenn ich seit der Lehrzeit.«

»Ist das ein Hinderungsgrund?«

»Und verheiratet bin ich auch.«

»Ist das ein Hinderungsgrund?«

»Und wenn man allergisch ist gegen Ungerechtigkeit?«

»Das verstehe ich.«

»Die Alice, die raucht zu viel.«

»Das verstehe ich erst recht.«

Sie prosteten sich zu.

»Letztes Mal haben Sie mir gesagt, dass Gerd Jensen Ihren Hund erschossen hat. Glauben Sie wirklich, das war seine Reaktion auf den Vorfall im Führungskreis? Wäre das nicht ausgesprochen dumm von ihm? Würde das zu ihm passen? Er war doch eher ein überlegter Planer?«

»Jedem geht mal was über die Hutschnur.«

»Dann hätte er es am selben Tag machen müssen.«

»Da hat er keine Gelegenheit gehabt.«

»Und am Wochenende war er in Kiel.«

»Nicht an dem.«

»Woher wissen Sie das, Herr Brandl?«

»Es kann doch einer sagen, dass er wo ist, und in Wirklichkeit ist er ganz woanders. Ma muas ned ois glaum, wos stimmt.« Franz Brandl stützte sich am massiven Eichentisch auf, der seinen Kratern und Rillen, Rinnen und Verfärbungen nach zwei Weltkriege überstanden hatte, schaute Felix tief in die Augen und ging dann zur Toilette. Felix zückte sein Handy und trug Johannes auf, herauszufinden, wann genau Gerd Jensen in Kiel gewesen ist. »Am liebsten mit Belegen. Zug, Flug. Kann sein, dass die bei Puster was in der Buchhaltung haben. Klemm dich sofort dahinter ... Nein, das andere lässt du derweil liegen.«

202

»Wenn ich Ihnen jetzt was sage, dann nicht, weil ich müsste. Ich sag Ihnen das, weil ich will«, begann Franz Brandl nach seiner Rückkehr unvermittelt.

»Freilich. Sie sind nach wie vor ein Zeuge, Herr Brandl. Sie brauchen sich nicht selbst belasten, Sie brauchen nicht gegen nahe Verwandte aussagen, die Kollegen haben Sie diesbezüglich bereits aufgeklärt. Deshalb wissen Sie auch, dass das, was Sie sagen, der Wahrheit entsprechen muss.«

»Erst wenn Sie mich verhaften, darf ich lügen«, stellte Franz Brandl fest.

»Da täuschen Sie sich«, sagte Felix, der diese Halbwahrheit schon unzählige Male gehört hatte. Richtig war zwar, dass ein Beschuldigter lügen durfte, auch bis sich die Balken bogen, zumindest machte er sich damit nicht zusätzlich strafbar. Doch auch ein Zeuge durfte ungestraft lügen, solange er nicht vor einem Richter saß. Es sei denn, er belastete damit bewusst andere zu Unrecht, dann konnte auch eine Falschaussage vor der Polizei strafbar werden. Besonders glaubwürdig war ein Zeuge allerdings kaum, wenn er vor Gericht etwas anderes aussagte als bei der Polizei.

»Bleibt das, was wir hier reden, unter uns?«, erkundigte sich Franz Brandl.

»Nicht ganz. Aber ich muss es Ihrer Frau nicht zur Kenntnis bringen.«

»Wenn ich es jetzt Ihnen sag, dann sag ich es auch meiner Frau.«

»Ist das der richtige Zeitpunkt?«

»Den hat es noch nie gegeben und wird es auch nie geben.«

»Seit wann haben Sie eine Affäre mit Frau Ludewig?«

»Gehabt, Herr Kommissar. Gehabt. Das ist lang her. Wir waren beide jung, blutjung und frisch verheiratet. Sie mit dem Werner,

203

ich mit der Maria. Und wir waren auch beide glücklich verheiratet. Das war ja das Problem.«

Felix hob fragend die Augenbrauen.

»Das war ... Ich kann es nicht beschreiben. So was hat es vorher und nachher nicht mehr gegeben in meinem Leben. Das war, als wär ich nicht ich. Da konnte ich mir noch so oft vornehmen, dass ich das nicht will. Das ist zusammengebrochen in dem Moment, wo ich sie gesehen habe. Ich hab gedacht, ich bin verrückt und konnte ja mit niemand darüber reden, weil ich meine Frau, die Maria, doch geliebt habe. Ich weiß nicht, was das war, was ich für die Alice empfand, Liebe vielleicht auch, aber nicht so wie zu meiner Frau. Dieses andere war ... so stark, und nicht, dass Sie glauben, es wär nicht schön gewesen mit meiner Frau ...«

»Ich glaube, ich weiß, was Sie meinen.«

Franz Brandl schüttelte den Kopf. »Das weiß man nicht. Das muss man erlebt haben. Sonst begreift man das nicht. Das ist jenseits von dem, was normalerweise möglich ist. Das kann man sich nicht vorstellen.«

»Genau«, sagte Felix, und Franz Brandl musterte ihn neugierig. Dann grinste er und hob sein Glas. Felix prostete zurück. Eine Weile schauten sie der Bedienung beim Abräumen des Nachbartisches zu.

»Und wann war es dann aus und wieso?«, fragte Felix.

»Die Umstände«, sagte Franz Brandl. »Ich habe mich da ja nicht mehr naus gesehen. Ich hätte auch nicht gewusst, wie ich es beenden soll, weil es nicht in meiner Macht stand. Und auch nicht in der von der Alice, weil wir waren ja beide nicht glücklich mit der Situation. Das hat uns komplett fertiggemacht, weil wir unseren Ehepartnern treu sein wollten. Für die Alice war das auch ein religiöses Problem. Es hat uns überkommen wie ..., also im Grund genommen waren wir nicht anders wie rauschige Wildsäu.«

Kombinierend, dass das etwas mit Brunft zu tun haben musste, nickte Felix.

»Aber dann ist die Alice schwanger gewesen.«

»Von Ihnen?«, rief Felix.

»Nein, zum Glück nicht. Der Bub schaut mir gar nicht gleich. Vom Werner. Und das hat uns dann doch geholfen, Abstand zu halten. Die Schwangerschaft hat uns irgendwie die Augen geöffnet. Es hätt ja auch blöd gehen können. Aber von da an haben wir uns endlich wieder wie Menschen benehmen können. Auch wenn es am Anfang noch ein bisserl schwierig war, ist es letztlich normal geworden, und auf einmal hat man gar nicht mehr daran gedacht.«

»Sie haben nicht mehr daran ... gedacht?«, wiederholte Felix ungläubig. »Und die Alice?«

»Ach die! Die ist kein Kind von Traurigkeit gewesen, und dann hat sie ja das Baby gehabt und später den Ärger mit dem Werner, das Leben geht weiter ...«, er machte eine Pause. »Bis es irgendwann nicht mehr weitergeht, auch wenn es scheinbar doch weitergeht.«

»Und dann ist einem alles wurscht?«

»Sie brauchen mir keine Fallen nicht stellen oder mich provozieren, Herr Kommissar. Ich war's nicht. Und außerdem ist es nicht gscheit, in der Vergangenheit herumzuwühlen. Da steigt zu viel auf, was Probleme macht.«

»Aha?« Felix beugte sich vor.

»Hat man denn richtig gelebt? Wie wär das gewesen, wenn man nicht bei der Maria geblieben wär, sondern mit der Alice zusammengekommen. Dann hätte die Walli nicht sterben müssen, weil sie gar nicht erst auf der Welt gewesen wäre. Andererseits ist die Maria mir die beste Frau, die ich mir wünschen kann. So eine wie die hab ich gar nicht verdient. Und wieder andererseits tut es mir heute leid, dass ich das mit der Alice aus schlechtem Gewissen heraus nicht mehr genossen habe. Denn so was erleben zu dürfen, ist ein Herrgottsgeschenk.«

Felix nahm noch einen Schluck. Auf einmal war sein Glas leer.

»Aber schenkt der Herrgott oder fordert er Vergeltung und war der Preis die Walli?«, fragte Franz Brandl in das Dekolleté der Bedienung hinein, die ein frisches Bier vor den Kommissar stellte.

Als sein Handy klingelte, war er froh, das Bier nicht austrinken zu müssen, denn er hätte es ausgetrunken. War eh schon alles wurscht. Dem Brandl Franz merkte man seine drei oder vier Halben nicht an.

»Bert?«, fragte er. Und dann hörte er eine Weile zu und bemühte sich dabei, sein Gesicht zu kontrollieren. Er beendete das Telefonat und fragte Franz Brandl dann mit ruhiger Stimme: »Kennen Sie den Hans Kreitmayer?«

»Freilich! Des war mein Vorgänger in der Firma.«

»Hat der Hans Kreitmayer den Gerd Jensen gekannt?«

»Keine Ahnung. Der Hansi ist ja schon ewig in Rente.«

»Wann haben Sie ihn das letzte Mal gesehen?«

»An Weihnachten ... nein, doch ... Da müsste ich jetzt meine Frau fragen.«

»Haben Sie privaten oder geschäftlichen Kontakt mit Herrn Kreitmayer?«

»Nein? Wie kommen'S denn jetzt auf den? Der geht doch schon auf die achtzig.«

40

»So einen älteren Herrn hatten wir noch nie da, glaube ich«, sagte Laura zu Felix, während sie ihn über den neuesten Stand aufklärte.

Sie war mit dem Kollegen Bert abermals bei Puster gewesen, die Liste durchzusprechen und Informationen einzuholen bezüglich der Einladungen zur Drückjagd. Dabei war ihr eine seltsame Stimmung in der Firma aufgefallen.

»Es war anders als sonst. Wir wurden ... abgeschottet irgendwie. Man ging uns aus dem Weg. Sonst kamen immer gleich ein paar von denen zu uns gerannt und wollten wissen, ob es Neuigkeiten gibt. Jedenfalls hatte ich ein komisches Gefühl und habe mir den Ersten gegriffen, von dem ich vermutete, er würde was erzählen, es dauerte auch nur zwei Minuten, ein junger Mitarbeiter, Richard Ziegler, aus der Poststelle.«

»Und?«, versuchte Felix den Informationsfluss zu beschleunigen.

»Ein ehemaliger Mitarbeiter, Hans Kreitmayer, hat sich in der Cafeteria von Puster damit gebrüstet, die Sache Jensen erledigt zu haben.«

»Die Sache Jensen?«, wiederholte Felix.

»Das ist offenbar rumgegangen wie ein Lauffeuer. Jede Menge Zeugen, die Cafeteria war voll besetzt, es war um die Mittagszeit. Die meisten wollen aber nichts gehört haben, also uns gegenüber, obwohl es das Gesprächsthema Nummer eins ist. Angeblich war die Kaffeemaschine so laut. Oder es wurde geschossen im benachbarten Schießkino. Oder man behauptet steif und fest, der Kreitmayer habe einen Witz gemacht.«

»Das glaubt Herr Ziegler nicht?«

»Nein. Während sein Chef in der Poststelle meint, dass der Herr Ziegler den Kreitmayer nicht kennen würde, deshalb würde er seinen Humor auch nicht verstehen.«

»Ach, so nennt man das jetzt.«

Laura nickte.

»Und wo ist er? Haben wir ihn schon da?«

»Ja. Wir haben ihn zu einem Gespräch gebeten. Dabei ist was Saudummes passiert ... Also er hat ... Er hat sich in die Hose gepinkelt.«

»Was?«

»Ja. Die Streifenbesatzung hat geklingelt, er öffnet die Tür – und dann ist es passiert.«

»Ist er inkontinent oder lag das an uns?«

Laura zuckte mit den Schultern.

»Wie alt ist er überhaupt?«

»Achtundsiebzig. Und schlecht zu Fuß.«

»Du hast ihn vernommen?«

»Ich habe es versucht. Er hat verlangt, mit einem Kommissar zu sprechen, nicht mit einer Bürokraft.«

»Sapperlott! Was ist mit Bert?«

»Zahnarzt.«

»Schon wieder?«

»Immer noch. Übernimmst du?«

»Kommst du mit?«

»Nein, danke. Ich bin froh, wenn ich den los hab. Unter uns:

208

Der müffelt ein bisschen. Womöglich hat er die Unterhose nicht gewechselt, oder es ist schon wieder was passiert.«

Hans Kreitmayer hatte ein für sein Alter erstaunlich rosiges und faltenarmes Gesicht, in dem eine relativ kleine Nase das auffälligste Merkmal darstellte, zudem war der Abstand von der Nase zur Oberlippe ungewöhnlich breit. An Hans Kreitmayers Stuhl lehnten zwei graue Krücken.

»Grüß Gott«, sagte Felix. »Mein Name ist ...«

»Glauben Sie, ich hab meine Zeit gestohlen?«

»Felix Tixel«, vollendete Felix. »Hauptkommissar.«

»Im Herbst gibt es die meiste Arbeit im Garten. Da kann ich keine Ewigkeit bei Ihnen rumhocken!«

»Dann fangen wir doch am besten gleich an.« Felix setzte sich Hans Kreitmayer gegenüber und hoffte, es würde nicht zu lange dauern. Manche Vernehmungen zogen sich zehn, zwölf, vierzehn Stunden in die Länge. Und Hans Kreitmayer müffelte wirklich.

»Kann ich mal was zu trinken haben? Oder gehört das zum System? Austrocknen lassen?«

»Wasser? Tee? Kaffee?«

»Bier?«

»Hamma ned.«

»Saftladen. Wasser.«

Felix bestellte das Gewünschte. »Ich würde gern im Mordfall Gerd Jensen mit Ihnen sprechen. Wie ich sehe, haben Sie bereits die Einwilligung unterzeichnet, unser Gespräch aufzunehmen und ...«

»Wer hat geredet?«, fragte Kreitmayer.

»Wie meinen Sie?«

»Bei Puster. Irgendeiner hat nicht dichtgehalten. Wer war das?

Das kann keiner von den Alten gewesen sein! Das muss irgend so ein Neuer gewesen sein. Wer?«

»Was meinen Sie mit dichtgehalten?«, fragte Felix nicht ohne innere Häme. Es gab genügend Menschen, die konnte er besser riechen als diesen hier, was er sich selbstverständlich nicht würde anmerken lassen.

»Ja, warum bin ich denn hier? Warum lassen Sie mich abholen? Ab-ho-len?«

»Weil wir mit Ihnen sprechen wollen. Das hätten wir auch bei Ihnen zu Hause tun können. Soweit ich weiß, sind Sie freiwillig mitgekommen.«

»Freiwillig!«, rief Hans Kreitmayer. »Da steht die Polizei vor deiner Tür und redet von freiwillig! Ich will nicht abgeholt werden. Ich habe da schlechte Erfahrungen.«

Hans Kreitmayer musterte Felix durchdringend. »Mein Großvater ist auch mal abgeholt worden.«

Schnell rechnete Felix im Kopf nach. »Das tut mir leid«, sagte er dann. »Da haben wir Sie heute in eine unangenehme Situation gebracht. Aber wir holen täglich viele Menschen zu Befragungen ab. Wir tun das nicht, um sie zu ärgern, sondern um Verbrechen aufzuklären. Und deshalb sitzen wir jetzt auch hier. Ich würde gern von Ihnen wissen, was Ihre Bemerkung in der Puster-Cafeteria bedeutet, Sie hätten die Sache Jensen erledigt, respektive bereinigt, respektive geklärt. Was haben Sie damit gemeint?«

Hans Kreitmayer kniff die Lippen zusammen.

»Haben Sie das nur so dahingesagt?«, fragte Felix, was er vermutete. Kaum hatte er es ausgesprochen, merkte er, dass er einen Fehler gemacht hatte. Kreitmayer war einer von den notorischen Widersprechern. Wenn man zu so einem sagte, dein Pullover

210

ist blau, behauptete der, nein, der Pullover wäre grün, weil er es nicht ertrug, dass ein anderer ihm etwas über sich sagte.

»Nein!«, schoss Kreitmayer.

»Und was haben Sie dann damit gemeint, dass Sie die Sache erledigt hätten?«

»Ja, was wohl?«

»Das frage ich Sie.«

»Ich will Ihnen mal was sagen, junger Mann«, begann Hans Kreitmayer, und Felix bemerkte, dass ihn schon lange niemand mehr als jungen Mann bezeichnet hatte. Er wollte bei Gelegenheit darüber nachdenken, ob ihm das gefiel oder nicht.

»Wir bei Puster, das war ein Zusammenhalt. Wir bauen Waffen, die in ihrer Präzision, Ästhetik, Funktionalität und Schönheit einzigartig sind. Ein-zig-ar-tig. Und genauso war unsere Mannschaft. Aus einem Stück geschmiedet. Da hat alles ineinandergegriffen. Man hat bei uns nicht gearbeitet allein zum Geld verdienen. Man hat dazugehört. Unser Direktor damals, der Briegel, der hat von jedem Mitarbeiter die Namen der Kinder und später die der Enkelkinder gewusst, von jedem. Und seine Sekretärin, die Frau Drexl, die hat noch dazu die Geburtstage notiert. Das hat man gar nicht gemerkt, wie die das aus einem rausgekitzelt hat. Und dann war da eine Flasche Wein gestanden, für die Damen Pralinen. So war das. Da ist keiner krank gewesen, weil man seine Kollegen selbstverständlich nicht im Stich gelassen hat. Da hast du dich auch mit Fieber reingeschleppt.«

»Vorbildlich!«

»Ja, machen Sie sich nur lustig. Das war es. Vorbildlich, Herr Kommissar. Und gesundheitsfördernd. Weil das Fieber dann ganz schnell weg war. Weil man gar keine Zeit dafür gehabt hat. Man war stolz darauf, dazuzugehören. So war das damals.«

211

»Und dann nicht mehr?«

»Nein.«

»Und daran war der Jensen schuld?«

»Nicht allein, aber auch. Er hat die Alice Ludewig auf die Straße gesetzt, obwohl ihr nur noch wenige Monate gefehlt haben. Er
hat ihre Verarmung billigend in Kauf genommen. Er hat langjährigen Lieferanten gekündigt, weil ihm ihr Verpackungsmate-
rial nicht gefallen hat. Er hat überall schlechte Stimmung gesät.
Ich habe das mitgekriegt. Auch wenn ich nur selten im Betrieb
war. Das merkt man doch gleich. Schon wenn man zur Tür rein-
kommt. Wie sie alle die Köpfe hängenließen. Da kannst du nicht
erfolgreich arbeiten. Aber das müssen wir doch. Damit Puster
Puster bleibt. Überhaupt diese Fusion. So ein Schmarrn! Zwei
Firmen, die jede für sich bestens laufen und noch dazu Konkurrenten sind, zusammenlegen und jede weiterhin unter ihrem an-
gestammten Namen firmieren lassen. Da holst du dir den Feind
ins eigene Unternehmen! Wer denkt sich denn so was aus! Hirn-
rissig ist das! Da kommt kein vernünftiger Mensch drauf. Aber das
haben die schon gewusst, dass mir das nicht schmeckt. Sie haben
mich nicht zur Weihnachtsfeier eingeladen. Das erste Mal seit
sechzig Jahren war ich nicht dabei!«

... und die Welt ist nicht untergegangen, dachte Felix und sehnte sich nach frischer Luft. Rasch überschlug er die Zeitspanne.
»An Weihnachten war die Fusion doch noch gar nicht durch?«

»Das war alles von langer Hand vorbereitet. Denen geht es
nur um den Profit. Die Welt wird nicht mehr angenehm für den
Menschen gestaltet, sondern angenehm für die Sachzwänge. Die
Interessen von Menschen, die spielen keine Rolle mehr. Dagegen
muss man etwas unternehmen, da gehört ein Riegel vorgeschoben.«

»Und das haben Sie gemacht, einen Riegel vorgeschoben«, sagte Felix und dachte: beziehungsweise entsichert.

»Einer muss es tun. Den Jungen muss man den Weg zeigen. Wenn die immer nur hinter dem Geld herrennen, das sie sowieso nicht haben, wenn die immer nur neues Glump kaufen wollen, das sie gar nicht brauchen. Das macht doch nicht glücklich. Eine Puster, die haben Sie Ihr Leben lang! Der Mensch braucht einen Sinn, und ohne Arbeit findet sich der nicht. Schauen Sie sich um, das muss ich Ihnen doch nicht erzählen, in welcher Gesellschaft aus Feigheit, Dummheit, Ignoranz, Faulheit und Rücksichtslosigkeit wir leben.«

»Wo haben Sie den Gerd Jensen kennengelernt?«, fragte Felix.

»Ich war's.«

»Bitte was?«

»Ich hab den erschossen.«

Plötzlich sah Kreitmayer anders aus. Alles Rosige war wie weggeblasen, straff spannte sich eine nun fast graue Haut über sein Gesicht.

»Sie behaupten, dass Sie Gerd Jensen«, Felix warf einen skeptischen Blick auf die Krücken, »erschossen haben?«

»Was heißt hier, behaupten? Ja, Ja, das sage ich. Das gebe ich zu Protokoll. Das ist meine Aussage. Ich habe es getan.«

»Und wie ... haben Sie es getan?«, fragte Felix. Selbstverständlich würde er den Kreitmayer jetzt noch nicht damit konfrontieren, dass Einschusskanal und Winkel auf einen hohen Standpunkt des Täters hinwiesen. Erst mal abschöpfen, kommen lassen.

»Ich werde ihn wohl nicht erwürgt haben! Wir sind eine Waffenschmiede. Erschossen natürlich.«

»Und womit?«

»Das muss ich Ihnen nicht sagen. Ihre Aufgabe ist es, das Puzzle zusammenzubringen. Sie sind Polizist, also müssen Sie jetzt die Spuren suchen, die es der Staatsanwaltschaft ermöglichen, mich anzuklagen. Ich werde doch wohl nicht Ihre Arbeit tun. Ich bin Ihnen ein großes Stück entgegengekommen, das auch Ihre Wegstrecke gewesen wäre, die Sie aber offensichtlich aus eigener Leistung nicht bewältigen konnten. Und jetzt sag ich nichts mehr. Ich bin in Rente. Sie werden bezahlt für Ihre Arbeit. Dazu gehört hoffentlich auch, dass Sie meine ehemaligen Kollegen darüber informieren, dass der Fall nun aufgeklärt ist. Vielleicht könnte Sepp aus der Büchsenmacherei meine Tomaten gießen, der kennt sich aus. Ich war neulich im Krankenhaus, da hat er das auch übernommen. Ein prächtiges Tomatenjahr ist das heuer. Schon schade, dass ich jetzt nicht mehr abernten kann. Aber im Dienst der Sache muss man die persönlichen Belange in den Hintergrund stellen.«

»Welche Sache?«, fragte Felix.

»Sie sind mir auch so ein Büroheini. Ich würde jetzt gern mal mit einem richtigen Kommissar sprechen. Ist Ihr Vorgesetzter da? Oder ist das auch so ein Weichei? Gibt es bei der Polizei keine echten Männer mehr?«

Laura schüttelte den Kopf als Felix das Zimmer verließ. Sie hatte von draußen alles mitgehört. »Er hat gestanden – jetzt brauchen wir einen Haftbefehl.«

»Übernimmst du das?«, fragte Felix.

»Ich rufe gleich den Staatsanwalt an.«

»Das stimmt doch nicht, was der erzählt«, dachte Felix laut.

»Unangenehmer Mensch.« Laura schüttelte sich. »Es ist wohl

eine Frage der Ehre für ihn. Ich kann mir nicht vorstellen, wie der mit seinen Krücken auf einen Baum geklettert sein will. Der lügt, das denke ich auch.«

»Überprüf mal, ob er die Krücken immer hat«, warf Felix ein. »Vielleicht ist es was Akutes, und vor zwei Wochen war er noch ohne unterwegs.«

»Mach ich. Ach übrigens, jetzt haben wir endlich die Kindergärtnerin vom Waldkindergarten erwischt, die als Rucksacktouristin in Thailand war. Es stimmt, was die Kinder sagen, sie sind da öfter rumgeklettert, natürlich gesichert. Wir machen einen Termin aus, und sie zeigt uns die Bäume, die können wir dann wahrscheinlich ausschließen.«

»Ja, na also, ein bisschen geht es doch voran ... Hast du den Kreitmayer überprüft? Wahrscheinlich ist er Jäger und hat mehrere Waffen?«

»Vier Stück.«

»Na prima.«

»Ich gehe jetzt noch mal zu ihm rein und sag ihm, dass er in U-Haft kommt, wenn der Richter Haftbefehl erlässt.«

»Überschreitet die Bürokraft da nicht ihre Kompetenzen?«, neckte Felix sie.

»Nein, sie zeigt ein Herz für Rentner. Sie rät ihm nämlich dazu, sich einen Anwalt zu besorgen und bietet ihm dabei sogar ihre Hilfe an. Falschaussage ist strafbar.«

Felix grinste.

»Als Bürokraft kann ich das vielleicht nicht so ganz auseinanderhalten, wer sich wann strafbar macht, wer wann ein Zeuge oder Beschuldigter ist und wo die Polizei anfängt und der Richter aufhört, was meinst du?«

»Dass du eine ganz schön gewiefte Bürokraft bist«, erwiderte

Felix noch immer grinsend. Dann wurde er ernst. »Und wenn er es doch war?«, fragte er.

Laura zuckte mit den Schultern »Wir können ihm kaum das Gegenteil beweisen, wir haben keine Spuren.«

»DNA?«

»Von der Rinde? Dauert noch.«

»Ich will eine Probe von ihm.«

»Okay.«

»Und die Techniker sollen noch mal rausfahren.«

»Sie waren dreimal am Tatort.«

»Aber die Hülse haben sie noch immer nicht.«

»Vielleicht sollten wir Hunde anfordern?«

»Das Problem ist, dass dort mannshoch Dornenzeug wächst. Das ist schwierig, auch für die Hunde. Da müssten wir im Winter noch mal hin. Aber bis dahin will ich den Fall vom Tisch haben. Also: Hat der Kreitmayer schon mal bei uns arbeiten lassen?«

»Führerscheinentzug wegen Trunkenheit im Verkehr vor ein paar Jahren.«

»Das ist doch so ein alter Depp, der den ganzen Tag nichts zu tun hat, der wahrscheinlich nie verheiratet war und ...«

»Witwer«, warf Laura ein.

»Und dem es stinklangweilig ist. Und da besucht er seine Kollegen in der Firma, weil er wahrscheinlich keine Kinder hat ...«

»Zwei Kinder. Beide im Ausland. Goethe Institut Washington die Tochter und der Sohn als Ingenieur in Doha, das liegt da irgendwo neben Dubai.«

»Ich kenne Doha.«

»Sag bloß, du hast mal Urlaub gehabt, das ist mir gar nicht aufgefallen.«

216

»Vielleicht reicht ihm eine Nacht bei uns, und morgen früh widerruft er?«

»Im Grunde ist das alles ziemlich traurig. Wie einsam muss einer sein, dass er so was zugibt.«

»Nein, traurig finde ich das nicht, sondern ärgerlich, dass wir jetzt nicht nur eine Schuld, sondern auch noch eine Unschuld beweisen. Aber Obacht, Laura! Lass uns nicht schludern. Das gefällt mir nie, wenn ich so schnell glaube, zu wissen, was dahintersteckt. Ein gewisses Maß an Sicherheit macht mich immer skeptisch.«

41

Es ging mir beschissen. Ständig schaute ich Flipper an und versicherte mich, dass er gesund war. Damit brachte ich ihn völlig durcheinander. Er wusste nicht, wie er sich verhalten sollte. Fuß oder Hand, vor oder hinter mir, schneller oder langsamer? Alle paar Minuten leinte ich ihn an, kam mir idiotisch vor, ließ ihn laufen, rief ihn zurück.

Unter anderen Umständen hätte ich nichts auf den blöden Spruch des blöden Russen gegeben. Doch nach Flippers Entführung vor einem Vierteljahr war ich diesbezüglich dünnhäutig. Bevor ich am Nachmittag zu meinem Unterricht nach Schwabing aufbrach, schaute ich bei Felix vorbei. Wenn sein Wagen auf seinem Parkplatz stand, würde ich klingeln und ihn noch einmal bitten, herauszufinden, was es mit den Russen auf sich hatte. Und ich würde ihm sagen, dass unser gegenseitiger Überfall in seinem Hausflur Folgen haben konnte. Tag dreizehn in meinem launischen Zyklus. Nicht, dass ich abergläubisch war oder an Vorzeichen glaubte. Doch auf der Lindwurmstraße stieß ich auf die Frau des Opfers. Klar, sie wohnte in dem Hotel an der Ecke, das hatte Felix mir selbst gesagt. Weil ich nichts Besseres zu tun hatte, folgte ich der Witwe ein Stück die Lindwurmstraße entlang. Diesmal war sie allein. Ich starrte in ihren Rücken und versuchte herauszufinden, ob sie in Trauer war. Muskelverspannungen, ruckartige Bewegungen, irgendein schwarzer Schatten.

Ich bemerkte nichts. Auch Flipper schien nichts aufzufallen an der Frau, Häuserecken und Fahrradständer interessierten ihn deutlich mehr.

*

»Ja?«

»Sie ist am Hotel, wo Jensens Frau wohnt, und sie hängt an ihr dran.«

»Scheiße.«

»Was soll ich tun?«

»Bleib dran!«

»Ja.«

*

Endlich klingelte mein Handy auch mal wieder. Andrea wollte wissen, ob ich mich noch immer beobachtet fühlte. »Nein«, sagte ich, doch als ich darüber nachdachte, merkte ich, dass das nicht stimmte. Was kein Wunder war, schließlich beobachtete ich selbst gerade jemanden. Ich drehte mich um, doch da war niemand. Es war eine Empfindung, als würde etwas Schweres in meinen Rücken drücken. Irgendjemand musste mich fixiert haben. Das bildete ich mir nicht ein! Oder doch? Ich blieb eine Weile vor einem Schaufenster stehen und versuchte, in der Spiegelung zu erkennen, ob jemand mich beobachtete. Dann fiel mir auf, dass ich mich seltsam benahm, indem ich so lange in eine Apotheken-auslage stierte. Ich ging weiter. Blieb vor einem Schuhgeschäft stehen, zupfte an Flippers Halsband herum und musterte die Gegend unauffällig.

219

Was willst du von mir, dachte ich und starrte einen jungen Türken an, der mich angestarrt hatte, oder hatte ich angefangen? Ich musste wieder runterkommen. Gut, dass wir jetzt gleich Unterricht hatten, da konnte ich mich abreagieren. In einem gesunden Körper wohnt und so weiter. Bin ich gut drauf oder schlecht, fragte ich Flipper und las die Antwort an seiner hängenden Rute ab. Plötzlich peitschte sie durch die Luft. Das Handy meldete sich.

Felix kam gleich zur Sache: »Franza ... Wegen gestern ... War das gefährlich?«

»Ja«, sagte ich die Wahrheit. Felix Tixel war immer gefährlich für Franza Fischer. Und diesmal sogar doppelt.

42

Direktor Happach weilte in Kiel, und die anwesenden Mitarbeiter, die Felix nach Hans Kreitmayer befragte, waren nicht sehr auskunftsfreudig.

»Ein ehemaliger Mitarbeiter«, hörte er. »Den kenn ich kaum.« – »Der ist nicht mehr bei uns.«

»Ist der bekannt dafür, dass er gern mal übertreibt?«, wollte Felix von einer Büroangestellten wissen und bekam ein »ja mei« zur Antwort.

»Hat er den Gerd Jensen gekannt?«

»Woher soll ich denn des wissen?«, fragte ein Büchsenmacher in Joggingklamotten.

»Wie oft hat der Hans Kreitmayer Sie hier in der Cafeteria besucht?«

»Hin und wieder«, sagte die Bedienung, nachdem sie gefühlte zwanzig Minuten überlegt und dabei ein Messer zu Tode poliert hatte.

»Einmal in der Woche, zweimal im Monat?«

»Ich führ doch keine Liste!«

»Mit wem hat der Hans Kreitmayer am meisten Kontakt gehabt?«

»Wie's halt so is.«

»Und wie ist es so?«

»Mal so, mal so.«

Felix stellte fest, dass noch immer rudimentäre Reste der ehemaligen Pusterfamilie existierten, wenn auch kein mafiöses Geflecht: Sein Dienstwagen explodierte nicht, als er den Zündschlüssel drehte und den Firmenparkplatz verließ.

Bei der Vermieterin von Gerd Jensen in Drößling, in einem Einfamilienhaus mit Einliegerwohnung, hatte er mehr Glück. Frau Wolfram, eine Endvierzigerin mit grauen, schulterlangen, fein gelockten Haaren, war fassungslos, dass so etwas passiert war. Genauer gesagt: *Ihr* passiert war. Sie gehörte zu den Leuten, die ein Unglück, das sie selbst nur am Rande mitbekommen, persönlich nehmen und mit ihrem eigenen Schicksal verweben. Wenn sie besser aufgepasst hätte, wenn sie auf ihre innere Stimme gehört hätte, hätte sie das Entsetzliche vielleicht verhindern können, irgendetwas war ihr an dem Mieter seltsam vorgekommen – was bei ihresgleichen meistens genügte, um übersinnliche Fähigkeiten unter Beweis zu stellen.

»Schon wie er sich beworben hat, hab ich so ein komisches Gefühl gehabt. Aber ich habe ihm die Wohnung natürlich gegeben. Zahlt ja die Firma. Also, nicht, dass ich ihm unterstellt hätte, dass der ausschaut, als würde er die Miete nicht aufbringen, so was habe ich zum Glück noch nie erlebt. Aber so eine Firma im Rücken gibt einem doch ein besseres Gefühl. Der Herr Jensen, das war ein feiner Mann, sehr höflich, alles immer picobello, und die Mülltonnen hat er mir in den Hof gerollt, da hat sich nichts gefehlt.«

»Und wieso haben Sie ein komisches Gefühl gehabt?«, fragte Felix. »Hat er sich von irgendjemandem bedroht gefühlt? Hat er von Feinden gesprochen.«

»I wo! Des war um ihn rum. Wie eine Wolke. Es gibt doch Leute, die strahlen, und um andere ist es eher dunkel.«

»Freilich«, bestätigte Felix gänzlich ohne blassen Schimmer.

»Ja und er hat halt diese Last mit sich rumgeschleppt, und das hat man gesehen gegen den Wind.«

»Gegen den Wind, aha. Was für eine Last war das denn?«

»Das Heimweh. Also ich spür das ja gleich. Meine Eltern, die sind nämlich Heimatvertriebene. Da klingelt einer an deiner Tür und befiehlt: Morgen steigst du in den Zug nach Deutschland, und du darfst nicht mehr als eine Tasche mitnehmen. Dann zeigt er dir noch, wie groß die Tasche maximal sein darf. Wenn sie größer ist, darfst du gar nichts mitnehmen. Zur Strafe. Das kann man sich nicht vorstellen. Jedenfalls hab ich einen Blick dafür. Heimweh ist was ganz Schlimmes. Wenn man nicht da sein darf, wo man sein will. Das kann einem das ganze Leben versauen.«

»Gewiss«, sagte Felix und dachte, dass er auch ein Heimatvertriebener war in seiner Zweizimmerwohnung in der Rothmundstraße.

»Wie sah denn der Tagesablauf von dem Herrn Jensen für gewöhnlich aus?«

»Der ist früh aus dem Haus, oft vor sieben, und spät heimgekommen, nach zehn, und am Wochenende war er meistens gar nicht da.«

»Also ein sehr angenehmer Mieter.«

»Von mir aus hätte der öfter da sein können, weil, wenn er mal ein Wochenende geblieben ist, hat er mir geholfen mit dem Garten und überhaupt. Er hat mir viel erzählt aus seiner Heimat, das waren Lichtbildvorträge quasi. Aber was will man machen, gell. Wenn man an seinem Wohnort keine Arbeit findet, nützt alles nichts. Sicher, er hätte sein Haus verkaufen können und in eine Wohnung ziehen mit seiner Frau, dann hätte er nicht hier arbeiten müssen. Aber er hat immer zu mir gesagt, dass er ja keine Ewigkeiten hierbleibt. Der hat sich so reingehängt, der war sicher, dass er es nicht bis zur Rente hätte aushalten müssen.« Sie biss sich auf die Unterlippe und sah aufrichtig bekümmert aus. »Und das muss er jetzt ja auch nicht mehr.«

»Hat er Besuch gekriegt?«

»Nie.« Sie stockte. »Also, nicht, dass ich wüsste.«

»Und wenn Sie doch wüssten?«

»Ich weiß nix.«

»Ist Ihnen sonst irgendwas aufgefallen, es kann eine Kleinigkeit gewesen sein?«

Frau Wolfram schüttelte ihren Kopf so heftig, dass die grauen Locken flogen.

»Was hat er für Hobbys gehabt?«

»Natur. Umwelt. Heimat. Aber aktiv hat er bei uns natürlich nichts gemacht. Er hat ja nie Zeit gehabt. Das ist schade; ich hätte ihm auch hier schöne Plätze zeigen können. Aus der ganzen Welt kommen Touristen zu uns ins Fünfseenland. Sogar Indianer waren schon da. Aber er wollte sich hier gar nicht verwurzeln. Und das habe ich auch verstanden. Er hat mir ausgerechnet, wie viel Öl ich spare mit einer neuen Pumpe, und mir eine Firma gefunden, wenn ich Solar aufs Dach mache. Das war ihm wahnsinnig wichtig. Für ihn selbst war das ein Dilemma, dass er häufig fliegen musste. Er hat immer gesagt: Jeder soll bei sich selbst anfangen.«

»Ist die Wohnung jetzt ausgeräumt?«

»Ja. Das hat seine Frau gemacht mit ihrem Schwager. Der ist ihr eine große Stütze. Und es waren auch mal ein paar Freunde da. Die wollten wissen, wo er gewohnt hat. Die hat es innerlich förmlich gedrängt, das habe ich gemerkt. Verabschieden wollten sie sich vor Ort. Das war schon traurig und aufwühlend, auch für mich. Ich habe mir gedacht, ich sollte mich mal wieder bei meiner

Schwester melden. Letztlich bleibt einem doch nur die Verwandtschaft. Aber wissen Sie, also mein Schwager, nein, bei dem und mir stimmt die Chemie nicht.«

»Ja, das ist nicht so einfach mit der Verwandtschaft und der Chemie«, erwiderte Felix und blieb dem Thema treu, als er Drößling verließ und Laura anfunkte. »Wer hat in Kiel mit der Verwandtschaft von dem Jensen gesprochen, mit den Freunden und so weiter? Es ist doch da oben alles klar? Wir wissen definitiv, dass der Jensen nicht bei einer Sekte oder dubiosen Organisation Mitglied war, die ihm nach dem Leben hätte trachten können?«

»Wieso fragst du das? Hast du eine Spur? Das haben wir doch alles ganz am Anfang abgeklärt.«

»Nur noch mal zur Sicherheit.«

»Nein, da war nichts. Ich habe mich gestern Nachmittag auch noch mal reinvertieft, weil es mich so grantig macht, dass wir feststecken. Aber ich habe nichts gefunden.«

»Und die Verwandten? Ich hab einen Aktenvermerk über die Gespräche gelesen, erinnere mich aber nicht im Detail daran.«

»Das hat die Claudia übernommen.«

»Der Jensen hat zurückgewollt. Um jeden Preis. Es sieht so aus, als wäre das sein größtes Streben gewesen. Was wäre, wenn es da oben jemanden gäbe, dem das nicht recht war?«

»Wie?«

»Der Jensen wollte heim. Unbedingt. Das hab ich mir von Anfang an gedacht. Alle Zeichen sprechen dafür. Seine Dialektallergie und so weiter. Für den war das nur ein Gastspiel hier. Wenn nun da oben in seiner Firma irgendwer was dagegen hat, dass er heimkommt? Wenn einer will, dass er in Bayern bleibt? Wenn einer befürchtet, dass er zurückkommt. Vielleicht weiß er was? Vielleicht stört er wen? Vielleicht geht es um eine Beförderung?

Kompetenzgerangel? Was ist mit diesem Überfall auf die Firma, bei dem nur er im Gebäude war. Ich meine: Haben wir da oben wirklich alles durchleuchtet?«

»So gut wir können.«

»Eben.«

»Was willst du damit sagen?«

»Dass vielleicht mal jemand von uns hochfliegen sollte. Es sind mehr als zwei Wochen vergangen. Jetzt haben wir auch noch einen freiwilligen Mörder. Wir haben überall etwas, aber nichts Gscheites.«

»Ich recherchiere noch mal in Kiel. Wir können später darüber sprechen. Aber ich bin nicht scharf auf eine Dienstreise, dass du das gleich weißt.«

»Ich hätte nichts gegen ein bisschen Meerluft.«

»Ist das jetzt Ost- oder Nordsee da oben?«

»Meer«, sagte Felix. »Gleich neben Dubai. Nur ein bisschen kälter.«

43

Die meisten der Hochsitze in dieser Gegend waren voll verkleidet und hießen deshalb Kanzel. Das wusste ich seit dem Frühling, als ich mich gezwungenermaßen mit der Materie beschäftigt hatte, weil Flipper am Fuße einer dazugehörigen Leiter eine Leiche entdeckt hatte. Zuvor hatte ich geglaubt, jeder könnte sich nach Lust und Laune ein solches Baumhaus bauen. Doch mittlerweile wusste ich, dass das nicht erlaubt war. Es war sogar verboten, fremde Hochsitze zu besteigen, denn ein Hochsitz steht auf einem Boden, der jemandem gehört. Selbst wenn es der Staat ist, sind damit noch lange nicht die Bürgerinnen und Bürger berechtigt.

Ich hatte mich mit Andrea in der Wirtschaft bei den Mönchen auf dem Andechser Hügel verabredet und wollte noch eine kleine Runde mit Flipper drehen. Warum nicht durch den Wald, auch wenn es bereits dämmerte. Fast kam es mir so vor, als müsste ich mir selbst beweisen, dass ich mich das traute, als wäre es eine Voraussetzung, um später Andrea gegenüberzusitzen und ganz locker zu behaupten: »Nein, das mit dem Verfolgungswahn, das ist vorbei.«

Als Stadtkind hatte ich mich früher im Wald bedrohter gefühlt als in der Stadt. Hinter jedem Baumstamm konnte ein schwarzer Mann lauern. Seit Flipper fürchtete ich mich nirgends. Und hinter den Bäumen standen keine Männer, bloß Bäume. »Flipper, bring mir 'nen Stock!«

*

»Die Frau mit dem Hund ist auf einer Überwachungskamera.«

»Wir wissen jetzt, dass sie kein Polizeispitzel ist.«

»Was soll ich tun?«

»Behalt sie im Auge. Aber unternimm nichts. Nicht jetzt. Schick deine Truppe los. Später. Lass es wie einen Überfall aussehen. Keine Vergewaltigung. Keine Spuren.«

»Den Männern ist langweilig.«

»Wir werden sie bald austauschen. In einer Woche haben wir alles erledigt.«

»Ja.«

»Tötet den Hund. So lernt sie am schnellsten.«

*

Obwohl wir beide eigentlich kein Bier tranken, bestellten wir uns zusammen eine Maß, wenn man schon mal bei den Mönchen auf dem Berg war. Schön, etwas mit Andrea zu teilen, normalerweise hatten wir nichts gemeinsam. Sie dunkel, ich blond, ihre Augen braun, meine blau, sie klein, ich groß. Die einzige Gemeinsamkeit, die wir normalerweise teilten, war unsere Singelei. Bei ihr unglücklich, bei mir glücklich, auch wenn sie mir das nie glauben wollte. Daran war zweifellos ihr Beruf schuld, mit Psychologen hält man es beim besten Willen nicht aus. Da bleibt keine grüne Wiese grün. Vielleicht ist sie nämlich blau. Man will es nur nicht wahrhaben. Und wie so oft drehte sich unser Gespräch auch diesmal um Andreas Lieblingsthema, nämlich das, was hinter dem Sichtbaren lag – die Wahrheit, wie sie es nannte, und die nur sie erkennen konnte, was keinesfalls bedeutete, dass sie sich irrte.

»Du suchst zwanghaft nach einem Grund, Felix nahe sein zu können, und deshalb bildest du dir ein, verfolgt zu werden, das ist ganz klassisch und gehört zu deinem posttraumatischen Belastungssyndrom.«

»Aber es hat mich wirklich ein Russe angesprochen an der Eisdiele! Ich sehe doch keine Gespenster.«

»Natürlich nicht! Aber bestimmt hat der Mann das nett gemeint. Flipper hat ihm gefallen, oder du hast ihm gefallen, und er wollte dir ein Kompliment machen und hat deshalb etwas über den Hund gesagt.«

»Aber doch nicht so was! Das sagt man etwas wie: ›Ach, ist das ein hübscher Kerl‹, oder: ›Ist das Ihrer‹, oder – ganz platt: ›Was muss ich tun, damit Sie mich auch mal kraulen?‹«

Andrea schmunzelte, wurde schnell wieder ernst. »Vielleicht hat er früher mal selbst einen Hund gehabt, der wurde vergiftet, und das wollte er dir ersparen.«

Fassungslos starrte ich sie an. »Er hat gesagt, dass ein Hund schnell ausblutet, ich glaube nicht, dass dies der übliche Verlauf einer Vergiftung ist.«

»Dann hat er eben an das Unfallrisiko gedacht«, war Andrea nicht zur Vernunft zu bringen. »Die Eisdiele befindet sich an der Lindwurmstraße. Da fließt der Verkehr vierspurig, und es geschehen bestimmt häufig Unfälle, auch mit Hunden, die rennen mal schnell über die Straße – und schon ist es passiert.«

Vor meinem geistigen Auge sah ich die Eisdiele vor mir. Auszuschließen war diese Vermutung nicht.

»Und außerdem musst du den Kontext berücksichtigen«, Andrea erkannte meine Unsicherheit und nutzte sie gnadenlos aus.

»Dass du dich, Verzeihung, vielleicht ein wenig nach Felix gesehnt hast. Dass du – unbewusst – um seine Aufmerksamkeit gebuhlt hast. Du hattest an diesem Abend ja eine Konkurrentin aus dem Feld zu schlagen, seine kleine Tochter, und ...«

»Ich konkurriere doch nicht mit einer Dreijährigen!«

»Nicht bewusst, Franza. So etwas geschieht ohne unsere Absicht. Glaubst du nicht, es wäre möglich, dass du dir vielleicht gewünscht hättest, Felix möge dir mehr Aufmerksamkeit widmen als seiner Tochter, und durch die Dramatisierung des Ereignisses hofftest du dies – wie gesagt unbewusst – zu erreichen?«

Hitze stieg mir ins Gesicht. Ich nestelte an meinem Armband herum. Flipper beobachtete mich neugierig. Ich hätte geschworen, wenn er gekonnt hätte: Er hätte ein Fachgespräch von Kollege zu Kollegin mit Andrea geführt. Denn genau das war der Grund gewesen, warum ich das Eis kaufen wollte. Klar hatte ich mir auch ein bisschen gewünscht, Felix möge befürchten, ich käme nicht zurück.

»Ich schätze, ich bestelle mir eine eigene Maß«, stöhnte ich. »Sonst glaub ich den Schmarrn noch, den du mir da einsäuselst.«

»Dann bleiben wir lieber bei einer zusammen, weil was glaubst du, was dir alles logisch erscheint, wenn du eine Maß Mönchsbier intus hast«, grinste Andrea.

44

»Servus, Felix!«, rief Johannes. »Ich habe alle Reise-
kostenbelege von Jensen. Hab eine Exceltabelle gemacht und ...«

»Super, danke«, erwiderte Felix, während er Tom Stiefel und
Christian Wagner musterte, die soeben aus dem Fahrstuhl traten. Beim ersten Blick auf die Verdeckten wusste Felix, dass sie
es wussten. Die hatten ihre Ohren und Augen überall. Er hätte
nicht anrufen dürfen. Es war genauso gekommen, wie er es befürchtet hatte. Am liebsten wäre er einfach gegangen, weit weg,
raus aus dem Gebäude, über die B 471 und freies Feld, hinein in
irgendeinen Wald, schön war der Herbst und so klar die Luft, man
bekam viel zu wenig mit von der Natur. Eine halbe Stunde dauerte es, bis er fällig war, zuerst wurde der Stand der Ermittlungen
lang und breit besprochen. Dann wendeten sie sich dem Stand
des Hauptkommissars Tixel zu. Sie waren fast nett. Sie zogen ihn
nicht vor seiner Truppe aus, sondern schickten die anderen raus.
So waren sie letztlich zu viert. Die zwei, Chefbauer und er.

Chefbauer war blass. Diesmal stellte er sich nicht vor Felix.
Warum auch? Felix war nicht mehr zu helfen, und das Schlimme
war, dass er das selbst wusste, ja, er hatte es schon gewusst, als er
angerufen hatte, aber er hatte keine Wahl gehabt. Und daran war
sie schuld. Sie hatte ihn provoziert. Das Leben könnte so einfach
sein, wenn es keine Frauen gäbe.

Wider Erwarten unterzogen sie ihn keiner Befragung. Er hätte auch nicht gewusst, was er hätte sagen sollen. Alle Ermittlungsergebnisse waren ja zuvor bereits besprochen worden. Sie ließen Chefbauer reden, standen nur in der Ecke, der eine wie immer mit vor der Brust verschränkten Armen. Ihre Mienen zeigten keine Spur von Genugtuung, glatt und kühl schauten sie an ihm vorbei und durch ihn durch.

»Felix, du kümmerst dich jetzt mal um die Messerstecherei in Bruck. Solveig braucht da dringend Unterstützung«, wies Chefbauer an. Seine Stimme klang belegt.

Normalerweise hätte Felix widersprochen. Solveig brauchte keine Unterstützung, der Fall war so gut wie geklärt, die zwei jugendlichen Intensivtäter bereits verhaftet, das Geständnis nur noch eine Formsache. Was blieb, war langweiliger, öder Bürokram, Beweismaterial sammeln für den Staatsanwalt.

»Okay«, sagte er und musste sich sehr anstrengen, damit seine Stimme nicht brach.

Chefbauer räusperte sich. »Das ist eine Anordnung vom Präsidium«, als wollte er Felix zeigen, dass er zu ihm hielt.

»Ja, dann dürfte alles klar sein«, mischte Tom Stiefel sich ein.

Chefbauer nickte.

Die zwei gingen zur Tür. Die Klinke in der Hand drehte sich Tom Stiefel noch einmal zu Felix um. »Und, Herr Tixel«, schob er nach, »halten Sie die Frau mit dem Hund aus der Sache raus.«

»Und vor allem«, ergänzte Christian Wagner, »halten Sie sie fern von dem Haus. Sie weiß nicht, was sie tut.«

Als sie wirklich weg waren, Chefbauer beobachte das von seinem Fenster aus, erst dann sagte er: »Felix! Bist du denn deppert!«

»Ja«, sagte Felix.

»Ich will jetzt von dir wissen, wieso du bei den Kollegen von Menschenhandel, Prostitution und Zuhälterei nach einer jungen Frau mit einem Pferdekopftattoo auf dem Busen fragst, und gleich danach will ich nichts mehr davon wissen.«

»Die Frau mit dem Hund hat sie gesehen. Im Wald.«

»Und warum meldest du das dann nicht? Ich verstehe dich nicht! Und dann noch auf eigene Faust. Tixel!«

»Ja.«

»Und wie steh ich jetzt da, wie stehen wir alle da? Baust du nur noch Mist?«

»Ja.«

»Sag nicht immer ja.«

»Ja.«

»Der Ober sticht den Unter, das weißt du doch!«

Felix versuchte ein Grinsen. Es tat ihm selbst weh, so schief verrutschte es.

Chefbauer ratschte seinen Tabaksbeutel auf. »Jetzt geh heim, und bleib daheim bis übermorgen. Hast sowieso viel zu viele Überstunden. Und am Donnerstag kommst wieder. Und tu mir einen Gefallen, Felix: Sei dann einfach wieder der Alte.«

»Ja«, sagte Felix, und es gab nichts, was er sich in diesem Moment sehnlicher gewünscht hätte.

45

Mich traf fast der Schlag, als ich ihn auf der blauen Bank in meinem Hinterhof sitzen sah. Felix! Bei mir! Flipper flippte vor Freude völlig aus. Er wedelte wie verrückt, und da Felix nicht wie erwartet aufsprang, um mit ihm zu spielen, erhöhte er sein Tempo als wollte er gleich abheben. Felix klopfte seine Flanken. Sein Gesicht sah ich nicht. Musste ich auch nicht. Sein Körper erzählte mir genug. Abwartend blieb ich an der Hausecke und schaute eine Weile zu, wie der attraktive Mann mit dem Dreitagebart in dem herbstlich gemusterten Fleecepulli sich von meinem Hund trösten ließ. Flipper begriff sofort, dass hier ein Gespräch unter Männern indiziert war und lauschte aufmerksam, in welchem Takt Felix' Herz schlug. Den nahm er auf mit seiner Rute, beruhigte ihn und führte ihn in ein entspanntes Schwingen, das schließlich auch mich berührte und mir das Zeichen gab, näherzutreten.

»Hallo«, sagte ich und setzte mich neben Felix auf die Bank. Flipper gab den Taktstock ab und ließ sich mit einem dumpfen Schlussakkord vor uns nieder, wie eine Brücke lag er auf meinem rechten und Felix' linkem Fuß.

»Servus, Franza«, sagte Felix.

In den Häusern um uns brannten erste Lichter, ich erkannte Schemen an Fenstern, und aus einer geöffneten Balkontür drang Geschirrklappern. Es roch nach angebratenen Zwiebeln. Dies war nicht die rechte Zeit für tiefsinnige Gespräche im Hinterhof, sondern für einen gedeckten Abendbrottisch. Dieser Felix, der neben mir saß, war neu für mich. So traurig kannte ich ihn nicht, vielleicht sogar einsam – und alle Zugbrücken oben. Trotzdem war er zu mir gekommen. Nicht zu mir, korrigierte ich, zu uns.

»Ich hab nicht gewusst, wohin«, sagte er da plötzlich, und auch seine Stimme klang anders als sonst, dunkler, leiser.

Er hat jemand erschossen, ging es mir durch den Kopf.

»Natürlich hätte ich irgendwohin gekonnt«, räumte er ein.

Ich nickte, während ich überlegte, was man zu einem sagte, der mit einer kleinen Krümmung des Zeigefingers ein Leben ausgelöscht hatte. Gänsehaut schauderte meinen Rücken hinab. Als Geliebte eines Kommissars sollte ich das passende Verbandszeug im Repertoire haben, doch mir fielen nur Gemeinplätze für Alltagsnöte ein. Das wird schon wieder, morgen sieht alles anders aus, du kannst nichts dafür, du musstest das tun, es ist dein Beruf, die Welt ist ohnehin überbevölkert. Nein, ich war nicht vorbereitet. Flipper natürlich schon. Ihn überforderte keine Situation, weil er auf einer anderen Ebene kommunizierte. Ich wünschte mir, er würde mich dorthin mitnehmen. Ich wollte nichts Falsches sagen, doch ich musste zum Glück erst mal gar nichts sagen, da Felix fortfuhr. »Es ist nicht so, dass ich sonst niemanden kennen würde.« Er atmete tief aus. »Es ist nur so, dass ich jetzt am liebsten zu dir gekommen bin.«

»Das freut mich«, erwiderte ich, auch wenn mir klar war, dass Freude in diesem Zusammenhang ein völlig falscher Begriff war. Doch wenn er einen Menschen erschossen und somit entsetzliches Leid über dessen Angehörige gebracht hatte, tat es vielleicht gut, dass es jemanden gab, der sich über ihn freute. Mich. Und Flipper. Felix beugte sich nach vorn und streichelte Flippers Hals.

Ich beugte mich auch ein wenig vor und streichelte Flippers Kopf. Flipper blieb ruhig liegen, obwohl ihm das wahrscheinlich nicht leichtfiel. Er hasst so was und ließ uns dennoch gewähren. Minutenlang streichelten wir an ihm rum und da berührten sich unsere Finger schon mal versehentlich. Schöne Hände hatte mein Kommissar. Bronzeteint.

»So ein Hinterhof hat Atmosphäre«, sagte er irgendwann.

Ich stimmte ihm zu. »Ja.«

Normalerweise hätte ich ihm jetzt erzählt, wie es hier ausgesehen hatte, ehe meine Nachbarin mit dem grünen Daumen, Frau Marklstorfer, eingezogen war, doch das schien mir unpassend. Alles erschien unpassend angesichts seiner Verfassung.

»Wo ich vorher gewohnt habe, da war es auch sehr schön draußen. Mit Garten. Jetzt hab ich nur den kleinen Balkon. Und wer weiß, wie lange ich da überhaupt noch wohne.«

Hatte er doch keinen erschossen? War ihm die Wohnung gekündigt worden? Wollte er mich fragen, ob er bei mir einziehen konnte?

»Suchst du eine Bleibe?«, fragte ich, so locker mir das möglich war, während mein Herz Stakkato schlug, denn was sollte ich ihm antworten?

»Nein, nein«, wehrte er ab. »Also nicht aktuell. Früher oder später schon. Ist ja nur eine Übergangslösung in der Rothmundstraße. Viel zu weit weg von meiner Dienststelle.«

Jetzt hätten wir darüber sprechen können, dass ich im Frühling auch fast umgezogen wäre, dass mit meinem Spleen, in das Haus des Mordopfers zu ziehen, alles begonnen hatte, doch das war abermals kein Thema für einen, der gerade jemanden erschossen hatte.

»Wollen wir reingehen?«, bot ich ihm an.

Er zögerte kurz, dann stand er auf. Flipper sprang sofort auf die Beine, schüttelte sich und lief schon mal vor zu seinem Napf. Zum ersten Mal schauten wir uns bewusst an. So ernst hatte ich Felix noch nie gesehen. Und das Schlimme war, dass ich ihn auch noch nie so sehr begehrt hatte wie in diesem Moment, in dem er gar nicht richtig da war. Sein blauer Blick hatte sich in eine innere Welt zurückgezogen, in die ich ihm nicht folgen konnte. Ich hätte ihm gern gesagt, dass ich ihn noch genauso mochte wie vorher, dass sich durch seine Tat nichts änderte für mich. Auch wenn ich lieber nicht wissen wollte, wie es sich anfühlte, wenn man einen Menschen erschossen hatte, so war mir bewusst, dass es keine große Überwindung kosten musste. Auch ich hätte denjenigen, der mir das Messer in den Leib gestoßen hatte, erschießen können. Seither habe ich ein anderes Verhältnis zu mir selbst. Und zu meinen Mitmenschen.

Ich sperrte die Tür auf, Felix setzte sich aufs Sofa, stand wieder auf, schritt zum Fenster, schaute hinaus, öffnete die Terrassentür.

»Ich gebe Flipper mal sein Abendessen«, sagte ich. Ich wollte ihm gern zeigen, dass alles ganz normal sein konnte.

»Warst du schon Gassi?«, fragte er eine Frage, die nicht zu einem Hundekenner passte. Wenn ich Flipper fütterte, lag das Gassi hinter uns. Doch natürlich, wenn man jemanden erschossen hatte, konnte man durchaus mal eine Reihenfolge verwechseln. Und man konnte sich vielleicht nicht entspannt auf das Sofa setzen und plaudern.

»Würdest du gern noch eine Runde an der Isar gehen?«, fragte ich ihn.

Flipper schaute mich entsetzt an, als ich den Napf, den ich schon in der Hand gehalten hatte, leer zurückstellte.

237

»Gern«, sagte Felix.

»Magst ein Käsbrot auf die Hand?«, fragte ich, denn wenn man jemanden erschossen hatte, vergaß man vielleicht zu essen.

»Gern«, wiederholte er.

Ich schmierte vier Brote, klappte sie zusammen, gab Flipper als Vorspeise einen Viertelbecher Trockenfutter, reichte Felix eine kleine Wasserflasche zum Nachspülen, und wir machten uns auf den Weg. Schweigend legten wir die zwei Minuten bis zu den Auen zurück, schweigend gingen wir unter der Reichenbachbrücke durch. Wir liefen nebeneinander her wie ein normales Paar mit Hund, das abends noch eine Runde dreht. Die reden auch nicht viel. Oder gar nichts. So wie wir bis zur Wittelsbacherbrücke. Da sagte er: »Schön ist das, mit euch am Abend spazieren zu gehen, Franza. Machst du das jeden Tag?«

»Eigentlich nicht. Flippers letztes Gassi erledigen wir auf dem Heimweg von einem der Studios. Meistens bin ich mit dem Rad unterwegs.«

Schweigend liefen wir weiter bis zur Braunauer Eisenbahnbrücke. Seltsamerweise fühlte ich mich kein bisschen unwohl in diesem Schweigen. Auch Flipper schien es zu gefallen; er blieb dicht bei uns. Es führen viele Brücken über die Isar. Zwanzig Stück allein im Münchner Stadtgebiet zwischen Thalkirchen und Oberföhring. Wir liefen auf der einundzwanzigsten Brücke. Felix, Flipper und ich. Sie stand in keinem Stadtplan und war realer für mich als alle anderen. Zum ersten Mal, seit ich Felix kannte, hatte ich an seiner Seite festen Boden unter den Füßen. Warum das so war, darüber wollte ich nicht nachdenken.

»Sie haben mir den Fall entzogen«, gestand Felix kurz vor der Brudermühlbrücke, und als wäre damit ein Damm gebrochen, redete er bis zum Flauchersteg ohne Pause.

Ich war froh, dass er keinen Menschen erschossen hatte. Und ich verstand seine Aufgewühltheit nicht. Es war doch nichts Schlimmes passiert. Man hatte ihm einen Fall entzogen, bekam er eben einen anderen, an Morden mangelte es in München und Umland wohl kaum? Aber Felix redete von Degradierung und vorgeführt werden, von einem Scheißfall und Scheißtypen. Offenbar hatte er nach dem Hochsitzmord, bei dem wir uns kennengelernt hatten, einen sogenannten Scheißfall bearbeitet, bei dem er sich verrannt hatte, wie es ihm überhaupt noch nie passiert war. Er erklärte sich das mit der Trennung von seiner Frau beziehungsweise von Sinah. Das habe ihn stärker belastet als vermutet. Er habe sich komplett blamiert. Der Name Beate Maierhöfen fiel. Mir wurde heiß, weil ich ihn von der Rückseite des Fotos der grünen Leiche kannte, von dem ich nichts wissen durfte, weil ich niemals heimlich in Felix' Wohnung gewesen war. Warum hatte er das Foto überhaupt aufbewahrt, wenn der Fall bereits ein paar Wochen zurücklag? Das war nicht gut. Es dämpfte die Lebensfreude, wenn man sich seine Misserfolge ständig vor Augen hielt. Genau das schien er zu tun. Seit dem Scheißfall fühlte er sich nicht mehr so souverän wie früher. Er habe das Gefühl, seinem Instinkt nicht mehr trauen zu können, der ihn bei dem Scheißfall in die Irre geführt habe. Ein Cop ohne Instinkt sei keiner. Er habe immer gewusst, dass er sich auf dieses gewisse Gefühl verlassen könne. Aber jetzt zweifle er. Nicht nur an seiner Eignung als Hauptkommissar. An allem zweifle er. War er wirklich der Polizist aus Leidenschaft, für den er sich gehalten hatte, oder machte er das eben, weil er es schon immer machte? Sollte so sein weiteres Leben aussehen bis zur Pension – von einer Leiche zur nächsten? Und was man da alles zu sehen bekomme. Irgendwann würde es ihn auch erwischen, dann wäre

239

er so ein abgebrühter Typ wie er nie einer hatte werden wollen. Aber es ginge doch gar nicht anders, wenn er Tag für Tag mit so widerwärtigen Verbrechen zu tun habe und, ja, warum nicht, mit menschlichem Abschaum, das müsse man auch mal sagen dürfen. Menschen ohne jegliches Mitgefühl, Menschen, die derart grausame Handlungen vollbrachten, dass man nachts kaum mehr schlafen könne, weil die Gedanken förmlich heiß liefen, wie man so etwas Abscheuliches tun könne. Dies dürfe man sich nicht fragen, sonst halte man das nicht aus. Es musste immer welche geben, die das aushielten, anderenfalls würde eine zivilisierte Gesellschaft scheitern – man sei schließlich dazu da, Beweise zu sammeln, damit später andere entscheiden könnten, Staatsanwaltschaft und Gerichte, und wenn man manchmal erfuhr, wie sie entschieden hatten, dann verstand man sowieso nichts mehr. Weil man selbst vor Ort gewesen sei und den jungen Mann gesehen habe und seinen Kopf ohne Verbindung zum Körper neben seinen Schuhen, ein Fuß abgehackt, das Bild so grotesk, dass es Sekunden gedauert habe, ehe man das begreifen habe können, da so etwas zu groß sei, um von einem Menschen begriffen zu werden. Weil man das Kind im Blut seiner Mutter gefunden habe, und das wollte da nicht weg, das hatte doch sonst nichts auf der Welt und sich deshalb förmlich festgekrallt an dem starren Körper mit dem fratzenhaften Gesicht und geschrien, geschrien, nächtelang noch geschrien in Felix' Träumen. Die Augen der Toten nach ihrem gewaltsamen Ende, ihre Gesichter sähen nie friedlich aus, niemals habe er Tote gesehen, die wie schlafend oder entspannt wirkten. Die Toten, denen er begegne, denen stehe der Schreck ins Gesicht geschrieben und manchmal auch in den Leib, dieses unfassbare Grauen. Mord. Und da konnte er sich noch so oft vorsagen, dass nach dem Tod alle Muskeln erschlafften und man aus toten Gesichtern nichts lesen konnte. Dann sah er das Grauen eben unter den Gesichtern. Jedenfalls war es da.

An der Thalkirchnerbrücke hatten wir beide wieder festen Boden unter den Füßen.

»Franza, du hast mir erzählt, dass die Frau im Wald, die sich vor den Russen versteckte, mit einem Pferdekopf tätowiert war. Ich habe versucht herauszufinden, ob wir sie registriert haben. Damit habe ich gegen eine Dienstanweisung verstoßen, und deshalb hat man mir den Fall entzogen.«

Ich blieb stehen und starrte ihn an. Das Licht einer Laterne warf einen Schatten auf seine rechte Gesichtshälfte, die ich so noch nie gesehen hatte: mit einer scharfen Falte zwischen Nase und Mund.

»Aber wieso hat man dir den Fall entzogen, du hast doch nur deine Aufgabe erfüllt!«

»Weil ich in der Russensache keine Ermittlungen durchführen kann. Das BKA bearbeitet diesbezüglich einen Fall ...«

»Der Geheimdienst!«, entfuhr es mir. »Die zwei Typen in dem Audi!«

»Die vom BKA glauben, dass der Mord an dem Jäger Staub aufwirbeln könnte im Dunstkreis eines Personengeflechts, in dem die ermitteln. Deshalb dürfen wir nicht ohne Weiteres mit allen Leuten sprechen. Ich habe strenge Anweisungen. Normalerweise«, er räusperte sich, »ist das kein Problem für mich. Letztlich ziehen wir an einem Strang, und ich werde einen Teufel tun, Kollegen zu behindern. Doch in dieser Sache hatte ich von Anfang an das Gefühl, dass es eben doch eine Verbindung gibt. Auch wenn sie selbst auf den zweiten Blick nicht sichtbar ist und die

241

Erklärung der Kollegen plausibel klingt. Die Waffe, die du, ich meine ..., Flipper, gefunden hat, das ist definitiv nicht die Mordwaffe.«

»Aber woher weiß man das so sicher, dass es nicht die Mordwaffe ist?«, stellte ich eine blöde Frage, wie mir unmittelbar danach selbst auffiel. Die hatten ihre Methoden, war das nicht die Ballistik, die hierüber Auskunft gab?

Felix beantwortete sie trotzdem. »Die Skorpion ist eine kleine Maschinenpistole mit enorm schneller Schussfolge. Theoretisch könnte man das Magazin zwar teilweise oder ganz mit Dum-Dum-Geschossen füllen, aber wozu?«

»Dum-Dum-Geschosse?«, staunte ich. In welchem Film war ich gelandet?

»So nennen wir Teilmantelgeschosse, manipulierte Munition. Da wird die Spitze abgezwickt oder abgeschnitten, das sind mörderische Geschosse. Man erkennt sie an der Wunde. Vorne hast du oft ein kleines Loch und hinten ...«

»Einen Krater«, flüsterte ich, das Bild des Toten vor Augen, das ich unerlaubter Weise in Felix' Wohnung gesehen hatte.

»Sozusagen.« Felix schöpfte keinen Verdacht. Er war mit seinen eigenen Gedanken beschäftigt. »Alles spricht dafür, dass sich der Täter mit Waffen auskennt.«

»Ein Jäger?«

»Möglich. Jäger verwenden in der Regel Schrot und Teilmantelgeschosse. Wir haben die Tatwaffe bis heute nicht identifiziert, weil uns die Patronenhülse fehlt. Um festzustellen, aus welcher Waffe geschossen wurde, brauchst du zum Vergleich das Projektil oder die Hülse – oder eben die Waffe. Das Projektil, also das Geschoss, konnten wir nur noch in Fragmenten sicherstellen, die Hülse liegt vielleicht unter irgendeinem Baum. Waffen hätten

242

wir genug im Angebot. Fast dreißig Stück der Jägerschaft. Keine Kipplaufbüchsen darunter.«

»Was ist das?«

»Da fällt keine Hülse raus. Da hinterlässt du keine Spuren. Sicher ist, dass aus der von Flipper gefundenen Skorpion nicht geschossen wurde. Die war länger nicht im Gebrauch. Das würde auch keinen Sinn ergeben, denn wenn der Täter in einer Sekunde die Möglichkeit gehabt hätte, zig Kugeln in sein Opfer zu pumpen, wozu braucht er dann ein Dum-Dum-Geschoss?«

»Und es würde sich auch anders anhören, oder? Das wäre aufgefallen? Das ist doch kein normales Jagdgeräusch.«

»Gewiss«, nickte Felix anerkennend. »MP-Feuer klingt anders. Und deshalb glaube ich, dass die Skorpion aus Gründen, die nichts mit dem Jägerfall zu tun haben, im Wald vergraben wurde.«

»Ein Russe!«, stieß ich hervor. »Das war bestimmt eine Tatwaffe aus einem anderen Fall! Die musste verschwinden!«

Felix kommentierte das nicht. »Zwei verschiedene Fälle«, meinte er stattdessen. »Keine Verbindung. Aber mein Gefühl sagt mir, dass es doch eine gibt. Kann ich mir noch trauen? Ich habe meine Befugnisse übertreten.«

Ich biss mir auf die Unterlippe. Daran war ich schuld. Ich hatte ihn dazu provoziert in meiner Angst um Flipper. Dass er mir das jetzt nicht vorwarf, machte es keineswegs leichter für mich.

»Das tut mir sehr leid, Felix. Ich wusste das nicht. Ich wollte dich auch nicht … aufstacheln. Ich war der Meinung, dass da ein Unrecht geschehen sein könnte, dass die junge Frau gegen ihren Willen festgehalten wurde. Das habe ich dir stellvertretend für die Polizei erzählt. Natürlich war ich außer mir wegen der Drohung gegen Flipper, aber niemals wollte ich dir Schwierigkeiten machen, niemals, Felix!«

243

Er versuchte ein Lächeln. Es misslang. »Du machst mir immer Schwierigkeiten«, behauptete er. »Seit ich dich kenne, ist das so.« Er gab mir einen zärtlichen Nasenstubser. Da legte ich meine Hand an seine Wange. Der Stoppelbart war schon ein weiches Fell. Genau so, wie ich es mochte. Felix küsste meine Handinnenseite und gab mir meine Hand zurück. Dann sprach er weiter. »Ich habe mich entschieden, der Sache nachzugehen. Wider besseres Wissen. Und nun muss ich die Konsequenzen tragen.«

»Was heißt das?«

»Dass ich einen zweiten Scheißfall habe, dass ich draußen bin, dass ich nicht weiß, wie mich mein Team am Donnerstag anschaut, dass ich ab sofort einer Kollegin zugeteilt bin, die einen uninteressanten Fall bearbeitet, und dass ich keine Ahnung habe, wie es weitergeht. Ich weiß nicht, wofür mein Chef mich in Zukunft einteilt. Man kann auch wochenlang Akten wälzen und recherchieren, das gehört alles dazu. Wer ständig Mist baut, der disqualifiziert sich für den Außendienst.«

»Ich weiß, dass du mir nichts von deiner Arbeit erzählen kannst, aber nur mal für mich zum Verständnis: Zuerst hat es einen Mord an einem Jäger gegeben ...«

»Gerd Jensen.«

»Danke für dein Vertrauen. Und außerdem haben sich in dieser Gegend Russen angesiedelt, die bei Kollegen von euch ins Visier geraten sind. Die Kollegen befürchten, dass die Ermittlungen im Mordfall dazu führen, dass die Russen ... Verdacht schöpfen? Abhauen? Deine Kollegen glauben, dass der Mord an dem Jäger nichts mit den Russen zu tun hat. Du aber glaubst das nicht?«

»Ich weiß nicht, was ich glauben soll. Von einem Gespräch mit der Frau mit dem Pferdekopftattoo hätte ich mir einiges versprochen. Ich vermute, ich hätte danach gewusst, ob die anderen, also meine Kollegen, recht haben oder ich. Selbstverständlich hätte ich einen Weg gefunden, der kein Aufsehen erregt. Das ärgert mich am meisten. Dass sie mir unterstellen, ich wäre ein Anfänger.«

»Felix!«, rief ich erschrocken, weil er so bitter klang.

»Aber ich brauche mich jetzt um nichts mehr kümmern, der Fall ist geklärt.«

»Wie das?«

In den nächsten fünf Minuten erzählte er mir von einem alten Mann, er nannte sogar seinen Namen, was mich wunderte, der die Tat gestanden hatte. Am Marienklausensteg drehten wir um, beide gleichzeitig, ohne Ankündigung.

Mir fiel mir ein, dass er vor seinen Kollegen hatte erklären müssen, woher er von der Frau mit dem Pferdekopftattoo wusste. Mein Gesicht rötete sich, und ich war dankbar für die Dunkelheit an der Isar. Wo ich auftauchte, gab es Schwierigkeiten.

»Felix«, ich suchte nach Worten. »Ich sag alles, was du willst. Ich nehm alles auf mich. Wenn ich dir irgendwie helfen kann.«

Sein »Danke« klang mechanisch. Er würde niemals darauf zurückkommen.

»Man hört jetzt oft was von ... Russenmafia?«

Er schwieg.

»Also gibt es die wirklich, nicht bloß im Fernsehen?«

»Natürlich gibt es die wirklich«, blaffte er mich an.

»Aber nicht für dich«, sagte ich schnell.

Keine Antwort.

Ich wagte mich weit vor. »Ganz ehrlich ist es mir lieber, du hast mit denen nichts zu tun. Ich kenne mich natürlich nicht aus, aber ich glaube, die sind äußerst brutal und gefährlich.« Ich stockte. Plötzlich hatte ich eine Idee. »Ich könnte mit Flipper zum Tatort, wenn du mir zeigst, wo der ist«, gab ich vor, das nicht zu wissen, »Flipper könnte die Hülse vielleicht finden ...«

Felix packte mich hart bei den Schultern. »Du hast es eben selbst gesagt. Äußerst brutal und gefährlich. Ich will dich in diesem verdammten Wilder-Hund-Gebiet überhaupt nicht mehr sehen. Es reicht mir schon, dass es dort einen Waldkindergarten gibt. Flipper ist kein Sprengstoffsuchhund. Halte ihn da raus und dich erst recht. Geh da nicht mehr hin, Franza. Tu es nicht! Versprich mir das!«

»Okay«, sagte ich.

»Lüg mich bloß nicht an«, verlangte er.

»Bestimmt nicht«, sagte ich und überkreuzte meine Finger.

Felix begleitete uns zurück bis in den Hinterhof. »Servus, Franza.« Er legte seine Hände um meine Wangen und lehnte seine Stirn an meine. Zwei, drei Atemzüge verharrten wir so. Er klopfte Flipper auf die Flanke und verschwand, eine Gestalt im Nebel, der von der Isar in Schwaden heraufzog.

46

In den nächsten beiden Tagen hörte ich nichts von ihm. Je nachdem, wer gerade die Aktienmehrheit in meinem Imperium innehatte, fand ich das in Ordnung, oder es machte mich wütend. Franzaja war der Meinung, dass Felix sich nicht um sie, sondern um seine Probleme kümmern sollte. Franzaja vertraute ihm und zweifelte nicht daran, er würde sich melden, sobald er Zeit und einen freien Kopf hatte. Franzaja fand diese Konstellation sogar sehr angenehm, weil sie sich dann um ihre Belange kümmern konnte. Und da stand auch einiges auf der Tagesordnung – zum Beispiel Fitnessstudios und weitere Privatkunden akquirieren. Franzanein fand Felix' Verhalten rücksichtslos. Er war zur Napfzeit unangemeldet aufgetaucht, verlangte, dass wir mitten in der Nacht endlos mit ihm an der Isar entlangliefen, schüttete uns sein Herz aus und löste sich danach einfach in Luft auf. Und dann war da noch die andere Sache. Diese Unbeherrschtheit bei ihm im Hausflur zwischen Briefkästen und Kellertreppe. Da könnte man sich doch mal erkundigen? Andererseits: Was könnte ich ihm sagen, außer: abwarten. Für einen Test war es noch zu früh.

Neutral betrachtet brauchte Flipper dringend eine männliche Bezugsperson. Sonst wurde er noch zu einem jener Hunde, die ein schwieriges Verhältnis zu Männern entwickelten. Flipper war zu groß gewachsen für ein schwieriges Verhältnis zu irgendwem.

Eine gute Verbindung zu Felix war also nichts anderes als Prävention, eine kluge Vorsichtsmaßnahme. Und dann gab es da noch etwas. Es fiel mir nicht leicht, das einzugestehen, doch es ließ sich nicht von der Hand weisen, dass Flipper und ich an Felix' Misere schuld waren.

Ich hatte den Schlüssel aus seinem Keller geholt und das Notizbuch gelesen. Flipper hatte die Waffe gefunden. Wir hatten den Fall ins Rollen gebracht, und es war nett von Felix, dass er mir das nicht aufs Brot geschmiert hatte. Flipper und ich würden das ausbügeln. Wir waren an keinerlei Dienstvorschrift gebunden. Wir konnten spazieren gehen, wo wir wollten. Ich wusste jetzt, mit wem ich es zu tun hatte. Das war ein Vorteil, weil die Russen ja nicht wussten, dass ich mehr als eine Spaziergängerin war. Und das mit der Drohung gegen Flipper, das war bloß heiße Luft gewesen. Ich durfte mich da nicht reinsteigern. Vielleicht hatte Andrea ja recht. Ich war ein gebranntes Kind, ich hatte eine Art Verfolgungswahn entwickelt und musste wieder runterkommen. Zurück in meinen Alltag. Und da war es klar: Flipper und ich, wir gehörten nicht zu denen, die irgendwas anfingen und dann halb stehen ließen. Wir löffelten unsere Näpfe aus. Wir würden Felix nicht im Stich lassen. Sollte es eine Verbindung geben zwischen dem Mord an dem Jäger und den Russen, dann würden wir sie für Felix apportieren. Er sollte wieder an seine Intuition glauben. Es schmerzte mich, wenn er an sich zweifelte. Ich war sicher, er war ein hervorragender Polizist. Immerhin hatte er mir im Frühjahr das Leben gerettet.

Dass ich keine Offizielle war, hatte leider nicht nur Vorteile, sondern bedeutend mehr Nachteile. Ich hatte keine Ahnung, was den Stand der Ermittlungen anging. Dies zu ändern, könnte ich mir erneut den Schlüssel zu Felix' Wohnung leihen und hoffen, er hätte das Notizbuch auf dem Tisch liegen lassen und daneben sämtliche wichtigen Informationen in der richtigen Reihenfolge sortiert. Äußerst unwahrscheinlich.

Wie konnte ich mir also Informationen beschaffen, wenn mir die Kenntnisse fehlten, den Computer der Polizei oder Felix' Gehirn zu hacken, und ich kein Verlangen nach einer Affäre mit einem Kollegen von Felix verspürte?

»Am besten wir fahren noch mal zum Wilden Hund und reden mit Maria Brandl. Vielleicht kommen wir so irgendwie weiter. Wir dürfen unsere Augen vor nichts verschließen, Flipper. Wir müssen objektiv bleiben. Für Felix. Wir müssen Felix helfen zu beweisen, dass die zwei Fälle ein Fall sind. Dann werden seine Vorgesetzten erkennen, dass nicht er, sondern sie den Fehler gemacht haben.«

Flipper sprang auf die Pfoten.

»Los geht's!«, gab ich die Parole aus.

249

47

»Mei Frau is ned do«, rief Franz Brandl mir über den Gartenzaun zu, noch ehe ich mein Grüß Gott hinübergerufen hatte. Er sah anders aus als bei dem Kuss, der mich auch in meiner Erinnerung noch berührte. Fast hätte ich ihn nicht erkannt, obwohl er äußerlich derselbe war. Er wirkte bekümmert, verknittert, bedrückt.

»Und wann kommt sie wieder?«, fragte ich anstelle eines Grußes.

»Des wüsste ich auch gern«, murmelte er.

»Ist was passiert?«, fragte ich erschrocken.

»Des kanntma so sagen.« Er stemmte die Hände in die Seiten und betrachtete Flipper, der hoch konzentriert eine grüne Zaunlatte abschnüffelte, deren Lack in einem Maß abgeblättert war, das den Unterschied vom Schönen zum Stimmungsvollen markierte.

»Und was?«

»Ja mei«, sagte Franz Brandl. »Das tät Sie jetzt aber überhaupt nichts angehen.«

Flipper übernahm das Kommando. Er schnupperte sich vor bis zum Gartentürchen, stupste es auf und schmiegte sich an die Beine von Franz Brandl. Aus dem Haus drang schauerliches Jaulen.

»Ja, des geht natürlich nicht«, zeigte Franz Brandl sich einsichtig und befreite seinen bayerischen Gebirgsschweißhund Hallodri, der wild bellend auf Flipper zustürmte, obwohl er ein beträchtliches Stück kleiner war.

»Schöner Kerl«, entfuhr es mir, ohne schmeicheln zu wollen. Der rotbraune Rüde mit den seidigen Ohrenlappen war wirklich ein Prachtstück. Die beiden Jungs fetzten bellend nebeneinander durch den Garten, zwickten sich abwechselnd in den Nacken, wozu Hallodri im vollen Galopp hochsprang, manchmal mit allen vieren, und ich ging den rötlich gepflasterten Steinweg entlang auf das Haus zu. In der Mitte des Weges trafen wir uns und schauten den Hunden beim Spielen zu.

»Was wollen Sie überhaupt?«, fragte Franz Brandl nach einer Weile.

»Ich war hier ein paarmal spazieren, und da bin ich blöd angeredet worden von Russen.«

»Ach die.«

»Einer hat mich sogar bedroht.«

»Und warum erzählen Sie mir des? Ich bin keine Russe ned. Mit denen hab ich nichts zu tun. Die sind immer für sich, und meistens ist sowieso keiner da.«

»Ich habe gehört, dass sich manche Anwohner über die ärgern?«

Er zuckte mit den Schultern.

»Ihre Frau ...«, begann ich und wusste dann nicht weiter.

»Ja, die Maria.« Er sagte es in einem seltsamen Ton.

»Hat die mal was Unangenehmes mit denen erlebt?«

»Erschreckt hat sie wohl einer, aber ich glaub, das war keine Absicht, die hat halt nicht mit dem Kerl im Wald gerechnet. Mir persönlich sind Leute willkommener, die nicht da sind, als solche, die dauernd da sind, und wenn die, die eigentlich nie da sind,

251

dann doch mal da sind und sich komisch verhalten, ist mir das noch immer lieber, als wenn sie immer da wären.«

»Und was machen die so, die Russen?«

»Des is mir wurscht.«

»Einer von den Russen hat meinen Hund bedroht. Er hat gesagt, er würde ihn abstechen wie ein Wildschein. Jetzt wollte ich wissen, ob die Laika vielleicht von einem Russen erschossen worden sein könnte.«

Franz Brandl kniff die Augen zusammen und legte den Kopf schräg. »Die Laika? Von am Russen?«

Ich nickte.

»Nie und nimmer ned.«

»Wie sah die Wunde denn aus? Sie haben die Laika gefunden. Das hat mir Ihre Frau erzählt. War das eine normale Munition oder nicht?«

»Was soll denn das sein, eine normale Munition?«

»Ich bin keine Jägerin, ich kenn mich da nicht aus. Ist mit einem Gewehr geschossen worden oder aus einer Maschinenpistole?«

»Ich verstehe die Frage nicht. Sie können doch ganz verschiedene Munition laden. In einen Drilling können Sie sogar Schrot und zwei unterschiedliche Kugelkaliber laden.«

»Russen haben Maschinenpistolen«, behauptete ich.

Plötzlich sah Franz Brandl nachdenklich aus. Sehr nachdenklich.

»Schmarrn«, sagte er dann.

Ich ließ ihm Zeit.

»Man kann auch so lange draufhalten bis quasi nichts mehr übrig ist«, führte er aus.

»Aber das hätten Sie doch gemerkt?«

Einen Moment lang wirkte er verunsichert. Ich vermutete, dass die erschossene Laika vor seinem inneren Auge erschien.

»Ich weiß, wer meinen Hund erschossen hat. Und es ist mir wurscht, womit er es gemacht hat. Ich weiß, dass er es war. Des langt mir.«

»Ja. So was weiß man«, stimmte ich zu. »Aber es hilft ja nicht weiter.«

»Wie alt sind Sie eigentlich?«, wollte er unvermittelt wissen.

»Vier Jahre älter als wie die Walli. Und Sushi ess ich auch gern, aber auf den David Garrett steh ich nicht.«

Franz Brandl grummelte. »Der Geiger und die Jagd, des war das Einzige, wo die Walli und ich zwei Meinungen gehabt haben.«

Hechelnd wie die Weltmeister legten Flipper und Hallodri einen Boxenstopp bei ihrer jeweiligen Servicestation ein. Franz Brandl klopfte Hallodri auf die Flanke, und ich las die Uhrzeit von seinem Handgelenk ab. Nur noch dreißig Minuten bis zu meiner Verabredung mit Anton Dürr. Da musste ich Gas geben, denn meinen freigiebigen und liebenswürdigen fetten Privatkunden wollte ich nicht warten lassen. Er hasste Unpünktlichkeit und schaufelte sich jede Minute unserer Treffen mühsam einzeln frei, was er mir ständig unter die Nase rieb, um gelobt zu werden für die eiserne Disziplin, die sich irgendwo in seinem weichen Leib versteckte.

Ich verabschiedete mich von Franz Brandl. Als ich vor seinem Haus stand, überfiel mich eine Idee. Russen lag die Kalaschnikow im Blut wie der Wodka. Auftragskiller schossen nationenübergreifend. Aber vielleicht war der russische Mietservice günstiger. Ostblockstaaten zeichneten sich ja allgemein durch Dumpingpreise aus. Wahrscheinlich war es nur eine Frage der Zeit, bis russische Trainerinnen die deutschen Fitnessstudios erobert haben würden. Trimm dich mit Tatjana, Knock-out durch Kalinka, nur die Härtesten würden überleben. Was wäre, wenn Gerd Jensen einen russischen Auftragskiller gemietet hätte, den Hund Laika zu erschießen? Das konnte die Verbindung sein, die Felix suchte. Bei 180 km/h auf der A96 tippte ich eine SMS an Felix:

Laika exhumieren lassen!

»Versteht er das?«, fragte ich Flipper. Ich setzte ein *asap* dahinter. Männer zeichneten sich zuweilen durch einen Hauch von Begriffsstutzigkeit aus.

Seit ich Anton Dürr kannte, hatte es höchstens ein Dutzend Trainings gegeben, bei denen seine Telefone schwiegen. Anton besaß drei Handys. Ein rotes, ein schwarzes und ein iPhone. Über Letzteres telefonierte er mit der Kanzlei und normalen Mandanten. Die schwarze Leitung war für seinen Vater reserviert – wenn er diese Gespräche annahm, war er hinterher schlecht gelaunt. Das rote Telefon hatte erst wenige Male geklingelt, und was danach folgte, hörte sich wirklich interessant an. Anton veränderte sich schon während des Klingelns. Sein weiches Gesicht wirkte entschlossener, er nahm Haltung an, und sein Körper zeigte eine Spannung, die ich mir in seinem privaten Fitnessstudio ebenfalls gewünscht hätte. Die roten Telefonate klangen wie böhmische Dörfer. Da gab es keine Namen, keine Orte, nur kryptische Bemerkungen. Als ich Anton einmal darauf ansprach, hatte er, der immer so freundlich zu mir war, schlichtweg nicht geantwortet. Aus Neugier hatte ich ihn zu Beginn unserer Bekanntschaft gegoogelt und staunend festgestellt, dass ich einen der bedeutendsten Anwälte für Wirtschaftsrecht vor mir hatte. Klar mussten die hin und wieder schweigen. Davon abgesehen war Anton nicht nur wohlhabend, sondern reich, und wenn sein Vater eines Tages seinen Jüngsten

Gerichtstermin absolvieren würde, ohne den Sohn wegen Verfettung enterbt zu haben, sogar steinreich. Da lag die Frage nahe, ob man mit legalen Methoden überhaupt so reich werden konnte. Oder war es nicht vielmehr so, dass ab einer gewissen Summe illegale Streitwerte ins Spiel kommen mussten?

An der vierten Station unseres Trimmpfades fragte ich Anton ohne Vorrede und Umschweife: »Ich suche eine Prostituierte mit einem Pferdekopf.«

»Bitte was?« Er starrte mich an.

»Weiter! Atmen. Noch dreimal und los!«

Folgsam führte Anton die Übungen aus. Wir liefen zur nächsten Station. Er erschien mir ein wenig kurzatmig.

»Langsamer«, befahl ich.

»Franza ...«, keuchte er.

»Ich bin jetzt dein rotes Telefon«, grinste ich. »Ich brauche Kontakt zu einer russischen Prostituierten ...«

»Mit einem Pferdekopf!«

»Ja, denn ...« Da fiel mir auf, was ich gesagt hatte, und diesmal wurde ich selbst kurzatmig. Vor Lachen. Das war auch angezeigt, denn ich hatte Anton offenbar so sehr beunruhigt, dass sein Puls beängstigend in die Höhe schnellte, wie Flipper mir besorgt signalisierte und ein Blick auf die Pulsuhr bewies.

»Mit einem Pferdekopf-Tattoo«, stellte ich richtig. Ich wies auf mein Dekolleté. »Hier, an dieser Stelle. Es ist nicht besonders schön, aber ich habe so etwas noch nie gesehen, und ich dachte ... wenn mir jemand helfen kann, dann du ...«

»Du glaubst doch nicht etwa ...«

»Nein, glaub ich nicht, Anton. Ich weiß, dass du keine Pferde magst. Das ist auch keine private Anfrage.«

255

Flipper setzte sich unmittelbar vor ihn und starrte Anton an.

»Es ist nur so ein Gefühl«, sagte ich, »dass du uns«, das uns wählte ich mit Bedacht, »weiterhelfen könntest mit deinen ... vielschichtigen Kontakten.«

»Bist du wieder in was verwickelt?«, fragte Anton.

»Nein, ich bin in gar nichts verwickelt. Flipper wurde bedroht, und ich bräuchte eine Auskunft von besagter Dame.«

»Um Himmels willen!«, rief Anton und streichelte Flipper, als wollte er Maß nehmen für eine kugelsichere Weste.

»Kannst du mir helfen?«, fragte ich noch einmal.

Dr. Anton Dürr schwieg. Ich hielt das für ein gutes Zeichen.

Auf der Starnberger Autobahn tippte ich bei gemütlichen 120 km/h die nächste SMS an Felix: *Habe das rote Telefon aktiviert.*

48

Sepp Friesenegger hatte offenbar nicht damit gerechnet, dass ich ihn noch einmal besuchen würde. Grinsend musterte er mich. »Sakelzement!«

»Ja, Sie sind unwiderstehlich«, schmeichelte ich ihm.

Sein Grinsen wurde breiter, dann fiel ihm unser letztes Treffen ein, das er nach meiner indezenten Frage unter einem fadenscheinigen Vorwand abgebrochen hatte, und seine leberfarbenen Lippen verwandelten sich in ein straff gespanntes Gummiband.

»Ich möchte mich entschuldigen«, begann ich unumwunden.

»Sie sind eine Journalistin«, glaubte er mich entlarvt zu haben.

»Nein, ich bin nach wie vor Fitnesstrainerin. Aber ich war ein bisschen durch den Wind, weil in letzter Zeit einige Dinge geschehen sind, die ...«

»Sie sind mir noch einen Kaffee schuldig. Mit Kuchen. Heute haben wir Käsesahne in der Cafeteria. Isst eine Fitnesstrainerin so was?«

»Die hat noch ganz andere Laster«, gab ich mich locker, und er stieg mit einem anerkennenden Blick auf meine Figur, für die ich täglich hart trainierte, sofort darauf ein: »Wer ko, der ko!«

Wir setzten uns zwischen den Eis- und den Braunbären, und ich erzählte Sepp Friesenegger den Teil der Wahrheit, den ich auch Franz Brandl erzählt hatte: von den Russen und meiner Angst um

257

Flipper. »Ist da was dran, was meinen Sie?«, fragte ich ihn, »Sie kennen sich hier doch aus.«

Seine Brust wurde breiter und seine Stimme tiefer. »Ich habe noch überhaupt nie einen Russen gesehen, und ich lauf da oft vorbei. Da müssten Sie mit einem reden, der in der Nähe lebt. Ich wohne ja in Herrsching unten, fragen Sie mal den Brandl Franz, wenn es Sie beruhigt, aber ich sag Ihnen gleich: Da ist nix, sonst wüsste ich das. Und außerdem ist hier jetzt alles sicher. Der Mörder von unserem Kollegen Gerd Jensen ist gefasst.«

Ich setzte alles auf eine Karte, indem ich zweimal Halbwissen addierte und die Summe ausspielte.

»Sie meinen den alten Mann?«, fragte ich. »Hans Kreitmayer.«

»Woher wissen Sie das jetzt schon wieder?«

»Ich war zufällig bei der Polizei, wegen den Russen. Ich wollte das melden, da habe ich es mitgekriegt.«

Sepp Friesenegger lehnte sich zurück und musterte mich misstrauisch. »Bei der Mordkommission?«

»Ich kenn den Kommissar.«

Er kniff die Augen zusammen.

»Der ist bei mir im Fitnessstudio.«

»Ach so, ach, der«, Sepp Friesenegger schien auf Anhieb zu wissen, welchen Kommissar ich meinte.

»Und als ich mit Ihnen am Hundert-Meter-Schießstand war, erzählten Sie mir von einem Exkollegen, dessen Garten Sie gießen müssten.«

Überrascht starrte er mich an.

»So habe ich mir zusammengereimt, dass Sie mit dem angeblichen Mörder befreundet sein könnten, und deshalb bin ich auch da.«

»Jetzt versteh ich gar nix mehr.«

258

»Ich glaube, die Polizei glaubt, dass der das nicht war. Aber wenn einer behauptet, er war es, dann ist das schwierig. Jetzt ist die Frage, wie man ihn davon abbringen kann, es noch schlimmer zu machen. Warum tut er das? Möchte er Ihnen und Ihren Kollegen einen Gefallen tun? Deckt er jemanden? Warum rennt er in sein Unglück? Was hat er davon? Oder ist das reine Geltungssucht? Die würde er teuer bezahlen. Schad um den schönen Garten. Den müssten Sie dann wohl gießen, für immer?«

Mit zunehmender Verblüffung hörte Sepp Friesenegger mir zu.

»Ich wollte Ihnen jedenfalls gesagt haben, dass es gut wäre, wenn ihn jemand zur Vernunft brächte, wenn er es nicht war.«

»Entschuldigen'S schon, aber ich versteh noch immer nicht, warum Sie sich da so reinhängen.«

»Ich suche eine Verbindung zwischen dem Gerd Jensen und den Russen.«

»Wieso?«

Tief schaute ich Sepp in die Augen.

Sepp Friesenegger nickte. Endlich hatte er kapiert. »Sie helfen mir mit dem Kreitmayer Hans, weil Sie glauben, dass er ein Kumpel von mir ist, und ich soll Ihnen in Ihrer Sache helfen?«

»Ja.«

»Es geht Ihnen um eine Verbindung zwischen dem Jensen Gerd und den Russen?«

»Ja.«

»Aber ich kenn die Russen nicht, keinen von denen.«

»Hat der Gerd Jensen sie gekannt?«

»Woher soll ich denn das wissen?«

»Wie war er denn, der Jensen?«

»Ich hab mit dem nicht viel zu tun gehabt. Wir Büchsenmacher sind ja in der Werkstatt. Das war einer von den Oberen.«

259

»Haben Sie schon mal mit einer Skorpion geschossen?«, fragte ich ihn direkt und starrte dabei Flipper an als wäre er ein Lügendetektor.

»Für so ein Graffel interessiere ich mich nicht. Da musst du nichts können, da musst du bloß draufhalten. Das kann jeder Depp.«

»Würden Sie sich mal für mich umhören?« Ich legte meine Hand auf seinen Arm.

Geschmeichelt lächelte er mich an. »Einer schönen Frau einen Gefallen abzuschlagen, das wär ein Verbrechen.«

»Und Sie denken darüber nach, wie Sie Ihren Ex-Kollegen vor weiteren Fehlern bewahren können?«

»Kann man den mal besuchen?«

»Tut mir leid, das weiß ich nicht.«

»Und wie erreiche ich Sie?«

Ich zückte mein Portemonnaie und gab ihm eine Visitenkarte.

Interessiert schaute er sie an. »Ach, da steht es ja. Fitness, aha, Mastertrainer.«

»Heute schon gejoggt?«, fragte ich ihn und beantwortete dann noch einige Fragen zur Überpronation, ehe ich mich von ihm verabschiedete.

Zu Hause packte ich in großer Eile meine Sporttasche, wie so oft war ich viel zu spät dran, da klingelte es. Ein fremder Mann mit roter Brille stand vor meiner Tür und reichte mir ein Kuvert. Ich riss es auf, zwei Zettel.

»Halt«, rief ich. »Wer sind Sie?«

»Taxi«, sagte er. »Ich soll das hier abgeben. Ist schon bezahlt.«

Ich starrte die beiden Zettel an. Auf dem einen eine Telefonnummer, auf dem anderen ein Name, Galina, beides getippt.

»Kommen Sie von der Kanzlei Dürr?«, fragte ich.

Der Mann zuckte mit den Schultern. An Flippers Wedeln konnte ich ablesen, dass das stimmte.

Ich zückte mein Handy und tippte: *Habe die Telefonnummer vom Pferdekopf. Melde dich.*

Ich zögerte. Dies war schließlich eine Rotes-Telefon-Angelegenheit. Ich löschte die Nachricht und tippte:

»Als Kind habe ich mir immer ein Pferd gewünscht. Jetzt weiß ich, wo ich reiten kann. Kommst du mit?«

49

Begeistert sog ich die Kulisse in mich auf: Ein selbst ge-
bastelter Zaun aus Ästen und Zweigen, dahinter ein feuerwehr-
rot gestrichener Bauwagen mit Ofenrohr, verschiedene Schaukeln, Lagerfeuerplatz, Holz- und Steinkunstwerke. Und Kinder.
Ein gutes Dutzend, das uns neugierig musterte. »Fuß«, befahl
ich Flipper. Zwar entdeckte ich nirgends ein Schild, das Hunden
den Zutritt in den Waldkindergarten verwehrte, doch ich wollte
es mir nicht mit den Aufsichtspersonen verderben. Hunde bei
Kindern verunmöglichten oft jedes entspannte Gespräch, selbst
wenn der Hund Flipper hieß. Er war zu groß, zu schwarz, zu Tier,
also unberechenbar und schmutzig. Bazillen, Würmer, Zecken.
Vorsicht Selina; nicht so nah ran, Pascal; immer von der Seite,
Mirjam; nicht anfassen, Sebastian; schau ihm bloß nicht in die
Augen, Lena; geh weiter, Korbinian, nicht am Schwanz ziehen.
Korbinian!

Die Kinder im Vorschulalter blieben abwartend innerhalb des
niedrigen Zauns. An vielen Stellen war der Bau unterbrochen
worden, und die Höhe des Zauns bedeutete für Flipper gerade mal
einen Hoppser.

»Hallo«, winkte ich freundlich, und Flipper wedelte verhalten,
längst nicht so begeistert, wie er war. Kinder! So viele! Leider
zu klein, um richtig wild zu spielen, aber vielleicht fand er doch

einen Spielkameraden? Was das betraf, gab Flipper die Hoffnung nie auf, und tatsächlich: Ein Junge stürmte nach vorn.

»Stehen bleiben, Fritz!«

Fritz hörte nicht. Logisch. Er war ein Waldkindergartenkind. Er lernte hier Selbstständigkeit, Entscheidungsfähigkeit und Eigenverantwortung. Abrichten und Dressur gehörten nicht zu seinem Ausbildungsprogramm. Aber zu Flippers.

»Urlaub«, sagte ich leise. Flipper warf sich auf den Rücken, streckte alle viere von sich und seinen Bauch der Sonne entgegen.

»Der Hund ist tot! Tot!«, schrie ein Kind.

»Nein, der spielt bloß!«, tauchte die Erziehungsberechtigte auf, ein junges Gemüse in einem mit Farbklecksen verzierten oder verunzierten blauen Overall, mit einem Bubikopf und einer ganzen Milchstraße Sommersprossen.

Flipper lag regungslos auf dem Rücken.

»Sitz!«, befahl Fritz.

Nichts geschah, natürlich nicht, Fritz konnte keine Befugnis vorweisen, und was das betraf, nahm Flipper es sehr genau. Nur ich war ermächtigt, einen ausgesprochenen Befehl aufzulösen. Das klappte nicht immer, aber meistens.

»Sitz!«, rief Fritz lauter.

»Der hört nicht auf dich, der hört nur auf sein Frauchen«, erklärte ihm die Erzieherin und kam näher, hinter ihr das Dutzend Kinder.

»Aber ich hab schon oft Sitz gesagt, und andere Hunde haben das dann gemacht«, widersprach Fritz und setzte zu einem dritten Versuch an, der Tote hätten wecken können. Flipper nicht.

»Sitz«, sagte ich leise.

»Jetzt hat er gefolgt!«, stellte Fritz mit Beifall heischendem Blick in die Runde fest.

263

Die Erzieherin begrüßte mich mit einem »Hallo«, was wahrscheinlich bedeutete, dass ich eintreten durfte, als in ihrem Rücken ein Heulen losbrach.

»O je, die Sandrine!«

»Die hat total Angst vor Hunden«, erklärte Fritz mir, während er Flipper streichelte und die Erzieherin sich um das kleine Mädchen kümmerte.

Drei Kinder kamen näher.

»Darf ich den mal streicheln?«, fragte eine blonde Prinzessin mit großen blauen Augen, bei deren Anblick mir sofort Sinah einfiel.

»Ja.«

»Man muss vorher immer fragen, ob man streicheln darf«, fügte sie hinzu als brauche sie eine zweite Erlaubnis, um sich wirklich zu trauen.

»Ja, das stimmt, das machst du prima«, lobte ich, und da begann sie hektisch Flippers Kopf zu tätscheln als wäre er eine warme Herdplatte, an der sie eine Mutprobe bestehen wollte.

»Die Sandrine ist nämlich mal gebissen worden«, erklärte mir ein Junge, der, ohne vorher zu fragen, Flippers Rücken klopfte.

»Man muss immer erst fragen«, wies das Mädchen ihn zurecht, »das hat die Frau auch gesagt, gell.« Sie suchte meinen Blick.

»Ja.«

»Die Sandrine ist in den Hals gebissen worden«, erläuterte Fritz und probierte aus, wie lang man die Ohren von Flipper ziehen konnte.

»Das hat ganz schlimm geblutet«, erklärte ein anderes Zwergerl.

»Alles war rot!«, wusste Fritz zu berichten. »Wie beim Metzger.«

264

»Igitt!«, rief eine Mädchenstimme. Und eine andere kicherte. »Beim Metzger gibt es doch kein Blut!«

»Blutwurst, Leberwurst, ich hab Durst!«, sang eine Kleine mit zwei hoch angesetzten Zöpfen.

»Sucht mir der einen Stock, wenn ich den schmeiße?«, wollte Fritz wissen und ließ das Flipperohr los. Mein sensibler Held atmete tief durch. Ich auch.

»Der holt dir sogar einen.«

»Und wie geht das?«

»Flipper, bring 'nen Stock«, schickte ich ihn los, und das ließ er sich nicht zweimal sagen. Ein Aufschrei ging durch den Waldkindergarten, als der schwarze Riese auf der Suche nach einem geeigneten Prügel herumstöberte, nein, ich hatte ihn unterschätzt. Er brachte ein kleines Stöckchen, das zu dem kleinen Fritz passte, und legte es ihm vor die Füße. Mein Herz pumpte Stolz und Rührung. Das war Flipper. Mein Flipper. Nie im Leben hätte er mir so einen Winzstock gebracht. Bei einem größeren Kind oder einem, das er kannte, hätte er sich den Stock aus dem Maul nehmen lassen, vielleicht sogar ein kleines Kräftemessen initiiert. Bei Erstkontakt und kleinerem Kind legte er die Beute ab und trat sogar zwei Schritte zurück, damit Fritz sich ganz sicher fühlen konnte, während er sich bückte und den Stock aufnahm. Flipper rannte auch erst los, als der Stock geworfen war. Niemals würde er dem Stock in der Kinderhand hinterherspringen oder überhaupt an einem Kind hochspringen. Diese Feinheiten hatte ich ihm nicht beigebracht. Die hatte er selbst entwickelt, nicht weil er darauf spekulierte, mal heiliggesprochen zu werden oder in einer Castingshow *DSDSH* entdeckt zu werden, er verfolgte ganz eigennützige Ziele. Er wollte, dass so oft wie möglich geworfen wurde. Das liebte er über alles, nur Schwimmen war schöner,

265

und deshalb musste er sich so verhalten, dass sein Opfer – derjenige, der werfen sollte, bis zur Schleimbeutelentzündung in der Schulter, was keine Erfindung, sondern Bestandteil einer real existierenden Krankenakte war – unermüdlich weiterspielen würde. Der Fall, dass Flipper keine Lust mehr hatte, war noch nie eingetreten.

Ich wollte ihm den Spaß nicht verderben, doch zuerst einmal gedachte ich uns vorzustellen; ich war schließlich nicht zum Spaß hier.

»Flipper, sitz«, befahl ich ihm, nachdem er Fritz das Stöckchen gebracht hatte.

Die Erzieherin kam zurück, das weinende Kind auf dem Arm, das sein Gesicht an ihrem Hals versteckte.

»Ich bin die Franza«, sagte ich. »Und das ist der Flipper. Wer will, kann ihm Guten Tag sagen. Flipper gibt dann seine Pfote.«

Die Erzieherin nickte anerkennend. Sie war das sympathischste junge Gemüse, das mir in den letzten Wochen begegnet war.

Fritz sprang vor. »Fritz!«, gab er kurz und knapp bekannt.

»Du musst schon die Hand ausstrecken, sonst kann dir Flipper ja keine Pfote geben.«

Fritz wiederholte es. Langsam und deutlich sagte er »Friedrich Wahl«, und streckte seine Hand vor, Flipper streckte die Pfote aus, legte sie auf die Hand von Fritz und neigte kurz den Kopf.

Begeistert klatschten die Kinder. Und dann wollten alle auf einmal.

»Der Reihe nach!«, mahnte die Erzieherin.

Leon und David, Alina und Lilly, Jonas und Emma, Paul und Noah, Amelie und Sophie, Maria und Emily reichten Flipper die Hand, manche sagten wie Fritz ihren Nachnamen. Flipper streckte seine Pfote vor und nickte freundlich. Zum Schluss stellte sich die Erzieherin vor: »Ich bin die Tina.«

Bloß Sandrine wollte nicht. Auf der kleinen Treppe vor dem roten Bauwagen sitzend verfolgte sie das Geschehen aus sicherem Abstand. Ich ließ Flipper einige Kunststücke vorführen, dann versteckten die Kinder Gegenstände, die er aufspürte, nachdem sie ihm die Augen zugehalten hatten. Alle waren begeistert. Fast alle.

Nach einer Viertelstunde war Tina so beruhigt, dass sie Flipper und die Kinder allein ließ, die nun alle gleichzeitig Stöcke durch die Luft schleuderten, die er auch dienstbeflissen und auf Anforderung sogar in korrekter Reihenfolge abarbeitete.

»Das ist eine tolle Abwechslung für uns. Mal was ganz anderes. Von mir aus können Sie öfter kommen!«, lud Tina mich ein.

»Von meinem Hund aus auch«, grinste ich.

»Vielleicht würde Sandrine sich bei behutsamer Vertrauensbildung ein Stück näherwagen«, kehrte das junge Gemüse die Pädagogin heraus.

»Da sollten Sie lieber mit einem kleineren Hund beginnen«, riet ich ihr. »Am besten mit einem Welpen.«

»Nein, das haben die Eltern von Sandrine schon versucht. Bei einem Welpen sind die Zähne zu spitz, und die haben ja noch gar keine Manieren und bewegen sich auch viel zu schnell. Na ja, wir bleiben dran, weil das ist ja kein Leben, wenn man immer Angst vor Hunden hat. Hunde sind überall.«

»Gewiss«, nickte ich.

»Wir haben jetzt gleich Teepause, darf ich Sie zu Karottenkuchen und Früchtetee einladen?«

Zehn Minuten später saßen wir im Kreis auf Baumstämmen, schräg fiel die Sonne durch die Wipfel, und Tina erzählte mir die

267

Geschichte dieses kleinen Waldkindergartens, den eine Elterninitiative gegründet hatte. Ich konnte nur mit einem Ohr zuhören, da ich verhindern musste, dass die Kinder Flipper trotz des Verbotes mit Karottenkuchen füttern wollten, was sie enttäuschen würde. Obwohl sie brav sitzen bleiben sollten, fiel ihnen dauernd etwas ein, warum sie dringend in die Richtung des etwas abseits liegenden Flipper mussten.

»Da ist ein Blatt runtergefallen.«

»Ich schau mal schnell was.«

»Ich glaub, da ist eine Biene.«

»Tina, ich muss mal. Ehrlich.«

Nur Sandrine saß verspannt nah bei der Erzieherin und machte keinen fröhlichen Eindruck, was auch Flipper nicht entging. Irgendwann stand er auf, kam langsam näher, mit einem Blickwechsel verständigte ich mich mit der Erzieherin, abzuwarten, und legte sich dann vor Sandrine, die schockstarr die Augen aufriss, ins Platz.

»Ich glaube, das ist keine gute Idee«, meinte die Erzieherin.

»Flipper, geh weg«, befahl ich ihm.

Mit langsamen Bewegungen zog er sich zurück.

Als der Kuchen gegessen war, brachte ich mein Anliegen vor. Ich schüttete die Tüte mit den fünf Patronenhülsen, die ich mir von Sepp Friesenegger aus dem Schießkino erbeten hatte, auf den Boden.

»Das kennen wir schon! Das verliert der Jäger!«, rief ein Mädchen.

»Das kommt in ein Gewehr rein und dann, bumbum«, ein Junge mit Brille sprang hoch und zielte auf mich.

Aus der Hüfte schoss ich zurück. Der Junge starrte mich verblüfft an, dann fasste er sich an die Brust und legte einen bühnenreifen Tod hin, Signal für eine wilde Schießerei, bei der es Flipper sehr schwerfiel, im Platz zu bleiben.

»Nicht so laut!«, rief Tina viel zu leise. »Ich unterhalte mich doch gerade!« Sie wandte sich an mich: »Wieso zeigen Sie uns das?«

»Ich wollte Sie bitten, falls Sie in nächster Zeit so was hier finden, es einzusammeln.«

Die Erzieherin wurde blass. »Sie meinen also ... das könnte mit dem ... Jagdunfall zu tun haben?«

»Ja.«

»Sind Sie Polizistin? Mit Ihren Kollegen habe ich bereits gesprochen. Die haben mich am Morgen nach meinem Urlaub aus dem Bett geklingelt.«

»Nein, ich bin keine Polizistin. Aber ich habe ein starkes persönliches Interesse daran, dass die Tat aufgeklärt wird. Um die Tatwaffe zu ermitteln, braucht die Polizei eine Patronenhülse.«

»Entschuldigung, aber wir sind ein Waldkindergarten, keine Spurensicherung. Wir haben zwei Versammlungen abgehalten, ob wir nach dem Vorfall überhaupt noch mal herkommen in diesem Jahr oder erst im nächsten Frühling starten. Wir haben hier noch nie Probleme gehabt, die Absprache mit den Jägern ist prima. Das war regelrecht gruselig, als ich den Polizisten unsere Tarzan-Bäume zeigen musste.«

»Tarzan-Bäume?«

»Wir haben ein Baumhaus. Und da kann man auch ein bisschen schaukeln. Meine Kolleginnen und ich sind doch nicht auf die Idee gekommen, dass wir damit Spuren verwischen beziehungsweise welche legen.«

»Wenn Sie eine solche Hülse finden, sollten Sie sich darüber im Klaren sein, was dahinterstecken könnte, und sie nicht mitneh-

269

men und in einem Ihrer Kunstwerke verarbeiten. Darum möchte ich Sie bitten, denn ich vermute, die Polizei wird Sie wohl kaum um Ihre Mitarbeit ersucht haben.«

Tina grinste. »Nein, das wäre wirklich unkonventionell. Waldkindergartenkinder als Polizeispitzel!«

»Es ist ja nicht gefährlich für Sie und die Kleinen«, fuhr ich fort.

»Ich hab schon verstanden«, unterbrach sie mich. »Okay. Unter einer Bedingung.«

»Ja?«

»Sie kommen noch mindestens zweimal zu uns, am besten noch im September, bis 15. Oktober sind wir bei schönem Wetter immer hier draußen. Ich möchte, dass wir versuchen, Sandrine ihre Angst zu nehmen.«

Ich streckte meine Hand aus. »Abgemacht.«

50

Als Felix sein Handy am Mittwochabend einschaltete
zeigte es mehr als ein Dutzend Nachrichten an. Einige kamen
von *F & F*, und ihm wurde heiß. Als Melanie damals von ihrer
Frauenärztin erfahren hatte, dass sie schwanger war, hatte sie
ihn sechsunddreißig Mal angerufen, doch er war bei einer Observation und konnte erst am nächsten Tag ans Telefon. Das hatte
sie ihm nie verziehen. Wenn er es recht bedachte, hatte damit
alles begonnen. Ihre zunehmende Wut auf seinen Job. Was sie
zu Beginn sexy gefunden hatte, *ein Kommissar!*, warf sie ihm bald
schon vor. *Nie bist du da. Nie hast du Zeit. Überall muss ich immer
allein hingehen!* Später hatte er herausgefunden, dass sie gehofft
hatte, er werde bei der Polizei aufhören, wenn das Kind da wäre.
Was für eine Idee! Wovon sie leben sollten, hatte er sie gefragt. Da
würde sich bestimmt was finden, hatte sie erwidert. Man müsste
das eine erst mal loslassen, dann käme das andere schon. Felix
hatte Sinah nicht gewollt, nicht zu diesem Zeitpunkt. Kinder ja.
Später. Aber als er die Nachricht verdaut hatte und als Melanies
Bauch wuchs, da hatte er begriffen, dass es den richtigen Zeitpunkt wahrscheinlich nie gab. Er war Melanie unendlich dankbar, dass sie keine Sekunde daran gedacht hatte, das Kind ab-
zutreiben: Ich krieg es auf jeden Fall – ob mit dir oder ohne dich.
Da war ihm die Entscheidung auch leichter gefallen, denn damals
wusste er zumindest eines: Dass er mit dieser Frau zusammen

sein wollte, die noch eine andere war, als die, wie er sie heute sah. Fatalerweise hing das mit den Veränderungen zusammen, die er an ihr festgestellt hatte, seit sie Mutter war. In den ersten Monaten interessierte sie sich ausschließlich für Babythemen, war am liebsten zu Hause, hatte zu stricken begonnen und sich zu einer leidenschaftlichen Köchin gesunder, aber Felix zu wenig gewürzter Nahrung entwickelt. Und im Großen und Ganzen hatte sich danach nicht mehr viel geändert, obwohl Sinah jetzt schon ein Kindergartenkind war. Melanie, die früher einmal eine Sportskanone gewesen war, hatte seit der Geburt von Sinah nur noch einmal an einer sportähnlichen Veranstaltung teilgenommen: dem Rückbildungskurs. Ihre neuen Aktivitäten – Gründung einer Krabbelgruppe, Vorstand einer Elterninitiative für mehr Krippenplätze in München, inklusive politischer Vernetzung mit anderen Städten – fand er zwar richtig und wichtig, aber sie interessierten ihn nicht besonders. Da er zu Hause nichts vom Dienst erzählte, obwohl ihm das manchmal gutgetan hätte, aber Melanie wollte das nicht hören, hatten sie gar kein Gesprächsthema mehr. Daraus hatte sich im letzten Jahr ihrer Beziehung das große Hauptthema entwickelt: Du verstehst mich nicht. Felix hatte begonnen, zusätzlich zu seinem Krafttraining für den Münchner Marathon zu trainieren, manchmal mitten in der Nacht, wenn er es daheim nicht mehr aushielt und lang genug am Bett von Sinah gesessen und sie im Voraus um Verzeihung gebeten hatte für den Fall, dass er vielleicht irgendwann einmal ausziehen sollte. Und er hatte ihr versprochen, dass er dann zwar ein seltener, aber ein besserer Papa wäre, weil er nicht dauernd mit Mama streiten würde. Obwohl die Beziehung mit Melanie gescheitert war, würde er nichts rückgängig machen wollen, denn aus all diesem Unglück war das größte Glück seines Lebens erwachsen: Sinah.

Er starrte auf das *F & F*, unter dem er Franza gespeichert hatte. Es bedeutete nicht Franza Fischer, sondern Franza und Flipper oder Flipper und Franza. Er musste sie anrufen. Er wollte sie nicht mit ihrer Sorge, schwanger zu sein, allein lassen. Und er wollte nichts damit zu tun haben. Nicht noch ein Problem. Er drückte die erste ihrer Nachrichten auf das Display und dann die folgenden; auf die Mailbox hatte sie ihm nicht gesprochen, kein gutes Zeichen, wie er befürchtete.

Laika exhumieren lassen!
Habe das rote Telefon aktiviert.
Als Kind habe ich mir immer ein eigenes Pferd gewünscht. Jetzt weiß ich, wo ich reiten kann. Kommst du mit?

Er las die Nachrichten mehrere Male. Dann grinste er. Er hatte keine Ahnung, was sie bedeuten sollten, doch sie gefielen ihm. Schwanger war sie demnach nicht. Sie hatte sich bestimmt etwas dabei gedacht, sie hatte sich wahrscheinlich sogar sehr viel dabei gedacht, das war das Faszinierende an ihr, wie sie sich die Dinge zurechtdachte, so was von schräg und unberechenbar, diese Frau. Und süß. Wie die kucken konnte mit ihren blauen Augen. Und ihr Lachen. Wenn die lachte, dann war alles so hell und leicht. Und außerdem war sie atemberaubend. Diese Beine mit den schlanken Fesseln. Ihre anmutigen und kraftvollen Bewegungen. Und ihr Mund mit dieser hingehauchten Zahnlücke zwischen den Vorderzähnen. Aber das alles kriegte man nicht umsonst. Ihr Vertrauen musste man sich erobern. Immer wieder aufs Neue. Verdammt hart im Nehmen war sie obendrein. Er spürte seine Oberschenkelmuskulatur heute noch. Und manchmal so weich, immer nur Sekundenbruchteile, keinen ganzen

273

Atemzug, eher die Idee davon gönnte sie ihm, dann schloss sich die Schale wieder. Für jede Ahnung von Nähe musste er im Nachhinein büßen. Das reizte ihn. Und regte ihn auf. Er fand es albern. Und witzig. Franza Fischer war irgendwie von allem zu viel. Und zu wenig.

Ich hätte mich mal melden sollen, dachte Felix. Zwei Tage war er praktisch untergetaucht. Aber das hatte ihm gutgetan. Er hatte es so gemacht wie früher. Am liebsten hätte er sich den Flipper dazu ausgeliehen, denn natürlich verstand er sich mit dem besser als mit seinem neurotischen Frauchen, die es hasste, wenn sie Frauchen genannt wurde. Franza war *die Chefin*, das war auch ein Problem, weil Chefinnen Felix magisch und magnetisch anzogen. Leider blieben sie das oft nicht. Sobald Gefühle ins Spiel kamen, wurden sie zu ... Frauchen. Die hier nicht. Die würde Chefin bleiben bis zum Jüngsten Tag. Aber hatte er das nicht auch bei Melanie gedacht? Die war sogar im richtigen Leben eine Chefin gewesen als Abteilungsleiterin mit sieben Leuten unter sich. Aber das interessierte sie alles nicht mehr, seit Sinah auf der Welt war. Melanie behauptete: Ich weiß jetzt, was wirklich wichtig ist. Um herauszufinden, was für ihn wichtig war, hatte Felix sich ins Auto gesetzt und war an den kleinen Fischweiher gefahren, an dem er mit seinem Opa manchmal gezeltet hatte, früher, sobald ihnen der große See zu laut vorgekommen war. Am Wochenende zum Beispiel, wenn Starnberg fast überschwappte vor Touristen, die auch weit weg vom Ufer noch zu hören waren. Sie hatten damals den Rex dabeigehabt, den Schäferhund vom Opa, der schon so alt war, dass er am liebsten schlief. Doch er hatte jeden Fisch gespürt, noch ehe die Angel ruckte. Felix hatte erfahren, dass man mit einer Angel in der Hand und einem Hund an der Seite viel besser denken konnte als ohne. Nämlich gar nichts. Das war oft die Lösung.

Aber bloß weil sie einen Hund hat, kann ich nicht mit Franza zusammen sein, stellte er fest. Ich kann doch nicht die Frau nehmen, weil ich den Hund will. Wenn mich die Frau überhaupt will. Und wer sagt denn, ob ich will. Nein, ich will nicht. Nicht noch mehr Probleme. Ich ruf sie später an. Hauptsache, nicht schwanger.

Zuerst den Johannes. Der hatte auch fünfmal angerufen und einmal auf die Mailbox gesprochen, mit einer komischen Stimme, als wäre ihm ein Knödel im Hals stecken geblieben.

»Servus, Johannes. Du hast mich angerufen. Was gibt's?«

»Äh, Felix, Mensch, ja. Wahnsinn. Also – wie geht's?«

»Gut. Und selbst?«

»Ja. Felix, ich weiß nicht, ob es richtig war, dass ich dich angerufen habe.«

»Das weiß ich auch nicht.«

»Ich, äh, also ich hab da was rausgekriegt und ... ich dachte mir, dass du es wissen sollst.«

»Aha?«

»Ja, und äh, also es heißt, dass du jetzt den Jägerfall nicht mehr hast. Da ist mir aber eben doch was eingefallen, und ich habe mir gedacht, wenn ich dir das jetzt sage und es wichtig wäre und du es morgen dem Chefbauer sagst, dass dir das eingefallen ist, dann kriegst du den Fall vielleicht zurück, und wir können weitermachen.«

Felix schwieg verblüfft.

»Also ich würde das gern, ich fand das nämlich total super mit dir und ich habe echt was gelernt. Ich meine, ich wusste ja gar nicht so genau, was auf mich zukommt. Sie haben mir gesagt, der Streifendienst wäre abwechslungsreicher als die Arbeit im Fachkommissariat, aber was ich bis jetzt mitkriege, ist die Schreib-

275

arbeit die Gleiche. Dafür muss ich mich bei euch nicht mit dem ganzen Mist rumschlagen. Mit vollgepinkelten Schnapsleichen, dummdreisten Frauenprüglern, Verkehrsunfällen, bei denen gerade mal ein Blinkerglas zerbrochen ist, Ladendiebstählen im Wert von Eins fuffzig, seit drei Tagen abgelaufene Touristenvisa, geknackten Geldspielautomaten – und das dann alles immer aufschreiben. Und dauernd fragt der Chef, wie viele Strafzettel wir schon haben. Nicht, dass du jetzt denkst, ich hätte das nicht auch gern gemacht. Manchmal hat es sogar Spaß gebracht, und wenn ich nicht angesprochen worden wäre, hätte ich vielleicht, also ich meine, ich, äh, will sagen, ... dass man sich auch mit seinen Kollegen verstehen muss. Man muss sich aufeinander verlassen können. Und wenn man wirklich gut werden will, dann muss man von einem wirklich Guten lernen. Von einem wie dir, Felix. Auch wenn die Laura echt nett ist. Alle sind nett bei euch.« Johannes atmete schwer aus. Felix auch. Aber leiser, viel leiser als sein junger Kollege, unhörbar.

»Willst du noch was lernen?«, fragte er nach einer Pause.

»Klar!«

»Leg nie deine Motive so offen. Nur bei Freunden. Schmeiß dich nicht auf den Rücken wie ein Hund. Außer es gehört zu deiner Strategie.«

»Äh, ja.«

»Johannes?«

»Hm?«

»Danke für dein Vertrauen. Und jetzt erzähl mal.«

»Es betrifft die Jagd, bei der Franz Brandl ursprünglich als Jagdleiter hatte fungieren sollen. Der Jagdleiter macht einen Plan, wer wo steht. Er teilt die Treiber ein und die Jäger. Der Reservejagdleiter, der berufen wurde, als allen klar war, dass Franz Brandl fernbleiben würde, hatte sehr wenig Zeit für einen neuen Plan. Die Jäger haben schließlich alle gewartet, sie waren ungeduldig. Man hatte auch wichtige Jagdgäste dabei aus Norddeutschland. Da ist er auf die Idee gekommen, den Franz Brandl zu fragen, ob der schon einen Plan habe und ob er den benutzen könne. Er hat Franz Brandl auf dem Handy angerufen und den Plan dann gefaxt bekommen.«

»Ach. Von wo aus?«

»Ich habe das Fax mit Sendebestätigung. Die Uhrzeit stimmt. Es ist im Büro von Puster abgeschickt worden und an die Wirtschaft gegangen, wo die Jäger gewartet haben. Da haben wir Verzehrbelege, wird alles abgesetzt, Geschäftsessen sind das.«

»Aber wenn das Fax aus dem Puster-Büro stammt, heißt das nicht, dass der Brandl es geschickt hat«, erwiderte Felix. »Schließlich hat er behauptet, er wäre mit seinem Hund Gassi gewesen, anstatt auf die Jagd zu gehen, und er erinnert sich nicht mehr, wo.«

»Er könnte den Plan auch an jemanden geschickt haben, der am Samstag ohnehin in der Firma ist. Es waren doch einige seiner Kollegen mit von der Partie.«

»Klar! Die arbeiten rund um die Uhr in dieser Firma. Vielleicht trifft man sich vor der Jagd im Büro?«

»Wir können überprüfen, wer wann da war. Die haben doch die Kamera am Eingang, das ist kein Problem.«

»Gute Arbeit, Johannes«, lobte Felix. »Du hast dir also gedacht, dass der Mörder von Gerd Jensen den Plan gekannt haben wird, wer wo steht. So weit waren wir auch schon. Doch du hast einen Schritt zurück gedacht, du hast dich gefragt, ob das der Brandl-Plan war oder der seines Stellvertreters, was wir in Anbetracht von zuerst einmal zweiundzwanzig Tatverdächtigen übersehen haben ...«

»Nicht direkt. Es gibt eine Notiz in einer Akte, dass man das checken sollte, ist wohl untergegangen.«

»Sehr gute Arbeit, Johannes.« Felix fühlte sich wie neu belebt. Es tat gut, klar zu denken. Mord, Fragezeichen, Lösung. So sahen die Gleichungen aus, in denen er sich sicher fühlte. »Wir haben schon sehr bald ausgeschlossen, dass *irgendein Jäger* getötet werden sollte. Wir haben uns darauf geeinigt, davon auszugehen, dass Gerd Jensen gemeint war. Dass es keine Verwechslung gab – als er erschossen wurde, war er allein. Wenn der Mörder mehrere Jäger hätte erledigen wollen, wäre er anders vorgegangen, und Naturschützer sind im Normalfall keine Mörder. Wie heißt der Jagdleiter, der den Brandl vertreten hat?«

»Florian Sanktjohanser«, sagte Johannes wie aus der Pistole geschossen. »Er gehört zu den wenigen, dessen Waffe nicht benutzt war, da hatten wir ja drei Stück.«

Felix' Gedanken überschlugen sich förmlich. Er hatte ein Dutzend Ideen, was jetzt zu tun wäre. Dann fiel ihm ein, dass er nichts davon tun konnte.

»Felix?«, fragte Johannes. »Bist du noch dran?«

»Hm.«

»Was soll ich jetzt machen?«, wollte Johannes wissen. »Gibst du das weiter?«

»Nein, Johannes. Das erzählst du alles der Laura, nein, erzähl es dem Chefbauer und der Laura, vielleicht kannst du es so einrichten, dass beide gleichzeitig es hören. Wenn du erst zum Chef rennst, könnte die Laura sich übergangen fühlen, vielleicht ergibt sich eine Gelegenheit. Ach bestimmt, das kriegst du schon hin.«

»Aber ich dachte, dass du ...«

»Ich bin draußen, Johannes. Danke ... Kollege.«

51

Warum meldete er sich nicht auf meine SMS? War er im Dienst? Oder hegte er dieselbe Befürchtung wie ich, dass ich etwas in mir trug, was ich nicht wollte, weil ich das Leben, das ich glaubte, dann führen zu müssen, im Moment nicht erstrebenswert fand. Kein Sport. Flipper weggeben, zusammenziehen, regelmäßig kochen, die Schmutzwäsche vereint in einer Maschine, womöglich heiraten und schrumpfen, wie all die Frauen in den Umkleidekabinen, die ihre Sätze mit *Er meint, Er sagt, Er glaubt, Er denkt* begannen, obwohl sie Anwältinnen, Architektinnen und Zahnärztinnen waren, selbstbewusst und stark nur noch im Job. Es war nicht so, wie manche Philosophen früher geschrieben hatten, dass Frauen zu dumm zum Denken waren, allein konnten sie das sehr gut, doch mit einem Mann an ihrer Seite bauten sie ab, manche rapide.

Meine Oma war schon viele Jahre tot. Doch es gab Stunden, in denen vermisste ich sie, als wäre sie mir eben erst fortgerissen worden. Zu ihrem Grab zog es mich nie. Ich war sehr selten dort. Ein Gärtnerbetrieb pflegte es nach meinen Vorstellungen. Ich wusste genau, welche Blumen meine Oma mochte, denn ich hatte meine Kindheit in ihrem Schrebergarten verbracht. Mit dem Rad fuhr ich, Flipper in langen Sprüngen und mit in Regenbogenfarben blinkendem Halsband neben mir, zu der Gartenkolonie

279

im Westend, wo meine Oma in unseren glücklichen Zeiten ein Grundstück gepachtet hatte. Um elf Uhr nachts im September konnte ich relativ sicher sein, dass mich niemand ertappte, wenn ich über den Zaun kletterte. Flipper hatte im letzten Jahr bei den neuen Pächtern die Erlaubnis erlangt, dass wir uns auf die Wiese setzen durften. Ich holte mir eine Plastikplane aus der Laube; das Gras war feucht. Ich würde so lange bleiben, bis ich Erdbeeren roch, mitten im September. Das war möglich, ich wusste es. Die Erdbeerbeete hatte meine Oma für mich angelegt, am Gartenzaun, wo heute eine Hecke wuchs. Wenn ich traurig war, hatte meine Oma mich gefragt: »Soll ich dir a Erdbeer brocken, Franzi?«

Das hatte sie auch im Winter gefragt, denn sie konnte Beeren sogar aus der Luft brocken und mir in den Mund stecken. In meiner Erinnerung schmeckten die aus der Luft am köstlichsten. Meine Oma hatte nicht an ihre eigene Lebensplanung gedacht. Sie hatte sich meiner einfach angenommen, als es nötig war. *Schön, dassd da bist, Franzi.* Es gab Fragen, die durfte man wahrscheinlich nicht stellen. Und es gab Antworten, die hätte man lieber nicht gehört. Ich sei die richtige Frau zum falschen Zeitpunkt. Obwohl ich sie gelöscht hatte, konnte ich Felix' SMS auswendig. Ein Mensch war immer richtig. Und genauso würde ich es halten. Da brauchte ich keinen Felix dazu, das würde ich auch alleine schaffen, wie meine Oma es geschafft hatte mit mir. Und natürlich würde ich Flipper nicht weggeben müssen. Das waren alles Hirngespinste.

»Oma«, flüsterte ich in die Nacht. Flippers Winseln drang an mein Ohr.

»Pscht!«, mahnte ich ihn zur Ruhe, doch er hörte nicht auf, gab es nur vor, indem er mit langen Pausen fast lautlos winselte. Es hätte auch der Wind sein können.

»Ist jetzt amal a Ruh!«

Nein, war es nicht. Flipper störte meine Konzentration. Offenbar hatte er etwas dagegen, dass ich tief in mich hineinhorchte, um herauszufinden, ob sich Zellen in meinem Inneren teilten, aus denen ein neuer Mensch entstehen würde. Genervt sprang ich hoch, strauchelte, mein linker Fuß war eingeschlafen. »Wie soll ich denn da klar denken können!«, fauchte ich ihn an. Er ließ die Ohren hängen und trollte sich. Sein Ziel hatte er erreicht. Ich schenkte mir einen weiteren Versuch der inneren Sammlung. Humpelnd verstaute ich die Plastikfolie in der Laube. Tock, tock, tock. Flippers Rute schlug an eine leere Gießkanne. Plötzlich erkannte ich, dass ich doch eine Antwort bekommen hatte. »Über ungelegte Eier«, hatte meine Oma oft gesagt, »soll man sich den Kopf nicht zerbrechen, Franzi.«

Es war unklar, ob das Ei gelegt war oder nicht. »Und deshalb radeln wir jetzt heim und spinnen nicht mehr rum, und morgen früh kaufen wir für die Frau Marklstorfer ein«, gab ich die Parole aus. Die alte Dame, meine neue Nachbarin, war mir sehr ans Herz gewachsen. Ich schaltete mein Handy an, um die Uhrzeit abzulesen, da sah ich, dass Felix angerufen hatte. Im Grunde genommen war alles ganz einfach. Wenn man nicht darüber nachdachte.

Die Mariahilfkirche schlug dreiviertel zwölf, als ich vom Rad stieg und es die letzten Meter zur Hofeinfahrt schob. Später dachte ich, dass mir da schon irgendetwas merkwürdig vorgekommen war, aber ich wusste nicht, was. Sicher, die Hoftür war angelehnt, doch das war sie öfter. Auch Flipper schien etwas zu merken. Abrupt blieb er stehen, obwohl er normalerweise vorausrannte, um als Erster beim Fahrradschuppen zu sein und ihn mit der Pfote für mich zu öffnen. Ich hielt die Schlinge zuerst für einen

281

Schatten, vielleicht von einem Fahrradschloss, doch sie bewegte sich. Ich erkannte den Stiel und sah die Beine. Vier Stück. Und dann explodierte etwas in meinem Innersten, und es gab nur noch meine Reflexe. Zwei Kerle um die eins fünfundachtzig, Kraftpakete, kamen von rechts und links auf mich zu. Zielstrebig und aggressiv. Flipper knurr-bellte. Ich überlegte nicht den Bruchteil einer Sekunde, schleuderte mein Fahrrad weit weg von mir. Der erste grobe Rempler zielte an meine rechte Körperseite. Ich blockte den Schlag mit rechts und setzte mit der linken Faust nach, auf den Solarplexus meines Gegners. Volltreffer. Ich kam tief rein, und er stieß einen dumpfen Laut aus. Zur Sicherheit verpasste ich ihm einen Kniestoß in die Rippen. Es krachte. Schätzungsweise zwei gebrochen. An seinem Ächzen konnte ich hören, dass er für eine Weile außer Gefecht gesetzt war. Und noch länger, denn Flipper, eine schwarze Bestie mit gesträubtem Fell und gefährlich zurückgezogenen Lefzen, sprang nach vorne. Und biss zu. Brüllend versucht der Mann, Flippers Zähne aus seinem hinteren Oberschenkel zu entfernen. Er hatte keine Chance, Flipper hatte sich festgebissen und würde nicht mehr loslassen ... Obwohl der zweite Mann mir bedrohlich näher kam, konzentrierte ich mich auf Flipper. Wenn sein Gegner ein Messer oder einen Revolver zog, musste ich zu ihm. Ich musste den neuen Angreifer ausschalten, damit ich Flipper beschützen konnte. Doch der half sich selbst, sein tonnenschwerer Biss zwang den Mann zu einem brüllenden Tanz. Wild versuchte er, den Hund zu schlagen, zu treten, doch da Flipper an seiner Beinrückseite hing und er sich noch immer kaum aufrichten konnte nach meinem Schlag, hatte er keine Chance. Ich schon. Der zweite Angreifer versuchte mich mit der Schlaufenstange zu treffen. Ich blockte mit der Handkante, drehte ihm den Stock aus der Hand und stieß damit zu.

Schräg nach oben, in sein Gesicht. Noch ein Volltreffer, wie ich am gurgelnden Spucken erkannte. Das konnte ein Zahn gewesen sein. Mit dem rechten Fuß schickte ich einen Yopchagy in seinen Unterleib. Er klappte zusammen, und ich setzte mit einem Kantenschlag, Yoksudo, in sein Genick nach. Er taumelte, erwischte mich mit der Faust an der Backe, ehe er zu Boden ging, packte meinen linken Knöchel. Ich trat mich frei, strauchelte, stürzte, sprang wieder auf, und trat mit voller Wucht in sein Knie. Ein hässliches Knirschen meldete mir, dass er nun wohl eine Weile liegen blieben würde, brüllend vor Hass und Wut. Und Schmerz. Ich hatte nicht mehr viel Zeit. Mein Vorteil lag in meiner Schnelligkeit, jahrelangem Training und der ausgefeilten Technik. Kräftemäßig war ich den beiden unterlegen. Der Mann am Boden wühlte in seiner Jackentasche. »Flipper!«, rief ich. Wir mussten in die Wohnung. Dort waren wir in Sicherheit. Ich tastete schon nach dem Schlüssel, da sah ich den Dritten. Er kam aus meinem Hauseingang gestürmt! Wie viele waren es noch? Womöglich bereits in meiner Wohnung? »Flipper, hier!« Er gab sein Opfer frei. Das richtete sich viel zu schnell auf, wenn auch brüllend wie ein angestochenes Schwein. Im Vorbeilaufen sprang ich hoch in die Luft, zielte mit rechts und trat mit links seitlich an sein Kinn. Der Mann kippte weg. Mein Herz pumpte Adrenalin in Strömen durch meinen Körper. Ich rannte wie eine Wahnsinnige zur Isar. Mit langen Sprüngen lief Flipper neben mir. Ich dachte nicht darüber nach, wohin, ich musste rennen, rennen, rennen. Die wenigen Spaziergänger, die uns begegneten, wichen uns erschrocken aus.

52

Johannes Winters Gesicht leuchtete tomatenrot, als er sein Handy verlegen in die Hosentasche steckte. Inständig hoffte er, Felix Tixel möge sein gehauchtes »Ich hab dich lieb« nicht gehört haben. Es war die erste Begegnung seit ihrem Telefonat. Johannes war den ganzen Tag mit Laura unterwegs gewesen, und Felix würde an diesem Donnerstagabend nach weiteren Zeugen für die Messerstecherei in der Eisdiele suchen.

»Nicht der schlechteste Job, oder?«, grinste er Johannes an, »dienstlich Eis essen.«

»Es macht dir nichts aus?«, fragte Johannes unsicher.

»Ich mag Eis«, sagte Felix, zögerte und fügte hinzu: »Außerdem ist ein Teil unseres Teams noch an dem Jägerfall dran. Du.«

»Ich!«

»Sicher. Du wirst das schon schaffen.«

»Das ist wirklich eine verrückte Situation. Normalerweise überführen wir einen Täter. Wir beweisen, dass er die Tat begangen hat. Diesmal rennen wir rum, um zu beweisen, dass der Kreitmayer es nicht getan hat.«

»Vielleicht sollte man den Hund von dem Brandl exhumieren lassen.«

»Was?« Johannes riss die Augen auf.

Felix lachte. Völlig unbekümmert wirkte er, und Johannes konnte ihn wieder einmal überhaupt nicht einschätzen.

»Wenn wir schon keine Spuren von der Tatwaffe haben – vielleicht steckt noch was im Hund.«

»Ja ... geht das denn?«, stammelte Johannes. »Einen Hund? Wer ist dafür zuständig? Wer unterschreibt das? Das habe ich ja noch nie gehört.«

»Ich auch nicht«, schmunzelte Felix.

»Also war das ein Witz?«

»Wer lebt von den alten Mitarbeitern bei Puster noch, mit denen der Kreitmayer gearbeitet hat?«, fragte Felix. »Da gibt es einen Direktor Briegel und eine Frau Drexl, das war eine Sekretärin. Wie alt sind die? Können die uns irgendwie weiterhelfen?«

»Wie meinst du das?«

»Sie kannten den Kreitmayer bestimmt gut, er hat positiv über sie gesprochen, Sympathie ist meistens gegenseitig, während Verliebtheit auch einseitig bestehen kann.«

Johannes starrte Felix an. Die Röte kehrte zurück. »Stimmt.«

»Eine Erfahrung, die man keinem wünscht«, erwiderte der.

53

Bei jedem Viertelstundenglockenschlag, der von der Kirche fiel, nahm ich mir vor, von hier zu verschwinden. Aber dann blieb ich doch im Treppenhaus vor Felix' Tür sitzen. Ich würde einen Teufel tun und ohne Verstärkung nach Hause gehen. Von ungebetenen Besuchern hatte ich genug. Meine rechte Schulter und meine linke Hüfte schmerzten. Ich konnte nicht rekonstruieren, wie das geschehen war. Alles im Rahmen. Hauptsache, kein Messer.

»Franza!«

Mein Name und Flippers begeistertes Hecheln. Felix' Hände, Arme. Er zog mich hoch. »Wie siehst du denn aus? Franza! Was ist passiert?« Er sperrte seine Wohnung auf, stützte mich, trug mich fast, da wurde ich schwach und schwächer, so schwach wie die Architektinnen und Zahnärztinnen aus der Umkleidekabine, und ich wollte es ganz bestimmt nicht, doch ich fing zu weinen an.

Felix setzte mich aufs Sofa und fragte mehrmals, was passiert war, aber ich konnte nicht antworten. Denn das, was geschehen war, wurde immer schlimmer, von Minute zu Minute. Als würde es mich erst allmählich erreichen, hier, wo ich mich sicher fühlte. Felix brachte mir ein Glas Wasser. Endlich konnte ich ihm das Wenige erzählen, woran ich mich erinnerte. Da wurde er zum

Kommissar. Von wo die zwei Männer gekommen seien, ob es wirklich zwei gewesen seien, wie sie ausgesehen hätten, ob der dritte mich verfolgt habe, ob mir nicht doch etwas aufgefallen sei, wie ich mich gewehrt hätte, ob ich mir vorstellen könnte, wer das gewesen sei und so weiter.

Seine Fragen, obwohl er sie leise und einfühlsam stellte, empfand ich wie Stiche. Sie stichelten an meinem ganzen Körper herum, quälten mich. Und auf einmal begriff ich, warum es mit uns nichts werden konnte. Die Erkenntnis traf mich wie ein Eimer Eiswasser. Ich brauchte keinen Kommissar. Einen Freund hätte ich mir jetzt gewünscht, der mich einfach festhielt. Genau das konnte Felix mir nicht geben.

»Glaubst du, sie haben dich gemeint?«, fragte er und beantwortete sich die Frage selbst. »Das war kein Zufall. Wenn wir zurzeit ein Volksfest hätten am Mariahilfplatz, wenn Dult wäre, da gibt es öfter Betrunkene, die durch die Gegend ziehen und Streit anfangen. Aber Dult ist nicht.« Felix sah nur immer seine Fälle. So war das gewesen, als wir uns kennengelernt hatten, und so war es weitergegangen. Immer hatte das Telefon geklingelt, er musste weg. Das war der Grund, warum es mit uns nichts werden konnte. Jetzt hatte ich es kapiert. Am eigenen Leib sozusagen. Es war nicht nur die Angst um ihn, die mich von einer Beziehung mit ihm abhielt. Er brachte die Gefahr mit nach Hause. Ich steckte schon wieder in Schwierigkeiten, für die ich nichts konnte. Ich war kein Zufallsopfer. »Die haben mich gemeint.« Ich beschrieb Felix die Schlinge.

»Sie waren auf einen Hund vorbereitet.«

»Lebend wollten sie ihn wahrscheinlich nicht!« Meine Stimme klang leicht hysterisch. Felix legte seinen Polizistenarm um mich

287

und musterte mich nachdenklich. »Wieso bist du ins Visier von denen geraten?«

»Ich hab nichts gemacht!«, rief ich.

»Nein, natürlich nicht. Du machst ja nie was. Du rutschst immer völlig unschuldig überall rein.«

Er hatte das gutmütig gesagt, doch ich stemmte mich trotzdem hoch.

»Wo willst du hin?«

»Darf ich bitte mal pipi, Herr Kommissar?«

Im Bad drehte ich den Wasserhahn auf, um mein Gesicht zu waschen.

»Nicht duschen!«, rief Felix von draußen. »Wir fahren jetzt zur Polizei. Es könnte sein, dass man an dir DNA-Spuren der Täter sicherstellen kann.«

»Ich bin hier bei der Polizei«, sagte ich.

»Dafür bin ich nicht zuständig«, stellte Felix klar. »Die Kollegen deiner Polizeiinspektion sollen das aufnehmen. Und du musst untersucht werden. Ich begleite dich.«

»Ich will nicht.«

»Wir fahren jetzt. Solltest du auf die Idee kommen, dich zu widersetzen, leg ich dir Handschellen an.«

»Aber was soll ich denn aussagen? Wenn ich erzähle, was ich glaube, wie alles zusammenhängt, dass das wahrscheinlich Russen waren, dann bringe ich dich wieder in Schwierigkeiten!«

Felix schaute nach oben, als erwartete er von dort eine Antwort. Dann atmete er laut aus. »Damit hast du womöglich recht. Aber das bedeutet nicht, dass wir diesen Überfall unter den Tisch kehren. Mit Jensen gibt es ohnehin keinen Zusammenhang, und da die Russen in diesem Fall nicht existieren, kann es auch keine

Verbindung zu ihnen geben. Das bedeutet, du erzählst den Kollegen von dem Überfall. Du sagst das, was du mir gesagt hast. Du wirst nicht lügen. Du wirst nichts erfinden, nichts verdrehen, nichts interpretieren und nichts verschweigen. Du bist vor deinem Haus überfallen worden. Die Kollegen können dort eventuell Spuren sichern.«

»Mein Fahrrad liegt da noch!«

»Hoffentlich«, sagte Felix.

»Und warum bin ich nicht gleich zur Polizei gegangen oder noch besser: habe sie angerufen?«

»Weil du im Schock warst, das ist ganz typisch.«

Im Krankenhaus wurde meine Verletzung von dem Faustschlag ins Gesicht abgetupft und fotografiert. Sie sah schlimmer aus, als sie sich anfühlte.

»Das sieht ja übel aus«, meinte auch der Beamte auf der Wache, der den Überfall protokollierte. Auf ein Pflaster hatte ich verzichtet. Draußen wurde es schon hell, und sein Kollege aus der Nachtschicht war eben nach Hause gegangen. Der sehnsüchtige Blick, den er in seinen Rücken bohrte, entging auch Felix nicht. »Nett von dir«, sagte er zu seinem uniformierten Kollegen, »dass du wegen uns noch was dranhängst.«

»Haben Sie sich gewehrt?«, fragte der Beamte mich.

»Sie hat die Kerle in die Flucht geschlagen«, stellte Felix richtig.

Ein letzter Rest Wachheit sammelte sich im Blick des Beamten. Er musterte mich, als wollte er von meiner Statur auf meine Gefährlichkeit schließen.

»Es waren zwei«, gab er zu bedenken.

»Sie ist sehr sportlich«, erwiderte Felix, als wäre ich ein zum Verkauf stehendes Pferd.

289

»Das sagt nichts, wenn du im Schock bist, Kollege.«

»Ist mit klar.«

»Zwei Männer, über eins fünfundachtzig? Muskulös?«, erinnerte mich der Beamte an meine Täterbeschreibung.

»Vergiss den Hund nicht«, brachte Felix Flipper ins Spiel.

»Ja freilich. Sicher, der ist groß, das erklärt es natürlich. Trotzdem Respekt!«

»Danke«, nickte ich.

»Und wie genau haben Sie sich gewehrt?«

»Wie ich konnte ... Ich weiß nicht ...« Musste ich das zu Protokoll geben, dass meine weiblichen Waffen nicht aus Beißen und Kratzen, sondern aus Boxen und Kicken bestanden?

»Haben Sie um Hilfe gerufen? Wir haben einen Anruf bekommen um 23:52 Uhr aus Ihrer Straße. Anwohner haben Schreie gemeldet. Als die Streife ankam, war alles ruhig.«

Felix mischte sich ein: »Es würde nichts schaden, in den Krankenhäusern mal nach Hundebissverletzungen zu fragen.«

»Am hinteren Oberschenkel«, warf ich ein. »Es hat ziemlich geblutet, die Zähne meines Hundes waren danach rot.«

»Das machen meine Kollegen, ich sorge dafür«, versicherte der Beamte.

»Und eine Streife könnte öfter mal bei Frau Fischer vorbeifahren«, schlug Felix in einem Ton vor, der einer Anordnung gleichkam.

»Sowieso. Sollten wir Glück haben, können wir Blutspuren sicherstellen. Außerdem würden wir uns die Wohnung gern anschauen.«

»Ich bring die Frau Fischer heim und ruf euch an, wenn sie in der Wohnung waren«, schlug Felix vor.

Ein neuer Beamter trat ein. »Wem gheadn die Bestie vor der

Tür? Die schaugt aus, ois obs aus jedm Hackfleisch macha woit, der wo ihr znah kemma dad.«

*

»Es gefällt mir nicht, was ich da höre. Was war los?«

»Sie hat Jegor zwei Rippen gebrochen, den Kiefer zertrümmert, und der Hund hat ihm den Oberschenkel zerfleischt. Wladimir hat sie einen Zahn ausgeschlagen und das Knie gecrasht.«

»Wie kann das sein! Versager!«

»Mit so was haben wir nicht gerechnet. Wir waren nicht darauf vorbereitet, dass sie sich wehrt. Wir dachten ...«

»Und sie?«

»Ist uns entwischt.«

»Entwischt!«

»Sie ist schnell. Wie gesagt. Wir dachten ...«

»Schluss! Nicht noch mehr solche Nullaktionen! Dann eben anders. Sie muss verschwinden. Sie hatte Kontakt zu dem Toten von Puster. Sie hat die Skorpion gefunden. Weißt du jetzt wenigstens, welcher Idiot die im Wald vergraben hat?«

»Ich kümmere mich darum.«

»Wieso dauert das so lange?«

»Ich kümmere mich um alles.«

»Ich gebe dir drei Tage. Und diesmal machst du es. Du selbst, Tichow, verstanden.«

»Okay. Ja.«

54

Als wir gegen sieben die Polizeiinspektion verließen, schlüpfte Felix aus seiner imaginären Uniform. »Du kommst jetzt mit zu mir«, befahl er. »Wir frühstücken, und dann schlafen wir eine Runde.«

»Ich will wissen, wie es bei mir zu Hause aussieht«, widersprach ich.

»Da wäre ich sowieso zuerst vorbeigefahren. Wir müssen dein Fahrrad sicherstellen. Außerdem warten die Kollegen ja auf die Nachricht. Ich glaube nicht, dass die Kerle in der Wohnung waren. Der dritte Mann wird vor der Tür gelauert haben.«

Es war genauso, wie Felix es erwartet hatte. Das Schloss war unversehrt, kein Fremder hatte meine Wohnung betreten, was ich an Flippers Benehmen ablesen konnte. Er schnupperte nicht übertrieben lange, sondern fühlte sich einfach zu Hause.

»Eigentlich könnte ich auch gleich hierbleiben«, dachte ich laut.

»Nix da«, entgegnete Felix.

»Also stehe ich unter Polizeischutz?«

»Du stehst unter meinem persönlichen Schutz«, erwiderte er zu meiner Verblüffung und legte den Arm auf dem kurzen Weg zum Auto um mich. Beim Einsteigen öffnete er die Beifahrertür von außen für mich. Kurz vor seiner Wohnung hielt er bei einer Bäckerei. »Du kannst dann schon mal rauf und Kaffee machen.

Ich gehe eine kleine Runde mit Flipper. Der war jetzt sehr geduldig. Vielleicht möchtest du auch ein Bad nehmen. Irgendwo müsste noch Schaum sein von der Sinah. Oben auf dem Regal. Erdbeerduft, glaub ich. Dann essen wir was, und dann schlafen wir.«

»Okay«, sagte ich und überlegte nur kurz, ob ich ein Aber nachschieben sollte. Denn natürlich gefiel es mir nicht, wie er über mich bestimmte. Und es war wunderbar.

»Was wünschst du dir zum Frühstück?«, fragte er mich.

Und da musste ich plötzlich lachen. Jetzt würde ich es doch noch erfahren.

»Was du magst«, sagte ich.

»Ich richte mich ganz nach dir.«

»Wurst, Käse, Marmelade, Honig«, zählte ich auf.

»Du? Zum Frühstück? Wurst?«, fragte er.

»Du etwa nicht?«, fragte ich.

Da lachte er auch, und dann kriegten wir beide einen regelrechten Lachanfall, wobei mir nicht klar war, was daran so lustig sein sollte, vielleicht war es die Übermüdung.

Während er mit Flipper Gassi ging, duschte ich ausgiebig. Dann stellte ich die Kaffeemaschine an und legte mich kurz ins Bett.

Sechs Stunden später wachte ich von einer kühlen Hundeschnauze auf. Danach streiften Felix' warme Lippen meine Wange.

»Ich geh mit Flipper raus«, verkündete er. So ein Mann war durchaus praktisch. Und lieb: Felix hatte mir neben meine Wäsche von gestern eine an den Knien abgeschnittene Jeans, ein grünes T-Shirt und einen Pullover, Socken und eine Herrenunterhose gelegt. Dass ich nicht daran gedacht hatte, mir Wäsche aus meiner Wohnung mitzunehmen! Seine Fürsorge rührte wohl daher, dass er Papa war. Sie gefiel mir nicht, und ich genoss sie sehr. Ich stopfte meine Wäsche von gestern in eine Plastiktüte, stellte mich noch mal unter die Dusche und zog dann seine Klamotten an. Die Jeans passte einigermaßen, Felix war ein Schmalhüfter. Draußen lockte ein strahlender Herbsttag, ich würde nicht frieren mit nackten Waden.

Felix kam mit einer Dose Hundefutter zurück. Dass er daran gedacht hatte! Mich lud er zum Mittagessen ein ins Café Rothmund auf der gegenüberliegenden Straßenseite.

Da sah ich uns dann von außen sitzen. Der Mann und die Frau auf den grünen Gartenstühlen, daneben der Hund, ein schönes Bild des Friedens. Wir bestellten beide Pasta Arrabiata, und er kam mir zuvor, als er die Bedienung bat: »Bitte sehr scharf.«

Während wir auf das Essen warteten, sprachen wir wenig. Ich merkte, dass es eine Weile dauern würde, ehe ich mich wieder sortiert hatte. Sicher, ich betrieb Kampfsport seit meinem zwölften Lebensjahr und konnte eine Reihe von Gürteln vorweisen. Doch Training und Showkämpfe waren etwas anderes als dieser Überfall. Und das lag nicht nur am Ambiente. Es war der Vernichtungswille. Den hatte ich allzu deutlich gespürt. Diese absolute Ausnahmesituation. Und ein kleines bisschen, das musste ich mir eingestehen, hatte es auch Spaß gemacht. Es war ja gut ausgegangen für mich. Ich lag nicht im Krankenhaus wie nach meinem letzten Kampf.

»Wo warst du eigentlich, bevor du heimgekommen bist?«, fragte Felix mich. »Könnte dir jemand gefolgt sein?«

Ich überlegte, ob ich ihm von den Erdbeeren im Garten meiner Oma erzählen sollte, da klingelte sein Handy. Wie immer ging er ran. Es war mir egal.

»Servus ... Ein Alibi? Der Kreitmayer? Ja, wo kommt denn das jetzt her? ... Schau an! ... Wie? ... Josef Friesenegger? Der will mit dem Kreitmayer den ganzen Samstag zusammen gewesen sein während der Jagd? Aha? Und was sagt er, warum er uns das nicht gleich gesagt hat? ... Da brauchen wir jetzt wohl Zeugen für das Alibi von dem Friesenegger? ... Unfassbar ... Ja. Danke. Ja, klar interessiert mich das, logisch. Danke.« Kopfschüttelnd legte er das Handy auf den Tisch.

»Der alte Mann, der die Tat gestanden hat, was wir ihm sowieso nicht glauben, hat jetzt ein Alibi für die Tatzeit, das er gar nicht gebraucht hätte, meine ich, wenn er bei der Wahrheit geblieben wäre. Aber jetzt hat er für die falsche Tat ein vielleicht echtes oder falsches Alibi. Es täte mich nicht wundern, wenn der sein Alibi abstreitet. So einen wie den hatten wir noch nie.«

»Ach ja?«, versuchte ich harmlos zu klingen, während ich auf einen Bierfilz starrte, von wo mich ein dickes Mönchsgesicht angrinste. Mir war ein wenig flau zumute. Gab es einen Paragraphen für die Anstiftung zum Alibi?

»Franza?«, fragte Felix.

»Ich komm gleich wieder.«

Ich stand auf, zeigte Flipper das Handzeichen für *Bleib* und ging zur Toilette. Dort schöpfte ich kaltes Wasser in mein Gesicht und versuchte, klar zu denken.

Wenn ich Felix gestand, dass ich hinter diesem Alibi steckte, war alles kaputt.

Als ich zurück zum Tisch kam, wartete die Pasta auf mich. Hungrig machte ich mich drüber her. Felix schaute mir grinsend zu. »Ich mag Frauen mit großem Appetit«, sagte er.

»Möchtest du einen Rotwein dazu?«

Ich schüttelte den Kopf. »Ich bleib lieber nüchtern.«

295

»Hat das einen Grund?«

»Nüchtern ist doch schön, oder?«, flirtete ich ihn ein wenig an.

»Ich würde gern deine SMS decodiert haben.«

»Sag bloß, du hast die nicht begriffen?«, schäkerte ich.

»Ich glaube schon. Die Frage dient lediglich der Überprüfung meiner Kompetenz in Sachen Franza Fischers Logik.« Er räusperte sich. »Du bist nicht schwanger?«

Ich zuckte mit den Schultern.

»Aber das hast du mir doch mitgeteilt. Chiffriert.«

Ich überlegte, was genau ich geschrieben hatte. »Als Kind habe ich mir immer ein Pferd gewünscht. Das habe ich geschrieben, oder?«

»Ja.«

»Und das bedeutet in deiner Dechiffrierung, dass ich nicht schwanger bin?«, staunte ich.

Er zögerte, dann nickte er.

Ich prustete laut heraus. »Als du dein Essen sehr scharf haben wolltest, dachte ich, Wahnsinn, wir haben so viele Gemeinsamkeiten.«

»Das ist Franza-Fischer-Logik!«

»Nein, das ist Logik!«

»Also bist du doch schwanger?« Er starrte mich an, und ich versuchte in seinen Augen zu lesen, was ein Ja für ihn bedeuten würde. Er ließ mich nicht rein.

»Ich weiß es nicht. Es war jedenfalls sehr gefährlich – am dreizehnten Tag.«

»Wann weißt du es?«

»Das müsstest du eigentlich wissen ... als Vater.«

Er zuckte zusammen.

»Von Sinah«, schob ich erschüttert nach.

Das war deutlich gewesen. Er wollte das nicht, was ich auch nicht wollte, aber weil er es nicht wollte, wollte ich es doch, nein, ich wollte es wollen. Jedenfalls wollte ich, dass er wollte, damit ich nicht zu wollen brauchte.

»Den Test kannst du schon zwei Tage vor dem erwarteten Zeitpunkt deiner nächsten Regel machen«, klärte er mich auf.

Verblüfft nickte ich. »Aha.« Ich hatte geglaubt, damit müsste ich warten, bis die Regel ausgeblieben war.

»Und was hat es nun mit dieser rätselhaften SMS auf sich?«, fragte er.

»Ich kenne einen, der könnte die mit dem Pferdekopf kennen Er hört sich mal um.«

»Du kennst einen, bitte was? Wer?« Felix beugte sich vor.

»Der kennt sich aus.«

»Womit?«

»Der Mafia.«

Felix atmete tief durch. »Franza, ich weiß, dass du mir helfen willst.« Er sah aus, als hätte er mich am liebsten gepackt und geschüttelt. Er stülpte sich ein Lächeln darüber, das mich nicht beruhigte. »Aber am meisten hilfst du mir, indem du gar nichts tust. Es macht mich wahnsinnig, wenn ich zu allem Ärger, den ich sowieso schon habe, auch noch dauernd darüber nachdenken muss, was du als Nächstes anstellst. Heute Nacht hast du großes Glück gehabt. Sie waren höchstwahrscheinlich unbewaffnet. Sie haben nicht mit Widerstand gerechnet. Zwei Typen, eine Frau, das ist nicht mal ein Warm-up für solche Schläger. Einer hält fest, der andere ...« Felix brach ab, und in seinem Gesicht las ich sein Entsetzen, und so bekam ich doch noch einen Stich ab. Mitten ins Herz.

»Russen?«, desinfizierte ich mit Wodka.

297

»Es gibt keine Russen für dich, verdammt noch mal. Lieber wär es mir, es wären irgendwelche Besoffenen gewesen.« Felix stöhnte. »Das wär der blanke Wahnsinn. Franza Fischer gegen die Russenmafia.«

»Also glaubst du es doch!«

»Ich will es nicht glauben! Denn dann, Franza, weiß ich nicht, wie ich dich beschützen soll. Wenn die einen Schlägertrupp losschicken, dann haben die einen Grund. Was vermuten die, wer du bist, was du weißt? Wie bist du in deren Fokus geraten? Und vor allem: Wie bringen wir dich da wieder raus? Wenn eine kriminelle Organisation aktiv wird, fühlt sie sich bedroht oder zumindest empfindlich gestört. Am liebsten bleiben die nämlich unsichtbar. Und das wäre auch für dich das Beste. Untertauchen. Unsichtbar werden. Mir fällt im Moment keine andere Möglichkeit ein. Sie haben ihr Ziel nicht erreicht. Sie werden wiederkommen.«

»Sie werden wiederkommen?«, stammelte ich.

»Die lassen sich was anderes einfallen. Ich bezweifle, dass die noch mal offen angreifen.«

»Was meinst du mit, was anderes?«, fragte ich. Meine Stimme klang dünn.

»Gibt es sonst noch jemanden, der dir nichts Gutes will? Nur, damit wir nichts übersehen.«

Sepp Friesenegger wusste, wo ich wohnte. Ich hatte ihm meine Visitenkarte gegeben wie auch der Erzieherin im Waldkindergarten. Lediglich Letzteres berichtete ich Felix.

»Ich habe die Erzieherin gebeten, falls sie eine Hülse findet, dass sie das der Polizei meldet.«

»Das haben die Kollegen bestimmt auch gemacht, die in dem Waldkindergarten waren.«

»Nein.«

»Dann ist es ja gut, dass Hilfspolizistin Fischer hier nachgebessert hat.« Meinte er das zynisch?

Ich lächelte ihn an. Entwaffnend, wie ich hoffte.

»Da kommt doch noch was nach?«, fragte er.

»Nein, das war's«, behauptete ich. Mehr schaffte ich nicht. Ich wollte ihm alles gestehen, aber ich konnte nicht.

»Und sonst? Wenn du dich überall so benimmst wie bei mir, dann müsste es in deinem Umfeld einige Leichen geben.« Er sagte es nicht gehässig, er stellte es einfach fest, vielleicht sogar mit einer Spur Nachsicht. Die ich überhörte.

Abrupt stand ich auf. Mein Stuhl fiel um. Die Umsitzenden starrten mich an. Verstört blickte Flipper von mir zu Felix und zurück, und als ich loslief, folgte er mir mit hängender Rute. Ich drehte mich nicht um. Schon vorne an der Lindwurmstraße tat es mir leid. Ich hatte einfach nicht mehr sitzen bleiben können. Ich musste mich bewegen. Es war so eng geworden, so entsetzlich eng, dass ich kaum mehr Luft bekam. Ich zückte mein Handy. Da sah ich die Uhrzeit. Siedend heiß fiel mir ein, dass ich heute Vormittag Unterricht gehabt hätte. Verdammt! So was war mir erst einmal passiert. Noch dazu in Enzos Studio. Wie peinlich! Ich drückte die Nummer des Fitnessstudios, unterbrach den Verbindungsaufbau. Jetzt wäre mir die Russenmafia zupassgekommen, doch nur für ein Gastspiel. Entschuldigung, ich wurde entführt und kann die Osteoporosegruppe nicht leiten.

Als ich wieder am Café Rothmund stand, war Felix weg. Ich rief ihn an. Ich wollte mich entschuldigen. Besetzt. Seine SMS erreichte mich drei Sekunden danach. *Kannst du für ein paar Tage zu einer Freundin ziehen? Wenn du keine hast: Du kannst bei mir wohnen.*

Wenn dir das zu eng ist: Ich kann woanders übernachten. Pass auf dich auf! F.

»Wenn du keine hast«, las ich Flipper laut vor. »Was glaubt der, was ich bin? Ein Monster?«

Meine Hände zitterten. Ich setzte mich auf die Treppenstufen eines Hauseingangs. Ein Notarztwagen fuhr vorüber. Da vorne war die Frauenklinik Maistraße. Flipper rückte dicht auf. Fragend stupste er mich an und schaute mir in die Augen. Wie immer, wenn er sich anders verhielt, als es sich für einen Hund gehörte, rührte er mich damit sehr. Flipper lebte mit Menschen, und die kuckten sich an. Ich konnte die Tränen nicht zurückhalten. Mit brennenden Augen schrieb ich eine SMS an Felix. *Entschuldigung. Ich bin mit den Nerven ziemlich am Ende.* Dann löschte ich die SMS und tippte: *Man soll Dienstliches und Privates nicht vermischen, F.*

Das schickte ich weg. Denn ich war ein Monster. Drei Minuten später erhielt ich die Quittung: *Es geht hier nicht um dich. Es geht um Flipper. F.*

Und um unsere Ehre, dachte ich. Ich tippte *Entschuldigung für alles. Und danke für alles.* Reden konnten wir später. Hoffentlich. Wenn ich meine Schuld eingelöst hätte. Wenn dieser Fall zu den von Felix gelösten gehörte. Wie ich das anstellen wollte, davon sollte Felix lieber keinen Wind bekommen. Ich setzte meinen Plan von gestern in die Tat um. Eine Telefonsäule fand ich erst am Sendlinger Tor. Die Nummer, die mir der Taxichauffeur gebracht hatte, konnte ich auswendig.

»Ja?«, meldete sich eine Männerstimme.

»Ich interessiere mich für Galina. Die mit dem Pferdekopftattoo«, sagte ich.

»Wer spricht?«

»Ich habe eine Vermittlungsagentur mit exklusiven Kunden

und Sonderwünschen, ich wäre an einer Zusammenarbeit interessiert.«

»Wie ist das Wetter bei euch?«, fragte der Mann und brachte mich damit völlig aus dem Konzept.

»Schön«, sagte ich automatisch, und dann tutete es. Ich starrte den Hörer an, als würde da noch was nachkommen, aber es kam nichts, obwohl ich mehrere Varianten probierte:

»Es sieht nach Regen aus.«

»Über Nacht ist Wind aufgekommen.«

»Es soll besser werden.«

Verdammt! Ich hätte ein Passwort gebraucht.

55

Als Felix' Handy klingelte, hoffte er, Franza würde sich melden. Er machte sich Sorgen um sie, denn sie benahm sich noch unberechenbarer als sonst. Was kein Wunder war nach dem Überfall. Manche Menschen brauchten Wochen, bis sie so was verarbeitet hatten. Vielleicht konnte er ihr das am Telefon vermitteln, wenn es schon persönlich nicht ging. Die schönsten Gespräche hatten sie, wenn er es recht bedachte, am Telefon geführt.

»Hallo?«, wiederholte er, und da niemand antwortete: »Tixel!«

»Hier Silvia Wolfram.«

Felix brauchte ein paar Sekunden, um den Namen mit einem Gesicht zu verbinden. »Ich bin die Vermieterin von Gerd Jensen«, erklärte sie.

»Ich weiß.«

»Mir ist da noch etwas eingefallen.«

»Danke, dass Sie anrufen. Aber ich bearbeite den Fall nicht mehr. Bitte wählen Sie als letzte Ziffern die eins und die acht, und geben Sie Ihre Information an meine Kollegin Laura Lichtenstern.«

»Das ist aber ein schöner Name.«

»Ja«, sagte Felix ungeduldig.

»Ich möchte lieber mit Ihnen sprechen. Ihre Kollegin kenne ich nicht. Ich weiß doch gar nicht, ob die das verstehen kann, was ich mitzuteilen habe.«

Genervt schlug Felix mit den Fingern auf das Lenkrad. »Können Sie morgen zu uns in die Dienststelle nach Fürstenfeldbruck kommen?«

»Ich hab kein Auto.«

»Also gut. Um zehn bei Ihnen?«

»Darf ich Sie zu einem Frühstück einladen?«

»Nein, danke. Ein Gespräch reicht mir vollkommen.«

Er drückte sie weg. Zwei Minuten später vibrierte das Handy erneut. Baumann von der Spurensicherung.

»Ich hab gedacht, ihr macht um vier Feierabend!«, zog Felix seinen Kollegen auf.

»Wir arbeiten ja normalerweise nur halbtags. Also doppelt so lang wie ihr«, stieg Baumann darauf ein. »Ich hab da was für dich.«

»Aha?«, fragte Felix abwartend. Er rechnete mit keiner wichtigen Nachricht im Eisdielenfall. Den meinte Baumann auch nicht. Er sprach so, als wäre es noch nicht zu ihm durchgedrungen, dass Felix vom Jägerfall abgezogen war. Allerdings erwähnte er am Ende des Telefonats, dass Laura ebenfalls informiert sei. Die Waldkindergartentante hatte etwas glitzern sehen unter einem Baum. Offenbar waren am Wochenende Beerenpflücker unterwegs gewesen, die sich einen Weg freigeschnitten hatten. »Mein Gespür sagt mir«, sagt Baumann, »das könnte ein Treffer sein.«

»Na also!«, rief Felix.

»Hast du der Kindergartentante gesagt, wonach sie suchen soll? Das klang fast danach. Ich meine, die Idee finde ich prinzipiell schon gut, aber die Presse soll davon keinen Wind bekommen.«

»Ach, das war bestimmt eigenmotivierte Neugier«, erwiderte Felix locker.

303

»Ja, wahrscheinlich. Also dann, schönen Nachmittag. Ist einfach ein besseres Gefühl, wenn sich was tut.«

»Unbedingt!«

Felix überlegte kurz und rief dann Laura an, um ihr von dem bevorstehenden Gespräch mit Frau Wolfram zu erzählen.

»Find ich gut, wenn du das übernimmst. Danke. Da habe ich wenigstens den Samstag frei. Ich fahre nämlich mit dem Johannes zu der Witwe Jensen und den Kollegen. Montag fliegen wir. Das war doch dein Ansatz, dass es jemand geben könnte, dem daran gelegen ist, dass der Jensen nicht zurückkommt. Ich habe mir die Akten noch mal durchgelesen. Das gibt alles zu wenig her. Schade, dass du nicht mehr im Boot bist. Ich arbeite gern mit dir, Felix. Nur, damit du das mal weißt.«

»Danke gleichfalls. Aber unser nächster gemeinsamer Fall kommt bestimmt.«

»Womöglich passiert er gerade«, orakelte Laura.

56

Ich war noch keine Stunde zu Hause, als es klingelte. Normalerweise kann ich unangemeldeten Besuch nicht ausstehen, doch ich glaubte zu wissen, wer hinter dem kurzen schnellen Ton steckte, und riss die Tür auf. Ich täuschte mich. Es war nicht meine Nachbarin Rosina Markelstorfer mit einem Kuchenteller in der Hand. Die zwei Männer Mitte dreißig in sportlicher Kleidung kannte ich nicht. Flipper kannte sie auch nicht, im Gegensatz zu mir gedachte er diesen Zustand jedoch umgehend zu ändern und schoss in den Hausflur. Üblicherweise reißt unangemeldeter Besuch, der mit dem schwarzen Riesen konfrontiert wird, die Arme nach oben. Nicht diese zwei. Unbewegt blieben sie stehen. Sie beachteten Flipper gar nicht. Und mich eigentlich auch nicht, obwohl sie mich beide anblickten, doch ohne jegliche Mimik. Zeugen Jehovas hätten gelächelt.

»Können wir reinkommen?«, fragte der eine der beiden, der obwohl blond und blauäugig, genauso aussah wie der andere, der dunkelhaarig und braunäugig war. Kantige Gesichter über sportlichen Körpern mit Frisuren, denen auch häufiges Duschen nach hartem Training nicht das Stehvermögen raubte.

»Kennen wir uns?«, fragte ich.

Wie beim Synchronschwimmen zückten beide einen Ausweis, hielten ihn mir kurz vor die Nase und steckten ihn wieder weg.

Der Braune machte Anstalten, die Wohnung zu betreten. Ich versperrte ihm den Eingang.

»Kann ich Ihre Ausweise noch mal sehen?«

Die beiden wechselten einen Blick.

»Sie können sich über uns erkundigen«, sagte der Blonde. »Rufen Sie unsere Dienststelle an. Wir sind vom BKA, Bundeskriminalamt.« So sahen also Felix' Feinde aus. Solche wie die hatten ihm seinen Fall weggenommen. Wegen solchen war er bei mir im Hinterhof gesessen, als hätte er jemanden erschossen.

»Und wo finde ich die Telefonnummer von Ihrem Klub?«, fragte ich.

»Zum Beispiel im Internet.«

»Ach, und Sie wissen die nicht?«

»Wie wollen Sie unsere Identität überprüfen, wenn wir Ihnen die Telefonnummer diktieren, unter der Sie dies tun sollen?«, fragte der Braune und zeigte seine Zähne. Ebenmäßig. Kräftig. Weiß. Flipper hatte sich neben mich gesetzt und wartete das Ergebnis der Verhandlungen ab.

»Moment«, sagte ich und schloss die Tür.

Sie reinlassen? Hatte ich eine Wahl? Tatsächlich beim BKA anrufen? Wenn sie das von sich aus anboten, stimmte es wohl, aber sie konnten sich vielleicht auch darauf verlassen, dass das alle glaubten, wenn sie es vorschlugen – und es deshalb unterlassen würden. Hoch gepokert, doch in diesen Gesichtern würde auch ein Royal Flash spurlos verschwinden.

Felix hatte mir einmal erzählt, dass die meisten Menschen, mit denen er beruflich zu tun hatte, sich anders verhielten als in Fernsehkrimis. Die waren nicht cool und ließen die Beamten abtropfen oder weigerten sich, Fragen zu beantworten, verspotteten oder beschimpften die Cops. Oder behaupteten: Das geht Sie einen feuchten Dreck an. Die meisten Menschen arbeiten anstandslos mit der Polizei zusammen – so lange sie nichts zu verbergen haben. Und die Polizei hatte auch das Recht, Fragen zu stellen. Je nach Status des Gegenübers – ob Zeuge oder Beschuldigter – hatte die Polizei verschiedene Möglichkeiten. Deshalb gab es ja die Belehrung. Bei der Eignungsprüfung zur Polizistinnenfreundin war ich vielleicht durchgefallen. Ich hatte keine gute Personenbeschreibung meiner beiden Angreifer liefern können. Vielleicht konnte ich jetzt ein bisschen gutmachen. Ich würde Felix Rückendeckung geben. So öffnete ich die Tür, bat die beiden Männer herein und forderte Flipper mit einem Handzeichen auf, sich ins Platz zu legen.

Der Blonde machte Anstalten, mein Wohnzimmer zu betreten.

»Nein«, sagte ich.

Er zuckte mit den Schultern und lehnte sich an die nun geschlossene Eingangstür, womit er sie blockierte, was mir nicht gefiel.

Sein Begleiter kam ohne Umschweife zur Sache: »Wir wollen wissen: Was haben Sie am Wilden Hund gemacht? Bei diesem Haus im Wald?«

»Welches Haus?«, fragte ich, um Zeit zu gewinnen. Sollte ich ganz offen fragen: Das Haus von der Russenmafia? Oder brachte ich Felix damit in Schwierigkeiten? Ich beschloss, jede meiner Aussagen daraufhin abzuklopfen: *Felix schützen*, lautete meine Mission. Mir würde nichts von dem herausrutschen, was er mir über den Fall erzählt hätte. Ich kannte keinen Herrn Kreitmayer, und niemals hatte ich Felix' Schlüssel entwendet. Diesmal würde ich erst denken, dann reden oder handeln. Ich musste mich so

307

verhalten, dass niemand auf die Idee kommen würde, ich verberge irgendetwas.

Der Braune sagte: »Sie wissen, welches Haus.«

»Ach, Sie meinen das mit den unfreundlichen Bewohnern?«

»Können Sie das präzisieren?«

»Es könnte ein Rumäne gewesen sein, ein Pole, Tscheche, irgend so was.«

»Wer?«

»Der Mann.«

»Wie sah er aus?«

»Wie ein Rumäne.«

»Woher wissen Sie, wie ein Rumäne aussieht?«

»Na, er hat so komisch gesprochen, also nicht komisch, eben mit Akzent. Osteuropäisch.«

»Was glauben Sie?«

»Ich weiß nicht. Jedenfalls war es kein Deutscher.«

»Was hat er genau gesagt?«

»Dass ich weggehen soll.«

»Wie hat er es gesagt?«

»Weggehen, ich weiß nicht, irgendwas.«

»Versuchen Sie sich zu erinnern.«

»Das ist schon so lange her.«

»Wie lange genau?«

»Also ... Das war letzte Woche irgendwann.«

»Wann letzte Woche?«

»Das weiß ich doch jetzt nicht mehr.«

»Haben Sie einen Kalender?«

»Nein«, behauptete ich.

»Dann versuchen Sie sich zu erinnern.«

»Das hab ich schon.«

»Nehmen Sie sich Zeit. Wir sind nicht in Eile.«

Die beiden schauten mich frontal an, nicht beleidigt oder unsympathisch, sie schauten blicklos, wie Scanner. Ich hatte den Verdacht, dass sie alles registrierten, vielleicht sogar die Intensität meines Atems, meinen Pulsschlag, konnte man den nicht in den Pupillen erkennen?

Ich hielt den Kopf leicht schräg als würde ich nachdenken, kniff die Augen zusammen und nannte dann – »Am Mittwoch letzte Woche war es« – irgendeinen Tag, der Mittwoch bot sich an, fand ich, einen Mittwoch verwechselte man leicht mit einem Dienstag oder Donnerstag. Davon abgesehen konnte ich mich wirklich nicht erinnern.

»Und wann noch?«

»Am Tag danach vielleicht.«

»Haben Sie an beiden Tagen mit dem Mann gesprochen?«

»Nein.«

»Bitte beschreiben Sie den Mann.«

»Mittelgroß, mittelalt, mitteldick.«

Wieder wechselten Sie einen Blick.

»Sind Sie dort noch weiteren Personen begegnet?«

»Nein.«

»Sie behaupten also, Sie hätten nur diesen einen Mann gesehen?«

»Und einen Jogger mal, glaube ich.«

»Und wen haben Sie sonst noch gesehen?«

»Niemand?«

»Wenn Sie genau nachdenken?«

Ich schwieg.

»Sind Ihnen sonst keine anderen Personen aufgefallen?«

»Wieso fragen Sie immer das Gleiche?«

»Weil ich die Wahrheit hören will.«

»Glauben Sie, meine Erinnerung wird wahrer, wenn Sie öfter danach fragen?«

»Was haben Sie an dem Haus gesehen?«

»Mauern.«

»Ist Ihnen irgendetwas aufgefallen?«

»Ich habe mir gedacht, dass ich da auch gern wohnen würde.«

»Ist Ihnen sonst noch etwas aufgefallen?«

Ich schüttelte den Kopf.

»Warum sind Sie dort spazieren gegangen?«

»Weil ich einen Hund habe.«

»Warum dort?«

»Weil ich da noch nie war.«

»Sie waren also das erste Mal an diesem Haus, als Ihr Hund die Waffe gefunden hat?«

Überrascht musterte ich den Blonden. Aber natürlich. Das wusste der. Ich nickte.

»Danach sind Sie noch einige Male dort gewesen. Wie oft?«

»Zwei-, dreimal.«

»Also dreimal?«

»Kann sein.«

»Auch viermal?«

Ich schwieg.

»Warum?«

»Weil es dort schön ist.« Mir wurde heiß. War das jetzt eine offizielle Vernehmung? Dann hatte Felix mich bislang mit Samthandschuhen angefasst.

»Wo waren Sie denn heute vor drei Monaten, beispielsweise im Juni spazieren?«, fragte der Braune.

»Am Starnberger See.«

»Wo genau?«

Worauf wollten die hinaus? Wollten die überprüfen, ob ich ihnen das mit dem Hochsitzfall verschwieg?

»In Wampertskirchen, in Feldafing, in Seeshaupt.«

»Wie oft waren sie in Seeshaupt?«

»Einmal.«

»Also ist das keine typische Gewohnheit von Ihnen, dass Sie so oft an einen Ort fahren.«

»Wenn es da schön ist.«

»Und das ist es nicht in Seeshaupt?«

»Doch.«

»Aber?«

»Zu viele Leute.«

»Und die gibt es dort nicht, nur den Mann, der Sie vom Grundstück vertrieben hat?«

»Ja.«

»Also waren Sie auch auf dem Grundstück?«

»Nein! Ich war vor dem Haus. Man kommt ja gar nicht rein.«

»Das Tor war immer zu?«

»Ja.«

»Jedes Mal?«

»Ja!«

Der Blonde griff in seine Jackentasche und hielt fünfzig Zentimeter vor meinen Augen ein Foto in die Luft. Das Tor zum Haus war offen, und am rechten Bildrand erkannte ich Flipper. Ich wollte nach dem Foto greifen. Er zog es weg und steckte es wieder ein.

»Sie verstehen sicher, dass wir ein wenig an Ihren Angaben zweifeln müssen?«

»Das hat doch nichts mit mir zu tun, wenn das Tor mal offen war.«

311

»Womit denn dann?«

»Da ist ein Auto rausgefahren.«

»Was für ein Auto?«

»Wenn Sie selbst da waren, werden Sie das ja wohl wissen, bestimmt haben Sie auch ein Foto davon.«

Wieder wechselten Sie einen Blick.

»In welcher Beziehung stehen Sie zu Hauptkommissar Tixel?«, fragte der Blonde.

»Ich kenne ihn flüchtig.«

»Was verstehen Sie unter flüchtig?«

»Er leitete die Ermittlung in einem Fall, bei dem ich Zeugin war. Und Geschädigte. Aber das wissen Sie doch selbst. Haben Sie nichts Besseres zu tun als dauernd Sachen zu fragen, die Sie ohnehin wissen?«

»Haben Sie viele flüchtige Bekannte?«

»Nein.«

»Wie oft sehen Sie jemanden in der Regel, den Sie nur flüchtig kennen?«

»Da gibt es keine Regel, sonst wäre es ja nicht flüchtig.«

»Bitte versuchen Sie sich das Haus in Erinnerung zu rufen. Das Tor stand offen. Was haben Sie gesehen?«

»Nichts.«

»Und beim ersten Mal, als Sie am Haus waren? Sind Sie da um das Grundstück gegangen?«

»Ich habe doch vorhin schon gesagt ...«

»Was haben Sie gesehen?« – »Wer hat Sie gesehen?« – »Mit wem haben Sie gesprochen?« – »Ist Ihnen irgendetwas Außergewöhnliches aufgefallen?« – »Woran erinnern Sie sich?« – »Haben Sie irgendwelche Vermutungen bezüglich des Hanses?« – »Was verstehen Sie unter mittelgroß, mittelalt, mitteldick?« – »Können

312

Sie das präzisieren?« – »Ich will jedes Detail wissen.« – »Um wie viel Uhr waren Sie dort?« – »Von wann bis wann genau?«

Eine Stunde später hatte ich das Gefühl, man hätte mir jede Hirnwindung einzeln ausgewrungen. Ich war fix und fertig, völlig ausgelaugt. Ein Marathon war ein Witz gegen diese Schikane. Wie oft hatten sie mich dasselbe gefragt. Zehnmal? Hundertmal? Pingpong auf dem Glatteis hatten sie mit mir gespielt; der Ball, das war ich.

Ich riss alle Fenster auf und sah gerade noch, wie die Hoftür sich hinter dem Braunen schloss. Auf dem Tisch lag ein Zettel mit einer Telefonnummer, wo ich anrufen sollte, wenn mir noch etwas einfiel. »Wenn Ihnen nichts einfällt, Frau Fischer, kommen wir in ein, zwei Tagen noch einmal, um zu hören, ob Ihnen doch etwas eingefallen ist.«

»Manchmal ist eine Erinnerung ein bisschen träge ... ein Erfahrungswert.«

»Und bis dahin – kleiner Tipp unter Freunden: Gehen Sie dort nicht mehr spazieren. Meiden Sie besser die Gegend. Haben Sie das verstanden?«

Ich nickte.

»Es ist zu Ihrer eigenen Sicherheit«, sagte der Braune.

»Nur zu Ihrem Besten«, echote der Blonde.

Ich trank ein großes Glas Wasser. Dann setzte ich mich neben Flipper und versuchte mich zu beruhigen. Das war eine Situation, auf die war ich weder in meiner Schulzeit noch in meinem Sportstudium vorbereitet worden. Dass die mich nach Lust und Laune eine Stunde ausfragen konnten. Ich suchte die Telefonnummer

313

der Polizeiinspektion im Hasenbergl, das erschien mir weit genug weg, und erkundigte mich dort, wie ich verifizieren könnte, ob jemand, der behauptet hätte, von dort zu kommen, tatsächlich zum BKA gehöre. »Indem Sie da anrufen«, sagte mein Gesprächspartner. Das machte ich, wurde dreimal erfolgreich verbunden, obwohl es immerhin Freitag gegen fünf war, und nach den Namen der Herren gefragt. Ich erinnerte mich nur bruchstückhaft an einen. Bis mir beide bestätigt wurden. Treffer.

Ich drückte den roten Knopf. Flipper beobachtete mich aufmerksam. Ich legte das Telefon auf den Tisch. Flipper machte den Hals lang und schnupperte. Alles, was auf dem Tisch lag, war streng zungen- und schnupperverboten.

»Du meinst?«, fragte ich ihn.

Flipper zog seinen Hals zurück und setzte sich manierlich neben den Kühlschrank, von wo aus er mich weiterhin beobachtete. Ich wiederum beobachtete mein Telefon, und je länger ich es anstarrte, desto klarer erschien mir alles. Von außen war ihm nichts anzusehen. Wie bei einem Atomkraftwerk. »Nur mal angenommen«, sagte ich zu Flipper, »unser Telefon wird abgehört.«

Er spitzte die Ohren. Vor Schreck legte ich mir die rechte Hand über den Mund. Und wenn es nicht nur das Telefon war? Konnten sie Wanzen in meiner Wohnung versteckt haben? Ich winkte Flipper nah zu mir und flüsterte »Such!« in sein Ohr, doch das war ihm nicht konkret genug. Abwartend schaute er mich an. »Such die Wanze«, brachte natürlich nichts, wahrscheinlich roch eine Bettwanze intensiver, doch ich machte es trotzdem, ja ich wusste nicht mal, wie so ein Abhörteil aussah. Vielleicht wie eine runde Mikrobatterie? So klappte es manchmal, indem ich mich auf einen Gegenstand konzentrierte, brachte Flipper ihn, das hatte er schon mehrfach eindrücklich bewiesen, einmal sogar

314

bei Felix. Auf diese Art hatte er die Tatwaffe im Hochsitzfall gefunden. Drehte ich jetzt durch? Es sah ganz danach aus. Oder ... hatte ich nur den richtigen Riecher? Immerhin hatten sie mich ohne mein Wissen fotografiert. Wenn sie mich beobachteten: Warum hatten sie mir bei dem Überfall nicht geholfen? Wie war das mit dieser erschossenen Polizistin, bei deren Tod angeblich auch Mitarbeiter des Verfassungsschutzes anwesend waren und nicht eingegriffen hatten? Wie viele Fotos von wie vielen Orten hatten sie noch von mir? Präzisieren Sie das. Seit wann interessierten sie sich für mich? Nennen Sie Namen und Orte. Was wollen Sie von mir? Konkret! Präzisieren Sie! Wer steckt dahinter? Nervös lief ich in meinem Wohnzimmer auf und ab. Was bedeutete das alles? Ich war Fitnesstrainerin, kein Spitzel. Ich arbeitete nicht für die Russenmafia, und ich hatte auch keinen Polizeifreund, der mir Geheimnisse anvertraute, die ich womöglich ausplaudern konnte. Warum hatten sie mich nicht über meine Rechte belehrt? Das hätten sie tun müssen, das wusste ich von Felix, das musste immer gemacht werden, auch wenn es im Fernsehen unter den Schneidetisch fiel. Warum hatten sie mich nicht einmal nach dem Überfall gefragt? Wussten sie nichts davon, weil ich ihn auf meiner Polizeiinspekton angezeigt hatte? Wie waren die alle miteinander vernetzt? Ich musste Felix fragen, ob ich mich strafbar gemacht hatte. Ich tippte seine Nummer ein. Trennte die Verbindung. Ich durfte ihn nicht anrufen. Nicht von hier.

»Hallo, hört ihr mich?«, fragte ich, vermutlich mit einem irren Grinsen im Gesicht, in den Flur, und Flipper wedelte leicht. Er mochte es, wenn ich mich nah an der Pforte zum Gassi aufhielt.

Und wenn sie schon einmal da gewesen waren? Gestern, vorgestern, irgendwann. Wenn die Wanzen längst installiert waren, vielleicht waren sie gekommen, sie diskret zu entfernen? Gab es

Geräte, mit denen sie die ausschalten konnten, nicht fernzünden, sondern fernstoppen? Heutzutage war mehr möglich, als ich mir ausmalen konnte. Und ich konnte mir immer besser vorstellen, wie es sich anfühlte, wenn man durchdrehte.

Ich versuchte klar zu denken. Wenn sie die waren, für die sie sich ausgegeben hatten, brauchte ich mir keine Sorgen zu machen. Ich war eine deutsche Staatsbürgerin und noch nie mit der Staatsmacht kollidiert. Ich hatte nichts zu befürchten. Wobei man das nie wusste. Ich hatte mal ein Radiofeature gehört auf dem Weg zu Anton Dürr, das war so spannend, dass ich das erste und einzige Mal zu spät gekommen war, weil ich bedeutend langsamer als gewöhnlich fuhr. Da war ein Mann unverschuldet in die Fänge des Verfassungsschutzes geraten und rund um die Uhr überwacht worden. Alles, was er trieb, schien verdächtig. Sobald ein Anfangsverdacht bestand, konnte man jede Begebenheit so drehen, wie man wünschte; im Prinzip war jeder Mensch verdächtig, man musste es nur aus dem falschen Blickwinkel betrachten. Hatten die meine Konten bereits überprüft und sich gefragt, warum mir ein hochkarätiger, angesehener Anwalt mit Mafiakontakten monatlich Geld überwies? Erpressung? Quatsch. Sicher gab es ein Foto von ihm und mir auf dem Trimm-dich-Pfad. Tarnung?

Ich musste mir ein Zweithandy besorgen. Sofort. Aber wie? Wenn ich eins mit Karte kaufte, musste ich meinen Ausweis vorlegen. Eins klauen? Woher wusste ich aber dann die Nummer? Ich konnte nicht davon ausgehen, dass alle ihre eigene Nummer unter »Ich« gespeichert hatten, das sollte ich auch mal ändern. Für ein legales Handy aus dem Shop brauchte ich einen falschen

Ausweis. So zwangen sie mich in die Kriminalität und hätten zum Schluss recht mit ihrem Anfangsverdacht. Andrea hatte drei oder vier Handys. Ich wählte ihre Nummer, drückte den roten Knopf, als sich die Verbindung aufbaute. Ob sie Nummern auch speicherten, wenn niemand abhob? Ob sie auch meine Versuche dokumentierten? Selbstverständlich konnte ich Andrea nicht von meinem Telefon anrufen und fragen, ob sie mir eines ihrer Handys leihen würde. »Vorsicht«, ermahnte ich mich selbst. Flipper sprang auf die Beine. Vorsicht kannte er. Vorsicht hieß es, wenn er sich auf der schmalen Brüstung der Isarbrücke neben mir sitzend umdrehte. Oder wenn er über einen Baumstamm balancierte. Vorsicht machte Spaß. Ich sagte es noch einmal. Bloß nicht einschüchtern lassen. Dann zog ich meine Joggingklamotten an. In denen fühlte ich mich gewappnet. Ich konnte sehr schnell rennen. Wenn sie mir tatsächlich auf den Fersen bleiben wollten, bräuchten sie einen fitten Kameraden. Nach zirka fünf Kilometern merkte ich, dass ich viel zu schnell gelaufen war, und drosselte das Tempo. Eine Pinkelpause hinter einem Baum überzeugte mich davon, dass uns niemand folgte.

Ich lief einen Halbmarathon. Ich fand das selbst zu lang, doch ich musste immer weiterrennen. Rennen tat gut. Es reinigte und erhellte die Zukunft, Schritt für Schritt. Ich würde heute bei meiner Freundin Andrea übernachten. Von wegen, ich hätte keine! »Könnte ich mal kurz Ihr Handy benutzen?«, fragte ich eine Joggerin am Tierpark, die ihre Dehnungsübungen unterbrach, um Flipper zu streicheln, und hielt ihr fünfzig Cent hin.

»Flatrate«, lehnte sie ab und gab mir ihr Telefon.

Ich rief Andrea an.

»Was ist denn das für eine Nummer?«

»Erzähl ich dir später. Kann ich heute bei dir schlafen.«

317

»Na klar! Hast du Handwerker im Haus?«

»So ungefähr.«

»Wann willst du denn kommen?«

»In einer Stunde.«

»Prima. Ich mach uns eine Paella. Um acht ist sie fertig. Vergiss das Hundefutter nicht.«

»Niemals!«

»Willst du noch wo anrufen?«, fragte die Joggerin, die sich nur ungern von Flipper trennte.

»Ich wüsste nicht, wo«, log ich.

*

Sie legte eine schwarze Mappe auf seinen Schreibtisch. »Das ist gerade reingekommen. Jens und Peter waren gestern bei ihr. Von dem Überfall hat sie kein einziges Wort gesagt, trotz zigfachen Nachfragens nach Besonderheiten.«

Er öffnete die Mappe und las ein Dokument.

»Wir werden die Observationsgruppe auf sie ansetzen«, ordnete er an.

57

»Das ist ja unfassbar!«, rief Andrea, nachdem ich alles erzählt hatte, was mir selbst nun völlig unglaubwürdig erschien, in Andreas gemütlicher Wohnung sitzend, den Bauch voller Paella und Flipper zu meinen Füßen entspannt zusammengerollt.

»Und was sagt Felix dazu?«, wollte Andrea wissen.

»Das frag ich ihn am besten gleich mal«, sagte ich und schnappte mir Andreas Telefon. Andrea machte Anstalten, mich allein zu lassen, doch bei Felix sprang die Mailbox an. Ich würde es später noch mal probieren, denn Andrea hatte Rufnummernunterdrückung programmiert. Manche ihrer Patienten zeigten sich zu anhänglich.

»Vielleicht ist er gerade bei einer Observation und kann nicht telefonieren«, sagte ich leichthin.

»O, wie spannend!«, rief Andrea.

Für einen Moment überlegte ich, ob ich ihr von den ungelegten Eiern erzählen sollte. Eigentlich hätte ich es gern getan, doch Andrea hatte die Angewohnheit, alles, was ich klein halten wollte, stets riesengroß aufzublasen. Ich würde es ihr erzählen, sobald meine Regel ausblieb und ich einen Test gemacht hatte. Ich finde nicht, dass man Probleme mit der Lupe suchen und dann wie besessen betrachten muss. Mir genügt es, sie in eine Ecke zu kehren oder noch besser, vor die Haustür. Aber auch ein Teppich drüber ist gut, der wirkt wie ein Pflaster. Da war Andrea anderer

319

Meinung, sie glaubte, unter dem Pflaster beginne es irgendwann zu schwären, zu eitern. Ich glaube, dass Dreck nicht eitert, ganz im Gegenteil, es entsteht neues Leben, Würmer und Einzeller und weiß der Kuckuck, der das Zeug dann auch gleich verdaut. Je länger ich mich einem Problem widme, desto größer wird es. Indem ich es ignoriere, entziehe ich ihm die Kraft zum Wachstum. Das klappte ziemlich oft. Leider nicht immer.

Andrea überließ mir nicht nur leihweise ein Handy, sondern auch ihr altes Arbeitszimmer mit Arbeitssofa, das sie nicht mehr benötigte, seitdem sie eine Praxis an der Wittelsbacherbrücke, die unsere Stadtviertel verband, unterhielt. Gemeinsam bezogen wir das Bett. Sie musste am nächsten Morgen um sechs zu einem Wochenendseminar aufbrechen und wollte um zehn im Bett liegen. Wir kicherten ein bisschen, und natürlich endete alles in einer Kissenschlacht, die Flipper so begeisterte, dass er ein Sofakissen anschleppte. Danach fielen wir schwer atmend auf das Bett. Andrea legte ihre Hand auf meinen Unterarm.

»Fühlst du dich eigentlich noch immer verfolgt?«, fragte sie.

Ich schwieg.

»Du fühlst dich also verfolgt«, stellte sie fest. »Im Grunde genommen ist es ja egal, ob man sich verfolgt fühlt oder verfolgt wird. Für einen selbst macht das keinen Unterschied.«

»Willst du mir irgendwas sagen?«

Andrea lächelte mich an. »Nein. Schlaf gut, Franza. Schön, dass du da bist.«

Sie streichelte Flipper über den Kopf und ging hinaus. Ich löschte das Licht und wartete eine Weile, ehe ich mich seitlich vors Fenster stellte und es vorsichtig öffnete. Mit langem Hals spähte ich hinunter. Der Verkehr floss ruhig. Alle Parkplätze waren besetzt. In keinem der Autos entdeckte ich eine aufleuchtende Glut. Niemand wusste, wo ich war. Niemand würde mich hier fotografieren. Ich kuschelte mich in das frühlingshaft duftende Bett und rief Felix an. Er ging sofort ran. »Du bist das! Wo bist du!«

»Bei einer Freundin«, sagte ich nicht ohne Genugtuung.

»Franza, warum läufst du immer weg?«

»Ich bin nicht weggelaufen«, sagte ich trotzig. Dann musste ich lachen. »Okay«, gab ich zu. »Es stimmt.«

»Du lässt einen ganz schön im Regen stehen«, sagte er.

Ich unterdrückte die Bemerkung, dass es nicht geregnet hatte. »Ja«, sagte ich schlicht.

»Was macht dir Angst?«

»Ich hab keine Angst.«

Er schwieg.

»Höchstens, dass Flipper was zustoßen könnte.«

»Du passt prima auf ihn auf. Sag mir, wo du bist.«

»In deiner Nähe«, sagte ich.

Da lachte er. »Das weiß ich, du verrücktes Huhn.«

Ich kuschelte mich noch gemütlicher in das Bett. »Hätte nichts dagegen, dich live hier zu haben.«

»Wenn du mir nicht verrätst, wo du bist ...«

»Das geht jetzt nicht«, bedauerte ich.

»Willst du mir was versprechen?«

»Was denn?«

»Ich möchte, dass du dich regelmäßig bei mir meldest.«

»Warum?«

»Weil ich dich kontrollieren will«, nahm er mir den Wind aus den Segeln. »Nur eine Weile.«

»Okay«, sagte ich.

»Also haben wir eine Vereinbarung.«

321

»Ja.«

»Und wie geht es dir jetzt, Franza?«

»Ich glaub, ich brauch ein paar Tage, bis ich diesen Überfall verdaut habe.«

»Das ist normal, Franza. So eine Situation kehrt das Unterste nach oben. Da wird einem schnell mal alles zu eng, und man rennt weg.«

»Rede nicht so mit mir!«

»Wie?«

»So offiziell.«

»Ich meine das nicht offiziell. Ich kenne mich eben aus mit ... Ereignissen, die den Alltag sprengen. Und was du gestern erlebt hast, war definitiv ein solches Ereignis.«

»Ich hab noch mehr erlebt.«

»Ja?«

»Ich hatte Herrenbesuch.« Ich erzählte ihm von den beiden BKAlern.

»Verdammt«, murmelte Felix.

»Ich hab kein Wort von dir gesagt.«

»Das ist ... nicht nötig, Franza. Du musst bei solchen Befragungen aufrichtig antworten. Mir macht etwas anderes Sorgen. Wenn sie bei dir waren ... Wenn sie dich ausdrücklich gewarnt haben, dass du dich keinesfalls bei dem Haus der Russen blicken lassen sollst ... Das gefällt mir gar nicht. Sag mal, kannst du nicht ein paar Tage verreisen?«

322

58

Ja, das konnte ich. Auf einmal schien sich alles zu lösen. Ich musste am Samstagmorgen einfach nur verschlafen und es nicht mehr zu meinem Yogaunterricht schaffen.

Das gelang mir in Andreas Gästezimmer ohne meinen Wecker hervorragend. Ich meldete mich krank. In allen Studios. Ich hatte überhaupt kein schlechtes Gewissen. Ich musste mich erholen. Wenn auch nicht wegen eines aggressiven Darmvirus, sondern wegen der Russen. Gefährlich. Ekelhaft. Hoch ansteckend.

»Bleib bloß zu Hause, bis du völlig auskuriert bist.«

»Mach ich.«

Ich duschte und frühstückte ausgiebig. Die liebe Andrea war mit Flipper schon um halb sechs kurz draußen gewesen. Mit ihrem alten, meinem neuen, Handy bedankte ich mich per SMS und checkte dann meine Mails.

Hallo, Frau Fischer,

Sie sind uns empfohlen worden. Wir suchen kurzfristig für eine Geschäftsführerin für eine Woche eine Personal Trainerin für ein Bootcamp. Start Samstag. Frau Dr. Falk befindet sich in einem Fünfsternehotel im Allgäu. Dort sollte auch das Camp stattfinden. Wenn Sie Kapazitäten frei haben, melden Sie sich bitte umgehend. Selbst-

verständlich würden wir diesen kurzfristigen Auftrag entsprechend honorieren.

Mit freundlichen Grüßen

»Samstag! Das ist heute!«

Ich riss das Telefon an mich ... und hatte Glück! »Soulution Group, guten Tag, mein Name ist Gunna Riebe, was kann ich für Sie tun?«

»Was kann ich für Sie tun?«, stellte ich die Gegenfrage und mich vor.

Ein Bootcamp hatte ich noch nie gemacht, was aber kein Problem war. Bootcamptraining stammt aus Amerika und wird dort eingesetzt, um kriminelle Jugendliche zu resozialisieren. Den Ansatz fand ich klasse, denn wer ausgepowert ist, hat auch keine kriminelle Energie mehr. In Deutschland wurde Bootcampen seit einiger Zeit als verschärftes Fitnesstraining angeboten und war ganz nach meinem Geschmack. Ich erfuhr, dass Frau Dr. Erika Falk sich in ihrem Wellnesshotel ein wenig langweile, sie sei ein sportlicher Typ und habe ihre Assistentin nun beauftragt, ihr eine Trainerin zu organisieren. Irgendetwas an der Art, wie Gunna Riebe sprach, kam mir komisch vor, und ich hatte den Verdacht, dass Frau Dr. Falk lange nicht so sportlich war, wie sie mich glauben machen wollte. Doch mir konnte es egal sein, und es war mir spätestens egal, als Gunna Riebe mir einen Tagessatz von siebenhundert Euro anbot. Hotel, Übernachtung, Verpflegung und diverse Extras wie Massagen zusätzlich.

»Neunhundert«, sagte ich, einfach mal so.

»Okay«, sagte sie.

Eine Viertelstunde später hatte ich das Angebot schriftlich. Ich googlete die Soulution Group, ein Eventmarketingunternehmen aus Berlin, und das genannte Hotel im Allgäu und konnte mein Glück kaum fassen. Wellness vom Feinsten! So was hätte ich mir niemals geleistet. Da fiel mir Flipper ein. Verdammt, war ich durch den Wind. Zehn Minuten später hatte ich auch ihn eingecheckt. Ich knuddelte meinen schwarzen Gefährten, dem das überhaupt nicht recht war. »Jetzt ist Franza total brav«, teilte ich ihm mit, und er wedelte. Brav kannte er. Es gehörte zu den wohlschmeckenden Worten aus seiner Welpenzeit, denen Wiener Würstchen folgten. Braver Flipper, brave Franza, alles im Dotter. Diesmal würde Felix sich nicht über mich ärgern müssen. Ich würde seinen Rat befolgen und einfach verschwinden. *Ich bin dann mal weg,* simste ich ihm.

*

Tichow schnippte die Zigarette aus dem halb geöffneten Fenster des dunklen 7er BMW.

Sein V-Mann-Führer reichte ihm ein Kuvert. »Für deine Auslagen.«

Tichow steckte es ein, zögerte.

»Ja?«, fragte der V-Mann Führer und ließ die Hand sinken, mit der er eben den Zündschlüssel hatte drehen wollen, um den Parkplatz an der Isar zu verlassen, der gern von Familien genutzt wurde, die in den Tierpark wollten.

»Ich soll die Frau mit dem Hund kaltmachen«, sagte Tichow und starrte nach vorne, wo zwei blonde Kinder einem roten Ball hinterherrannten.

Der V-Mann-Führer folgte seinem Blick. »Lass bloß deine Finger von der Frau«, sagte er ruhig.

»Deshalb erzähle ich es dir, Leo.«

»Wer will das? Wer hat dir den Auftrag gegeben?«

Tichow zündete sich die nächste Zigarette an und legte sie mit vier Zügen in Asche.

»Ich chabe nicht viel Zeit«, sagte Tichow, und der V-Mann-Führer hörte, dass sein bester Mann unter großem Stress stand. Es passierte ihm nur selten, dass sein Akzent durchdrang.

»Ich chabe drei Tage. In funf Tagen steigt die Party. Danach sind wir weg. Ich glaube nicht, dass in diesem Jahr noch einmal ein Treffen stattfindet. Also nicht hier. Vielleicht in Kiew. Vielleicht in London. Es ist nicht gut gelaufen für mich. Meine Objektschutzmannschaft hat dreimal Scheiße gebaut. Ich muss aufpassen.«

»Ich weiß.«

Tichows Wangenmuskeln mahlten.

Der V-Mann-Führer legte seine Hand auf Tichows sehnigen Unterarm, der aus seinem roten Hemd ragte. Der reagierte nicht darauf.

»Wir finden eine Lösung. Bis dahin hältst du die Füße still.«

Der V-Mann-Führer startete den Motor. Langsam rollte die dunkle Limousine über den knirschenden Kies des Parkplatzes.

59

Frau Wolfram hatte den Tisch für zwei gedeckt. Eier unter gehäkelten Häubchen, Schinken, Käse, Tomaten, drei Sorten Marmelade, Honig, Müsli. Felix starrte leicht fassungslos auf das Arrangement. Was sollte das hier werden. Ein Date?

Aber wenn er schon mal da war, konnte er auch eine Breze essen. Und er konnte ein Foto machen. Für Laura. Ein Beweismittel sozusagen, wie diese Frau versuchte, ihn zu bestechen. Frau Wolfram fühlte sich geschmeichelt, als Felix sein Handy zückte. Und dann fiel ihr etwas ein. »Ich muss Ihnen auch ein Foto zeigen.«

Felix nahm Platz.

»Kaffee?«

»Gern.«

Während Sie ihm aus einer Porzellankanne mit kleinen blauen Blümchen einschenkte, bat er sie: »Vielleicht erzählen Sie mir erst mal, was denn so dringend sein soll.«

»Nicht sein soll, Herr Kommissar! Es *ist* dringend. Sonst hätte ich Sie doch nicht gebeten, die weite Fahrt auf sich zu nehmen. Dieses kleine Frühstück hier ist quasi eine Entschädigung dafür.«

Felix nahm sich eine Breze aus dem geflochtenen Brotkorb, der mit einer rotweißkarierten Stoffserviette ausgelegt war.

»Vielleicht ist es ja auch nichts. Aber manchmal ist es doch gerade das Nichts, das einen auf die Spur bringt.«

Er nickte.

»Es geht um meinen Schwager, den Mann von meiner Schwester.«

Er trennte ein Stück Butter ab, streifte es an der Breze ab. »Ihren Schwager?«

»Ja. Ich habe mir das alles noch mal überlegt. Am Donnerstag war ich bei meiner Schwester. Ich habe Ihnen ja gesagt, dass ich keinen so tollen Kontakt zu ihr habe, seitdem sie geheiratet hat. Schmeckt es Ihnen?«

»Die Breze ist wirklich gut«, lobte Felix, der noch immer keine Ahnung hatte, wovon Frau Wolfram sprach.

Sie lächelte und fuhr fort. »Sie haben ja gebaut und dann die Kinder – also irgendwie war immer so eine Konkurrenz zwischen uns, und wie Sie bestimmt wissen, bin ich geschieden, da besucht man sich auch nicht so gern, weil bei ihr ist ja alles wunderbar.«

»Aha.«

»Sind Sie verheiratet?«

»Bitte?«

»Ein Polizeibeamter, der verheiratet ist, bekommt doch rund hundert Euro Zulage im Monat, oder nicht?«

»Ist Ihr Mann Polizist?«, fragte Felix.

»Exmann. Nein, Ingenieur. Also, was ich sagen wollte, wegen meinem Schwager. So wie die Frau Jensen mit ihrem Schwager umgegangen ist, als die hier waren, um die Wohnung auszuräumen. Also ich weiß jetzt nicht, wie ich das ausdrücken soll. Das war mehr als ein Schwager. Das war so nett, das war fast schon … innig. So behandelt man seine Verwandten normalerweise nicht. Angeheiratet noch dazu. Und wie ich jetzt bei meinem Schwager war und ihn mit meiner Schwester gesehen habe, da dachte ich mir, eigentlich wäre meine Schwester die Schwägerin.«

»Wollen Sie damit ausdrücken, dass Frau Jensen ein Verhältnis mit ihrem Schwager haben könnte?«, fragte Felix.

»Also das haben jetzt Sie gesagt«, nickte Frau Wolfram.

Felix dachte an den Schwager von Frau Jensen, den er in der Rechtsmedizin kurz gesehen hatte. Es war ihm nichts aufgefallen an ihm, er sah seinem Bruder nicht ähnlich, wobei es immer schwierig war, einen Toten mit einem Lebenden zu vergleichen. Dann fiel ihm Franza ein. War da nicht auch etwas gewesen ... Ja! Sie hatte die Jensen und den Schwager »zufällig« getroffen und war ihnen wohl eine Weile gefolgt. Sie hatte auch so eine Andeutung gemacht, und er hatte sie zurechtgewiesen.

»Vielleicht sieht man es sogar auf dem Foto«, sagte Frau Jensen und fummelte an ihrem Handy herum. »Das habe ich noch gemacht, bevor die wieder gefahren sind, nach dem Kaffee.«

Sie reichte Felix ihr Handy. Der warf einen kurzen Blick darauf, stockte. »Wer ist das?«, fragte er Frau Wolfram.

»Die Frau Jensen und ihr Schwager«, erwiderte sie.

»Das ist nicht der Schwager. Wenigstens nicht der, den ich kenne. Hatte Herr Jensen mehrere Brüder?«

Frau Wolframs Mund stand offen. »Ich weiß nicht.«

Felix entschuldigte sich und ging nach draußen, um zu telefonieren.

»Johannes! Bitte schau sofort nach, wie viele Geschwister der Jensen hat. Und ruf mich gleich an.«

»Äh, guten Morgen, Felix. Ich habe gar keinen Dienst, ich darf mit der Laura am Montag zu den Kollegen fliegen. Aber ... klar mach ich das. Ich kümmere mich darum.«

»Nein, musst du nicht, ich ruf jemand anders an.«

329

»Du bist also wieder dran am Jägerfall?«

»Vergiss es.«

»Schon passiert!«

»Frau Wolfram, das war wirklich eine wichtige Information. Danke, dass Sie uns angerufen haben. Aber ich bin trotzdem der falsche Ansprechpartner. Ich leite das weiter an die zuständige Kollegin Lichtenstern. Sie wird sich mit Ihnen in Verbindung setzen. Können Sie mir das Foto schicken?«

»Wie geht das denn?«

»Darf ich?«, fragte Felix, nahm ihr Handy und schickte das Bild an sich und Laura. Und nach einem kurzen Zögern auch an Johannes. Dann fragte er »Was ist Ihnen noch aufgefallen? An welchen Details haben Sie Ihren Verdacht festgemacht?«

»Alles, was mir aufgefallen ist, habe ich Ihnen erzählt. Aber wenn mir doch noch etwas einfällt, dann kommen Sie noch mal?«

»Leider nein, Frau Wolfram. Ich arbeite jetzt an einem anderen Fall.«

»Das ist wirklich schade.«

»Ja. Das finde ich auch«, erwiderte Felix.

60

Als ich, mit einem Kofferraum voller Sportklamotten gerüstet für alle Eventualitäten, um die Mittagszeit auf die A96 Richtung Lindau abbog, fühlte ich mich großartig. Es war viel Verkehr an diesem altweibersommerlichen Samstagmittag, die Erholungssuchenden zog es in den Speckgürtel der Stadt. Doch während ein Großteil der Ausflügler am Ammersee die Autobahn verließ, fuhr ich weiter, über Landsberg hinaus immer weiter bis zur Abfahrt auf die B12 Richtung Kempten, und die Berge wurden deutlicher, breiter und höher. Kurz vor meinem Ziel kurvte ich einen kleinen Pass hoch – und dann war ich angekommen in Balderschwang, 1044 Meter über dem Meeresspiegel. Eine Hauptstraße, eine Kirche, ein paar Hotels und diesmal, ich konnte mein Glück kaum fassen, logierte ich nicht am Ende der Straße irgendwo unter ferner liefen, wie das in meinem Urlaub sonst für gewöhnlich war, sondern prominent mittendrin im imposanten Schmuckstück Alpin Lodge & Spa Hubertus. An der Rezeption wurde ich, nein, wir, herzlich begrüßt, auch Flipper wurde vom Personal mit Namen angesprochen, ein junger Mann, dessen Freundlichkeit an Impertinenz grenzte, nahm mir trotz meines Protests mein Gepäck weg, um es auf meine Suite zu bringen. Suite. Als ich in diesen hellen Räumen den gefüllten Hundenapf im Flur entdeckte, war ich regelrecht fassungslos. Flipper nicht. Er stürzte sich auf den Napf, bremste unmittelbar davor ab, schaute mich an.

331

»Okay, die Hälfte«, erlaubte ich, was er natürlich anders interpretierte, die Hälfte wovon? Ich passte auf und stoppte ihn nach dreißig Sekunden. Flipper kaut nicht. Er schluckt das Trockenfutter einfach runter. Wenn ich ihm jedoch mal zwei homöopathische Globuli gebe, behandelt er die, als müsste er die unsichtbaren Potenzen kauend zurückerobern. Ich öffnete die Balkontür. Klare Bergluft. Bunte Wälder. Lange stand ich einfach nur und schaute. Tief in mir drin wusste ich, dass ich genau so etwas jetzt brauchte. Erholung.

»Okay, schnapp dir den Rest«, gestattete ich Flipper, der angespannt neben dem Napf saß.

Wir waren schließlich im Urlaub.

Nein, waren wir nicht, wie sich am späten Samstagnachmittag herausstellte, als ich einen Anruf erhielt: Frau Dr. Falk erwartete mich im Kaminzimmer. Auf sie zugehend wusste ich, dass ich sie mir komplett anders vorgestellt hatte, ohne sagen zu können, wie. Jedenfalls nicht so. Sie war in meinem Alter, zirka eins fünfundsechzig, und alles an ihr wirkte eckig. Der Kurzhaarschnitt, das Gesicht, die Figur, sogar ihre Händedruck fühlte sich an, als würde sie mich in eine Schachtel pressen wollen. Ihr Mund war kastenförmig, ihre Nase breit und rechteckig. In ihrer Jugend hatte sie wahrscheinlich unter starker Akne gelitten; diese Reminiszenzen waren das einzig Runde, das ich auf den ersten Blick entdecken konnte. Dennoch war sie nicht unattraktiv, was an den warmen braunen Augen lag, die sich für mich jedoch sofort um ein paar Grad abkühlten, als sie zu reden begann. Da berlinerte es gewaltig. Eigentlich mag ich den Dialekt. Aber er hört sich kantiger an als der münchnerische.

»Super, dass das geklappt hat«, freute Frau Dr. Falk sich und bot mir als Erstes das Du an. »Unter Sportkameraden.«

»Franza«, sagte ich und stellte Flipper vor, den sie ignorierte. Solche Menschen gibt es. Die haben nichts gegen Hunde. Aber eben auch nichts für sie. Für die existieren Hunde einfach nicht. Sie sind wie Bäume am Straßenrand. Man ekelt sich nicht vor ihnen, aber man verspürt auch keinen Impuls, sie anzufassen oder sich gar über sie zu unterhalten. Und genauso verfuhr Flipper nach einer kurzen Schnupperprobe mit Erika.

»Ich habe gedacht«, begann sie, »wir könnten vor dem Abendessen noch eine kleine Runde laufen. Ich habe hier«, sie breitete einen Plan aus, »mehrere Routen eingezeichnet, was ich mir gern ansehen würde, wir könnten zum Beispiel hinterm Haus hochlaufen, da steht diese Eibe, die soll der älteste Baum Deutschlands sein, und dann könnten wir rechts abbiegen nach ...«

Ich beugte mich über den Plan, um mir meine Verunsicherung nicht anmerken zu lassen. Wäre das nicht mein Job gewesen? Ich war für das Programm zuständig. Das hatte ich heute Abend zusammenstellen wollen, nach einem Informationsgespräch mit einem Mitarbeiter der Rezeption. Erika schien meine Verwirrung zu registrieren. Es nahm mich für sie ein, dass sie wegen der Kompetenzüberschreitung um Milde bat.

»Ich hatte heute den ganzen Tag Zeit, mir Gedanken zu machen. Ich habe bloß an einer kleinen Wanderung teilgenommen, die bieten das hier an, ganz nett. Aber natürlich nichts, was befriedigt«, zwinkerte sie mir zu.

»Klar«, nickte ich und fragte mich, ob sie mit der kleinen Wanderung die vierstündige Bergtour gemeint hatte, die auf einer Schiefertafel im Rezeptionsbereich ausschließlich für sportliche Wanderer empfohlen wurde. Als wir zwei Stunden später nach

333

einer Stunde steil bergauf Rennen keuchend an einem Gipfel standen, schwante mir, dass ich diesen Aufenthalt nicht als Urlaub verbuchen würde. Ein Bootcamp war kein Bridgeclub, sondern die Hölle, und genau das brauchte Frau Doktor Erika Falk zu ihrer Befriedigung, und ich saß mit ihr in dem Boot.

61

»Nein, das Fräulein Franza und der Herr Flipper sind nicht da«, sagte die alte Dame mit dem weißen Dutt am Samstagnachmittag durch den schmalen Spalt an ihrer Haustür zu Felix, während sie neugierig den Hals lang machte und nach rechts und links spähte, was ihr nur eingeschränkt gelang, da sie in ihrer Bewegungsfreiheit von der Sperrkette behindert war, die sie vor Felix beschützte. »Was wollen Sie denn von dem Fräulein Franza? Neulich waren schon zwei Männer da und haben nach ihr gefragt.«

Felix hielt der alten Dame seinen Ausweis vors Gesicht.

»So was haben die mir auch gezeigt. Aber dafür muss ich erst meine Augengläser holen.«

Sie holte die Brille und studierte den Ausweis, als wollte sie ihn auswendig lernen. Dann reichte sie ihn Felix zurück. »Und woher weiß ich jetzt, dass der echt ist?«

»Sie können bei der Polizei anrufen.«

»Wir kürzen das ab, junger Mann«, beschloss die alte Dame resolut. »Wir machen ein Quiz.«

»Bitte was?«

»Hat das Fräulein Franza ein Haustier?«

»Selbstverständlich! Das haben Sie doch vorhin sogar schon gesagt.«

»Was für ein Auto fährt sie?«

»Einen blauen Volvo, Kombi.«

335

»Welchem Beruf geht sie nach?«

»Sportlehrerin, also Fitnesscoach. Und Yoga. Ernährungsberaterin, Kampfsporttrainerin.«

»Was isst sie am liebsten?«

Felix zuckte mit den Schultern. »Leider weiß ich das nicht.«

»Sie dürfen nur zwei Fehler machen.«

»Wie viele Fragen?«

»Zehn.«

»Sonst?«

»Hab ich Alzheimer und weiß gar nichts mehr. Wer war der wichtigste Mensch in dem Leben von dem Fräulein Franza?«

»Sagen Sie doch bitte nicht immer Fräulein Franza. Das klingt ja furchtbar.«

»Ihr macht das gar nichts aus. Ich habe die ausdrückliche Erlaubnis. Lenken Sie nicht ab.«

Felix dachte an seine wichtigsten Menschen in der Vergangenheit, und der erste halb private Spaziergang mit Franza fiel ihm ein, damals, als er sie zum Essen eingeladen hatte, was dann wegen der aufgespießten Krähe ein so unangenehmes Ende gefunden hatte.

»Ihre Oma«, sagte er zögernd.

Franzas Nachbarin Rosina Marklstorfer nickte gnädig und stellte die nächste Frage: »Welche Farbe hat das Sofa in dem Fräulein Franza seiner Wohnung.«

»Leopard.«

»Was wünscht sie sich, und was würde auch gut zu ihrer Oma passen?«

»Das sind jetzt schon zehn Fragen.«

»Nein, das sind sieben.«

»Ich weiß es nicht.«

»Ein Motorrad natürlich.«

»Und was hat das mit der Oma zu tun?«

»Meine Oma fährt im Hühnerstall Motorrad«, summte die alte Dame.

»Ich hätte dann auch mal ein paar Fragen«, sagte Felix.

»Später. Jetzt bin ich noch dran.«

»Also ein Motorrad«, wiederholte Felix kopfschüttelnd, weil das nämlich auch auf seiner Wunschliste ganz oben stand. Er wusste genau, was für eins es sein sollte. Aber wenn man keine Zeit zum Fahren hatte, brauchte man auch keines.

»Seit wann wohnt das Fräulein Franza hier?«

»Das weiß ich nicht, aber ich weiß, dass«, er zögerte, »das Fräulein Franza vor ein paar Monaten beinahe ausgezogen wäre und dass der Vermieter eine Terrassentür für den Flipper einbauen hat lassen.«

»Weil nämlich der Flipper immer seinen Jaguar, das ist ein sehr teures Auto, bewacht!«, strahlte Frau Marklstorfer, nestelte an der Sperrkette, zögerte. »Was ist denn geschehen im Sommer?«

»Flipper wurde entführt. Und Franza lag im Krankenhaus.«

»Ein Polizist hat ihr das Leben gerettet.«

Felix schaute zu Boden.

»Wie sah er aus, der Polizist?«, fragte Frau Marklstorfer.

»Der könnt mein Bruder sein«, sagte Felix.

Rosina Marklstorfer strahlte. »Das hab ich mir schon gedacht. Aber jetzt kommt noch die Zusatzfrage.«

»So haben wir nicht gewettet.«

»Die Spielregeln bestimme ich. Warum fragen Sie mich nach dem Fräulein Franza? Warum wissen Sie nicht selber, wo sie ist? Sie haben doch jetzt alle Handtelefone, damit Sie nicht verloren gehen.«

337

Felix schwieg.

Die alte Dame musterte ihn aufmerksam. Dann sagte sie. »Sie mögen das Fräulein Franza, gell. Das seh ich.« Sie schloss die Tür für einen kurzen Moment, öffnete die Sperrkette und bat Felix herein. »Die zwei, die neulich da waren, haben sie nicht gemocht.«

»Wann ist neulich?«

»Gestern.«

»Haben Sie mit denen auch ein Quiz gemacht?«

»Nein.«

»Und warum nicht?«

»Weil die nicht tauglich waren. Das habe ich gleich gemerkt. Es macht ja keinen Spaß, wenn einer gar nichts weiß.«

»Ach, und bei mir haben Sie es gemerkt?«

»Freilich.«

»Und woran?«

»Junger Mann, ich bin achtundsiebzig Jahre alt.«

So alt wie der Kreitmayer, schoss es Felix durch den Kopf.

»Da hat man genug Zeit gehabt, um zu erkennen, mit wem Quiz Spaß macht.«

»Nicht jeder hat seine Zeit genutzt«, erwiderte Felix und nahm die Einladung zum Kaffee an, obwohl er in dreißig Minuten Sinah abholen sollte. Er brauchte kein Quiz, um zu wissen, dass das Ärger geben würde. Aber den gab es so oder so.

Beim Kaffee, den Frau Marklstorfer vor dem Überbrühen in einer alten Mühle, die sie zwischen die Knie klemmte, frisch gemahlen hatte, lernte Felix das Fräulein Franza kennen. Was er erfuhr, raubte ihm mehrmals die Fassung. Nicht, dass er es ihr nicht zugetraut hätte. Es passte auch alles. Es versetzte ihm nur einen Stich, weil er es nicht von ihr erfahren hatte. Auf eine gewisse

Art und Weise war er ihr noch nie so nah gekommen wie in der Wohnung der alten Dame, die vom Fräulein Franza und dem Herrn Flipper in den höchsten Tönen schwärmte. Denn das Fräulein Franza hatte ihr diese Wohnung verschafft. Vor zwei Jahren hatten sie sich kennengelernt an der Isar, wo Frau Marklstorfer jeden Tag spazieren ging. Da waren sie ins Plaudern gekommen. Damals hatte Frau Marklstorfer noch im Bereiteranger gewohnt. Aber eben im zweiten Stock, und obwohl sie ziemlich gut zu Fuß war, wurde Treppensteigen zum Problem. Ihr Mann war schon lange tot, ihre Stieftochter mit fünfundvierzig an Brustkrebs gestorben – ein Platz im städtischen Altersheim schien die einzige Alternative.

»Aber Sie sind doch noch fit!«, hatte Franza widersprochen. »Von den Treppen dürfen Sie sich den Schneid nicht abkaufen lassen! Da brauchen Sie sportliche Nachbarn, die Sie runtertragen, oder einen Treppenlift.«

»Doch nicht in einem Mietshaus«, hatte Frau Marklstorfer eingewendet, die schon recht mutlos geworden war, obwohl das überhaupt nicht ihre Art war. Da hatte das Fräulein Franza die Wohnungssuche in Angriff genommen. Zweimal waren sie sogar bei Terminen gewesen. Aber wer vermietet schon an eine alte Frau? Und dann hatte Franza ausziehen wollen und Frau Marklstorfer als ihre Nachmieterin vorgeschlagen. Als sie dann aber doch nicht auszog, zog die Frau Leipold aus, und Frau Marklstorfer konnte einziehen, und Franza hatte den ganzen Umzug praktisch allein gemacht. Also fast. Eines Morgens war eine Sportmannschaft aufgetaucht, »alles baumlange Riesen«, denen hatte das Fräulein Franza den Umzug als Sondertraining schmackhaft gemacht. »Hopp, hopp, hopp«, hatte sie gerufen und in die Hände geklatscht, damit keiner einschlief, und die

339

Möbel wurden im Laufschritt ausgeladen. Sogar Flipper hatte mitgeholfen, der hatte eine rote Packtasche auf dem Rücken mit kleinen Plastikwasserflaschen drin, wo sich jeder bedienen konnte. Und als die Möbel alle in der Wohnung waren, nicht mal eine Tasse war zu Bruch gegangen, weil das fünfzig Liegestützen extra bedeutet hätte, hatte das Fräulein Franza drei Tage lang geschuftet wie ein Weltmeister und sogar die Bilder an die Wand genagelt und die Regale angebohrt. Nur zweimal hatte sie Hilfe geholt. Auch so baumlange Riesen. Für die Waschmaschine und in der Küche. Alle Lampen hatte sie selbst angeschlossen. Und jetzt kaufte das Fräulein Franza jeden Samstag die schweren Sachen ein für die Frau Marklstorfer und manchmal auch unter der Woche.

»Aber nicht diesen Samstag?«, fragte Felix mit belegter Stimme. Die alte Dame schüttelte bekümmert den Kopf.

»Und Sie haben nichts von ihr gehört?«

»Nein.«

»Aber sonst haben Sie sie samstags immer gesehen?«

»Ich glaube schon. Wissen Sie, wir sind ja Nachbarinnen. Da hat man kein Recht. Aber ...«

»Sie passen ein bisschen auf, auf Ihr Fräulein Franza?«

»Freilich.«

»Ist Sie denn öfter mal weg über Nacht?«

»Fragen Sie das als Polizist oder als Mann?«, wollte die kluge alte Dame wissen.

»Das kann ich Ihnen nicht beantworten.«

»Dann ist es ernst«, diagnostizierte Rosina Marklstorfer, riss die Augen erschrocken auf. »Ist sie in Gefahr?«

»Das weiß ich nicht.«

»Nein, sie ist nicht oft weg über Nacht. Manchmal schon, glaube ich. Aber sie kommt oft spät heim und geht früh wieder weg. Ich weiß es wirklich nicht.«

»Was könnte sie damit meinen, wenn sie sagt: Ich bin dann mal weg?«

»Aber das bedeutet doch nichts! Das sagt man jetzt so. Das ist modern.«

»Verstehe.« Mit Mühe unterdrückte Felix sein Grinsen. Doch schnell wurde er wieder ernst. »Bitte, rufen Sie mich an, wenn sie sich bei Ihnen meldet. Das können Sie ihr ruhig sagen, dass Sie mir das sagen. Sie soll sich bei mir melden. Dringend.«

»Ja, das soll sie«, sagte Frau Marklstorfer. »Und wie ist noch mal Ihr Name?«

»Ich bin der Herr Felix.«

62

»Wie bist du eigentlich auf mich gekommen?«, fragte ich Erika beim Abendessen, das mich regelrecht umhaute. Ein Gang nach dem anderen wurde aufgetragen, große Teller mit wenig drauf, auf den ersten Blick enttäuschend, doch die kleinen Portionen entfalteten köstliche Aromen – ich konnte mich nicht erinnern, wann ich zuletzt so gut gegessen hatte. Vielleicht Kaiserschmarrn bei Rosina Marklstorfer, ein Gedicht aus Luft und Liebe an Eiern und Mehl.

»Keine Ahnung. Meine Assistentin hat dich gefunden.«

»Und warum hast du nicht frühzeitig jemanden gebucht? Das war doch jetzt recht kurzfristig.«

»Eigentlich wollte ich Erholungsurlaub machen. Die bieten hier vom Hotel aus auch ein Sportprogramm an. Aber ich habe gemerkt, dass mir das zu lasch ist. Und ich habe keine Lust, allein die Berge rauf- und runterzurennen. Man kann sich da echt auch verlaufen. Ich kenn mich eher im Flachland aus. Nein, nein, ich finde das zu zweit besser. Und mit dir bringt es richtig Spaß.«

»Machst du so was öfter?«

»Alle paar Monate nehm ich vier, fünf Tage. Im Allgäu war ich noch nie. So schau ich mir Deutschland an. Hab 'nen stressigen Job und komm unter der Woche nicht so richtig zur Erholung. Okay, ich laufe morgens, und abends gehe ich ins Fitnessstudio, aber das befriedigt mich nicht.«

»Klar«, nickte ich.

»Und du?«

»Für mich ist der Sport ja der Job. Ich halte jeden Tag mehrere Kurse ab. Und dann jogge ich noch mit meinem Hund. Im Sommer sind wir beim Schwimmen. Ach ja, und ich fahre fast alles mit dem Rad.«

»Hm. Praktisch. Hast du 'nen Freund?«

Waren die so, die Berliner, so direkt? »Nö«, sagte ich und fragte »Und du?«

»Keine Zeit. Einen Mann kann ich echt nicht unterbringen. Wann soll ich denn dann Sport machen?« Beinahe empört schaute sie mich an. »Man muss Prioritäten setzen.«

»Logo«, stimmte ich zu.

»Ich habe schon 'ne Idee für morgen«, verkündete Erika, als das Dessert aufgetragen wurde, ein Traum in Eis mit tropischen Früchten.

Ich lobte das Arrangement, um zu überspielen, wie peinlich mir ihre Vorschläge waren. Es wäre mein Job gewesen, das Programm vorzustellen. Andererseits – wenn sie es so wollte. Sie bezahlte. Und so wie es aussah, würde ich die neunhundert Euro pro Tag als Schmerzensgeld verbuchen können. Bergauf rennen in Höllentempo, das war etwas anders als ein entspannter Halbmarathon an der Isar, auch wenn mir da schon eine Yogastunde und Body Combat in den Beinen steckten. Flipper war ebenfalls bedient, er hatte es vorgezogen, mich nicht zum Essen zu begleiten, sondern sich in unserer Suite einzurollen.

»Schlaf gut«, verabschiedete Erika sich gegen halb zehn, und fünf Minuten später schlief ich auch schon und wachte am Sonntagmorgen um sechs Uhr wie gerädert auf, was sicher an der Höhenluft lag.

»Einen wunderschönen guten Morgen«, wünschte mir die Rezeption am Telefon. »Danke gleichfalls«, krächzte ich, noch weit entfernt davon.

Um 6:15 Uhr traf ich mich mit Erika zum Yoga. Sie war nicht ungeübt, aber es fehlte ihr an Geschmeidigkeit, was mir schmeichelte, ich war also nicht ganz überflüssig.

Von 8:00 bis 8:45 frühstückten wir. Erika ließ sich von dem Mann mit der weißen Mütze drei Eier braten, dazu gab es einen Eimer Müsli, Früchte und Vollkornbrot.

Ich esse morgens nicht gern, und erst recht nicht viel, doch ich hegte einen begründeten Verdacht, ich sollte Reserven bunkern. Erika schien Großes vorzuhaben. Hatte sie auch. Vor allem Hohes.

Einen gefühlten Marathon später, auf gefühlten viertausend Metern, wollte ich mich nicht lumpen lassen und schlug Liegestütze, Sit-ups und andere Kinkerlitzchen vor, sodass auch wirklich jedes Muskelgrüppchen laut *hier!* rief. Erikas Gesicht war knallrot. Meines wahrscheinlich auch. Nur Flipper war nichts anzumerken, doch als wir am Mittag im Hotel waren, rollte er sich sofort zusammen. Ich beneidete ihn. Jedes meiner Beine wog eine Tonne. Um 14:00 Uhr nahmen wir ein Mittagessen ein, zu dem Erika mit einer Wanderkarte erschienen war. Bitte nicht, dachte ich. Und sie erhörte meine Bitte. Am Nachmittag wollte sie bloß schwimmen und dann ab in die Sauna. Sich massieren lassen.

»Wie du meinst«, sagte ich, als wäre ich noch lange nicht ausgelastet.

»Ich hab dir eine Stunde Massage gebucht. Kleines Dankeschön für dein Supertraining.«

Prüfend musterte ich ihr Gesicht. Nein, die spottete nicht. Die meinte das ernst. Versteh einer die Berliner. Leider konnte ich die Massage nicht genießen. Es gab kaum eine Stelle, die mir nicht wehtat. Das hier war eine andere Beanspruchung als ich sie aus meinem Alltag kannte. Was mir zu denken gab. Der Körper gewöhnt sich schnell an die Übungen. Ich sollte mein Trainingsprogramm überarbeiten. Und bei der Gelegenheit vielleicht auch mein Leben. Als ich ins Detail gehen wollte, schlief ich ein.

Zu meiner Genugtuung stützte Erika sich am Montagmorgen am Tisch ab, als sie Nachschub vom Frühstücksbuffet holte. Zum Glück verschwand der Schmerz in meinem Körper nach den ersten zehn Minuten bergauf laufen. Allmählich gefiel mir das. Auch Flipper war guter Dinge und federte in lockerem Trab vor uns her. An irgendeinem sprudelnden Bach, von denen es viele gab, pausierten wir eine Viertelstunde mit Dehnungsübungen, und wie ich so im warmen Gras lag, dessen Tau die Sonne schon gänzlich aufgesogen hatte, das Gurgeln des Bächleins im Ohr und über mir der knallblaue Himmel, da wäre es schön gewesen, wenn Felix neben mir gelegen hätte. Ob der auch so ein sportliches Wochenende hinter sich hatte?

63

Am Sonntagmorgen saß Felix mit Sinah beim Frühstück, als das Telefon klingelte. Er wollte nicht rangehen, denn die Nummer im Display gehörte zu einem Kollegenhandy, doch er ließ sich von der Pflicht rufen.

»Hallo, Felix. Wir haben hier eine hartnäckige Anruferin, Frau Ludewig, die nur mit dir reden will. Die Kollegen versuchen seit gestern, ihr jemand anders schmackhaft zu machen. Wieso wollen eigentlich alle Frauen immer nur mit dir reden?«

»Frag dich das mal selbst«, neckte Felix seine Kollegin Laura Lichtenstern. »Du rufst doch auch bei mir an.«

»Rein dienstlich«, betonte sie. »Ich habe Frau Ludewig gesagt, dass du anderweitig beschäftigt bist. Aber laut ihrer Auskunft fährt sie übermorgen in den Urlaub, und Johannes und ich fliegen ja morgen zu Frau Jensen. Bert hat zwei Tage frei, und Claudia kommt erst nächste Woche wieder ...«

»Okay. Ich fahr hin. Das macht mir nichts. Ich habe die Sinah dabei, und wir könnten im Anschluss Tretboot fahren oder so was. Wird ja nicht so lang dauern bei der Dame.«

»Gut. Meldest du dich noch mal?«

»Mach ich. Habt ihr sonst was Neues?«

»Nein, aber dadurch, dass wir jetzt wissen, dass der Jensen nur einen Bruder hat, ist es natürlich auch dem Chef klar, dass es sich bei der Sache um keine Urlaubsreise auf Staatskosten handelt.«

»Hoffentlich habt ihr trotzdem ein bisschen Urlaub.«

»Das möchte ich bezweifeln – bei unserem Mammutprogramm. Da wird für Sehenswürdigkeiten keine Zeit bleiben!«

»Einmal Meerluft schnuppern wird schon drin sein. Ich bin jedenfalls gespannt, welche Erkenntnisse ihr mitbringt.«

»Und ich erst! Johannes hat mir von der Beobachtung des Kollegen in Kiel erzählt, der Gerd Jensens Witwe die Todesnachricht überbrachte.«

Da Felix schwieg, fuhr Laura fort. »Der Kollege fand merkwürdig, wie sie es aufgenommen hat.«

Felix erinnerte sich dunkel an die Mitteilung von Johannes. »Sie hat ... geweint?«

»Ja, sicher, aber irgendwie ... na, du weißt schon. Er hatte den Eindruck, es war nicht so schlimm, wie sie laut war.«

»Ja klar, ich erinnere mich«, sagte Felix, und als er aufgelegt hatte, versuchte er sich die Situation ins Gedächtnis zu rufen. Er hätte Johannes ausreden lassen sollen, anstatt ihn zu unterbrechen und abzukanzeln. Johannes war zu unsicher, um sich durchzusetzen. So ein frischer Kollege brauchte Unterstützung, um seine Meinung zu äußern. Da hatte er einen Führungsfehler begangen. »Nicht gut, Tixel, gar nicht gut«, murmelte er. »Du musst dich besser konzentrieren. Aufpassen. Schau genau hin, Tixel!«

*

Der V-Mann-Führer drückte auf die Fernbedienung und stoppte den Film, den er sich mit seinem Chef und einem Kollegen von der operativen Sicherheit angesehen hatte: Ein gut gekleideter jüngerer Mann im roten Hemd und ein sportlich gekleideter

347

älterer stiegen an der Sonnenstraße aus einem Mercedes und verabschiedeten sich mit einem Händedruck. Der Mercedes fuhr weg. Die beiden Männer gingen in verschiedene Richtungen über den Stachus davon.

»Blöde Sache«, stellte der Chef fest. »Ein V-Mann, der einen Mordauftrag bekommt. Und das zum jetzigen Zeitpunkt. Ganz blöde Sache.«

»Wir brauchen ein Szenario, wie er rauskommt«, nickte der V-Mann-Führer.

»Aber dadurch riskieren wir, dass er seine Zugangslage verliert. Das wäre ein unglaublicher Verlust, wenn wir die Reputation in der Organisation aufs Spiel setzen.«

»Haben wir denn eine Wahl?«, fragte der Mitarbeiter von der operativen Sicherheit.

»Tichow darf seine Stellung nicht einbüßen. Wir sind schon so weit gekommen.«

Der Chef stand auf. »Jeder von uns entwirft einen Plan. Wir treffen uns in drei Stunden wieder. Hier.«

64

Es verstieß gegen die Dienstvorschrift, mit einer Dreijährigen bei einer Informantenbefragung aufzukreuzen, doch
genau genommen war das ja gar nicht sein Fall. Felix wollte Sinah nicht im Auto lassen, und vielleicht entspannte sich Alice
Ludewig in der Gegenwart eines Kindes, den Johannes hatte sie
gern bemuttert. Als er geklingelt hatte, fiel ihm der Qualm in
der Wohnung ein. Den würde er nicht mehr aus den Klamotten
seiner Tochter rausbringen. Melanie würde ihm die Hölle heiß-
machen. Ob er Sinah mitnahm in Raucherclubs?

Der gleichen Meinung war Alice Ludewig.

»Hinter dem Nachbarhaus ist ein Spielplatz! Ich komme gleich
runter.«

Fünf Minuten später saßen sie auf einer grün gestrichenen Bank
vor einem Sandkasten, rechts und links bunte Turngeräte und
außen rum eine große eingezäunte Wiese. Sinah hatte sofort Anschluss an zwei Mädchen, die Halsbänder für ihre Meerschweinchen aus Gänseblümchen flochten. Sinah durfte die Blümchen
pflücken. »Aber nur die wirklich schönen, und die Stiele müssen
lang sein!«

Alice Ludewig hielt ihren Wohnungsschlüssel, eine Schachtel
Zigaretten und ein Feuerzeug in der linken, eine brennende Zigarette in der rechten Hand.

Sie kam sofort zur Sache. »Es geht mir um den Franz. Und um die Maria. Um unsere Freundschaft. Um alles.«

»Wie darf ich das verstehen?«

»Das dürfen Sie so verstehen, dass Sie das zerstört haben.«

»Wenn das hier jetzt in eine Beschimpfung ausartet, dann geh ich sofort wieder. Heute ist Sonntag.«

»Ja, und wo Sie doch gar nicht zuständig sind.«

»Genau.«

»Ich werde Ihnen trotzdem meine Meinung sagen. Mir reicht es nämlich jetzt. Alle machen mit mir, was sie wollen. Hin und her werde ich geschubst. Ich habe nichts mehr zu verlieren. Aber ich sag Ihnen dafür dann auch was.«

»Ich lass nicht mit mir handeln.«

»Dann gehen Sie eben wieder.«

Neugierig musterte Felix die Frau. Irgendetwas war geschehen. Sie hatte sich verändert. Wirkte entschiedener, härter, konzentrierter.

»Erzählen Sie«, forderte er sie auf.

»Zuerst hat man mir bei Puster gekündigt.«

»Das weiß ich.«

»Daran war Gerd Jensen schuld.«

»Auch das ist mir bekannt.«

»Dann finde ich keinen neuen Job.«

»Das haben Sie in unserem Gespräch erwähnt.«

»Ich steuere unaufhaltsam auf Hartz 4 zu.«

»Das tut mir leid.«

»Ihr falsches Mitleid können Sie sich sparen.« Sie zerdrückte ihre Kippe an einem Eisenträger unter der Bank, als wollte sie ihr das letzte Quentchen Luft herauspressen.

»Ich hatte eine Freundin. Die beste. Maria Brandl. Die Maria, die hat mir immer geholfen, immer. Ich habe meinen Benny allein groß kriegen müssen. Unsere Kinder waren ja gleich alt ...«

»Die Innigkeit Ihrer Beziehung haben Sie bei unserem ersten Gespräch verschwiegen.« Felix drückte sich mit Bedacht so förmlich aus. Er wollte das hier abkürzen. Und dann mit Sinah aufs Wasser, wie er es ihr versprochen hatte.

»Weil ich den Franz nicht in Schwierigkeiten bringen wollte! Ich wollte nicht, dass bekannt wird, dass er wegen mir den Jensen zusammengeschlagen hat. Ich wollte überhaupt nicht, dass die alten Geschichten ans Licht kommen.«

»Irgendwann kommen sie immer ans Licht.«

»Ja. Weil Sie sie aus dem Dunklen gezerrt haben, wo sie gut aufgehoben waren! Sie haben dem Franz so zugesetzt, dass er Ihnen das mit uns erzählt hat.«

»Ich habe dem Herrn Brandl nicht zugesetzt. Das hat er mir freiwillig erzählt.«

»Ach geh! Obwohl es bald dreißig Jahre zurückliegt. Dreißig Jahre, in denen die Maria und ich zu besten Freundinnen geworden sind.«

»Manchmal tut so eine Beichte gut.«

»So reden Sie es sich schön!«

»Was wollen Sie mir mitteilen, Frau Ludewig?«

Alice Ludewig stieß einen höhnischen Laut aus und starrte dann eine Weile in die Wiese. Felix unterbrach sie nicht. Irgendwo fuhr ein Notarzt, und die Mädchen kicherten. Hoch über ihnen zeichnete ein Flugzeug einen Kondensstreifen an den strahlend blauen Sonntagshimmel.

»Ich war nicht bloß mit der Maria befreundet, nein, auch mit dem Franz. Eng befreundet. Wir haben schon längst nicht mehr an die Vergangenheit gedacht. Unsere Freundschaft war ein sol-

351

ches Glück für mich. Wir sind sogar zusammen in den Urlaub gefahren. Die zwei und die Walli, der Benny und ich. Damals habe ich mir gewünscht, unsere Kinder sollten heiraten. Sie waren ja auch mal ineinander verliebt, aber es hat nicht gehalten. Und das alles, Herr Kommissar, das ist jetzt kaputt. Und daran sind Sie schuld.«

»Weil der Herr Brandl mir von Ihrer«, Felix zögerte, »Affäre erzählt hat?«

»Ach, Affäre hat er es genannt?«

Felix überlegte kurz, ob er Alice Ludewig darauf hinweisen sollte, dass es eine Art von alten Geschichten gab, die nie ganz erkalteten, wo echte Leidenschaft im Spiel war, erlosch die Glut niemals, auch nach Jahrzehnten ließ sie sich noch anblasen. Sie selbst hatte es mit ihrer Reaktion bewiesen.

Er beschwichtigte sie. »Das ist meine Interpretation. Ich glaube nicht, dass er es so genannt hat.«

»Wie hat er es denn genannt?«

»Ich erinnere mich nicht. Aber er hat keinen Zweifel daran gelassen, dass es«, Felix räusperte sich, »tief ging.«

Damit war Alice Ludewig zu Felix' Erleichterung zufrieden.

»Ich konnte ihn nicht davon abhalten«, erzählte sie mit belegter Stimme. »Heute sag ich es der Maria, hat er gesagt, weil der Kommissar jetzt eingeweiht ist, und das geht nicht, dass ein Dritter Bescheid weiß und die Maria nicht. Und dann ist die Maria weg. Wohin? Sie müsste doch zu ihrer besten Freundin flüchten. Aber die ist ja die Verursacherin.«

»Maria Brandl hat sich nicht bei Ihnen gemeldet?«

Alice kniff die Lippen zusammen. Wie ein kleines Mädchen sah sie plötzlich aus.

»Wo ist die Frau Brandl denn?«

»Ich weiß es nicht. Der Franz glaubt, dass sie in irgendeinem Hotel ist. Vielleicht ist sie auch weggeflogen, der Pass ist nicht mehr da, und Gwand fehlt auch.«

»Geben Sie ihr Zeit«, riet Felix. »Vielleicht renkt sich das wieder ein.«

»Ich habe mit ihr telefoniert. Einmal. Sie sagt, ich hätte es sagen müssen. Wie ich ihr all die Jahre ins Gesicht hätte schauen können.«

»Es ist lang her.«

»Ich hab mich das auch oft gefragt. Gerade am Anfang. Wie kann ich ihr ins Gesicht schauen, hab ich mich gefragt. Aber je länger ich es nicht gesagt habe, desto unmöglicher ist es geworden, alles zu beichten. Meine Angst ist immer größer geworden, dass ich sie verliere. Das war zuerst besonders schlimm wegen dem Benny, aber dann noch viel schlimmer wegen ihr. Je älter ich geworden bin, desto wichtiger war sie mir doch. Zuerst wäre es gar nicht gegangen ohne ihre Hilfe. Da wäre die Alternative für mich gewesen, dass ich weiter mit einem Alkoholiker zusammenlebe. Die Maria war es, die mir Mut gemacht hat, ihn zu verlassen. Du schaffst das, Alice, hat sie gesagt. Ich helf dir. Sie hat Wort gehalten. Den Benny konnte ich immer zu ihr bringen, sie war viel daheim, hat bloß die Walli gehabt und den Haushalt. Ja, der Garten ist schon groß, aber da sind die Kinder unter Aufsicht, und oft hat sie den Benny vom Kindergarten mitgenommen und ihn bis zum Abend behalten, wenn ich mal länger in der Firma geblieben bin. Wie hätte ich denn da sagen sollen: Übrigens habe ich ein Verhältnis mit deinem Mann gehabt? Und dann habe ich gedacht, ach, das ist so lang her. Aber das war eine Lüge. So was verjährt nicht. Und deshalb bitte ich Sie: Reden Sie mit der Maria. Bitte. Erklären Sie ihr das. Ich habe sie angerufen auf ihrem Handy, aber sie nimmt nicht ab. Ich brauche einen Dolmetscher. Bitte tun Sie das. Ich weiß nicht, wen ich sonst hinschicken könnte zu ihr. Sagen Sie ihr, dass unsere Freundschaft mir tausendmal wichtiger ist als das, was damals war, dass ich mich nicht mal mehr daran erinnern kann.«

»Es war also nichts Großes?«, fragte Felix eine eher private Frage.

»Es darf nichts Großes gewesen sein«, erwiderte Alice Ludewig, »man muss weiterleben.« Sie tötete die nächste Zigarette und zündete sich sofort eine neue an. Dann schaute sie Felix direkt ins Gesicht. »Und wie leben Sie mit all dem? Die Frau von meinem Gynäkologen, die ihren Mann erschossen hat, ist auch verhaftet. In der Zeitung habe ich gelesen, dass er sie jahrelang betrogen und auch verprügelt hat. Wer hat ihr geholfen? Wo sind Sie denn, wenn Sie gebraucht werden?«

»Ich wüsste nicht, wann in Ihrem Fall der rechte Zeitpunkt gewesen wäre.«

»Als ich ganz allein dastand mit dem Benny.«

»Das sind private Probleme.«

»Aber damit fängt es doch an, oder? Fangen nicht die meisten Morde so an? Weil es Beziehungstaten sind? Mein Ex-Mann hat mir einmal drei Rippen gebrochen.«

Felix gab sich den Anschein, Sinah zu beobachten, während es in seinem Kopf heiß lief. War das ein Hinweis? Wollte sie ihm etwas sagen? Die Kollegen mussten diesen Exmann überprüfen.

»Frau Ludewig, was wollen Sie mir sagen?«, fragte er direkt.

Sie inhalierte tief und schleuderte ihre Worte mit dem Rauch heraus.

»Der Franz, der war da oben, wo der Jensen gewohnt hat. Er ist mit dem Auto raufgefahren, weil er überprüfen wollte, wie lang

354

das dauert. Ob der Jensen das geschafft haben könnte. Ob er die Laika erschossen haben könnte und dann zurück nach Kiel. Er hätte es nicht geschafft mit dem Zug, das hat der Franz alles überprüft.«

»Und?«

»Danach war er anders. Er war wie ausgewechselt, aber da wusste ich noch nicht, dass er oben war. Jetzt weiß ich das. Er hat es mir erzählt.«

»Also haben Sie mit ihm gesprochen?«

»Nur einmal. Am Telefon. Er will mich auch nicht sehen. Er sagt, dass es ihm leidtut, aber dass er mich jetzt nicht treffen kann, weil es doch wegen mir ist. Also wegen uns. Der Franz, der gibt mir keine Schuld, aber er kann ja jetzt wohl schlecht mit mir Essen gehen oder mich besuchen oder ich ihn.«

»Entschuldigung, aber Ihre Affäre, Ihre Beziehung, Ihre ... ja, wie soll ich es nennen?«

»Liebesgeschichte«, schlug Alice Ludewig vor und machte damit ein Fenster zu ihrem Herzen auf.

»Liebesgeschichte«, wiederholte Felix respektvoll, »ist sehr lange her. Und wenn Sie das jetzt selber so sagen, hat denn dann die Maria nicht recht?«

»Nein. Weil es so lange vorbei ist. Das war es damals. Danach waren wir Freunde.«

»Das kann man manchmal schwer auseinanderhalten«, sagte Felix leise.

»Die Maria sagt«, fuhr Alice fort, »und damit hat sie irgendwie recht, dass es nicht ein Betrug war, sondern viele, über dreißig Jahre.«

»Und was hat der Franz Ihnen am Telefon gesagt?«, fragte Felix.

»Dass er die Frau von dem Jensen gesehen hat. Mit einem ande-

355

ren Mann. In Ihrem Haus. Er ist in der Nacht angekommen und hat sie durch einen Spalt in der Jalousie entdeckt. Beide waren nackt. Die Jensen hat einen Liebhaber.«

Felix spürte, wie sein Herzschlag sich beschleunigte.

»Und das hat ihn ... besänftigt?«

»Nein. Das hat ihn gefreut.«

»Hat er das dem Jensen gesagt?«

»Nein.«

»Sind Sie sicher?«

»Ja.«

»Weshalb?«

»Weil ich ihn das gefragt habe und weil das nicht seine Art wäre.«

»Wem hat er davon erzählt?«

Alice Ludewig zuckte mit den Schultern.

»Seiner Frau?«

»Bestimmt nicht«

»Das war eine wichtige Information, Frau Ludewig. Danke.«

»Reden Sie mit der Maria?«

»Ja.«

»Wann?«

»Geben Sie mir ihre Handynummer. Ich rufe sie an.«

»Und wenn Sie nicht drangeht?«

»Ich geb nicht so schnell auf.«

»Das weiß ich. Das steht in Ihrem Gesicht. Deshalb habe ich so sehr darauf gedrängt, dass Sie noch einmal zu mir kommen.«

»Papa?«, fragte Sinah, als er den Wagen Richtung See steuerte.

»Ja?«

»Krieg ich ein Meerschweinchen?«

»Ach Sneku.«

»Bitte.«

»Von mir aus gern.«

»Und einen Hund?«

»Noch lieber, Sneku.«

»Kannst du das mal die Mama fragen. Bitte.«

»Ja. Aber ich glaub ... Das weißt du doch selber.«

»Und wenn ich bei dir wohne, Papa?«

»Ja?«

»Dann darf ich einen Hund haben und ein Meerschweinchen?«

»Ich weiß nicht, ob die sich vertragen.«

»Dann nur einen Hund.«

»Ja, das wär mir auch lieber. Aber das geht jetzt gerade nicht, Sneku. Ich muss doch arbeiten. Ich bin ja den ganzen Tag weg. Wer soll dir denn was zu essen machen?«

»Ich muss gar nichts essen!«

»Doch, das musst du. Damit du ein großes, starkes Mädchen wirst.«

»Ich ess im Kindergarten.«

»Und der Hund muss auch Gassi geführt werden.«

»Den kann ich mitnehmen!«

»Aber nicht in den Kindergarten.«

»Doch.«

»Gibt es denn schon einen dort?«

Das kleine geliebte Gesichtchen im Rückspiegel verzog sich zu einem Weinen.

»Papa ...«

Er hielt an, schnallte sie ab und wischte ihr die Tränen weg. Er hätte gern mitgeweint.

»Die Berenice hat auch einen Hund gekriegt, und ihr Papa geht

357

immer mit dem Gassi und ... und ... und ...« Wie immer, wenn sie ganz viel auf einmal sagen wollte oder zu klein war für ihre großen Gefühle, verschluckte sie sich und kriegte gar nichts mehr raus.

Felix hob sie sich auf den Schoß und wiegte sie, als wäre sie noch ein Baby, seine Nase in ihrem seidenweichen Haar. Tief sog er den Duft ihrer Kopfhaut ein und brauchte selbst lange, ehe er sprechen konnte, weil das alles auch für ihn zu groß war.

»Jetzt gehen wir Tretboot fahren.«

»Aber nur mit einem roten«, sagte seine Tochter, die sich immer schnell trösten ließ, vielleicht zu schnell.

»Logisch. Nur mit einem roten«, bekräftigte Felix.

Sie krabbelte von seinem Schoß und schnallte sich selbst wieder an. »Losfahren!«

»Zu Befehl!«, lächelte er und schaute dann immer wieder mal in den Rückspiegel, wo die Äuglein ganz schnell zufielen, und dann schlief sie. Stundenlang hätte er sie anschauen können, weil er so viele Stunden vermisste, und er durfte nicht an all jene denken, die er in Zukunft vermissen würde. Nach vorne schauen. Rotes Tretboot.

*

Die Uhr zeigte 19:19, als die rechte Hand des Chefs, insgeheim wurde er *Der Häuptling* genannt, eine rote Mappe auf seinen Tisch legte. »Wir haben das Protokoll der Telefonüberwachung von der Frau Fischer.«

Er schlug die Mappe auf, überflog den Text, klappte sie zu.

»Unangenehme Geschichte. Diese TÜ will ich mir anhören. Ruf die anderen dazu. Sofort.«

Sie nickte und stöckelte aus seinem Büro.

Er stand auf und überquerte den Flur, um in den abhörsicheren Konferenzraum zu gelangen. Kurz davor drehte er ab zu den Toiletten. Wusch sich die Hände mit Bedacht. Irgendeine Tennislehrerin. Das war nicht zu fassen. Seit neun Monaten waren sie an diesem Fall dran. Für Mittwoch war der Zugriff geplant. Zwei Quellen hatten unabhängig voneinander bestätigt, dass das Treffen an diesem Tag mit der angenommenen Gästeliste stattfinden sollte. Da würden sie alle in der Villa am Wilden Hund sein, und es war verdammt harte Arbeit gewesen, einen Anlass für diesen Zugriff zu finden. Man konnte ja nicht einfach reinspazieren und sich die Ausweise zeigen lassen. Aber jetzt endlich, dank der hervorragenden Arbeit seines Teams und der V-Leute, hatten sie einen Grund. Morosow, ein Auftragskiller, der in Großbritannien gesucht wurde, würde sich voraussichtlich unter den geladenen Gästen befinden. Das hatten zwei Quellen unabhängig voneinander gemeldet. Eine der Quellen war ihr erprobtester und zuverlässigster V-Mann. Der hatte zu jeder Zielperson, auf die er in der Vergangenheit angesetzt worden war, in kürzester Zeit einen tragfähigen Kontakt aufgebaut. Alles schien perfekt. Gegen Morosow lag ein internationaler Haftbefehl vor ... Er zögerte. Ob Morosow von *moros* stammte, was Frost bedeutete? *Мороз.* Da war noch keiner aus dem Team drauf gekommen. Nette Anspielung. Der Auftragskiller, der aus dem Frost kam. Muss ich mir merken, beschloss er. Zur Aufheiterung. Die Lage im Team war extrem angespannt durch die unkontrollierten Entwicklungen in letzter Zeit. In Kiew und in Berlin waren zwei Mitarbeiter aufgeflogen. Dabei hatten sie den Vorteil noch immer auf ihrer Seite. Sie mussten aktuell lediglich zugreifen und abschöpfen. Die Organisation würde zwar Verdacht hegen, aber das tat sie immer. Die wurde bei jedem Anzeichen von etwas Ungewöhnli-

359

chem nervös. Diese Tennislehrerin war der Supergau. Die schoss ihre Bälle, ohne zu wissen, was sie damit anrichtete, in das engmaschige Netz aus Agenten, V-Männern, Observationskräften, verdeckten Ermittlern, Legenden, Tarnfirmen, Post- und Telefonüberwachern.

Wenn alles so lief, wie sie sich das vorstellten, wenn sie die Tennislehrerin und alle anderen Störfaktoren ausschalteten, würde der Gesuchte am Mittwoch tatsächlich zu den Partygästen gehören, die sich auf einen typischen russischen Abend freuten. Wodka, Weiber, Waffen. Und ein Catering vom Feinsten. Sie würden ihnen diese Henkersmahlzeit noch gönnen und nach dem Essen zugreifen, wenn der Wodka und der Wein, die eimerweise fließen würden, erste Wirkung zeigten, sie würden Morosow mitnehmen und dabei – reine Routinemaßnahme, völlig nachvollziehbar in einem solchen Fall – die Identität aller anwesenden Personen feststellen und überprüfen. Zirka achtzig. Davon mindestens zwanzig Prostituierte, zehn Prominente, fünf Politiker, zehn hochkarätige Geschäftsleute, und unter den restlichen Gästen konnten sie mit einem guten Dutzend mitteldünner oder gar mitteldicker Fische rechnen, und vielleicht, hoffentlich, war er unter ihnen. *Er*, den noch nie jemand fotografiert hatte. *Er*, wegen dem sie das alles veranstalteten. Diesmal konnte es klappen. Vielleicht hieß er Jewgeni, Евгений. Vielleicht hieß er auch anders. Über ihn gab es kaum gesicherte Erkenntnisse, nur Gemunkel. Niemand wusste genau, wie er aussah. Sein russisches Vorstrafenregister war verschwunden – ein untrügliches Zeichen dafür, dass die Mafia ihre schützende Hand über ihn hielt. Doch inzwischen waren sie ganz dicht an ihm dran, dank der herausragenden Arbeit der geheimen Informanten. Und jetzt gefährdete diese Tennislehrerin ihre komplette Arbeit. Die Russen waren nervös. Sie hielten die Tennislehrerin womöglich für einen Spitzel. Im Worst-Case-Szenario würde das Treffen abgesagt.

Er wollte sich dieses Desaster nicht ausmalen. Soweit durfte es nicht kommen. Alles musste laufen wie geplant. Sie waren bestens vorbereitet. Die Techniker hatten jede Menge Natur präpariert, die Kameras waren installiert, sie würden lückenlos jedes Autokennzeichen notieren und vor allem: die Handynummern. So könnten sie vielleicht genug zusammentragen – Kontaktdaten, Kalender, Reisebewegungen, Quittungen, Tankbelege, um endlich an Jewgeni heranzukommen, um ihm endlich mehr nachzuweisen als falsches Parken.

Er riss ein Papierhandtuch aus dem Spender, trocknete sich die Hände ab, knüllte das Handtuch zu einer Kugel und warf sie mit Schwung in den Papierkorb. Sie landete daneben. Kein gutes Zeichen. Kurz überlegte er, ob er sich bücken sollte. Ja, er überlegte sogar, ob es ihre Chancen steigerte, wenn er sich bücken würde. Dann schämte er sich und verließ den Toilettenvorraum. Er ließ nicht mit sich handeln. Niemals.

65

Zwei Stunden waren sie auf dem See gewesen, und Sinah hatte ihre gesamte Brotzeit an die Enten verfüttert. Felix hatte ihr ein bisschen Rudern beigebracht, obwohl die kleinen Hände die Ersatzriemen kaum umschließen konnten. Es war ein schöner Sonntagnachmittag gewesen, so schön, dass er ihn bitter bezahlen würde mit seiner Sehnsucht. Sie waren auf dem Heimweg, Sinah schlief wie meistens im Auto, da fiel Felix ein, dass es kein großer Umweg wäre, bei den Brandls vorbeizufahren. Vielleicht würde der Brandl ihm sagen, wo seine Frau sich aufhielt. Das wäre ihm lieber als ein Telefonat. Er schaute den Leuten gern in die Augen.

Als er vor dem stimmungsvollen Haus des Paares parkte, entdeckte er nicht den Mann, sondern die Frau. Maria Brandl lud einen Koffer in einen Jetta. Felix überlegte. Er wollte nicht offiziell mit ihr sprechen, lediglich die Nachricht von Alice Ludewig überbringen. Sinah wachte nur kurz auf, als er den Sicherheitsgurt löste. In seinen Armen träumte sie weiter.

»Grüß Gott«, grüßte Frau Brandl, ohne ihm besondere Aufmerksamkeit zu schenken. Er könnte einer von den Spaziergängern sein, die an Wochenenden zu Dutzenden an ihrem Haus vorbeikamen, stehen blieben, es bewunderten. Doch dafür war es nun schon zu duster. Maria Brandl öffnete ihre Gartenpforte, gleich wäre sie im Haus verschwunden.

»Frau Brandl?«

Ein Ruck ging durch ihren Körper, sie drehte sich um.

»Auch wenn ich nicht so aussehe im Moment, ich bin von der Polizei, Tixel ist mein Name. Wir haben einmal telefoniert. Ich bin auch nicht im Dienst heute, aber ich wollte ...«

»Das gibt's nicht!«, rief Maria Brandl, kam näher. »Gerade wollte ich Sie anrufen!«

»Mich?«, fragte Felix verblüfft.

Maria Brandl rückte dicht auf. Felix konnte ihren Atem spüren. Sie schaute Sinah an, nein, sie scannte sie ein. Hunger im Blick.

»Nicht direkt Sie. Die Polizei. Allgemein. Ich habe Angst um meinen Mann.«

»Ich setze meine Tochter ins Auto, bin gleich wieder bei Ihnen«, sagte Felix.

»Ich verlade inzwischen mein Gepäck«, sagte Frau Brandl. »Ich muss zum Autoreisezug nach München.«

Kurz darauf standen sie an der Gartenpforte. Maria Brandl bat ihn nicht ins Haus. Offensichtlich war sie in Eile. Das gefiel Felix nicht, denn er brauchte Zeit, um das Gespräch auf Alice Ludewig zu bringen. Dummerweise wusste er nicht, ob Maria Brandl wusste, dass ihr Mann die Affäre der Polizei gestanden hatte, dass dies der Auslöser für seine Beichte zu Hause gewesen war.

»Warum haben Sie Angst um Ihren Mann, Frau Brandl?«

»Weil dem jetzt alles wurscht ist.«

»Wie darf ich das verstehen?«

»Ich habe Angst, dass er jetzt behauptet, er hätte den Jensen umgebracht. Das unterstellen Sie ihm doch sowieso schon dauernd. Ich habe Angst, dass er etwas zugibt, was er nicht gemacht hat.«

363

Felix beschloss zu bluffen. »Wir haben den Täter.«

Maria Brandl lachte laut auf. »Den Kreitmayer! Das habe ich auch schon gehört. Da lachen ja die Hühner. Der ist so schlecht zu Fuß, der würde das doch gar nicht schaffen, vom Parkplatz in den Wald, nein. Außerdem hat der schon immer eine große Klappe gehabt.«

»Er hat es gestanden«, blieb Felix fest.

»Und wenn mein Mann gesteht? Das ist doch viel logischer!«

»Aber falsch?«, fragte Felix.

»Ja sicher.«

»Und warum sollte er das machen?«

»Unsere Tochter ist tot, der Hund ist erschossen ...«

»Aber so war das doch letzte Woche auch. Was hat sich verändert, Frau Brandl?«

Sie starrte an ihm vorbei. »Ich will es Ihnen nur gesagt haben, dass er es nicht war.«

»Das haben Sie. Aber ich verstehe noch immer nicht, warum er eine Tat auf sich nehmen sollte, die er nicht begangen hat.«

»Er ist nun mal der Nachfolger vom Kreitmayer.«

»Was?«

»Bei Puster. Der Kreitmayer war sein Vorgänger.«

»Sie wollen mir jetzt aber nicht weismachen, dass das deshalb eine logische Folge ist? Fällt der eine Verdächtige aus, rückt sein Nachfolger auf?«

»Außerdem hat mein Mann ein Alibi.«

»Ja, er ist mit seinem Hund Hallodri Gassi gewesen«, erwiderte Felix leicht genervt.

»Der Benny war da.«

»Der Benny?«, wiederholte Felix, während die Sympathie, die er eben noch für die Frau empfunden hatte, erlosch. Ja, so konnte

364

man sich auch rächen. Hinterfotzig und raffiniert war das. Den Sohn der Rivalin hinhängen. Wenn ich mein Kind verloren habe, sollst du auch keins mehr haben.

»Der Sohn von ... einer Bekannten. Einer Kollegin, Ex-Kollegin meines Mannes.«

»Woher wissen Sie das?«, fragte Felix um Neutralität bemüht.

»Weil ich ihn gesehen habe, wie ich weggefahren bin, ins Hospiz.«

»Und warum hat Ihr Mann uns das nicht gesagt, dass der Benny da war?«

Sie zuckte mit den Schultern. »Was weiß denn ich. Vielleicht hat er es vergessen. Wahrscheinlich ist er bald danach mit dem Hallodri los, und da war er ja viel länger unterwegs als der Benny da war. Ich weiß es nicht. Vielleicht auch, weil er nicht gern mit der Polizei redet seit dem Unfall. Das erinnert ihn alles an die Beamten, die uns die Todesnachricht überbrachten. Ich kann doch auch nicht in dem sein Hirnkastl reinschauen.«

»Und wo ist er jetzt, Ihr Mann?«

»In einer halben Stunde ist er wieder da. Da muss ich weg sein.«

»Aber ... Sie wohnen doch hier?«

»Da bin ich mir nicht mehr sicher«, sagte Maria Brandl und ging zu ihrem Auto.

»Frau Brandl, warten Sie! Wir müssen uns noch in einer anderen Sache unterhalten.«

Sie stieg in ihren Jetta und ließ den Motor an. Felix ballte eine Faust. Er hatte es ganz falsch angepackt. Maria Brandl fuhr nicht weg, sondern direkt auf ihn zu. Durch die hinabgleitende Fensterscheibe ließ sie ihn wissen: »Ludewig heißt der Benny mit Nachnamen. Benjamin Ludewig. Seine Mutter hat bis vor Kurzem bei Puster gearbeitet.«

365

66

An unserem dritten, dem gefühlten zwanzigsten Abend, was meine Muskeln anging, hatte Erika eine tolle Idee. Sie träumte schon lange von einem Transalpin Run, wie sie mir anvertraute, und heute konnten wir eine Vollmondfahrt unternehmen mit dem Lift, ob ich das wüsste, dass die Lifte bei Vollmond auch nachts fuhren.

»Klar«, log ich.

»Und während die anderen sich dann in der Hütte die Kante geben, laufen wir bergab.«

»Im Dunkeln?«, rutschte es mir heraus.

»Es ist Vollmond!«

»Wo?«

Sie grinste. »Der wird schon noch auftauchen. Hast du eine Stirnlampe? Du joggst doch bestimmt manchmal nachts?«

»Natürlich.«

Erika zögerte. »Allerdings ...«

»Ja?«

»Flipper wirst du nicht mitnehmen können.«

Nun zögerte ich. Flipper war zwar schon mal mit mir in einem Sessellift gefahren, was Erika sich wahrscheinlich nicht vorstellen konnte, doch bei strahlendem Sonnenschein. Die Vorstellung, im Dunkeln mit ihm hoch über dem Boden zu schaukeln, behagte mir nicht.

»Kein Problem«, gab ich mich entspannter, als ich mich fühlte.

»Prima«, lächelte Erika, und später sollte ich mich an dieses Lächeln erinnern. Das war der Moment, in dem ich hätte Verdacht schöpfen müssen, denn eigentlich lächelte sie nicht, sie triumphierte.

Unsere Gruppe bestand aus zweiunddreißig Leuten, zum Teil logierten sie in benachbarten Hotels – bis aus Fischen im Tal kamen die Teilnehmer. Schon am Lift wurde eifrig Obstler ausgegeben. Erika reichte mir ein Tablett voller Schnapsgläser weiter, ohne sich selbst zu bedienen. Auch das hätte mich misstrauisch machen sollen. An der Mittelstation bot sie mir ein zweites Mal an.

Der Ausblick am Gipfel war atemberaubend.

Eigentlich hatten wir gleich zu unserer Nachtwanderung aufbrechen wollen, doch der Hüttenwirt, der uns an der Liftstation in Empfang nahm, bestand darauf, dass die Deandln sein Gselchtes probierten.

»Geräuchertes«, übersetzte ich für Erika.

»Und das vorne dran?«

»Deandln? Dirndl, Dirnen, also Mädchen.«

»Dirnen sind Mädchen?«

»Nein, das heißt, ja«, grinste ich.

»Herr Wirt, das Geselchte zu mir!«, bestellte Erika kurz darauf. Ich ärgerte mich, dass ich es nicht unappetitlicher übersetzt hatte. Bei Gselchtes bot sich allerlei an, handgedrechselter Ziegenpenis zum Beispiel. Ich wollte so schnell wie möglich in mein Bett und vor allem: zu Flipper. Ich fühlte mich halb und beunruhigt ohne Flipper. Außerdem war die Alpin Lodge Hubertus keine vertraute Umgebung für ihn. Womöglich litt er an Einsamkeit.

367

Später begriff ich, warum ich das alles dachte. Ich war hochgradig alarmiert – mein Unterbewusstsein schrie Gefahr – doch ich konnte die Nervosität nicht einordnen. Wir bekamen einen Holzteller Speck und Brot und ein Stamperl.

»Is doch griabig, oda?«, wurde Erika von ihrem Nachbarn gefragt und fragte mich »Was meint der Herr?«

»Zümpftig!«

»Ja, knorke kriebich«, bestätigte sie.

Mit der fettigen Grundlage des Gselchten im Magen kippte ich das Schnapserl und dachte dabei noch, dass all dieses Prozentige immer verniedlicht wird. Das Bierchen, das Weinchen, das Schnapserl. Das war mein letzter Gedanke als Franza Fischer normal. Dann ging Erika zur Toilette, und ein sehr dicker Mann bahnte sich seinen Weg durch die engen Reihen und riss dabei ihren Rucksack von der Stuhllehne. War er offen gewesen oder ratschte er auf? Nichts ahnend sammelte ich ihre Habseligkeiten ein. Trinkflasche, Energieriegel, Taschentücher, ein kleines Büchlein – da wunderte ich mich schon. Noch mehr wunderte ich mich, als ich den Titel nicht lesen konnte. Was wiederum nicht verwunderlich war, denn das Buch war ein russisches. Als ich es zurücksteckte, fielen zwei Personalausweise heraus. Der eine lautete auf Dr. Erika Falk und der andere auf Lena Martin, und auf beiden Ausweisen erkannte ich das viereckige Konterfei meiner Sportkameradin, die soeben neben der Theke auftauchte und sich mühsam einen Weg zwischen den Leuten hindurchbahnte, in ein Gespräch verwickelt wurde, mir den Rücken zudrehte. Mit zitternden Händen verstaute ich alles.

»Wie siehst du denn aus?«, grinste sie mich an.

»Ich vertrag kein Alkohol«, stammelte ich und fühlte die Kälte der Leichenblässe, die sich in meinem Gesicht ausbreitete.

»Na, dann gehen wir besser an die frische Luft?«, gab Erika?, Lena?, sich mitfühlend.

»Du kannst ruhig noch bleiben«, erwiderte ich das, was mir am liebsten war, und stand auf.

»Ich lass dich doch nicht im Stich«, erwiderte sie.

Stich, hörte ich. Wo hatte sie ihr Messer versteckt? In den Schuhen? An ihrer feisten Wade? Schlagartig war mir alles klar. Ich sollte von Flipper getrennt werden, damit sie freie Bahn hatten. Flipper war allein in dem Hotelzimmer, in Todesgefahr.

»Warte!«, rief Erika.

»Jetzt zeig mal, was du draufhast!«, forderte ich sie vor der Hütte auf – der Mond riss den Himmel in Fetzen – und hoffte, dass sie die verzweifelte Entschlossenheit in meiner Stimme überhörte. Ich musste sie in Sicherheit wiegen, so lange wie möglich, und außerdem musste ich schneller sein als sie, denn sie war bewaffnet. Daran zweifelte ich keine Sekunde.

Angst beflügelt. Liebe erst recht. Ich flog den Weg nur so hinab. Erikas Keuchen in meinem Rücken trieb mich an; ich vergaß jegliche Vorsicht, sprang über Stock und Stein, hoch konzentriert, gerade ich, die ich mich fürchte vor Löchern im Boden und lockerem Gestein, weil eine verletzungsbedingte Pause mich in das finanzielle Desaster foulen würde. Ich rannte um mein Leben, ich rannte für Flipper und absolvierte den Lauf aller Läufe. Das Keuchen in meinem Rücken wurde leiser, oder wurde bloß mein eigenes lauter; ich hörte nur noch mich, rhythmisch wie eine Maschine, deutsche Ingenieursleistung, pumpte mein Herz stark und kräftig, meine Lungen füllten meinen geweiteten Brustkorb, lang meine Sprünge und sicher mein Tritt. Flipper entgegen. *Gleich bin ich bei dir!* Ich wagte die Abkürzung durch das aus-

369

getrocknete Bachbett, die Kiesel klackerten Applaus, und da riss der Mond den Vorhang auf und tauchte meinen Einlauf in die Zielgerade des Tals in ein kühles Flutlicht.

*

Im Neonlicht sahen sie alle krank aus. Nur der Häuptling nicht. Rot leuchtete sein Gesicht. Sein Team rechnete seit Jahren damit, dass ihn sein Bluthochdruck eines Tages killen würde. Bislang hatte er mehrere von ihnen überlebt.

Ein Mitarbeiter von der Technik hob die Hand. »Der folgende Anruf kommt von einer Nebenstelle der Firma Puster, Bittermann & Sohn, aus der Büchsenmacherei. Der Stimmabgleich hat ergeben, dass der registrierte Nebenanschlussbenutzer identisch ist mit der Person, die die Nachricht hinterlassen hat.«

»Fahr ab«, nickte der Chef.

Es war so still, dass das Team den Häuptling atmen hörte. Was bei allen zu noch höherer Anspannung führte. Wenn er so schnaufte, stand er kurz vor einer Explosion. Der technische Mitarbeiter am Computer wohl auch. Er hatte an die falsche Stelle gespult, und so hörten sie einige Sekunden lang eine Mickeymaus. Niemand lachte. Endlich eine Männerstimme. »Hallo, Frau Fischer. Sepp Friesenegger hier. Also ich hab mich mal umgehört, wie wir das besprochen haben. Ein Kollege in Kiel, auch Büchsenmacher, hat sich an was erinnert. Ist aber schon eine Weile her. Es hat mal einen Einbruch gegeben. Da wurde Gerd Jensen niedergeschlagen. Und zu der Zeit gab es bei denen da oben auch eine Serie von Einbrüchen bei Behörden und Ämtern. Gestohlen wurden bloß leere Waffenbesitzkarten, also die Formulare, nichts anderes. Es heißt hinter vorgehaltener Hand, dass die Russenmafia dahintersteckt. Es geht auch das Gerücht von gefälschten Seriennummern. Was natürlich langfristig beides nichts bringt. Aber auf den ersten Blick kann so was bei einer Kontrolle zum Beispiel bestimmt durchgehen. Und oft will man ja erst mal Zeit gewinnen in solchen Kreisen, stell ich mir vor. Keine Ahnung, ob Ihnen das weiterhilft. Man kann sich ja mal treffen, oder? Mir hat Ihr Tipp was gebracht. Der Alte liegt mir nämlich am Herzen. Meine Nummer haben Sie ja. Servus.«

»Noch mal«, verlangte der Chef. Und dann fragte er. »Wer ist der Typ?«

»Das wissen wir nicht.«

»Wir müssen mit diesem Friesenegger reden. Heute noch. Und mit seinem Informanten.«

Einige verstohlene Blicke glitten zu der großen Bahnhofsuhr an der Wand – die einzige Deko in diesem kahlen Raum. Stumm verständigten sich die Untergebenen, dass sie Herrn Friesenegger wahrscheinlich erst morgen befragen würden.

Schwer schnaufte der Häuptling. »Das Ganze ist eine Katastrophe! Wir sind so nah dran, so nah!« Er presste Daumen und Zeigefinger der rechten Hand aufeinander.

»Ja, aber das ist doch nichts Neues! Es hat diese Einbrüche gegeben. Der Vorgesetzte von Jensen, der darin verwickelt war, ist für uns gläsern. Der kann keinen Schritt tun, ohne dass wir darüber informiert werden. Priorität A. Von dem geht keine Gefahr für unsere jetzige Operation aus«, wagte ein Mitarbeiter zu widersprechen, der noch nicht lange zum Team gehörte und wohl auch nicht mehr lange dabei sein würde.

»So funktioniert das nicht!«, donnerte der Chef, der für seine langjährigen Mitarbeiter ebenfalls gläsern war, erwartungs-

371

gemäß, doch diesmal war zur Abwechslung nicht klar, was er meinte. Den Inhalt des Einwands oder Widerspruch als solchen.

Seine Mitarbeiter zogen die Köpfe ein. Alle wussten, wie wichtig dieser Erfolg war. Etatkürzungen standen an. Die auch sie betreffen konnten. Außerdem würde der Chef nicht mehr allzu lange bei ihnen sein. Und er wollte keinen Abschied in die Pension, er wollte eine Krönung. Wenn der Coup gelang, würde man vom Chef auch in einigen Jahren noch sprechen. Jewgeni war seine Pforte in die Unsterblichkeit. Und ihr Job war es, sie weit aufzuhalten, damit der Häuptling bequem hindurchgehen konnte.

»Ja, und dann haben wir noch was«, kündigte der Mann am Computer an.

»Es ist nämlich so«, erklärte der zuständige Bereichsleiter »dass der Hauptkommissar aus Fürstenfeldbruck ...«

»Dieser Tixel?«, schoss der Chef.

Der Abteilungsleiter nickte. »Ja. Er ist ja jetzt abgezogen von dem Fall. Doch wir sind uns nicht sicher, inwieweit er, ich will es mal so sagen, inwieweit er davon überzeugt werden konnte, dass es keine Verbindung zwischen seinem toten Jäger und unseren Russen gibt.«

»Das hat der schon kapiert«, mischte sich ein Kollege ein. »Der ist zwar ehrgeizig, aber nicht blöd.«

»Und dann diese Tennislehrerin«, brummte der Chef.

In sieben Augenpaaren blinkten Fragezeichen. Nach und nach verglimmten sie. Er meinte die Fitnesstrainerin. Niemand machte ihn auf den Irrtum aufmerksam.

»Wie hat der Jensen das rausgekriegt, dass sein Chef in Kiel mit den Russen Geschäfte macht?«, fragte ihr jüngster Kollege. »Und wieso muss der dann ausgerechnet hierher versetzt werden?«

»Der Jensen sollte so weit weg wie möglich. Und der Rest, der geht auf die Rechnung von Kommissar Zufall. Der Jensen hat überhaupt nichts mit uns zu tun. Der wollte nur heim zu seiner Familie.«

»Deswegen erpresst man aber seinen Ex-Chef nicht.«

»Wenn man keine andere Möglichkeit sieht.«

»Und was hat er davon? Jetzt ist er tot«, wagte sich der Neue vor.

»Wissen die Kollegen vom Mord das eigentlich, mit der Erpressung – dass Jensen seinen Chef in Kiel unter Druck gesetzt hat?«

»Nach unserem Zugriff geben wir ihnen den Tipp. Dass da nichts dran ist, können sie dann selber rausfinden. Der war zu der Zeit in Hawaii.«

»Malediven.«

»Der Mord ist noch immer nicht aufgeklärt.«

»Aber es war keiner von unseren Russen. Weil die nämlich gar nicht da waren. Die sind zum fraglichen Zeitpunkt auf keinem Film. Das Haus war leer.«

Der Häuptling hob die Hand, um die Gespräche zwischen seinen Mitarbeitern zu stoppen. »Für uns geht es jetzt ausschließlich darum, uns weiterhin optimal auf den Zugriff vorzubereiten, alle Eventualitäten auszuschließen und für absolute Ruhe zu sorgen, damit alles so läuft wie geplant. Jede Unruhe ist einzudämmen. Wie die Tennislehrerin«, sagte der Chef. Es war so still im Raum, dass sie wieder nur sein Schnaufen hörten. Er nickte dem Mann hinter dem Computer zu, und Felix Tixels Stimme ertönte.

»Warum meldest du dich nicht? Wir haben eine Vereinbarung. Wo steckst du?«

»Was für eine Vereinbarung?«, fragte der Chef in die Runde und erhielt keine Antwort.

373

»Ist das eine private Vereinbarung? Haben die was miteinander? Ist der nicht verheiratet?«

»Lebt in Trennung. Eine Tochter.«

»Das gefällt mir nicht, wenn die was miteinander haben«, brummte der Chef, »das macht das Ganze noch unberechenbarer, das gefällt mir gar nicht. Haben wir den Tixel auch aufgeschaltet?«

»Freilich.«

»Sein Diensthandy ebenfalls?«

»Er hat bloß ein Diensthandy. Kein Telefonanschluss in seiner Wohnung, wo er im Übrigen nicht gemeldet ist.«

»Da schau her. Also will er zurück zu seiner Frau?«, frotzelte die Kollegin.

Der Häuptling warf ihr einen seiner Spezialblicke zu. Auf Eis.

»Die nächsten vier Mitteilungen sind wahrscheinlich verschlüsselt«, lenkte der Mann hinter dem Computer ab. »Sie kamen als SMS. Von ihr und von ihm.«

Der Chef nickte.

Der Techniker räusperte sich: »Das sind die von ihr an ihn«, er las vor: »Ich wär gern dein rotes Telefon. Mit dir reite ich bis ans Ende der Welt. Und von ihm kamen zwei SMS mit folgendem Inhalt: Ohne Quiz kein Eintritt: Wie nennt der Volksmund die Bäckerei am Bereiteranger? Und die zweite: Wird Flipper als Wasserträger eigentlich entlohnt? Oder braucht er einen Anwalt?«

»Das war's?«, fragte der Chef.

Der Mann am Computer nickte.

»Es gibt keine Bäckerei am Bereiteranger«, teilte einer der Anwesenden mit.

»Irgendwelche Ideen, was das bedeutet?«, fragte der Chef gereizt in die Runde.

374

Niemand meldete sich.

»Wer steckt hinter diesem Flipper? Was ist das für ein Deckname?«

»Chef, das ist der Hund von ihr, also von der Tennislehrerin. Der Hund, der die Waffe ausgebuddelt hat.«

»Und der heißt Flipper? Die hat doch einen an der Klatsche.«

»Vielleicht bedeutet das alles gar nichts«, mischte sich die Kollegin erneut ein. »Vielleicht ist es ein Insiderjoke.«

»Das glaubst du doch wohl selber nicht«, empörte sich ein anderer, der aber auch keine Idee hatte, worum es gehen könnte.

»Was meint ihr«, fragte der Chef und versetzte sie in allerhöchste Alarmbereitschaft, denn nach ihrer Meinung wurden sie normalerweise nicht gefragt, nur nach Fakten. »Sitzt der Tixel bei uns im Boot?«

67

Ich stürmte in mein Zimmer. Flipper empfing mich wedelnd hinter der Tür unserer kleinen Suite. »Flipper«, keuchte ich, außer Atem von meinem Lauf. Ich fiel auf die Knie und umarmte ihn, vergrub mein Gesicht in seinem dichten, weichen Fell. Er entwand sich, sprang zu seiner Decke und schnappte sich sein Lieblingsstofftier. Mit ruckartigen Kopfbewegungen forderte er mich auf, es ihm wegzunehmen. Los, zieh! Ich wollte aber nicht ziehen. Ich wollte ihn einfach nur festhalten, weil ich so froh war, dass er da war. Und lebte. Aber Flipper war kein Mensch. Flipper war ein Hund. Mit seinen eigenen Spielregeln. Dem konnte ich nicht erzählen, dass Erika mehrere Identitäten hatte, die unsere gefährden konnten. Den konnte ich nicht nach seiner Einschätzung der Lage fragen. Für Flipper zählte nur das Jetzt. Jetzt war ich da, und das war gut. Da gab ich auf. Und als ich ein, zwei Minuten mit ihm gespielt hatte, war ich auch meine Angst los. Mein Atem floss ruhig. Nun ließ Flipper sich gerne knuddeln. Mit einem dumpfen Stöhnen bettete er seinen Kopf in meine Hände. »Ich bin so froh, dass du da bist! Ich hab gedacht, die wollen uns vorsätzlich trennen. Ich hab gedacht, die tun dir was an, um mich zu bestrafen, Flipper. Mit dieser Erika stimmt was nicht. Das ist vielleicht gar keine Geschäftsführerin von einer Marketingfirma, die heißt womöglich Lena oder ganz anders, da stimmt gar nichts, hinten und vorn nicht, überleg doch mal, Flipper, wie dieses Boot-

camp zustande gekommen ist, das hat doch von Anfang an ge-
stunken! Wir müssen weg, Flipper. Ich weiß zwar nicht, warum,
aber hier ist es brandgefährlich. Die steckt mit den Russen unter
einer Decke.« Er hörte sich das alles höflich an, doch es interessierte ihn nicht. Allerdings bemerkte er meine Anspannung. Auf
die reagierte er. Brachte mir sein Stofftier, stupste mich an. Ging
drei Schritte zurück, schaute mich auffordernd an. Ich setzte die
Wasserflasche an und nahm ein paar schnelle Schlucke. »Wenn
ich nur wüsste, warum die hinter uns her sind.«

Flipper schaute zur Tür. Sofort beschleunigte sich mein Herzschlag wieder. »Pscht«, machte ich überflüssigerweise, erhob
mich, riss die Tür auf und spähte nach rechts und links über die
dicken dunklen Teppiche den Hotelflur entlang. Nichts. Flipper
wollte raus. »Nein«, flüsterte ich, »du musst noch kurz warten.
Ich muss sie in Sicherheit wiegen, verstehst du. Sie soll glauben,
ich hätte keine Ahnung. Dann wird sie ins Bett gehen, die wird fix
und fertig sein nach dem Lauf, und wir hauen ab, okay?«

Wuff, machte Flipper.

An der Rezeption dauerte es noch gute fünf Minuten, ehe Erika
hereingepoltert kam, mit knallrotem Gesicht.

»Na, auch schon da?«, begrüßte ich sie frech.

»Was war denn mit dir los?«, keuchte sie.

»Obstler und Gselchtes!«, behauptete ich. »Prima Brennstoff.«
Ich konnte ihr kaum ins Gesicht sehen. Am liebsten hätte ich sie
so lange geschüttelt, bis die Wahrheit aus ihrem vierschrötigen
Leib gekullert wäre.

»Das war ganz schön heftig«, sie atmete schwer, »stellenweise
rutschig, dann das Gestein, sag mal, bist du da runter geflogen?«

Fassungslos registrierte ich, wie perfekt sie ihre Show weiterspielte. Nichts konnte ich ihr anmerken. Aber sie mir auch nicht!

»Ich leg mich mal in die Falle«, verkündete sie.

»Ja, dann bis morgen«, sagte ich locker, als hätte ich ihre Wortwahl nicht bemerkt. Jetzt hatte sie ihre perfiden Absichten doch verraten mit diesem freudschen Versprecher.

Flipper begrüßte mich abermals, als wäre ich lange weg gewesen. Ich zwang mich, noch eine Viertelstunde zu warten, ehe ich an der Rezeption einen jungen Mann aus dem Schlaf riss.

»Ich muss sofort abreisen. Ich habe einen Anruf von meiner Familie erhalten. Es ist ...«, ich brach ab und blickte ernst zu Boden.

»Oh«, machte der junge Mann und wirkte ehrlich bekümmert.

»Meine Rechnung wird ja von Frau Dr. Falk bezahlt.«

»Moment«, bat er mich, klickte einige Male auf die Maus und nickte dann.

Ich schob einen Zwanzigeuroschein, Trinkgeld für alle, über die Theke. »Können Sie Frau Dr. Falk bitte morgen früh ausrichten, dass ich dringend wegmusste?«

»Selbstverständlich, Frau Fischer. Und fahren Sie vorsichtig! Es kann glatt sein am Pass.«

In der Tiefgarage kontrollierte ich, ob Erika Falks Wagen noch an seinem Platz stand und notierte mir das Kennzeichen. Es gab drei Wagen mit Berliner Nummernschild, doch das war nichts Außergewöhnliches im Allgäu, ich entdeckte auch HH und H und F und N und DO, aber auch M wie Heimat.

Die Passstraße begann gleich hinter dem Hotel und mit ihr der Nebel. Wie von den Nadelbäumen am Rand zerfetzte Brautschleier zogen die Schwaden über die Straße. Plötzlich zwei Scheinwerfer im Rückspiegel. Aufgeblendet. Kamen schnell näher. Viel zu schnell. Erika? Lena?

Natürlich würde ich von mir behaupten, ich sei eine gute Autofahrerin, wer behauptet das nicht. Doch in der Stadt sicher von A nach B zu kommen, das war etwas anderes, als nachts bei Nebel und glitschiger Fahrbahn einen Pass hinabzubrettern. Es war mir klar, dass ich das Lenkrad nicht zu umkrampfen brauchte, dass das keine Auswirkungen auf die Haftungseigenschaften meiner Reifen hatte, doch es ging nicht anders. Die Scheinwerfer hinter mir hetzten mich bergab. Flipper war nicht angeschnallt. »Flipper, weiter vor! Näher zu mir!«, befahl ich ihm. »Hier!!!«

Wie eng konnte ich den Volvo in die Kurven legen? Wie fest konnte ich in die Bremsen steigen ... Zwei Tonnen Volvo schoben, und das Heck des Wagens schien beim Bremsen abzuheben und überholen zu wollen – so also fühlte es sich an, wenn Reifen blockierten. Mir stockte der Atem. Rechts neben der Straße ging es steil nach unten. Für immer. Wie durch ein Wunder fing sich der Volvo wieder und ich mich auch. Flipper stemmte sich mit den Vorderpfoten in eine Ecke. Ich kniff die Augen zusammen, als mich die Lichter im Rückspiegel erneut blendeten – und auf einmal waren sie weg.

*

»Wie darf ich das verstehen, sie ist weg?«, fragte der stellvertretende Chef der Observationsgruppe.

»Tut mir leid. Sie kam nicht zum Frühstück. Ihr Auto ist weg, das Zimmer ist leer. Sie ist um 1:06 Uhr abgereist.«

»Verdammt, Sonja! Was ist passiert?«

»Ich weiß es nicht. Wir haben das Programm durchgezogen

wie besprochen. Es gibt keine Stelle an meinem Körper, die mir nicht wehtut. Gestern Nacht haben wir einen Vollmondlauf gemacht. Danach haben wir uns normal verabschiedet. Ich bin sofort eingeschlafen, und das hätte sie auch tun müssen. Die müsste total platt gewesen sein, fix und foxi.«

»Wenn wir hier jetzt irgendwen nicht brauchen können, dann ist es die ... Tennislehrerin.«

»Wie bitte?«

»So nennen die anderen sie. Die Tennislehrerin. Das war ein verdammt guter Plan, sie in Sicherheit zu bringen. Es ist ein Russe auf sie angesetzt, der sie töten soll. Das ist dir klar? Wir können von Glück sagen, dass der unser V-Mann ist. Ist dir die Brisanz der Lage bewusst?«

»Selbstverständlich.«

»Gibt es irgendwas von Interesse?«, fragte der Stellvertreter.

»Privat hat sie sich sehr bedeckt gehalten. Ich sollte sie ja bloß beschäftigen, auf Trab und weg von München halten. Das habe ich auftragsgemäß erledigt.«

»Glaubst du, sie ist nach Hause gefahren?«

»Wohin sonst? Freund hat sie keinen. Außer sie hat mich angelogen. Aber das glaub ich nicht. Die ist Betonsingle.«

»Okay. Schick mir deinen Bericht.«

»Tut mir leid, das Ganze.«

»Ja. Mir auch«, sagte er, legte den Hörer auf, ging eine Runde um seinen Schreibtisch. Und dann noch eine. Dann wählte er eine Kurzwahlnummer, die ihm lieber war als die Durchwahl zum Häuptling. Es erst mal mit der Bereitschaft versuchen. Leute ausschicken. Den Ball flach halten. Keine schlechten Nachrichten aus seiner Abteilung, denn die sollte ja nicht die Endstation seiner Karriere sein.

»Die Tennislehrerin ist weg. Letzte Nacht abgehauen. Sorg dafür, dass jetzt gleich die ersten Anlaufstellen abgefahren werden. Ihre Wohnung, Arbeitsstätte und so weiter. Und informier den V-Mann-Führer. Besprechung in vier Stunden. Die komplette Mannschaft.«

68

Um acht rief ich bei Andrea an, um mich zum Frühstück einzuladen. Vor rund fünf Stunden hatte ich den Volvo in der Nähe ihrer Wohnung geparkt. Natürlich war es verlockend gewesen, nach Hause zu fahren und in mein eigenes Bett zu schlüpfen. Doch die Vernunft hielt mich davon ab. Also hatte ich die Rückbank umgeklappt, meinen Schlafsack ausgepackt und mich an Flippers starke Schulter gekuschelt. Seine Ruhe und Wärme beruhigten mich. Andrea ging nicht ans Telefon. Ich stieg aus und klingelte. Niemand öffnete. Das brachte mich so durcheinander, dass ich mich zusammenreißen musste, nicht zu heulen. Was war bloß mit mir los? Ich heulte doch sonst nie. Da mussten ganz andere Sachen passieren, dass es mich mal erwischte. Und jetzt stiegen mir die Tränen hoch, wenn eine Freundin nicht zu Hause war? Wieso war ich so empfindlich? Am liebsten hätte ich mich in ein Schneckenhaus zurückgezogen. Doch ich musste aktiv werden. Aber wie? Sollte ich auf einer Polizeidienststelle meine wirre Geschichte erzählen, von der Russin aus Berlin mit den zwei Personalausweisen? Sie hatte mir nichts getan. Niemand hatte mir irgendetwas getan, sogar die beiden Schläger hatten mich nicht wirklich erwischt, und die Männerstimme, bei der ich mich nach der Frau mit dem Pferdekopftattoo erkundigt hatte, war nicht als Rasierklinge aus dem Telefonhörer geschnellt. Doch es fühlte sich so an,

382

als würde sich das Netz um mich immer enger ziehen. Das Netz, das nur ich wahrnahm?

Flipper musste mal. Ich traute mich nicht, ihn aus dem Auto zu lassen. An meinem Hund würden sie mich erkennen, wer auch immer sie sein mochten. Flipper würde mich zwar beschützen, aber er würde mich eben auch verraten. An wen? Keinen Schimmer einer Ahnung zu haben, machte mich verrückt.

»Wo liegt der Hund begraben?«, fragte ich Flipper. Lange schaute er mich an. Und da verstand ich. Ich bin überzeugt davon, dass Flipper mir seine Wünsche, Gedanken, Absichten einpflanzt, besonders, wenn ich schlafe. Ich glaube, im Schlaf sind die Hunde die Chefs. In Wirklichkeit treffen sie die Entscheidungen. Wir sind bloß Marionetten und führen das aus, was wir nachts infiltriert bekommen. Manchmal klappt es auch im Wachzustand ... Endlich hatte ich begriffen. Wir mussten zurück auf null. Die Null war Laika. Und die Skorpion. Die Flipper gefunden hatte. Und hinter der Null stand Walli. Dort musste ich anfangen. Und bei den Hunden. Wo immer alles begann. Wer war zuerst da: der Mensch oder der Hund?

Was wusste ich von Walli? Sie aß gern Sushi, war ein Fan von David Garrett und ein Crack im Hundesport. Mit Andreas Smartphone klickte ich mich zu einigen Hundesportvereinen. Schon beim zweiten Anruf hatte ich Glück. Es war sogar ein Training angesetzt für den frühen Nachmittag, da könnte ich teilnehmen.

»Ich bin ab Mittag da«, lud mich eine freundliche Frauenstimme auf das Übungsgelände ein.

Vorher fuhr ich in den nördlichen Teil des Englischen Gartens, wo ich sonst nie Gassi gehe. Auf einer großen Wiese warf ich minutenlang Stöcke, die Flipper begeistert apportierte. Sobald Spaziergänger auftauchten, schlug ich mich in die Büsche. Als Flipper sich ausgetobt hatte, kaufte ich mir eine Packung Sushi, die ich auf der Fahrt zum Hundesportplatz in Seefeld mit tränenden Augen aß, weil ich nie genug von Wasabi kriegen kann. Der Hundeplatz lag auf halber Höhe am Berg, mit Blick über den Ort in der Senke und in der Ferne die Alpen. Auf den ersten Blick erinnerte mich die Ausstattung an einen Kinderspielplatz – mit all den bunten Hürden, Slalomstangen, Hütchen, Autoreifen, Wänden und einem langen roten Schlauch, der sich wie ein Stück Darm träge auf der Wiese ringelte. Jippi, Abenteuerspielplatz! Begeistert schaute Flipper von mir zu den Hindernissen und zurück. Ich war höflicher und konzentrierte mich auf die Frau, die uns begrüßte. Sie war Mitte zwanzig und eine echte Rothaarige, was man selten sieht – an den typischen Sommersprossen.

»Ich bin die Franza, die Bekannte von der Walli«, stellte ich mich vor. »Haben wir telefoniert?«

Mona nickte bedrückt. »Du weißt es gar nicht, gell?«

»Nein, was denn?«

»Die Walli lebt nicht mehr. Das wollte ich dir persönlich sagen.«

Ich schlug die Hand vor meinen Mund. »Nein!«

»Doch.«

Sie seufzte schwer, und dann erzählte sie mir die ganze Geschichte. Es fiel mir leicht, so zu tun, als hörte ich sie zum ersten Mal. Die Walli aus dem Hundesportverein war eine ganz andere als die Tochter von der Maria Brandl. Sie hätte meine Freundin sein können. Den David Garrett hätte ich ihr verziehen bei unseren vielen Gemeinsamkeiten. Eine Triathletin war sie, eigensinnig und selbstbewusst, und sie hatte Tiermedizin studiert. Vielleicht wäre ich auch mal mit ihr nach Griechenland geflogen, dort kümmerte sie sich ehrenamtlich um Straßenhunde.

»Und wo hast du sie kennengelernt?«, fragte Mona.

»Beim Gassi am Wilden Hund. Ich glaube, da wohnen ihre Eltern? Sie hat mir von ihrem Agilityverein erzählt. Hundesport hat mich schon immer interessiert.«

»Agility ist aber genau genommen kein Hundesport«, verbesserte Mona.

»Das hat mir die Walli auch erklärt«, behauptete ich. »Jedenfalls bin ich am nächsten Tag für ein Jahr nach Hamburg gezogen, jobmäßig. Tja, und jetzt bin ich wieder da. An die Walli hab ich oft gedacht. Da wollte ich sie und die Laika mal wiedersehen. Zwischen der Laika und dem Flipper war das praktisch Liebe auf den ersten Blick.«

»Es ist jetzt bald ein Jahr her«, sagte Mona mit leiser Stimme. »Das war ein Schock für uns alle. Ich meine, in so einem Alter stirbst du doch nicht. Und dann ist ja auch noch die Laika erschossen worden.«

»Was?« Mit offenem Mund starrte ich Mona an.

»Benny hat mir das erzählt. Der hat sich bis heute nicht erholt davon. Erst die Walli, dann die Laika – den Hund haben sie zusammen aus Griechenland geholt.«

»Ach, der Benny war ihr Freund?«

»Ja und nein. Das schwappte so hin und her. Sie war wohl seine Jugendliebe oder er ihre – und immer, wenn es einem mal nicht so gut ging, haben sie sich wieder zusammengerauft. Es war halt so, dass für die Walli immer erst der Hund gekommen ist, dann der Mann.«

Noch eine Gemeinsamkeit, stellte ich fest.

»Und damit hat sich der Benny nicht abgefunden. Obwohl er

in Griechenland mit der Walli die Laika von der Kette gerettet hat. Aber welcher Mann begreift das schon«, seufzte Mona, und ich erkannte, dass ihr noch kein solches Exemplar begegnet war. »Keiner«, stimmte ich zu.

»Ich denke schon, dass der Benny die Laika besucht hat«, sagte Mona nachdenklich. »Der Vater von der Walli hat sie bei sich aufgenommen. Doch das weiß ich nicht so genau. Er kommt nicht mehr. Das packt er nicht, hier bei uns. Zu viele Erinnerungen. Der hängt jetzt lieber beim Billard in Starnberg ab. Ich verstehe ihn. Er war ja wahnsinnig stolz auf die Walli. Die beiden, also sie und die Laika, die haben im Landkreis alles gewonnen.«

»Schade, dass ich sie nie auf dem Parcours erlebt habe«, bedauerte ich aufrichtig.

»Ja, da hast du wirklich was versäumt.«

Mona pustete sich eine ihrer blassroten Strähnen aus dem Gesicht, die sich aus ihrem kessen Pferdeschwanz gelöst hatten »Na ja. Irgendwie geht es immer weiter. Und du? Bist du noch immer an Agility interessiert? Hast du diesbezüglich mal was in Hamburg unternommen?«

Ich setzte zu einer Antwort an, als Flipper übernahm, zum Sprung ansetzte und das erste Hindernis des Parcours mit einem großen Strahlen im Gesicht elegant überflog, ehe er sich mit langen Sätzen durch den roten Darm wühlte.

69

Auf der Fahrt zurück nach München erreichte ich Andrea. Eine Patientin hatte abgesagt, und sie würde noch bis um vier zu Hause sein. Ich trat aufs Gas und fiel kurz nach drei mit der Tür ins Haus, indem ich sofort vom Bootcamp und Erika Falk, dem russischen Buch, den zwei Personalausweisen und der Verfolgungsjagd auf dem Riedbergpass erzählte.

»Hm«, machte Andrea.

»Sag nicht immer hm«, sagte ich.

»Soll ich dir eine Kleinigkeit zu essen machen?«, fragte sie.

»Ich hab keinen Hunger.«

»Du hast doch sicher auch viel zu wenig geschlafen heute Nacht.«

»Ich bin nicht müde!«

»Weißt du, Franza, das merkt man manchmal gar nicht, wie müde man ist. Tief innen drin. Und wenn man so müde ist, dann kann es durchaus passieren, dass einem die eigene Wahrnehmung Dinge vorgaukelt, die nicht passiert sind. Das ist nichts Schlimmes, das kommt häufig vor. Auch ein Burnout kann sich so ankündigen.«

»Ich hab keinen Burnout! Ich liebe meinen Beruf, und ich bin ständig an der frischen Luft.«

»Das hat damit gar nichts zu tun. Man kann auch an Burnout leiden, wenn man arbeitslos oder Sportler ist.«

»So was hab ich nicht!«

»Natürlich nicht«, beschwichtigte Andrea mich. »Aber ich mache mir trotzdem Sorgen um dich. Überleg doch mal, was bei dir in den letzten Wochen und Monaten passiert ist! Zuerst wird Flipper entführt, und du wirst beinahe getötet.«

»Na ja, so schlimm war es nun auch wieder nicht.«

»Es war so schlimm«, sagte Andrea ernst. »Hast du schon vergessen, was für Sorgen du dir gemacht hast, weil du länger nicht arbeiten konntest?«

»Das hat sich alles wieder gegeben.«

»Ja, weil dein Privatkunde, dieser Anwalt, dich durchgezogen hat.«

»Ich habe was auf der hohen Kante.«

»Dann verliebst du dich sehr kompliziert in einen Kommissar, der mit seinen Altlasten beschäftigt ist.«

»Seit wann bezeichnest du ein Kind so?«

»Das waren deine Worte, Franza.«

»Meinetwegen.«

»Was zuerst ganz schön ist, wird zunehmend schwieriger, als du erkennst, dass ein Hauptkommissar bei der Mordkommission wenig Zeit hat«

»Viele Leute haben anstrengende Jobs.«

»Aber das ist doch nicht der einzige Grund?«

»Doch.«

»Kann es nicht sein, dass dir das Ganze zu nah geht? Dass er ein Mann ist, der dir gefährlich werden könnte.«

»Da triffst du den Nagel auf den Kopf.«

»Ich meine das eher emotional.«

»Liebe ist gefährlich.«

»Und sie löst einiges aus. Dieser Felix Tixel ist der erste Mann, für den du dich wirklich interessierst – zumindest seit ich dich kenne.«

»Na und?«

Ich wusste, dass sie recht hatte. Und ich wusste, dass sie mich nicht kränken wollte. Sie meinte es gut mit mir. Das hatte sie oft genug bewiesen, viel öfter als ich selbst mir bewiesen hatte, dass ich es gut mit mir meinte. Noch immer benahm sie sich, als stünde sie in meiner Schuld, weil ich, beziehungsweise Flipper, sie gerettet hatte. Gute zwei Jahre lag das nun zurück. Es war kurz nach Mitternacht gewesen, kurz vor der Brücke am Tierpark, da hörte ich eine Frau um Hilfe rufen. Flipper war schneller als ich. Eine große wilde Bestie – brach er aus dem Unterholz, so erzählte Andrea mir später, ein einziges knurrendes, gefletschtes Gebiss. Er schlug den Angreifer mit seiner Breitseite zu Boden und dann in die Flucht. Seither war Andrea nett zu mir. Manchmal viel netter, als ich es verdiente.

»Zu Beginn hatten Felix und ich ein paar richtig schöne Treffen«, sagte ich leise. »Alles war so leicht mit ihm, so heiter und unbeschwert. Aber dann ... Er hat einen Fall bearbeitet, der ihn viel Energie kostete. Er hatte Ärger im Job. Darüber hat er aber nicht mit mir gesprochen. Da habe ich gemerkt, dass ich nicht mit einem Polizisten zusammen sein will. Der bringt so viel mit nach Hause, was nicht gesagt werden, nur gespürt werden kann. Das will ich nicht. Ich will damit nichts zu tun haben. Und außerdem ...«

»Ja?« Andrea beugte sich vor.

»Er will sich nicht binden.«

»Hat er das gesagt?«

»Natürlich nicht. Das weiß ich einfach. Er kann es auch nicht. Er hat den Kopf nicht frei. Wegen der ungeklärten Situation mit seiner Ex und der Tochter. Und es geht zeitlich nicht. Schließlich will er seinen Sport nicht aufgeben.«

Andrea grinste breit. »Gleich und gleich gesellt sich gern.«

»So einfach ist das nicht«, versuchte ich zu erklären. Andrea machte gar keinen Sport. Sie verstand nicht, wie sehr man das brauchte, wenn man es täglich gewöhnt war. Dass man sich wie ein vergammelnder Müllsack fühlte, wenn man sich nicht auspowern konnte. Natürlich hätte ich mich für den Sport entschieden, wenn ich die Wahl zwischen Sport und Felix treffen müsste, und ich würde es ihm nicht übelnehmen, wenn er genauso entschiede. Das nicht.

»Ich habe nie gewusst, ob er mich meint, oder ob ich eben nur der Fall Franza bin«, vertraute ich Andrea an.

»Es gibt ein Buch, das so heißt.«

»Bringt mir das was?«

»Nein. Aber die Autorin, Ingeborg Bachmann, hat auch an der Liebe gelitten. Jedenfalls meine ich, dass es in der Verbindung mit dem Verbrechen, das an dir verübt wurde, zu einer Kopplung gekommen sein kann.«

»Ich weiß, dass du erst kürzlich eine Fortbildung in Traumatherapie gemacht hast, aber ich bin keine Patientin. Und ich leide nicht an der Liebe! Ich kann mich sehr gut davor bewahren!«

»Ist das wirklich dein Ziel, Franza? Ich wünsche mir auch, dass du keine Patientin wirst«, sagte Andrea so ernst, dass mir klamm wurde. »Aber dazu gehört es nun mal, sich seinen Gefühlen zu stellen. Und zwischen Realität und Fantasie zu unterscheiden.«

Erschüttert erkannte ich, dass sie mir meine Wahrnehmung nicht glaubte. Sie hatte sich eingeschossen auf ihr posttraumatisches Belastungssyndrom. Und das war das Schlimmste, was mir in den letzten zwölf Stunden widerfahren war. Wenn sie mir nicht glaubte, wer würde mir dann glauben?

»Ich habe die beiden Ausweise gesehen und das russische Buch!«, erinnerte ich sie.

»Sicher«, nickte Andrea.

Es hatte keinen Sinn, weitere Beweise anzuführen. Andrea hielt Erika Falks doppelte Identität für Hirngespinste meiner überreizten Fantasie. Und wenn sie recht hatte? Wieso sollte sie mir einreden wollen, psychisch instabil zu sein? Nur dann doch, wenn sie mit den anderen unter einer Decke steckte und zu diesem Plan gehörte. Aber zu welchem Plan? Und wer waren die anderen? Und vor allem: welche Decke?

70

Felix starrte sein Telefon an. Was war das für ein seltsamer Anruf am Dienstagnachmittag in seinem Büro? Wieso fragten die ihn das? *In welchem Verhältnis stehen Sie zu Franziska Fischer?*

Das wüsste ich auch gern, hätte er am liebsten gesagt.

»Wir kennen uns.«

»Wie gut?«

»Ich habe hin und wieder Kontakt mit ihr.«

Da wartete er nur darauf, dass sie fragten: Auch intimen?

Doch sie wollten lediglich wissen, ob er wusste, wo sie sich aufhielt. Dann das Übliche. Sobald er etwas von ihr hörte und so weiter.

»Ja«, sagte er einige Male und versuchte seine Aufregung zu verbergen. Denn das alles konnte nur eines bedeuten: Franza war in noch größerer Gefahr. Und er konnte ihr nicht helfen, denn sie reagierte nicht auf seine Anrufe und SMS. Vielleicht hatte sie ihr Handy verloren? Ach was, sie war einfach wie immer: stur, uneinsichtig, unbelehrbar, eigensinnig. Wenn die vom Geheimdienst sie nicht fanden – wie sollte er sie dann finden? Gute Frage. Quizfrage sozusagen.

Rosina Marklstorfer spielte sofort mit, als er sie an der Tür mit der Millionenfrage konfrontierte. »Hat das Fräulein Fischer eine beste Freundin?«

»Eine beste Freundin?«, wiederholte Rosina stockend.

»Alle Frauen haben beste Freundinnen«, behauptete er.

»Ich hab keine«, erwiderte sie. »Also, nicht mehr. Die Centa ist schon seit 1998 beim Herrgott.«

»Bitte denken Sie nach.«

Deutlich zeigte sie ihm, wie sehr sie sich anstrengte, kniff sogar die Augen zusammen.

»Und eine normale Freundin?«, fragte er.

»Eine Busenfreundin ohne Busen?«, übersetzte Rosina.

Felix schmunzelte.

»Ja, manchmal sind schon Leute da. Aber nicht oft. Und wissen Sie, Herr Felix, ich selbst wohne doch erst seit Kurzem hier. So eine kleine Dunkle habe ich vielleicht dreimal gesehen. Sehr gut gekleidet, eine attraktive Frau, zierlich. Sie fährt ein Sportauto.«

»Ein ... Sportauto?«

»Ein Cabriolet. Dem Herrn Flipper haben sie zum Spaß eine Skibrille aufgesetzt. Das war sehr lustig. Also für die zwei. Herrn Flipper hat das nicht gefallen, glaube ich.«

»Natürlich. Ein Sportauto. Kennzeichen? Name der Frau?«

»Tut mir leid.« Rosina schaute bekümmert drein. »Es ist wichtig, oder?«

Felix wollte die alte Dame nicht beunruhigen. »Das kann jedem Mal passieren, dass er an der Millionenfrage scheitert. Frau Marklstorfer, danke jedenfalls. Ich muss weiter.«

»Herr Felix?«

Er war schon im Gehen, drehte sich um. »Ja?«

»Vielleicht Andrea. Aber nur sehr vielleicht.«

»Nachname?«

Rosina Marklstorfer zuckte mit den Schultern.

»Trotzdem danke.«

393

»Bringen Sie mir mein Fräulein Franza wieder. Bitte.«

»Freilich«, sagte er, und es gab in diesem Moment nichts, was er sich mehr wünschte, als den eigensinnigen Kopf von F & F eigenhändig zu waschen. Jemand musste ihr mal deutlich nahebringen, dass sie mit ihren unüberlegten Aktionen nicht nur sich in Gefahr brachte, sondern auch Flipper. Und für den Blutdruck ihrer Nachbarin war das sicher auch nicht gesund. Vielleicht waren das Argumente, mit denen er sie zur Vernunft bringen konnte.

Als sein Handy klingelte, war er sicher, Franza meldete sich. Gerade sie musste doch spüren, wie intensiv an sie gedacht wurde. Das hatte sie ihm selbst mal erzählt, dass sie glaubte, dass man so etwas wahrnehmen konnte. Er hatte das zwar ein bisschen naiv gefunden, aber ganz ablehnen wollte er es auch nicht, denn er hatte schon öfter Erlebnisse gehabt, die mit einem handelsüblichen Menschenverstand nicht zu erklären waren. Das plötzliche Wissen, was ein Täter als Nächstes tun würde zum Beispiel. Oder der richtige Instinkt, wenn es um einen Flüchtenden ging. Die Ahnung, dass man verfolgt wurde. Franza behauptete, ein durchlässiger Mensch wüsste viel mehr, als ihm bewusst sei und reagiere unbewusst darauf. Durchlässig. Ein Wort, bei dem er für gewöhnlich Ausschlag bekam. Doch bei Franza galt kein gewöhnlich. So hatte er ihr mitgeteilt, dass das vielleicht auf sie zuträfe, aber auch bloß, weil Flipper ihr die höheren Weisheiten eingab. »Hunde können das. Männer nicht.«

Und er hatte recht damit, wie es sich nun zeigte. Es war seine Kollegin Claudia von Dobbeler, die ihn anfunkte und mit rauer Stimme eine Beichte ablegte.

»Felix, ich hab Mist gebaut.«

»Sonst keine Neuigkeiten?«, fragte er salopp.

»Es tut mir echt total leid. Aber ich war in den letzten Wochen ziemlich durcheinander. Zuerst die Wohnung, die wir nicht gekriegt haben, dann doch, aber plötzlich will Stefan nicht mehr zusammenziehen, dann ...«

»Ich bin vertraut mit den Einzelheiten des Falles, detaillierter als mir lieb ist«, versuchte er abzukürzen.

»Es geht um den Keller.«

»Welchen Keller?«

»Ich habe vorhin meinen Keller ausgeräumt. Und dabei ist mir eingefallen, dass ich die Vermieterin von Gerd Jensen nicht gefragt habe, ob er einen Keller hatte. Irgendwie ist mir das durchgerutscht. Ich meine in so einem Familienhaus vermutest du doch kein herkömmliches Kellerabteil.«

Felix zögerte. »Ich war mittlerweile zweimal bei der Vermieterin, Frau Wolfram. Sie macht mir einen sehr ordentlichen Eindruck, und solche Leute wollen reinen Tisch, reines Haus, nein, nein, ich glaube nicht, dass da noch was im Keller ist.«

»Nicht?«, Claudia klang erleichtert.

»Am besten, du gibst Laura Bescheid. Ich bin draußen aus dem Fall.«

»Ach so«, sagte sie, und er hörte, dass sie es bereits wusste. Er nahm sich vor, in Zukunft mehr auf sie zu achten. Claudia hatte im letzten Jahr so stark angefangen und nun deutlich nachgelassen. Oft wirkte sie unkonzentriert, und ihr unterliefen zahlreiche Flüchtigkeitsfehler.

»Ich bring es nicht über mich, das der Laura zu sagen«, gestand Claudia nach einer Pause.

»Warum vertragt ihr euch nicht? Ich verstehe nicht, warum das immer so schwierig ist mit euch!«

395

Claudia schwieg.

Auch das muss ich herausfinden, was da vorgefallen ist, notierte er sich geistig. Ich sollte überhaupt wieder intensiver auf meine Mitarbeiter schauen. Der Fehler mit dem Johannes hätte mir nicht passieren dürfen. Ich muss mich mehr auf die Arbeit konzentrieren. Vielleicht ist die Schlampigkeit von der Claudia auf mich zurückzuführen, seit dem Scheißfall war ich bestimmt kein Vorbild.

»Das kriegen wir schon wieder hin, Claudia«, versuchte er sie zu entlasten. »Am besten du nimmst Kontakt mit Frau Wolfram auf und fährst gegebenenfalls zu ihr. Wenn was ist, komme ich dazu und schreibe den Bericht. Ruf mich an.«

»Danke, Felix.«

Zehn Minuten später meldete sich Johannes aus Kiel und äußerte den Verdacht, der ermordete Jensen könnte seinen hiesigen Chef erpresst haben. »Was meinst du dazu, Felix?«

»Klingt plausibel.«

»Die Laura sagt, entscheidend ist, dass der Chef gar nicht da war, als der Jensen erschossen wurde, der war im Tauchurlaub. Aber er könnte doch einen russischen Killer beauftragt haben, so was gehört bei denen zum Tagesgeschäft, oder? Das wäre auch eine Erklärung dafür, warum uns die Kollegen den Fall weggenommen haben.«

Zum Tagesgeschäft, wiederholte Felix in Gedanken. Wo steckt ihr, F & F? Wenn der Geheimdienst euch nicht findet, bedeutet das hoffentlich nicht, dass euch die Russen bereits gefunden haben.

71

Nie zuvor in meinem Leben hatte ich mich so entsetzlich gefühlt. Ich fühlte mich, als stünde ich kurz davor, verrückt zu werden. Ich war völlig durch den Wind. Ich schaute fremden Leuten ins Gesicht und fragte mich, ob sie mich verfolgten. *Willst du was von mir?* Die Franza hat zu viel Fantasie, hatte meine Oma stets von meinen Lehrerinnen gehört. Die kann manchmal Realität und Traum nicht auseinanderhalten. War ich zurückgefallen? Hatte Andrea recht mit ihrer Diagnose, und ich balancierte über einem Abgrund? Ich schämte mich entsetzlich. Ich! Die belastbare Franza. Die Selbstverteidigungstrainerin, die mit zwei Bodyguards fertigwurde und auch für den dritten Angreifer noch ein, zwei Fäuste übrig gehabt hätte. Die selbstständige Unternehmerin – frei, ungebunden, unabhängig. Wo war mein starkes, mutiges Lebensgefühl geblieben, die Gewissheit, dass mir nichts passieren konnte? Ich fühlte mich bedroht und beobachtet. Es war zwar nur ein Gefühl. Aber ständig. Und das Schlimmste war, dass ich nicht wusste, von wem und warum.

Ich wollte mit Josef Dürr darüber sprechen. Wenn er die Sache für plausibel hielt, würde ich Felix alles erzählen. Andrea hatte mich so stark verunsichert, dass ich mir keine Einschätzung meiner Einschätzung mehr zutraute. Eine Viertelstunde vor unserem Treffen sagte Josef unser Training telefonisch ab.

»Das hat dir aber niemand befohlen?«, fragte ich nach.

»Wie ... befohlen?«

»Dein Vater«, versuchte ich einen Scherz, erschrocken von meiner Unterstellung.

Josef schwieg. Ich hatte ihn verärgert. Mist! »Selbstverständlich bezahle ich dir dein Honorar«, versicherte er mir.

»Das ist nicht nötig.«

»Doch, das finde ich schon. Und mach dir einen schönen Nachmittag daheim.«

Warum sagte er das? So was hatte er noch nie zu mir gesagt. Was bedeutete das? »Es bedeutet nichts!«, rief ich, und Flipper fing auf der Rückbank des Volvo zu bellen an. »Nichts bedeutet was, nichts, nichts, nichts!« Flipper bellte immer weiter. Und ich rief: »Nichts!«

Und dann fuhr ich nach Hause. Bekam einen Parkplatz vor der Einfahrt. Auch das bedeutete nichts. Niemand hatte mir den frei gehalten. Ich atmete tief durch und benahm mich so, als wäre alles normal. »Flipper, aussteigen!«, befahl ich, und er sprang auf das Trottoir. Kein Krater tat sich dort auf. Auch mein Haus explodierte nicht. Ich atmete tief durch. »Jetzt gehen wir erst mal einkaufen. Dann essen wir was. Und dann sind wir einfach wieder daheim.«

*

»Ich komme später zum Treffpunkt, Leo. Ich häng an ihr dran. An der Frau mit dem Hund.«

»Ich habe gedacht, sie ist weg?«

»Chabe sie wiedergefunden. Man muss wissen, wo man suchen soll.«

»Gut.«

»Da hängen noch zwei dran. Von euch?«

Der V-Mann-Führer ging nicht auf die Frage ein. »Haben sie dich bemerkt?«, wollte er wissen.

»Ich bin kein Anfänger.«

»Sei vorsichtig.«

»Wir sehen uns wie abgemacht.«

»Ich chabe nicht mehr viel Zeit, ich muss wissen ...«

»Bis heute Nachmittag habe ich alles organisiert. Vertrau mir. Wir treffen uns dort, wo du das letzte Mal ausgestiegen bist.«

»Ja«, sagte Tichow.

Der V-Mann-Führer griff zum zweiten seiner vier Handys und informierte seinen Vorgesetzten.

72

»Ach, die Frau Wolfram!«, staunte Felix auf dem Flur, als er am Dienstag gegen halb sieben nach dem Besuch bei Rosina Marklstorfer zurück in sein Büro kam. Gerd Jensens Vermieterin stemmte die Hände in die Seiten. »Ich bin von Ihren Kollegen abgeholt worden, stellen Sie sich das vor!«

»Aber doch wohl freiwillig.«

Sie verzog ihr Gesicht zu einer gequälten Miene. »Na ja. Hätte ich denn eine Wahl gehabt?«

»Sie haben also eine Leiche im Keller?«

Bekümmert seufzte sie. »Herr Tixel, nicht, dass Sie glauben, ich hätte Ihnen da was verheimlicht! Ich habe das doch gar nicht gewusst. Ich habe seinen Keller ausgeräumt. Wie kann ich denn ahnen, dass er unten durch in mein Abteil hinein diese Mappe geschoben hat! Und wer weiß, ob das überhaupt Absicht war. Vielleicht ist es auch versehentlich passiert, vielleicht ist sie von einem Karton runtergerutscht und rüber, das will ich dem im Nachhinein gar nicht unterstellen, dass er was versteckt hätte. Ich habe sie sofort ausgehändigt. Ihre Kollegin war dabei. Und jetzt würde ich schon gern mal wissen, was da drinsteht.«

»So, das würden Sie gern wissen.«

»Ja, weil es ist ja mein Haus.«

Felix schmunzelte. »So einen Fall habe ich schon mal gehabt,

Frau Wolfram. Das war auch eine Frau, die hat geglaubt, die Polizei rapportiert ihr. Das hat nicht gut geendet.«

Frau Wolfram schluckte. »Wie denn?«

»Sie ist verschollen«, sagte Felix ernst und ließ Jensens Vermieterin einfach stehen. In seinem Büro schaute er aus dem Fenster. Parkplatz, Bäume, Straße, Felder. Wieso meldete sie sich nicht? ... Und wenn sie doch schwanger war? Das müsste sie jetzt doch dann mal wissen. Es würde ihr Schweigen erklären. Nein, so schätzte er sie nicht ein. Sie würde das nicht hinter seinem Rücken regeln, niemals, sonst hätte er sich komplett getäuscht in ihr. Trotzdem war ihm natürlich klar, dass es vor allem ihr Leben betraf. Und das war ihm sogar recht. Und verdammt unangenehm. Er wollte kein zweites Kind, wo ihm das erste schon so wehtat. Meldete sie sich deswegen nicht? Womöglich glaubte sie, sie täte ihm einen Gefallen. Und hatte recht damit. Was ihm überhaupt nicht gefiel. Diese Frau machte ihn wahnsinnig, die war ein Blutdruckexplosionsmittel, seit er die kannte, war er immer im Maximalpulsbereich unterwegs. Und außerdem vermisste er den Flipper. Halt dich fern von Frauen, riet er sich selbst, die eine nimmt dir das Kind, die andere nimmt dir den Hund.

73

Im Grunde genommen braucht man keine Psychologen. Ein Hund genügt völlig. Angeblich redet man bei den Psychologen ja nur selbst. Ihr Schweigen bringt einen zur Erkenntnis. Nun, die hatte ich auch, als ich Flipper nach unserem Abendessen meine Einschätzung der Dinge darlegte. Mein Bauch war voll, es war gemütlich in meiner schönen Wohnung in der Au. Ich würde mich nicht vertreiben lassen. Ich hatte keine Angst. Nicht um mich. »Aber um dich, Flipper.«

Also musste ich ihn in Sicherheit bringen.

»Zu Tante Andrea«, sagte ich zu ihm.

Er öffnete ein Auge und wedelte schwach.

»Nur für zwei, drei Tage. Tante Andrea freut sich total auf dich.«

Das war gelogen, wie sich herausstellte. Andrea reagierte nicht begeistert, als ich ihr meine Bitte nach telefonischer Ankündigung persönlich vortrug. So musste ich schwerste Geschütze auffahren. Die Schuldfrage. Sehr verbreitet in Andreas Metier.

»Willst du schuld daran sein, wenn ihm etwas zustößt?«, fragte ich sie. »Der Mann in der Eisdiele hat ihn bedroht und der im Wald auch. Von dem Überfall mit der Schlinge ganz zu schweigen.«

»Warum rufst du nicht endlich deinen Kommissar an?«, fragte sie.

»Weil ich nicht weiß, wie ich ihm das alles erklären soll.«

»Du läufst schon wieder weg«, blieb Andrea sich treu. »Du machst dir was vor, wenn du meinst, du kannst ihm dabei helfen, seinen Fall zu klären. Entschuldige bitte, Franza, aber das ist lächerlich.«

»Ich habe ihm schon einmal geholfen.«

»Ja, das mag sein. Aber diesmal ist es doch wohl eher so, dass du ihm ziemlich viele Probleme bereitet hast, die du kaum wirst lösen können. Ich verstehe sogar, wenn er ungehalten auf deine Einmischung reagiert. Wie willst du ihm helfen, wenn du selbst nicht weißt, wie alles zusammenhängt?«

Mir wurde heiß. Genau das war das Problem. Und ich konnte trotzdem nicht aufgeben.

»Ich frage dich als Freundin: Nimmst du Flipper bei dir auf?«

Andrea stöhnte. »Das ist Erpressung!«

»Ich weiß.«

»Und was willst du unternehmen?«

»Ich muss an den Anfang zurück. Mit Flipper an meiner Seite bin ich zu auffällig. Mir könnte ich eine Perücke mit roten Haaren aufsetzen ...«

»Was redest du denn da!«

»Nicht, dass es nötig wäre. Ich will dir nur erklären, dass ich Flipper nicht verkleiden kann. Er ist zu auffällig. Deshalb kann ich ihn nicht mitnehmen.«

»Wohin?«

»Überallhin!«, stieß ich hervor, als hätte ich einen Plan. Den hatte ich aber nicht. Nur eine Ahnung. Und die Zuversicht, dass ich ohne Flipper schneller vorankommen würde. Sorgen blockieren. Auf meiner Liste standen die Brandls, Sepp Friesenegger, die weiß gekleidete Frau, die ich mal bei Maria Brandl gesehen hatte, sowie die beste Freundin von Walli. Es musste eine geben. Fast alle Frauen, die ich kannte, hatten eine. Irgendjemand von diesen Personen würde mir weiterhelfen. Denn ich dachte nicht wie ein Polizist. Ich würde den Schlüssel zu diesem Fall finden. Der lag da, wo der Hund begraben war. Und dann waren wir quitt, Felix und ich. Ich hatte ihm einen Schlüssel gestohlen, und er würde dafür einen anderen bekommen, im übertragenen Sinne. Danach würde ich mich nie, nie, nie mehr in seine Arbeit einmischen.

Andrea musterte mich neugierig, doch sie fragte nichts. Schließlich sicherte sie mir zu: »Ich nehm den Flipper. Aber nur bis Samstag.«

*

»Wir haben getan, was wir konnten, dich aus der Schusslinie zu bringen. Es hat nur zum Teil geklappt. Deshalb musst du heute nach Moskau fliegen.« Der V-Mann-Führer griff in seine Jackentasche, zog ein längliches Kuvert heraus und reichte es Tichow. »Dein Ticket. Du hast noch fünf Stunden.«

Tichow ignorierte das Kuvert und beobachtete die Köche mit den hohen weißen Mützen, die in der Feinkostabteilung des Edelkaufhauses Eier und Steaks nach den Wünschen ihrer Gäste zubereiteten. Draußen regnete es in Strömen, was die Einkaufslaune der Kunden nur zu steigern schien, als könnten sie die Stadt trocken kaufen, und um die Beine mancher wogten Tüten wie Fender bei schwappender See.

»Leo, ich kann nicht weg! Morgen ist das Treffen! Ich muss heute einen Erfolg melden.«

»Du kannst diesen Erfolg nicht melden, und das weißt du genau. Als V-Mann wirst du keine Straftat begehen. Du wirst die Frau mit dem Hund nicht töten!«

404

»Aber ich kann nicht raus aus der Nummer. Was soll das! Willst du mich umbringen?«

»Eben nicht. Dein Sohn ist krank.«

»Miro?« Tichow ballte seine rechte Faust. Der sechsjährige Junge lebte bei seiner Mutter in Moskau und litt an Mukoviszidose. Tichow besuchte Mutter und Sohn regelmäßig und unterstützte sie mit stattlichen Beträgen – was ihn nicht daran hinderte, in Deutschland drei Freundinnen zu unterhalten. Eine in Frankfurt, eine in Hamburg, eine in München. Keine wusste von der anderen, wie das BKA wusste.

»Miro geht es gut«, sagte Leo beschwichtigend, was Tichow mittlerweile selbst begriffen hatte. »Dennoch wurde er«, Leo schaute auf die Uhr, »vor drei Stunden in ein Krankenhaus eingeliefert. Davon hast du nun erfahren, und deshalb musst du zu deinem Sohn. In zwei Tagen kommst du zurück. Miro wird dann entlassen sein.«

»Leo! Ich kann nicht weg!«

»Natürlich kannst du weg, wenn es um Miro geht. Du wirst deinen Leuten erklären, dass du den Auftrag sofort nach deiner Rückkehr erledigst. Du wirst keinen Zweifel daran lassen, dass du selbst das tun wirst – sie dürfen auf keinen Fall einen anderen Mann damit beauftragen.«

»Und was mache ich dann mit der Frau mit dem Chund? In zwei Tagen? Ich chabe den Auftrag, sie verschwinden zu lassen.«

»Das wird dann nicht mehr nötig sein.«

Tichow musterte seinen V-Mann-Führer nachdenklich. »Du willst mich ohnehin draußen haben. Weil morgen das Treffen ist?«

»Wir legen in der Tat Wert darauf, dass du dich morgen an einem anderen Ort befindest. Dass dies nun zu einer Überschneidung mit deinem Auftrag führt, ist Zufall.«

405

»Übernehmt ihr das?«

»Wir sind nicht der *Комитет государственной безопасности*, KGB.«

Tichow versuchte ein Grinsen. Es schmierte ab.

Leo reichte ihm das Kuvert erneut. Diesmal griff Tichow danach. Leo hielt es fest.

»Vor ein paar Monaten wurde in dem Wald am Hauptquartier ein Hund erschossen. Weißt du was darüber?«

»Scheiße, ja«, nickte Tichow und Leo ließ das Kuvert los. »Das war meine Truppe. Die Soldaten waren bekifft und besoffen. Da kam der Chund an, hat sie genervt, und sie haben ihn abgeknallt. Glaubst du, das hat mir gefallen, he? Ich mag Chunde. Habe auch mal einen gehabt. Gorbatschow. Der hat viele Kämpfe gewonnen. Das war ein Held.«

»Hundekämpfe sind in Deutschland verboten.«

»Hier ist alles verboten, was Spaß macht, Leo. Du musst ein trauriger Mann sein.«

74

Zwei Dutzend junger Männer hingen an diesem verregneten Abend in dem Billardsalon in Starnberg ab. An der Bar saßen gelangweilt drei junge Frauen. Wahrscheinlich fungierten sie wegen des Pärchentarifs als Dekoration. Die Frau zahlt nichts, der Mann den halben Tisch. Die Frau kriegt ein Getränk ihrer Wahl und bewundert den Mann ihrer Wahl. Es waren erst vier der zehn Tische bespielt, davon einmal Snooker. Die Musik stammte von Bayern drei, nicht mal bei den Nachrichten wurde der Sender gewechselt, wie ich um einundzwanzig Uhr hören konnte. Obwohl das Rauchen auch in Höllen wie diesen seit Jahren verboten war, nahm ich eine leichte Fährte kalter Asche auf, über welcher der geschmolzene Käse einer Fertigpizza, die eine der Frauen mit der Hand aß, lange Fäden zog. Eine dreifach gepiercte Zunge schleckte sie genüsslich weg. Ich bestellte einen Spezi an der Bar und schlenderte mit dem Glas in der Hand zu den Jungs, die mich längst eingescannt hatten.

»Lust auf ein Spielchen?«, fragte ich ohne Umschweife.

Die Jungs, die meisten etwas jünger als ich und nicht mehr ganz nüchtern, kannten sich alle. Ich bezweifelte, dass ich sie in drei Stunden noch immer so harmlos finden würde, wenn sie in dem Tempo weitertranken.

Einer der Jungs reichte mir einen Queue. Ich wog ihn in der

Hand, rollte ihn über den Tisch, gab ihn zurück. »Das Krummholz kannst du behalten.«

Ein Ruck ging durch die Clique. Ich war drin.

Ein anderer reichte mir seinen Queue. »Wir laden dich ein«, ließ er mich wissen.

»Ich zahle meinen Anteil«, lehnte ich ab.

»Zu viert?«, fragte einer mit Sonnenbrille auf der Stirn.

»Okay«, sagte ich.

Ganz Kavaliere überließen sie mir den Anstoß. Ich hatte lange nicht mehr Billard gespielt, doch in den dunklen Monaten, bevor ich Flipper fand, war ich Stammgast im Schellingsalon in Schwabing gewesen, und ich hatte dort an krummen Queues von coolen Cracks gelernt. Ich versenkte zwei Halbe und in der Folge noch mal drei. Während zuerst von Glück die Rede war, verschlug es den Jungs im Spielverlauf die Sprache. Mir auch. Das machte richtig Spaß. Mein Teampartner war begeistert, als wir die schwarze Kugel in Rekordzeit versenkten. Ich brauchte nur zwei Versuche, obwohl der Loser unsere letzte Halbe ins Mittelloch geschossen hatte. Ich hasse Mittellöcher.

»Magst was trinken?«, wurde ich gefragt.

»Danke, hab noch«, ich hob mein Glas und stieß mit den drei Jungs aus meinem Spiel und mit den Jungs vom Nebentisch an, die offensichtlich in einem Wettbewerb um die tiefste Windel standen. Eine der Baggys reichte fast bis zum Knie. Kein Wunder, dass der Typ in diesem Beinkleid nichts einlochte.

Im vierten Spiel fiel der Name »Benny, du Hirni«, als ein Blonder mit schwarzem Käppi und rotkarierten Boxershorts die schwarze Kugel beim Anstoß killte. Die Fährte war nicht kalt. Er verkehrte noch immer hier, wie Mona vom Agility es mir erzählt hatte.

408

»Das kann jedem mal passieren«, gab ich mich gönnerhaft und arbeitete daran, mit Benny in einem Team zu spielen, was mir erst drei Spiele später gelang. Dieses Spiel verloren wir. Was natürlich nicht an ihm lag, er war schon ziemlich dicht, sondern an mir. Ich gab mich völlig zerknirscht. »Hey, das tut mir total leid; ich lad dich auf ein Bier ein.«

»Das is aber nich okay. Dass du den Verlierer einlädst«, beschwerte sich der mit der Sonnenbrille. »Jetzt ladn wir dich ein, oda, Männer?«

»Später gern«, sagte ich. »Vorher zahl ich meine Schuld bei ihm, Benny?«

»Ja, ich bin der Benny.« Er streckte seine Hand vor.

»Franza«, sagte ich.

Die Jungs, einer nach dem anderen, versuchten mir die Hand zu brechen, während sie sich vorstellten, fast alle Namen endeten auf i oder klangen so im beginnenden Fahnenhissen.

»Kommstn her?«

»Von da«, wies ich nach irgendwo.

Sie nickten und wurden erfreulicherweise abgelenkt, weil drei toupierte Frauen hereinkamen.

»Du, ich muss schnell nach meinem Hund schauen«, sagte ich zu Benny. »Der ist im Auto. Den kann ich nicht so lang allein lassen. Kommst du mit raus, oder wartest du hier?«

Benny grinste. »Bisschen frische Luft schadet bestimmt nicht«, meinte er und genoss die Blicke seiner Kumpels, als wir den Spielsalon verließen. Er war in meinem Alter, vielleicht ein bisschen jünger, allerdings legte er eine Körperspannung an den Tag, die an einen Greis erinnerte. Nach vorn hängende Schultern, lasch baumelnde Arme und ein schlurfender, unentschlossener Gang. Ein paar Minuten neben ihm, und ich fühlte mich wie vergorene

409

Milch. Ich war ein bisschen enttäuscht von Walli. Ich hätte ihr einen strammeren Geschmack zugetraut. Vielleicht waren wir uns doch nicht ähnlich.

»Hab mal 'ne Freundin gehabt«, erzählte Benny ungefragt, »die hat auch super Billard gespielt. Da musst'n Auge dafür haben.«

»Hm«, machte ich. »Und wo ist sie jetzt, die Freundin?«

»Weg«, sagte Benny.

»Tut mir leid«, sagte ich und wagte kaum zu hoffen, dass wir über Walli sprechen würden.

»Macht nichts«, sagte er. »Weg ist normal bei mir.«

»Wie meinst denn das?«

Er blieb stehen. Leicht schwankend. »Bei mir geht immer alles weg, das ist normal. Autos, Frauen, Jobs. Weg.«

»Na ja«, wiegelte ich ab. »Da wird's dir nicht langweilig. Kommt ständig was Neues. Da täten sich andere zehn Finger danach abschlecken.«

Ein breites Grinsen überzog seine Züge. Wenn man den Teigüberschuss aus seinem Gesicht schneiden würde, käme bestimmt ein hübscher Kerl zum Vorschein.

»Das is super. Was Neues. Ja genau. So is das.«

»Eben«, nickte ich.

»Wo ist denn jetzt dein Hund?«, wollte er wissen.

»Kennst dich aus mit Hunden?«, wich ich aus.

»Klar.«

»Hast du auch einen?«

»Weg.«

»Logisch.«

»Alles weg bei mir. Immer. Das is so. Von Anfang an. Weg.«

»Ja, ja, so was gibt's.« Ich schlug mir auf den Kopf. »Du, ist das ansteckend?«

»Wie? Ansteckend?«

»Ich hab ja ganz vergessen: Mein Hund ist weg. Ich hab den ja bei meiner Freundin gelassen.«

»Alles muss raus.«

»Nein, die soll ihm was beibringen. Das ist ne Hundetrainerin.«

»Da musst du mal in die Hundeschule, die lernen besser, wenn es viele sind«, stellte Benny fest.

»Ich wollte eh Hundesport machen. Agility oder so.«

Abrupt blieb er stehen. »Du, ich glaub, ich geh lieber wieder rein.«

»Aber wieso denn?«, rief ich wie eine Idiotin. Er konnte doch jetzt nicht die schwarze Kugel im falschen Loch versenken, wo ich sie mir so schön vorgelegt hatte!

»Ich glaub, du, äh, also von Frauen mit Hunden ... nein danke, du.«

»Aber ich hab meinen Hund doch gar nicht da.«

»Egal. Du hast einen. Das reicht mir schon. Das pack ich nicht. Nix für unguat. Servus.« Er reichte mir seine Hand, schlaff und weich, und schwankte zurück zu seinen Kumpels.

75

Nachdem es die ganze Nacht hindurch geregnet hatte, roch die Luft an diesem strahlend schönen Mittwochmorgen wie frisch gewürzt. Felix war einer der ersten im Büro. Er hatte keinen frühen Termin, er hatte einfach nicht mehr schlafen können. Wie sich herausstellte, war auch Bert schon im Büro. »Hast du kurz Zeit?«, fragte der Kriminalkommissar und berichtete ein neues Detail zum Eisdielenfall. Mohamed, der eigentlich nichts gesehen haben wollte, weil er auf der Toilette gewesen sein wollte, erinnerte sich jetzt, weil er vielleicht doch nicht auf der Toilette war. Im Anschluss ließ Bert Felix wissen, dass sie im Keller der Vermieterin von Jensen eine Mappe gefunden hatten mit Beweismitteln gegen dessen Chef in Kiel. Offenbar hatte der Kontakte zur Russenmafia. Chefbauer hatte das umgehend ans BKA gemeldet. Von denen hatte Laura grünes Licht bekommen, Jensens Chef in Kiel zu vernehmen, allerdings nur zu der bayerischen Sache Jensen.

»Ach deswegen habt ihr die Frau Wolfram gestern hier gehabt. Und ich dachte, Laura und Johannes wären schon auf der Heimreise?«

»Ja, stell dir vor, ihr Aufenthalt an der See wurde vom Chefbauer persönlich verlängert. Das habe ich auch noch nie erlebt, wo er sonst immer so knausert.«

»Vielleicht haben wir ja für den Fall eine andere Kostenstelle, vielleicht zahlt diese Reise das BKA«, grinste Felix.

»Versteh einer die Psychologie von einem Ekahaka«, grinste Bert, fragte dann »Alles klar, Felix?«

»Alles klar.« Felix klopfte Bert auf die Schulter, wartete ungeduldig, bis er das Zimmer verlassen hatte, und tippte in das Googlekästchen verschiedene Adressen um die Wittelsbacherbrücke in München. Irgendwo dort hatte Franza eine Freundin, und sie hieß Andrea und war Psychologin oder Psychotherapeutin oder Psychiaterin, jedenfalls unterhielt sie eine Praxis. Das hatte Franza ihm erzählt, als sie nachts die Isar entlangspaziert waren. *Da wohnt meine Freundin ...* er hatte nicht richtig zugehört, weil er innerlich viel zu beschäftigt damit gewesen war, dass sie ihm den Jägerfall entzogen hatten. Er war absolut sicher, dass die Frau Andrea hieß. Wie die alte Nachbarin vermutet hatte. Andrea. *Andrea und Praxis und Humboldtstraße, Andrea und Praxis und Baldestraße.* Eine Praxis für Physiotherapie und eine Zahnärztin schloss er aus. Blieb Andrea Witsch. Er notierte ihre Telefonnummer, schnappte sich seine Jacke und machte sich auf den Weg.

»Felix! Wohin so eilig? Wir haben gleich Einsatzbesprechung, bist du dabei?«

Wortlos stürmte er nach draußen. Im Auto wählte er die Nummer von Andrea Witschs Praxis. Der Anrufbeantworter. Er probierte es mit der Privatnummer. Dort ging sie nach dem vierten Läuten ans Telefon. Felix beschloss, sich nicht namentlich zu melden.

»Ist die Franza da?«

»Wer spricht?«

»Es ist dringend?«

»Wer spricht?«

»Felix Tixel.«

Schweigen

»Hören Sie, es ist absolut dringend, dass ich mit ihr spreche. Also geben Sie sie mir.«

»Sie ist nicht da.«

»Wo ist sie?«

Schweigen. »Ich weiß nicht.«

»Wann haben Sie sie zuletzt gesehen?«

Er hörte einen Hund bellen.

»Ich komme jetzt zu Ihnen. Sofort. Bleiben Sie zu Hause.«

Er unterbrach die Verbindung und gab Gas.

Um kurz vor neun klingelte er bei ihr. Flipper schlug an. Franza war hier! Eine dunkelhaarige, zierliche Frau öffnete die Tür im vierten Stock, und Felix rannte sie einfach über den Haufen. In die Wohnung. »Franza!«

Flipper bellte zwei-, dreimal und wedelte sich dann einen Wolf. Er schnupperte kurz an Felix' Bein – und nutzte die offene Tür.

»Halt!«, rief Andrea.

Felix spurtete los und fing Flipper zwei Stockwerke tiefer wieder ein.

Andrea blockierte die Wohnungstür. Flipper durfte durchschlüpfen, Felix sollte draußen bleiben. Blieb er aber nicht. Er schob die Tür auf und stand erneut im Flur, den Dienstausweis in der Hand.

»Übertreten Sie da nicht Ihre Kompetenzen?«

»Wo ist sie?«

»Nicht da.«

»Sie werden mir jetzt nicht weismachen, dass Flipper ohne Franza hier ist«, sagte Felix und öffnete die erste der vier Türen, die vom Flur abgingen.

Andrea wollte sich ihm in den Weg stellen, überlegte es sich anders. Mit vor der Brust verschränkten Armen beobachtete sie diesen sagenumwobenen Kommissar, der sich wie der letzte Macho benahm. Was nur fand Franza an dem toll? Leichte O-Beine hatte er obendrein, wenn auch ziemlich muskulös. Der bewegte sich, als benötigte er zwischen den Beinen extra viel Platz.

Was nur findet Franza an der toll?, dachte Felix, während er kurze Blicke in die sehr geschmackvoll eingerichteten Zimmer dieser Altbauwohnung warf. Teuer und edel. Ganz anderer Stil als Franza. Die ganze Wohnung roch parfümiert. Und diese Schminke im Gesicht. »Wo ist sie?«, fragte er.

»Das weiß ich nicht.«

»Lügen Sie mich nicht an.«

»Was hätte ich davon? Ich will doch selbst wissen, wo sie ist. Franza ist meine Freundin!«

»Haben Sie keine Ahnung, wo Sie sein könnte?«

»Nein, und Sie?« Sie fuhr sich durch die Haare, legte den Kopf schräg, dachte nach. »Okay«, sagte sie. »Schlechter Beginn.« Sie streckte die Hand vor »Andrea Witsch. Wir können du sagen.«

»Lieber nicht«, sagte er.

Jetzt verlor sie die Kontrolle, wirkte verwirrt. »Sie sind doch Franzas ... Freund, ich meine, ein guter Bekannter. Und ich bin ihre Freundin.«

»Deshalb müssen wir uns noch lange nicht duzen«, erklärte Felix. Er hasste diese Frauenklüngel, seit Melanies Freundinnen über ihn zu Gericht saßen. Was wusste diese Fremde hier von ihm, was er ihr nicht erzählt hatte und niemals erzählen würde?

»Wie Sie wünschen«, erwiderte Andrea sachlich und dachte: Der ist wie sie. Das ist nicht zu fassen. Ruppig und taktlos wie sie.

»Ich nehme den Hund mit«, erklärte Felix.

»Was?« Entgeistert starrte sie ihn an.

415

»Ich brauche ihn.«

Sie stemmte die Hände in die Seiten. »Bitte? Was bilden Sie sich ein! Sie kommen hier einfach reingeschneit und ...«

»Ich nehme den Hund jetzt mit«, stellte er ruhig fest und befahl: »Flipper, hier.«

Flipper setzte sich gehorsam vor seine Schuhe.

»Flipper, hier!«, rief Andrea.

Flipper stand auf und lief zu Andrea.

»Flipper, steh!«, verlangte Felix und Flipper blieb mitten im Flur stehen. Schaute von Andrea zu Felix und zurück und winselte unglücklich. Starrte zur Tür. Doch die blieb zu. Keine Erlöserin in Sicht.

»Flipper, komm zu mir«, lockte Andrea.

»Bleib«, befahl Felix.

Flipper legte sich ins Platz und fuhr sich mit den Pfoten übers Gesicht. Was wirkte, als wollte er sich die Augen und Ohren zuhalten, war lediglich eine Übersprunghandlung.

»Das ist doch kindisch«, sagte Andrea.

»Ich habe damit nicht angefangen. Ich werde jetzt also den Hund mitnehmen.«

»Nein, das werden Sie nicht.«

»Sie werden mich nicht daran hindern.«

»Ich habe ihn bei mir aufgenommen. Ich trage die Verantwortung. Ich darf mir nicht mal vorstellen, was passieren würde, wenn ihm etwas zustößt.«

»Und wenn Ihrer Freundin was zustößt?«

»Ist sie denn in Gefahr? Das bildet sie sich doch alles nur ein?«, fragte Andrea mit dünner Stimme.

»Leider nicht, Frau Witsch.«

»Wollen Sie mich erpressen?«

»Wenn Sie mir den Hund nicht geben, nehme ich ihn gegen Ihren Willen mit. Daran können Sie mich nicht hindern. Und wenn Sie – was für Ihren Berufsstand typisch wäre – das Tier entscheiden lassen wollen, so wie man Kinder fragt, ob sie bei der Mutter oder dem Vater bleiben wollen – können Sie sich die Zeit sparen. Flipper wird mit mir gehen.«

»Wohl schlechte Erfahrungen mit dem Thema gemacht?«, spottete sie, um ihrer Empörung über sein Benehmen Luft zu machen.

»Nein, keineswegs. Ich bin mir nur absolut sicher.«

»Aha?«

»Der Hund will zu seiner Chefin, und wenn ich durch diese Tür hier rausgehe, durch die sie verschwunden ist, wird er mir folgen, denn ich biete ihm die Chance, sie zu suchen. Ganz einfache Hundepsychologie. Kein Wer-hat-wen-am-liebsten-Test, Frau Witsch.«

»Sie kommen sich wohl ganz toll vor?«, zischte Andrea.

»Ich würde dieses unerfreuliche Geplänkel gerne beenden.«

Als hätte Flipper ihn verstanden, setzte er sich vor die Eingangstür.

»Woher weiß ich, dass stimmt, was Sie sagen?«, fragte Andrea beherrscht und stellte sich neben Flipper. »Ich bin bei Franza im Wort. Es war nie die Rede davon, dass ich Flipper an eine dritte Person weitergebe.«

»Ich bin keine dritte Person.«

»Ach nee?«

»Ich bin im Moment wahrscheinlich der einzige Mensch, der Franza Fischer helfen kann.«

»Probleme mit dem Selbstbewusstsein sind bei Ihnen wohl nur rudimentär indiziert?«

»Wenn Sie das sagen, Frau Doktor Witsch.«

417

»Und wann wollen Sie Flipper zurückbringen?«

»Ich bringe beide zurück, Franza und Flipper.«

»Woher wissen Sie denn, wo sie ist?«

»Ich weiß es nicht. Ich habe eine Vermutung. Dazu brauche ich den Hund. Flipper wird sie finden, wenn ich ihn zu diesem Ort bringe. Deshalb – bitte geben Sie die Tür frei.«

»Und wenn nicht?«

Er intensivierte das Blau in seinem Blick. Andrea ging freiwillig zur Seite. Was fand Franza an diesem Kerl nur anziehend? So ein rücksichtsloser, gefühlloser, ungehobelter Bulle! Der markierte doch bloß den starken Mann, weil er Angst hatte. Aber zweifellos lag ihm an Fanza. Sehr.

Felix legte seine Hand auf die Türklinke.

»Warten Sie!«, rief Andrea. »Bitte. Franza ist womöglich traumatisiert. Sie fühlt sich verfolgt. Sie ... Es geht ihr nicht gut ... Die Geschichte mit Ihnen im Frühling hat womöglich etwas in Gang gesetzt.«

Felix musterte sie forschend. »Was meinen Sie damit?«

Da sah Andrea, dass er es nicht wusste.

»Haben Sie sich noch nie gefragt«, fragte sie, »warum Franza bei ihrer Großmutter aufgewachsen ist?« Sie hatte noch nicht zu Ende gesprochen, da wurde ihr klar, dass sie sich zu einem Fehler hatte hinreißen lassen. Aus Eitelkeit. Weil sie Typen wie diesen hier nicht ausstehen konnte. Doch er ließ sich nicht anmerken, dass er ihre Indiskretion überhaupt bemerkt hatte. Er wollte nur den Hund. Mit Flipper verließ er die Wohnung.

»Flipper, komm zurück, mit Franza!«, gab sie ihm mit auf den Weg, da war er schon ein Stockwerk tiefer, immer zwei, drei Stufen vor dem Mann, wie eine Lawine polterten sie ins Erdgeschoss.

76

Felix hatte die Innenstadt Münchens noch nicht verlassen, als Leopold Chefbauer am Handy Auskunft von ihm verlangte. »Da ruft eine Frau Doktor Witsch bei mir an und will deine Handynummer. Ich geb sie ihr natürlich nicht. Da behauptet sie, du hast ihren Hund entführt! Ich geb ihr die Handynummer erst recht nicht. Dann sagt sie, es wäre privat, aber du hättest dir mit deinem Dienstausweis Eintritt in ihre Wohnung verschafft. Was ist da los, Felix?«

Felix blinkte und fuhr schräg in eine Einfahrt. Hinter ihm hupte es.

»Wo treibst du dich überhaupt rum! Wieso bist du nicht in der Rechtsmedizin? Was ist das für eine Frau!«

»Chefbauer, das ist wirklich privat, die will was von mir, was ich nicht will.«

»Hast du dir mit deinem Dienstausweis Zugang verschafft zu ihrer Wohnung?«

»Die hat ein narzisstisches Problem, weil ich sie hab abblitzen lassen. Hör zu, Chefbauer, ich ruf sie an, dann beruhigt sie sich wieder.«

»Genau, das machst du. Haben wir die Stalker jetzt schon in der Dienststelle ... Was ist denn das Herrgottsakramentnochamal für ein Irrenhaus!«

»Tut mir leid, Chefbauer, dass du da reingezogen wurdest.«

419

»Was ist das überhaupt für ein Hund?«

»Ihr Schoßhündchen«, sagte Felix.

»Dann lass dich mal nicht beißen.«

*

Der Beamte setzte den Kopfhörer ab und winkte einem Kollegen.

»Ich hab da was. Hör mal rein. Ich glaube, wir sollten den Chef informieren.«

Der Kollege hörte eine Passage an und reckte den Daumen in die Luft. »Jep!«

»Chef! Der Tixel hat offenbar den Hund von der Tennislehrerin bei sich. Womöglich ist er auf dem Weg zu ihr?«

»Ruf die Observation an.«

*

Viel zu oft schaute Felix in den Rückspiegel, wo der große schwarze Flipper aufrecht saß. Als wollte er sich den Weg merken, als würde er sich Verkehrsschilder und Straßenkreuzungen einprägen. Um zurückzufinden. Nein, das hatte er nicht nötig. Bei dem sahen Fährten anders aus.

»Guter Junge«, sagte Felix, und Flipper wedelte leicht.

»Braver Junge«, sagte Felix, weil er das noch mal kriegen wollte. Flipper schaute aus dem Fenster. Er benahm sich anders ohne Franza. Angespannt. Stand bestimmt ziemlich unter Stress. Auch wenn er sich Felix gegenüber freundlich zeigte, hieß das noch lange nicht, dass er ihn akzeptierte. Er akzeptierte die Situation, und Felix hatte öfter mit ihm gespielt als Andrea. So was merkt sich ein Hund.

»Aber nicht, dass du jetzt glaubst, ich fang so zu reden an mit dir wie die Franza.«

Flippers Kopf ruckte nach vorne.

»Franza«, wiederholte Felix. Den Namen kannte er. »Ja, des is dein Frauli«, sagte Felix. »Mit dir zusammen find ich die. Sogar wenn sie bei den Russen ist. Du wirst mich zu ihr führen.« Flipper wedelte. »Jetzt fahrma zu deinem Frauli«, sagte Felix. Und dann dachte er: bescheuert. Vollkommen bescheuert. Gut, dass mich keiner hört.

77

Als ich aufwachte, dauerte es eine Weile, ehe mein Bewusstsein dort ankam, wo ich war. Im Volvo, im Wald, und der Heilige Berg war nicht weit. Aber doch weit genug entfernt, um mich sicher zu fühlen. Nach dem Billard gestern war es zu spät für die Brandls gewesen, dem nächsten Punkt auf meiner Liste. Immer noch war ich überzeugt davon, dass irgendwo in Wallis Umfeld der Hund begraben lag. Vielleicht hatte sie einen russischen Freund gehabt? Oder einen Verehrer aus dem Ostblock? Wenn der Autounfall gar keiner gewesen wäre? Ob sie den Wagen untersucht hatten? Wurden Autos nach Verkehrsunfällen routinemäßig überprüft?

Ich blieb noch ein paar Minuten liegen, lauschte auf die Vogelstimmen und schaute in das gelbrote Grün vor den Fenstern. So war das mal normal gewesen, früher. Nun fehlte er mir wie ein Arm oder Bein. Ich war nicht komplett ohne meinen schwarzen Freund.

Ich fuhr nach Aidenried, parkte den Volvo am Ufer des Ammersees und warf den inneren Schweinehund ins kalte Wasser. Es war lange nicht so gänsehäutig wie befürchtet, ich schwamm mindestens zehn Minuten. Im Dorfladen in Fischen kaufte ich mir eine Butterbreze und einen Cappuccino. Als ich um halb neun vor dem schönen Haus der Brandls parkte, war Herr Brandl am Aufbrechen.

»Mei Frau is ned da«, rief er mir zu und öffnete die Heckklappe seines grünen Suzuki Samurai, der vor dem kleinen Gartenhäuschen neben der Laube parkte.

»Noch immer ned?«

Hallodri begrüßte mich begeistert und schnupperte mich nach SMS von Flipper ab, stippte auch einige Kommentare an meine Hose. Ach, tat das gut, Kontakt mit einem Hund. Ich knuddelte ihn ausgiebig und fühlte mich belebter als nach dem Bad im See.

»Na, und des dauert a no.« Franz Brandl legte den Kopf schräg und musterte mich.

»Wo is denn der ... Fury? Ham den die Russen gekidnappt?« Er lachte über seinen Scherz, an dem ich nichts lustig finden konnte.

»Des is eine lange Geschichte«, sagte ich.

»So, so«, sagte er und zog eine schwarze Wanne aus dem Wagen, aus der, mir stockte der Atem, zwei Beine staken. Rehbeine.

»Ich muss jetzt aufbrechen.«

»Wohin?«, fragte ich perplex.

»Den Bock.«

»Den haben Sie ... getötet?«

»Das hat die Walli auch immer gesagt, wenn sie mich hat ärgern wollen. Nein, ich hab ihn nicht *getötet*, ich hab ihn *erlegt*, wie es meine Aufgabe als Jäger ist, weil das Reh keine natürlichen Feinde mehr kennt, jetzt, wo wir keinen Wolf mehr haben, nur noch Lupos.«

»Bitte?«

»Autos.«

Hatte der was genommen, beziehungsweise gekippt, wie es sich gehört für einen Jäger, Zielwasser? »Ja, und überall liegen tote Rehe rum, mich wundert, dass Sie noch eins erwischt haben.«

»Es gibt noch immer genug«, sagte Franz Brandl gutmütig.

423

»Mehr als genug. Was glauben Sie, wie viel Geld wir Jäger bezahlen, weil das Wild, das es gar nicht gibt, die jungen Triebe abknabbert. Der Abschussplan gibt uns vor, wie viele Rehe wir im Jahr zu schießen haben, bei Verstoß müssen wir eine Strafe zahlen und den Wildschaden ersetzen.«

Franz Brandl trug die Wanne vor sich her. Steif ragten die dünnen Stöcke mit dem milchkaffeebraunen Fell in die Luft, überkreuzten sich roboterhaft, ein schauerlicher Totentanz ohne Knicks. Knick ging wahrscheinlich nicht mehr. Sonst Knacks.

Ich klammerte mich an die Walli. »Die Walli hat das nicht gemocht, dass Sie jagen?«

»Machen'S mal auf«, befahl Franz Brandl mir, und ich öffnete die Tür zu dem Gartenhaus, in dem sich wider Erwarten keine typischen Gerätschaften befanden, sondern eine Waschmaschine und ein Trockner. Es gab eine Tür zu einem zweiten Raum, und die Wandseite gegenüber des Fensters war komplett verkachelt. Davor eine lange Arbeitsplatte, an der Wand eine Reihe Messer, Haken an der Decke – in diesem Raum funktionierte das Zusammenleben zwischen Mann und Frau, es herrschte Balance zwischen Schlachterei und Wäscherei. Aber ... wo war die Frau?

Franz Brandl folgte meinem Blick. »Da hinten ist meine Kühlkammer. Und des is meine Wildkammer. Ganz früher war ich da herin mit der Walli. Weil wir seinerzeit alles zusammen gemacht haben. Da hat sie mich begleitet auf die Jagd, und schon mit zwölf hat die schießen können.«

»Mit zwölf!«

»Freilich. Die Walli hat eine ruhige Hand gehabt. Nur Treffer. Sogar auf zweihundert Meter hat die nie verfehlt. Aber dann ist sie in den falschen Freundeskreis reingerutscht. Grüne Vegetarier. Und auf einmal wollte sie nix mehr davon wissen.«

Franz Brandl stellte die Wanne mit dem Reh auf den Boden. Die Augen offen. Braun und trüb. Erloschen sein Blick. Ein kleiner Kopf, kleine Hörnchen, ein junger Kerl, noch grün hinter den putzigen Lauschern. Ermordet.

Hallodri hatte sich vor dem Häuschen ins Platz gelegt. Für ihn war das offenbar nichts Neues. Für mich schon. Franz Brandl nahm ein Messer von einem Magnethalter an der Wand, spreizte die Beine des Bocks. Wehrlos und ausgeliefert und entsetzlich tot lag das Tier auf dem Boden, und auch so menschlich mit den gespreizten Schenkeln, auf die Brandl sich kniete, sie weit geöffnet hielt. Dann packte er den Penis und die Hoden, hob sie an und begann daran herumzusäbeln. Säuerlich stieg Butterbrezenbrei in meiner Kehle hoch.

Franz Brandl deutete auf den Penis. »Pinsel nennt man den.«

»Aha«, sagte ich.

»Ich glaub«, begann Franz Brandl, »wenn die Walli nicht so renitent hätte sein müssen aus Prinzip, dann wär sie weiter mit mir auf die Jagd gegangen, weil sie das im Blut gehabt hat. Es gibt gar nicht so viele gute Jäger wie welche, die sich selber so nennen. Meine Tochter, die hat einen Instinkt gehabt, wo was steht, und sie hat immer getroffen. Da hast du nicht nachsetzen müssen.«

Franz Brandl warf die abgeschnittenen Eier in einen blauen Eimer. Klatschend landeten sie auf dessen Boden. Er trug keine Handschuhe und von seiner rechten Hand tropfte Blut. Er streifte es an dem weißen Böckleinbauch ab, der sehr weich aussah und seidig.

»Schieben'S mir den Eimer mal rüber«, befahl er.

Ich hielt die Luft an, während ich seiner Bitte Folge leistete, und mied den Blick in den Eimer.

»Da musst du sauber arbeiten, derfst nicht in die Eingeweide

425

schneiden, damit wir keine Sauerei kriegen wie Bakterien, sonst kannst du das ganze Fleisch wegschmeißen«, erklärte er mir etwas, wofür ich im Moment keine Kapazitäten hatte. Auf und ab wogte mein Kampf mit der Butterbreze.

»Warum hat die Walli denn nicht mehr jagen wollen?«, fragte ich als es zwanzig zu neunzehn für mich stand und ich eine Brise durch die Nase nahm. Überrascht stellte ich fest, dass die Luft rein war. »Hat sie eine beste Freundin gehabt, die das nicht wollte?«

»Ja, mei, vielleicht die Bella.«

»Wer ist des?«

Franz Brandl steckte zwei Finger in das Loch, wo vorher die Hoden gewesen waren, und hob die Bauchdecke an. »Wollen'S mal?«, fragte er mich freundlich. »Die Walli, die hat das immer gern gemacht. Is so schön warm, hat sie gesagt. Wir ham des ja früher oft gleich draußen erledigt. Innen drin ist es im Winter schön kuschelig.«

»Schön kuschelig«, wiederholte ich. Der meinte das ernst, was er sagte.

»Wie ein Muff. Des dauert, bis der Bock auskühlt. Jetzt heben Sie mir die Bauchdecke hoch, und ich trenn den Bock auf, aber immer schön von den Eingeweiden weghalten, gell.«

Er zeigte mir, wie er es meinte und ein grässliches Schmatzen ertönte.

»Nein, der lebt nicht, das war bloß Luft«, lachte Franz Brandl und offerierte mir das Loch in dem Bock erneut.

»Nein, danke«, lehnte ich ab.

»Aber Fleisch essen tu ma schon?«

»Selten.«

»Des is des, was ich nicht versteh. Da essens alle Fleisch und wollen nicht wissen, woher das kommt. Ich mein, dass jeder, der wo ein Fleisch isst, auch in der Lage sein müsst, es sich zu beschaffen oder in der Verwertung irgendeine Rolle zu spielen.«

»Aber es ist doch ein Unterschied, ob man ein Tier in der freien Wildbahn tötet oder es züchtet.«

»Ja freilich ist des ein Unterschied«, nickte Franz Brandl und setzte das Messer an, schnitt vorsichtig und zart den Bauch des Rehs auf. »Das eine Viech hat was gehabt von seinem Leben. Und deshalb schmeckt sein Fleisch auch besser. Des war in keinem Tiertransporter nicht. Den Bock hier«, er setzte ab und klopfte dem Leichnam kameradschaftlich auf den Schenkel, »hab ich heut früh um acht auf einer Lichtung erlegt. Der hat mich nicht gehört. Geäst hat er, und auf einmal war es aus. Und genauso schmeckt dann sein Fleisch. Nach Lebenskraft und Morgentau.«

»Sie essen ihn selbst?«

»Nicht alles. Ich hab eine Wirtschaft, die ich beliefere. Wenn ich drei Stück beieinanderhab, bring ich sie dem Wirt.«

»Und Ihre Frau?«

»Die hat die Kühltruhe voll mit Wildbret. Aber sie selbst mag beim Aufbrechen nicht dabei sein. Essen tut sie's auch gern. Ist ja was Feines.« Er räusperte sich und dozierte: »Die Lebensweise des Wildes ist ein Garant für Gesundheit. Wildbret ist arm an Cholesterin, dafür reich an Eiweißen. Bei ständiger Bewegung in der freien Natur setzen die Tiere auch kaum Fett an.« Er zwinkerte mir zu. »Mögen Sie kein Wild nicht?«

Ich zuckte mit den Schultern, weil ich mich nicht erinnern konnte, ob ich überhaupt schon mal so was gegessen hatte. Wenn es bei mir Fleisch gab, dann meistens Pute, Fisch oder eine Leberkässemmel, falls man diese Abfälle als Fleisch bezeichnen wollte.

Mit langsamen, fast zärtlichen Bewegungen arbeitete sich Franz Brandls Hand mit dem Messer hoch bis zum Kehlkopf und schlitzte den Rehbock komplett auf.

»Das Problem sind nicht die Jäger«, erklärte er mir und griff nach einem anderen Messer, mit dem er nun unter Krafteinsatz am Brustbein des Bocks säbelte. Schweiß glänzte auf seiner Stirn. »Das Problem sind die schlechten Schützen, die den Kopf treffen wollen und das Kinn abschießen, und dann verdurstet dir das Tier, weil es nicht mehr trinken kann ohne Unterkiefer. Das Problem sind die Sonntagsjäger, die Jagdgäste, die Großkopferten, die eingeladen werden oder bei den Forsten dafür zahlen, dass sie mal eine Trophäe schießen dürfen. Das hat mit Jagd und Jagdethik nix zum tun. Aber auch die Bauern sind ein Problem, wenn die nämlich mähen, und in den Feldern liegen die Kitze. Die Bauern sagen vorher selten Bescheid, weil alles so schnell gehen muss heutzutage, wo jeder viel länger lebt und viel mehr Maschinen und viel weniger Zeit hat. Sonst könnt ma ja vorher durch die Felder gehen, Krach machen und Unruhe stiften, damit die Geißen ihre Kitze herausholen und die nicht gehäckselt werden.«

Mit einem schnellen Schnitt ritzte er den Hals des Rehs. So also sahen Luft- und Speiseröhre aus, ich kannte das von Flippers Futter, Sorte *Kleine Geflügelherzen und -mägen*. Franz Brandl zog die Rehbockgurgel aus dem Hals, dehnte sie in meine Richtung.

»Einen Knoten reinmachen!«, befahl er mir und hielt mir den geschmeidigen rosa Schlund entgegen.

»Palsteg?«, versuchte ich einen Scherz.

»Den Knoten hat die Walli immer gemacht. Der Knoten ist wichtig, damit das Anverdaute drinnen bleibt. Pansen stinkt. Da hat die Walli beim ersten Mal sogar brechen müssen. Das war ihr arg. Ich hab dann immer aufgepasst, dass der Knoten dicht ist. Aber das ist ja ganz normal, denn das Reh verdaut erst mal vor und käut dann wieder. Deshalb stinkt das so. Wiederkäuer verwerten Nahrung wesentlich besser als wir mit unserem Einmaldurchgang.«

»Besucht Sie der Benny eigentlich noch manchmal, jetzt wo die Laika tot ist?«, fragte ich.

Franz Brandl hielt inne, wischte das Messer erneut an dem Rehschenkel ab. Scharfes Messer. Erst in diesem Moment fiel es mir auf, dass ich völlig unverkrampft neben einem Messer stand. Das erste Mal seit meiner Stichverletzung war ich innerlich nicht zusammengezuckt, sobald jemand ein Messer grob benutzte. Bedeutete das, ich hatte mein Trauma überwunden? Oder war es ein Zeichen dafür, dass Franz Brandl sein Messer nicht als Waffe führte, sondern als ... Werkzeug ..., das er mit Bedacht und Einfühlungsvermögen ohne Aggression handhabte? Mit Liebe?

»Woher kennst du denn den Benny?«

»Vom Agility«, sagte ich.

»Jetzt brechen wir das Schloss auf«, sagte er und griff unter das Becken des Bocks. Auf einmal verzog er sein Gesicht.

»Scheiß Knie«, murmelte er und suchte sich eine andere Stellung.

»Gib mir mal das da drüben, nein, das da, gut.«

Ich reichte ihm eine Art Bolzenschneider, der auch eine riesige Gartenschere hätte sein können. Er setzte an, es knackste entsetzlich. Dann war das Becken gebrochen, und ich wusste, wie man das Schloss des Rehs knackte.

»Bist du mit dem Benny befreundet?«

Ich überlegte, ob ich Franz duzen sollte. Aber es war ihm wahrscheinlich gar nicht aufgefallen, oder es gehörte dazu, wenn man gemeinsam ein Schloss aufbrach.

»Ich kenn ihn bloß flüchtig.«

»Der Benny, das war ja wie ein zweites Kind für die Maria und mich. Wie der klein war, haben wir ihn ständig bei uns gehabt. Seine Mutter hat bei Puster gearbeitet, musste den Lebensunterhalt verdienen. Die Leute ham geglaubt, das wären Geschwister, die Walli und der Benny. Sind ja nicht mal ein Jahr auseinander.«

»Und dann waren sie ein Paar.«

Mit einer schnellen ruckartigen Bewegung zog Franz Brandl die Eingeweide des Rehbocks nach hinten aus dem aufgebrochenen Leib. Irgendwo hakte es. »Kimm scho«, zischte er und griff in die rot-weiße, weiche Masse, in das gelblichgraugrünliche Gekröse, aus dem dunkelrot Leber und Nieren leuchteten und hellrot wie Erdbeerspeise die Lungen.

»Ist der Benny auch ein Jäger?«, fragte ich.

»Freilich. Aber die Walli ist die Bessere gewesen. Wenn sie halt ned zu den grünen Vegetariern übergelaufen wär.«

»Sind die deswegen nicht zusammengeblieben, weil der Benny kein solcher ist?«, vermutete ich.

»In das Reh kömma reinschaun«, sagte Franz Brandl. »Das Reh ist jetzt leer. Aber in deine Tochter, da kannst du nicht neischaun.«

Nein, das konnte der Vater nicht. Er blieb an der Oberfläche seiner Fleischbeschau, betrachtete die Eingeweide mit geschultem Blick. Und ich neben dem Vater, der nicht meiner war, dem ich bestimmt treu geblieben wäre, weil ich mir einen solchen immer gewünscht hatte, nur er und ich, ich und mein Papa. Auf dem Hochsitz und bis ans Ende der Welt, und wenn er Traktor gefahren wäre oder Medaillen beim Schwimmen gewonnen hätte, ich wäre ihm gefolgt, egal, was, seine Tochter.

Die Walli und ihr Papa. Das war viel zu nah, viel zu eng, da muss-

430

te sie doch zu den grünen Vegetariern. Aber warum war sie nicht zurückgekehrt zu ihm? Weil sie noch zu jung war? Noch nicht lang genug weg von daheim? Walli schien pappsatt, papasatt geworden zu sein. Welche Tochter konnte das von sich behaupten?

»Wo ist eigentlich Ihre Frau?«, fragte ich.

»Verreist«, sagte Franz Brandl und schnitt in einen blutverschmierten, zerfetzten Schwamm, hielt ihn mir unter die Nase mit seinen blutigen Händen. »Lungenschuss«, sagte er, stach in den Schwamm und nickte. »Gesund.«

Er drehte den Bock auf die Seite und deutete auf ein kleines Löchlein. »Da schau, Madel, da is der Schuss eini gangen und da«, er drehte den Bock, »is die Kugel aussi gangen.« Das Loch am Austrittsort der Kugel war größer. Wie auf den Fotos, die ich vor hundert Jahren, so kam es mir vor, in der Wohnung von Felix gesehen hatte, doch damals war der Krater auf dem Rücken sehr viel größer gewesen, der Rücken ein einziger Krater. Franz Brandl vergrößerte das Loch, um es vom Schmutz zu reinigen oder vielleicht einen glatten Durchschuss zu markieren, so genau wollte ich das gar nicht wissen. Dann schnitt er das Herz aus dem Leib, Körper, Leichnam, Kadaver und wog es kurz in der Hand.

»Magst mal halten?«, fragte er mich. »Ist noch warm. Das ist quasi der Motor.«

»Nein, danke«, lehnte ich ab.

Probeweise schnitt er in das Herz und nickte zufrieden. »Passt. Wenn da was drin wär, was Eitriges oder so, dann müsst ich das ganze Reh wegschmeißen.«

»Wegschmeißen«, echote ich.

»Freilich«, sagte er.

Herz, Leber und Nieren legte er nach seiner Prüfung in das Waschbecken. Leber und Nieren waren mir vertraut, weil ich

431

bereits mehrere Male die Katze einer Nachbarin gefüttert hatte. Dienstags Nieren, freitags Leber. Sonst Dose und zwischendurch Trockenfutter.

»Jagt wenigstens der Benny noch manchmal mit Ihnen?«, blieb ich meinem Thema auf der Spur.

»Schmarrn. Schon lang nicht mehr. Der hat alles gemacht, was die Walli wollt, und wie die nicht mehr wollen hat, war das für den auch gegessen. Mei Frau hat gesagt, des wär alles besser gewesen, wenn der ihr mehr Widerstand geboten hätte. Frauen mögen des. Sagt mei Frau.«

»Aha«, sagte ich.

»Oda?«, fragte er.

»Freilich«, sagte ich.

»Eben. A Frau will ja kein Waschlappen, sondern an echten Kerl.«

Ich dachte an den Benny mit der Baggy. Von einem echten Kerl war er mindestens dreißig Zentimeter entfernt.

»So ein Waschlappen hat natürlich auch Vorteile«, führte Franz Brandl aus. »Da bist du der Chef. Und die Walli, das war eine Chefin. Aber sie hätt halt einen gebraucht, der wo dagegenhält. Der Benny, der hat nix auf die Beine gestellt. Nur gejobbt. Überall neigschmeckt, nix durchgehalten. Obwohl er von der Anlage her eine ganz ehrliche Haut ist. Hast du an Freund?«

»Halb.«

Er lachte. »Brauchst ja kein, gell. Hast ja dein Fury.«

»Flipper.«

»Ja, genau, der Flipper.« Franz Brandl schmunzelte und setzte die Fleischbeschau fort, indem er mit seinen blutigen Händen durch das Gedärm wühlte, ehe er es zu den Hoden in den Eimer gleiten ließ. Flatsch.

»Ekelt Sie das denn gar nicht?«, fragte ich.

»Was soll mich da ekeln? Es ist das wunderschöne Werk Gottes. Es ist perfekt.«

»Schön war es in Freiheit, jetzt ist es tot.«

»Das ist schon ganz woanders.«

»Bei der Walli?«

»Ko scho sei. Pack moi mit an.«

Er hob das Reh hoch und bedeutete mir, es zu halten, während er mit einem Messer mit rotem Griff die Hinterbeine des Rehs zwischen Knochen und Sehnen entlang aufschlitzte. Als der Fleischerhaken in seiner Hand aufblitzte, wendete ich meinen Blick ab.

»Danke«, sagte er und hängte den Bock an den Beinen kopfüber auf. Hin und her pendelte sein Kopf. Ein dünner Faden Blut lief aus dem Maul.

»Zwölf Kilo«, stellte Franz Brandl fest, und erst jetzt sah ich die Waage. Er nickte befriedigt, hängte das tote Tier in der gekachelten Ecke über einem Ablauf im Boden an einen Haken und brauste es vorsichtig ab, wobei er den Brausekopf immer wieder von innen nach außen führte. Blutiges Wasser rann aus dem Körper des Rehs, vom aufgeschlitzten Bauch beginnend nach unten.

»Wenn mir früher fertig waren, die Walli und ich«, erzählte Franz Brandl mir, »hamma uns a Handwerkerschnitzel beim Metzger geholt.«

»Was?«

»A Leberkässemmel.«

»Ich wär dabei«, sagte ich, zu allem bereit.

»Aber den Metzger, den gibt's nicht mehr. Weil nix mehr so ist, wie's mal war.«

»Wie ist der Unfall eigentlich genau passiert?«, fragte ich. »War das Auto kaputt? Haben die Bremsen versagt?« Ich stellte mir vor, dass Bremsenversagen bei Russen als beliebter Beseitigungsbeschleuniger galt.

»Es war nicht ihr Auto. Es war des Auto vom Benny. Der hat an dem Tag ein Vorstellungsgespräch gehabt. Da hat sie ihm ihren Passat geliehen, der war ja praktisch neu, ein Kombi, und mit seiner Scheesn hätt er keinen guten Eindruck gemacht. Er hat den Wagen aber nicht wie ausgemacht am Mittag zurückgegeben, und da ist die Walli mit seinem Auto zum Agility gefahren. Der hat keinen Airbag gehabt. Das war ein alter Golf 2, an und für sich, heißt es, ein pfenninggutes Auto, aber nicht für einen Unfall ausgelegt, und die Laika hat auch keine Transportbox gehabt.«

Ich starrte Franz Brandl an.

»Das heißt, Benny ist vielleicht ein bisschen schuld an dem Unfall?«

»Was heißt hier schuld«, fragte er ungehalten.

»Aber wenn er …«

»Man ist schuld, wenn man weiß, was man tut. Was glauben Sie denn, wie den Benny das mitgenommen hat. Der ist doch gar nicht mehr auf die Beine gekommen danach, und vorher war er schon bloß auf einem gestanden im Leben. Freilich hab ich ihm das zum Vorwurf gemacht, meine Frau ja auch. Aber er kann nichts dafür, der Bua. So ist er. Schwach, unzuverlässig. Wenn sie mit dem Fernseh schauen und es wird dramatisch, dann heult der. Des ist der Benny.«

»Das ist doch keine Schwäche!«, warf ich mich für ihn in die Bresche, obwohl ich Heulsusen nicht ausstehen konnte.

»Von mir aus kann er des machen, wenn er allein ist. Ein Mannsbild weint nicht vor anderen. Das macht ein Mannsbild mit sich allein aus.«

»Warum?«

»Sie stellen Fragen!«

»Warum?«

Frech grinste er mich an. »Sonst bräucht mer ja keine Frauen mehr, die wo für die Mannsbilder heulen.«

»Und wann haben Sie den Benny zum letzten Mal gesehen?«

Bildete ich mir das ein oder veränderte sich Franz Brandls Gesichtsfarbe da? Ohne mir zu antworten, öffnete er die Tür zum Nebenzimmer. Ein eisiger Hauch streifte mich. Ich hörte das Gebläse eines Kühlaggregats. Neugierig warf ich einen Blick in die Kühlkammer. Da hingen zwei Rehe kopfüber. Plötzlich ein Schubs, ich stolperte nach vorne, und für einen kurzen Moment befürchtete ich, Franz Brandl werde mich in die Kühlkammer sperren. Doch er hatte den Bock über der Schulter und rempelte mich an. Grob. So wie es gar nicht zu ihm passte. Auch in seinen Augen hatte sich etwas verändert. Ich trat einen Schritt zurück und vermisste Flipper. Sehr. Franz Brandl hängte den Rehbock zu den anderen beiden.

»Jetzt reift das Wildfleisch in der Decke«, ließ er mich wissen. »In ein paar Tagen schlag ich das Reh aus der Decke, zieh das Fell ab. Und jetzt muss ich weg.«

Er streckte mir seine blutige Hand entgegen. Ich zögerte, dann ergriff ich sie. Er merkte das gar nicht. Hantierte, ohne mich zu beachten, in seiner Kühlkammer weiter. Ich wusch mir die Hände am Wasserhahn in dem blutigen Becken über den Innereien.

»Gibt's noch was?«, fragte Franz Brandl.

»Nein ...«, sagte ich verwirrt.

»Ja dann, habe die Ehre.«

»Gleichfalls.« Mit einem unguten Gefühl verließ ich sein Grundstück.

435

78

»Und, wie war dein Urlaub?«, begrüßte Johannes seine Kollegin Claudia von Dobbeler am Mittwochvormittag.

»Das war kein Urlaub«, knurrte sie. »Ich hatte Umzug. Wo ist der Felix?«

»Keine Ahnung. Hat vielleicht frei?«

»Das kann ich mir nicht vorstellen. Wir haben schließlich einen Sondereinsatz.«

»Ich weiß schon. Alle reden davon«, antwortete Johannes. »Aber du brauchst nicht glauben, dass ich bei so was noch nie dabei war. Sehr oft sogar. Weil Streifenbesatzungen sind überall. Selbstverständlich haben wir auch Kontrollen in den Objekten durchgeführt.«

»Na, dann muss ich dich ja nicht einweisen.«

»Äh, doch«, beeilte Johannes sich zu versichern. »Bitte.«

»Worum es geht, erfahren wir erst, wenn wir mit den anderen Einsatzkräften am Treffpunkt sind und die Truppführer die Adresse bekommen.«

»MOZ«, warf Johannes ein.

»Ja. Meldeort und Zeit sind im Moment noch geheim. So kann keiner was ausplaudern. Auch nicht versehentlich.«

»Ich habe irgendwo gehört, dass zwei Züge von der BePo angefordert sein sollen, außerdem Einheiten von USK und SEK.«

»Das klingt nach einer Hundertschaft!«

»Wenn das überhaupt reicht. Bei der Einsatzbesprechung werden wir es wissen.«

»Fallführung und Einsatzleitung liegen beim BKA?«, vergewisserte Johannes sich. »Die teilen uns die Zugriffszeiten und Taktiken mit?«

Claudia nickte. »Die letzten beiden Male, als ich an so was beteiligt war, haben wir uns an einer Autobahnmeisterei getroffen, in der Nähe des Zielortes.«

»Jetzt, wo ich bei euch bin, komme ich vielleicht ein bisschen näher ran«, dachte Johannes laut. »Das finde ich schon spannend. Bisher war ich meistens zur äußeren Absperrung eingeteilt.«

»Letztlich machst du nichts anderes als sonst auch: Du stellst Identitäten fest, fotografierst, durchsuchst, sammelst das Zeug ein, das die auf den Boden schmeißen und das keinem gehört – und wenn du Pech hast, wirst du übel beschimpft. Reine Routine.«

»Klar«, erwiderte Johannes angestrengt gelangweilt.

»Wichtig ist es, die Situation einzufrieren. Wenn wir dort sind, darf niemand mit jemandem reden, alle müssen in den Räumen bleiben, in denen sie vorgefunden wurden, aber das kontrolliert das SEK.«

»Klar, das SEK, weiß ich schon.« Johannes Adamsapfel hüpfte. »Und der Felix, kommt der mit?«

»Was fragst du mich das? Wende dich an den Chefbauer, Bert hat mir gesagt, dass der Chef ihn direkt eingeteilt hat. Keine Ahnung, was der gerade im Detail macht.«

»Du warst ja auch im Urlaub«, sagte Johannes versöhnlich.

»Umzug«, knurrte Claudia.

*

Die Gesichtsfarbe des Häuptlings erinnerte an Pflaumen. So sah es aus, wenn sich Alkoholmissbrauch und Bluthochdruck zu einer Orgie trafen. Doch der Häuptling trank kein Feuerwasser mehr. Schon seit Jahren. Sagte er, und man sah ihn auch nicht mehr damit, was seinen Stand nicht leichter machte auf den Empfängen in den Ministerien, wo die Gelder flossen.

»Wieso wissen wir nicht, dass heute zur Jagd geblasen wird! Wer hat das zu verantworten?«

»Entschuldigung, aber da hat keiner von uns dran gedacht und ...«

»Keiner hat gedacht, ja, das sehe ich. Obwohl ihr mit der Nase drauf gestoßen worden seid durch den toten Jäger! Das ist nicht zu fassen!«

»Wenn unsere Russen das Treffen nicht schon am Mittag begonnen hätten, wären auch keine Jäger da gewesen, oder wir hätten mehr Zeit gehabt, die ...«, der Redner stockte, schwieg, denn das Schnaufen des Chefs war so laut geworden, dass die Blätter in den Bäumen hinter den Fenstern des abhörsicheren Raums rauschten und sich verzweifelt an ihre Äste klammerten. Dieser Bilderbuch-Altweibersommertag war keiner zum Fallen. Der Häuptling schaute auf seine Uhr.

»Noch neunzig Minuten.«

Seine Mitarbeiter nickten, als habe er damit den Nullmeridian neu definiert. Sie würden sich danach richten.

79

»Wo soll sie jetzt noch sein, wenn sie nicht hier ist?«, fragte Felix Flipper als er Richtung Andechs abbog, und hoffte gleichermaßen, er habe recht und täuschte sich. Wo würde sie ansetzen, wenn sie aberwitziger Weise glaubte, den Fall lösen zu können, im Alleingang womöglich, diese Wahnsinnige. Franza Fischer gegen die Russenmafia. Und davon war er mittlerweile überzeugt. Sonst hätte sie den Hund nicht bei der Psychologin gelassen. »Wo ist sie, Flipper?«

Der Hund, nur noch ein Schatten seiner selbst ohne seine Chefin, spitzte die Ohren, was seinem traurigen Gesicht einen komischen Ausdruck verlieh. Es tat Felix weh, den Flipper so leiden zu sehen. Nur wenn er die Frisbee warf und Flipper sie hoch in der Luft fing, vergaß der Hund sein Unglück, ein bisschen wenigstens. Flippers Welt war aus den Fugen. Alles hing nach unten. Die Lefzen, die Ohren, die Backen, selbst sein federnder Gang hatte sich in ein schleppendes Schlurfen verwandelt, und das abenteuerlustige Funkeln in seinem Blick war einer müden, trüben Traurigkeit gewichen.

Felix parkte seinen BMW am Weiher vom Wilden Hund, zehn Fußminuten von der Russenvilla entfernt, öffnete die hintere Tür für Flipper und leinte ihn sofort an. Obwohl Flipper ihm – wenn auch nicht geschmiert wie Franza – folgte, wollte er kein Risiko

439

eingehen. Auf dem kurzen Weg bis zum Wald begegneten ihm drei Jäger mit rotweißen Flatterleinen in den Händen.

»Grüß Gott«, erwiderte Felix ihren Gruß.

Zu seiner Überraschung fuhren auch mehrere Lieferwagen an ihm vorbei sowie ein Maybach, ein Jaguar und ein Ferrari.

»Da geht's ja zu wie am Stachus«, murmelte er verblüfft.

Das Tor zur Villa der Russen stand offen, und innen und außen wimmelte es von Leuten. Ein halbes Blumengeschäft wurde aus einem weißen Mercedes Sprinter ausgeladen, ein Dutzend Männer und Frauen in schwarz-weißen Kellneruniformen trug Geschirr, am Haupteingang standen zwei rauchende Bodyguards, die die jungen Frauen nicht aus den Augen ließen. Es gab keine Kontrollen. Wenigstens nicht hier am Tor. Vielleicht weiter innen. Felix suchte Deckung hinter den Bäumen, gut, dass er Flipper an der Leine führte, wer flüchtig durch die Gegend blickte, würde ihn als harmlosen Spaziergänger einschätzen. Hoffte Felix. Aber der Hund half ihm nicht, er würde ihn verraten. Sich selbst konnte er sehr wohl verstellen. Flipper würde nicht als Eichhörnchen durchgehen. Konzentriert beobachtete Felix die Cateringmitarbeiter.

*

Mit ausgestrecktem Arm, an dem ein Zeigefinger hektisch wippte, wies er auf den Monitor von Kamera drei, die in einer Fichte platziert war. »Da! Schau mal!«

»Ach du meine Scheiße!«

»Des ist doch der Hund von der Tennislehrerin?«

»Ja. Ich glaub schon.«

»Und der Typ?«

»Des ist doch der ...«

»Tixel.«

»Ach du meine Scheiße!«

»Was mach der da? Spinnt der?«

»Ruf den Chef an.«

80

Mit Sicherheitsabstand folgte ich dem grünen Suzuki Samurai von Franz Brandl. Vielleicht würde er auch zu Puster fahren – Sepp Friesenegger war mein nächster Gesprächspartner. Doch Franz Brandl bog an der Kreuzung nach links Richtung Seefeld ab und weiter Richtung Unering. In diesem kleinen Dorf kaufte er sich beim Konradhof wahrscheinlich eine Leberkässemmel. Also doch. Die alten Bräuche. Im Schatten von Hut Geseke beobachtete ich, dass er telefonierte, während er die Semmel aß – und er bekam Anschluss. Telefonierend fuhr er weiter. Mein Navi zeigte mir, dass ich in einem Bogen über Weßling zurück nach Andechs fahren konnte. Ich hielt es für unsinnig, Franz Brandl weiterhin zu folgen. Doch als er in Hochstadt an der Hauptstraße parkte, packte mich die Neugier. In Deckung eines Milchtransporters beobachtete ich vom Auto aus, wie Franz Brandl sich einen länglichen Gegenstand über die Schulter warf. Eine Oboe war das wohl kaum. Sein Schritt war schwer und langsam, so als trüge er eine Last auf dem Rücken. Wo war der geschmeidige Schlossknacker? Dies war ein alter Mann, und in jeder seiner Bewegungen erkannte ich Verzweiflung. Er war sehr allein. So wie ich.

*

Der Einsatzleiter des BKA klappte sein Handy zusammen und strich einmal über seinen gepflegten Vollbart. Angespannt schauten ihn seine Männer an.

»Es geht los«, gab er das Signal zur Abfahrt.

81

Kurz vor der Waffenschmiede Puster, zwischen dem Wilden Hund und Andechs, herrschte Hochbetrieb am freien Feld. Mit Flatterleinen war ein Parkplatz abgetrennt. Drei, vier Dutzend Jäger hatten sich hier versammelt, waren offensichtlich gerade am Aufbruch. In Grüppchen standen sie beieinander, alle in ihrer Tracht, mit Hüten und Joppen, Flinten in den Händen oder an Riemen über der Schulter. Beim langsamen Vorbeifahren entdeckte ich Sepp Friesenegger unter ihnen und parkte. Auf dem Weg zu ihm hielt mich ein Jäger auf. »Gehören Sie zu uns?«

»Nein.«

»Wir haben jetzt eine Sauenjagd. Gleich sperren wir hier ab. Unser Revier ist zwar da drüben am Mais, aber zu Ihrer Sicherheit empfehlen wir Ihnen, eine Warnweste zu tragen, noch besser wär es, Sie wären gar nicht da.«

Er selbst trug seine orangefarbene Warnweste wie die anderen Jäger in der Hand. Ein echter Kerl scheut kein Risiko. Waidmannsend.

»Da schau her! Wen hamma denn da?«

Sepp Friesenegger begrüßte mich überschwänglich. »Wollen Sie mitmachen? Ich könnte das arrangieren. Ich habe hier die Leitung.«

»Welcher Kollege wird denn diesmal gejagt«, fragte ich salopp.

»Das ist nicht lustig, Frau Fischer.«

»Stimmt. Entschuldigung. Wie geht es Ihrem Kollegen, wie hieß er noch mal?«

»Der Kreitmayer ist froh, dass er wieder daheim ist. Aber man hätte ihm nichts nachweisen können. Der ist doch fußkrank.«

»Sepp!«, rief jemand.

»Glei«, rief er zurück und ließ mich wissen: »Nicht, dass Sie jetzt glauben, wir Jäger würden hier wieder unsere Gelüste befriedigen. Das hab ich Ihnen schon mal gesagt, dass ich durchaus noch Kapazitäten frei hätt«, er grinste mich frech an und wurde förmlich, als ich nicht wunschgemäß reagierte. »Die anstehende Jagd können Sie den Biogasanlagen zuschreiben. Seitdem überall vermehrt Mais angebaut wird, weil die Menschen ja mobil bleiben wollen, explodiert die Wildschweinpopulation: Die Schweine lieben den Mais.«

»Ja und?«, fragte ich genervt. Ich hatte heute bereits eine Überdosis Wild gehabt.

»Es gibt Landstriche, da trauen sich die Leut nicht mehr raus, aus Angst vor den Wildsäuen – und zu Recht, vor allem, wenn sie Junge, Frischlinge, haben. Die Wildsau ist auch für den Jäger nicht ungefährlich. Da kommen die meisten Kollegen zu Tode.«

»Wie denn das?«, fragte ich, nun doch ein bisschen neugierig.

»Erst versteckt sich die Sau, dann überrennt sie dich. Und das immer zusammengerottet. Häufiger allerdings erschießt ein Jäger den anderen.«

»Nun, das hatten wir hier erst neulich.«

»Ja, und neulich habe ich Sie auch gewarnt, dass Sie Ihren Hund anleinen sollten. Gerade heute …«

»Sehen Sie hier irgendwo einen Hund?«, fragte ich gereizt.

»Hier nicht«, sagte Sepp Friesenegger. »Aber vor fünf Minuten habe ich ihn laufen sehen, Ihren schwarzen Riesen. Es wundert mich schon, woher Sie die Nerven nehmen.«

Ich krallte mich in Sepp Frieseneggers Unterarm.

»Was?«

»Oder nicht?«, fragte er.

»Wo?«

Er wies Richtung Russenvilla.

»Allein?«

»Das ist gefährlich. Das habe ich Ihnen schon mehrfach gesagt. Aber Sie müssen ja Ihre Gelüste befriedigen. Quasi FKK.«

»Und dafür bräuchte ich ein Fernglas.« Ich deutete auf das Gerät vor Sepp Frieseneggers Brust. Er zögerte kurz, griff in seine Jackentasche und holte ein kleines Fernrohr heraus. »Das krieg ich fei wieder.«

»Danke.«

»Ist ja nicht so einfach, den Hund zu erkennen im Dickicht.«

»Und Sie sind sicher? Es war wirklich mein Hund?«, vergewisserte ich mich noch einmal.

»Ich wüsste nicht, wie man den verwechseln soll. Der ist genauso eine Nummer wie Sie.«

*

»Dann lasst die Falle mal zuschnappen«, befahl Michail, zwei Minuten, nachdem einer seiner Männer den Polizisten unter dem Cateringpersonal entdeckte hatte. Nur kurz hatten sie überlegt, dann Rücksprache genommen und den Befehl erhalten. Der Bulle war allein. Das war dumm. Was wollte einer allein ausrichten? Noch dazu einer, den sie schon kannten. Der Gegner ließ nach. Personalmangel? Sparmaßnahmen? Sie beschlossen, ihn nicht nach einem Durchsuchungsbescheid zu fragen, sondern ihn einfach festzusetzen. In der Kammer. Morgen würden sie ihn beim Aufräumen zufällig finden und ihm seine Waffe und sein Handy zurückgeben. Kleines Missgeschick, dass ihm das aus der Tasche gerutscht war. Das gehört sicher Ihnen? Wie sind Sie hier überhaupt reingekommen? Kann ich mal bitte Ihre Einladung sehen?

Er hätte keine Chance, ihnen zu beweisen, dass sie ihn mutwillig festgesetzt hatten. Das Recht war auf ihrer Seite, da er nicht auf der Gästeliste stand. Die Cateringfirma, mit der sie seit Jahren zusammenarbeiteten, würden sie demnächst etwas genauer in Augenschein nehmen, wenn die erste Anfrage auch negativ ergeben hatte. Niemand hatte behauptet, der Mann gehöre zu ihnen. Er stand nicht auf der Personalliste, und seine schwarze Hose ging nur auf den ersten Blick als Kelleruniform durch.

»Stellt ihm was zu essen und zu trinken rein«, befahl Michail. »Er soll später nicht behaupten, Russen wären schlechte Gastgeber.«

82

Auf einmal wimmelte es im Wald von Polizisten. Wo kamen die her? Hatten die auf den Bäumen gesessen? Und welch überraschende Artenvielfalt! Es gab grüne in Uniformen und blaue, es gab schwarze in Kampfanzügen und solche in Straßenkleidung, Lederjacken. Im Wald bildeten sie eine Kette, alle paar Meter stand einer, in der Ferne hörte ich Hundegebell, wie damals, als alles begann und Felix die Hundestaffel gerufen hatte. Vom Wanderweg oberhalb der Russenvilla aus beobachtete ich den Aufmarsch und den Sturm durch Sepp Frieseneggers Fernglas. Dabei konnte ich auch mit bloßem Auge gut sehen, allerdings keinen Flipper. Dutzende schwarz gekleideter Männer mit Helmen und kurzen Gewehren im Anschlag stürmten das Gebäude. Eine Frau schrie. Sonst drang kein Geräusch nach außen. Ein Hubschrauber kreiste über dem Heiligen Berg, drehte ab. Wie im Fernsehen. Bloß live. Leider hatte ich keine Muße, mir das in Ruhe anzusehen, denn vielleicht war Flipper irgendwo in diesem Hexenkessel. Er würde für einen Bösen gehalten werden mit seiner schwarzen Vermummung. Ich versuchte mich zu beruhigen und mir nichts Schlimmes auszumalen. Damit würde ich es anziehen und wahr werden lassen. Selbst erfüllende Prophezeiung. Ich stellte mir Flipper vor, wie er diensteifrig wedelnd durch die Räume der Villa lief, wo uniformierte Spezialeinheiten Russen und solche, die mit ihnen Geschäfte machten, an die Wände schubsten.

»Beine spreizen!«

Wie Flipper freundlich Slalom lief zwischen den Ganovenbeinen hindurch, um die angespannte Stimmung aufzulockern, wie er auch mal ein weggeworfenes Tütchen Kokain, Heroin aufhob und es höflich demjenigen zurückbrachte, der es offenbar verloren hatte. Wie er sich auch nicht zu schade war, Waffen einzusammeln und sie auf einen Haufen zu legen, wenn möglich gleich den passenden Jacketts zugeordnet, ein Klacks für Flipper. Selbstverständlich würde er gefälschte Pässe erkennen, und sollte jemand womöglich versehentlich gleich mehrere eingesteckt haben – unter Umständen befand sich Frau Dr. Erika Falk unter den Gästen – würde er die Beamten dezent darauf hinweisen. Der schreienden Frau würde er Trost spenden, im Tränentrocknen war er große Klasse, und ganz allgemein würde er für einen friedlichen und freundschaftlichen Ablauf des Einsatzes sorgen. Immer zielführend und lösungsoptimiert.

»Sie können hier nicht weiter!« Ein kleiner grüner Mann mit zwei Sternen stellte sich mir in den Weg.

»Aber ich muss da durch!«

»Gehen Sie zurück, dies ist ein Polizeieinsatz.«

»Mein Hund ist irgendwo innerhalb Ihrer Absperrung. Ich muss zu meinem Hund!«

Ich machte einen Schritt nach vorne, da drängte mich ein großer Grüner mit drei Sternen ab. Ich gab sofort auf. Sie mussten mich als harmlos einstufen. Sie mussten mich loslassen. Wenn ich mich wehrte und sie mich überwältigten, mir womöglich Handschellen anlegten, würde ich Flipper niemals finden.

»So ein Scheißdreck«, schimpfte ein Jäger, der auch durch die Absperrung wollte.

449

»Sie gelangen ohne Probleme außen rum zu Ihren Kollegen«, sagte der größere Beamte freundlich. »Die Jagd ist vorerst abgeblasen. Sie können erst weitermachen, wenn wir hier fertig sind.«

»Wehe, ihr schießt uns die Leitsau weg!«

»Darum geht es hier wahrscheinlich«, stellte ich trocken fest.

»Schmarrn, die Leitsau bestimmt, wer wann rauschig ist, und wenn die jetzt da was durcheinanderbringen, ist die ganze natürliche Geburtenkontrolle beim Teufel«, entrüstete sich der Jäger.

»Guter Mann«, begann der Polizist seinen Platzverweis mit einer Belehrung, und ich trat den Rückzug an, ein Stück weiter nach oben, um einen anderen Durchlass zu finden. Irgendwo musste es eine Möglichkeit für mich geben, reinzukommen.

83

Irgendwo muss es eine Möglichkeit geben, hier rauszukommen, dachte Felix. Nur durch einen schmalen Spalt drang Licht in den Raum. Felix inspizierte ihn. Im Grunde genommen hatten sie ihn in eine Zelle gesperrt, wenn auch komfortabel ausgestattet, ähnlich einer billigen Pension. Minibar, Fernsehen und Telefon fehlten. Nachdem er systematisch nach einer Fluchtmöglichkeit gesucht und keine gefunden hatte, setzte er sich aufs Bett. Wenn sie ihn beobachteten, und er hatte auch einen Verdacht, von wo aus das geschah, mussten sie den Eindruck gewinnen, er wäre die Entspannung in Person. So war das immer. Je enger und gefährlicher es wurde, desto ruhiger wurde er. Er analysierte seine Lage. Erstens, er war nicht in Lebensgefahr. Einen Polizistenmord würden sie niemals begehen. Viel zu riskant für ihre Organisation. Sie würden ihn hier festhalten, bis dieses Treffen beendet war und dann von einem Versehen sprechen. Da er auf eigene Faust ermittelte, hatten sie sogar die Chance, damit durchzukommen. Er hatte schließlich Hausfriedensbruch begangen. Zweitens Franza. Sie war keine Polizistin, bei ihr würden sie wohl kaum dieselbe Vorsicht walten lassen, jedoch würden sie ihr Hauptquartier sauber halten. Felix hatte mehrere Räume im Erdgeschoß durchquert und war überraschend weit vorgedrungen in dem allgemeinen Herumgeräume. Das Mittagessen wurde abgetragen, die Cateringfirma war mit schmutzigem Geschirr beschäftigt, ein VW Bus mit fünf Stripperinnen war eingetroffen, zwei davon in billige Leopardenmantelimitationen über Strapsen, eine andere im Tigermini trug das hässlichste Tattoo auf dem Dekolleté, das Felix jemals gesehen hatte: einen Pferdekopf. In dem begeisterten Gejohle, das die Ankunft der Stripperinnen begleitete, hatte Felix es immerhin bis zum Keller geschafft. Drittens Flipper. Saß im Auto. Das hintere Fenster war offen. Der BMW stand im Schatten, natürlich hatte Felix das kontrolliert, doch er konnte sich nicht erinnern, wie lange das Auto im Schatten bleiben würde, sicher, ein zwei Stunden – aber dann? Er bekam kein Bild rein. Das war schlecht. Wenn es wirklich zu heiß würde, konnte er nur hoffen, dass Flipper durch das Fenster passte. Aber würde er das wagen? Oder gehörte das zu den Dingen, die ihm Franza als streng verboten anerzogen hatte? Viertens die Jäger, die Russen. Nicht gut, gar nicht gut. Großes Problem sogar. Wie sollte er das dem Chefbauer erklären? Es war überhaupt nicht besser mit ihm geworden, es wurde immer schlimmer. Immerhin konnte er einen Bericht schreiben über die Russen. Er konnte es kaum glauben, dass er der einzige Verdeckte sein sollte, wenn auch ohne Auftrag ... Ein bisschen was hatte er durchaus gesehen, doch ob sie das nicht längst selber wussten? Dieser kleine, dicke Kerl, der so unscheinbar aussah, aber doch eine Ausstrahlung von Macht hatte. Er hatte den Bodyguards befohlen, nach draußen zu gehen. An der Art und Weise wie sie sich zu ihm stellten, hatte Felix deutlich erkannt, dass er einer war, der hier ein Sagen hatte, wenn nicht überhaupt *das Sagen*.

Um achtzehn Uhr würde heute sein Dienst beginnen. Ohne ihn. Und das zum dritten Mal in einer Woche. Nicht gut. Gar nicht gut. Außerdem sollte er um sechzehn Uhr Sinah zum Schwimmen bringen. Das war das Einzige, was er ihnen ankreiden konnte, dass sie ihm das Handy abgenommen hatten. Mit einem Griff hatten sie es ihm aus der Tasche gezogen, das Handy und seine Heckler, und dann der Stoß.

Blöd, dass er selbst in Richtung dieser Zelle gelaufen war. Aber vielleicht doch nicht. Vielleicht gab es eine zweite Zelle, und Franza saß nebenan, wie war das mit den Morphiumfeldern, in denen alles miteinander verbunden war und jeder alles wusste, wenn er es nur glaubte? Hätte er ihr nur besser zugehört.

84

Das halbe Dutzend Spaziergänge, das ich in dieser Gegend unternommen hatte, half mir nun sehr. Leider konnte ich nicht pfeifen. Ich musste Flipper suchen, ohne gehört zu werden. Ich konnte nur hoffen, dass er spürte, dass ich in seiner Nähe war. Und mich fand.

Der besseren Sicht wegen kletterte ich auf einen Baum ziemlich weit oben am Hang. Meine Angst verlieh mir Affenarme. Um die Russenvilla war ein enger Kreis aus Polizisten gezogen. Streifenwagen und Zivilfahrzeuge, BMW und Audi, parkten im Wald. Die schwarz Uniformierten sammelten sich vor dem Haus, ein Truppführer sprach zu ihnen. Rechts und links neben dem Tor wurden Personen zusammengestellt, wahrscheinlich nach Gefährlichkeit, wer rechts stand, trug Handschellen. Die Guten ins Töpfchen, die Schlechten ins Kröpfchen. Zu jeder Person gab es ein Blatt Papier, das der eine Polizist einem anderen weiterreichte. Hin und wieder durfte jemand gehen, das machte derjenige dann zuerst sehr langsam, und sobald er den magischen Kreis verlassen hatte, beschleunigte er seine Schritte. Manche rannten.

... und da sah ich ihn! Flipper! Ich wollte rufen und brachte keinen Ton heraus – Flipper! ... lief schwanzwedelnd zwischen den Polizisten in Grün und Zivil und Kampfanzügen hindurch, vorbei an Cateringpersonal und festgenommenen Russen – einfach in die Villa. Ich verlor die Kontrolle, sprang von viel zu hoch oben im Baum auf den Boden, rollte ab und lief den Hügel hinunter, landete unsanft in den Armen eines Polizisten. Mit übermenschlicher Anstrengung ließ ich Körperspannung ab und lächelte. Tralalalala. »Das ist mein Hund!« Ich wies zur Villa.

»Sie können jetzt nicht weiter.«

»Aber das ist mein Hund!«

»Warten Sie hier.«

Ich checkte die Lage. Ich hatte keine Chance. »Okay«, nickte ich und lehnte mich an einen Baum, ohne das Haus aus den Augen zu lassen. Mir war übel vor Angst. Von Felix wusste ich, dass viele Polizisten schlecht auf Hunde zu sprechen waren, ihre Klientel benutzte sie zu oft als Waffen. Da konnte ein Finger am Abzug sich schon mal krümmen, das hatte ich doch selbst erst kürzlich erlebt bei dem jungen Kollegen von Felix ... und die Russen ... *So ein Chund chat wenig Bluht. Ist schnell leer.*

Nicht daran denken! Was du denkst, wird wahr.

Flipper läuft in die Villa. Schwanzwedelnd. Jeder kann sehen: Das ist ein freundlicher Hund. Der tut keinem was zuleide, das sieht ein Blinder. Und wenn ihr Angst habt: Ruft einen Hundeführer. So gehört sich das. Felix hatte mir erzählt, dass es so gehandhabt wird. Holt einen, der sich auskennt. Von Flipper geht keine Gefahr aus ... solange ihr ihn nicht provoziert ..., aber das tut ihr doch nicht?

455

85

»Nicht schießen!« Johannes wunderte sich selbst, wie laut er brüllen konnte, so laut, dass er das Durcheinander in der Villa übertönte.

Der uniformierte Kollege wandte den Kopf, den Arm mit der Waffe noch immer ausgestreckt, zielte er auf Flipper, der zwei, drei Meter vor ihm stand und sein verhaltenes Wedeln mit einem grollenden Knurren begleitete.

»Der fühlt sich bedroht!«, rief Johannes.

»Ich bin bedroht«, erwiderte ein Kollege, der mit zwei anderen, die damit nichts zu tun haben wollten, die Treppe zum Kellergeschoss sicherte.

»Ich kenn den Hund. Der tut dir nichts«, behauptete Johannes.

»Nee, der will nur spielen!«, spottete der Kollege. Die Nerven blank. Adenalin pur. »Scheißrussenköter. Die haben doch alle Kampfhunde hier.«

»Der Hund gehört keinem Russen.«

Langsam ließ der Kollege die Waffe sinken. Seine Hand zitterte.

»Nicht jeder große, schwarze Hund ist gefährlich, Kollege. Du musst ein wenig Hundesprache lernen. Man kann meistens sehr genau ablesen, was ein Hund im Schilde führt, und wenn man das weiß, dann befähigt einen das, die Gefährlichkeit von Situationen einzuschätzen, was wiederum das eigene Vorgehen, sprich, die Wahl der Mittel, beeinflusst. Ich weiß, dass ihr von der

Schutzpolizei oft mit gefährlichen Hunden zu tun habt. Ich, äh, ich war auch mal bei euch.«

Der Kollege zischte etwas, das wie »Klugscheißer« klang, doch er steckte die Waffe zurück in das Holster.

Flipper hob witternd die Schnauze, rannte weiter, noch einen kleinen Treppenabsatz nach unten.

»Ruf einen Hundeführer«, sagte der uniformierte Beamte, der den Treppenabsatz sicherte, »der soll den Köter einfangen.«

Johannes, der seinen Posten verbotenerweise verlassen hatte, um Flipper zu folgen, ging zurück. Die Situation musste eingefroren bleiben. So hieß das. Keiner durfte etwas verändern. Nach dreißig Minuten hatten sie nun die meisten Identitäten oder Scheinidentitäten festgestellt.

»Die Hundeführer sind im Wirtschaftsgebäude drüben, da kommt gleich einer, die oben haben ihn bereits angefordert«, gab ein Kollege Auskunft, und da tauchte auch schon einer mit Fangstange auf. Der Hundeführer beobachtete, wie Flipper unterhalb der Treppe mit beiden Pfoten an einem Schrank kratzte, jaulte. Er ließ davon ab, suchte Augenkontakt mit dem Hundeführer, kratzte weiter, suchte noch einmal Augenkontakt, setzte sich. Der Hundeführer ließ die Fangstange sinken. »Verstanden, Kamerad.« Die Schlinge, die sich um Flippers Hals hätte ziehen sollen, wippte in der Luft.

Es dauerte eine Weile, bis der Einsatzleiter des BKA Zeit für den Hundeführer hatte und er ihm melden konnte: »Ich hab da was.«

»Ja?«

»Der Hund, der hier rumläuft, benimmt sich merkwürdig er ...«

»Ja, ja«, der Einsatzleiter wedelte ungeduldig durch die Luft »Bringen Sie ihn raus.«

Der Hundeführer ließ sich nicht abwimmeln. »Er zeigt an, dass da was ist. Im Keller hinter einem Schrank. Das sollten wir uns mal ansehen.«

Jetzt wurde der Einsatzleiter hellhörig. »Im Keller?« Er strich sich über seinen gepflegten Vollbart. »Dann schauen wir doch mal!«

Der Hundeführer ging voraus, der Einsatzleiter und drei Beamte folgten ihm. Auch sie hatten wohl schlechte Erfahrungen mit Hunden gemacht, denn sie hielten sich fern von Flipper. Der Einsatzleiter beorderte fünf Männer des SEK in den Raum, sie nahmen Aufstellung vor dem Schrank, die Waffen im Anschlag. Einer schielte nervös zu Flipper.

»Der ist okay«, beruhigte der Hundeführer ihn, stellte sich neben Flipper. Vorsichtig öffneten zwei SEKler den Schrank, tasteten, bekamen Unterstützung von einem dritten Kollegen, und dann glitt die Wand beiseite.

Mit einem jaulenden Satz, fast einem Aufschrei, sprang Flipper los. Der nervöse SEKler riss die Waffe hoch, senkte sie wieder, stürmte mit seinen Kollegen nach vorn. Es dauerte eine Weile, bis sie den Mann entdeckten.

An den Gesichtern der Polizisten ließ sich ablesen, dass sie etwas anderes erwartet hatten. Eher eine Leiche, einen MG schwingenden Russen, Winnetou oder Brad Pitt, aber dass ihnen, mit einem schiefen Grinsen, der Hauptkommissar aus Fürstenfeldbruck entgegenkam. Nein. Damit hatte niemand gerechnet. Felix hielt sich an Flipper fest.

»Was tun Sie hier?«, fragte der Einsatzleiter, schüttelte den knallroten Kopf. »Nein, das will ich gar nicht wissen. Sie fahren jetzt sofort zu Ihrer Dienststelle und können dort schon mal anfangen, Ihre Stellungnahme zu schreiben. Sind Sie sich darüber im Klaren, dass Sie unsere Operation riskiert haben, bei der es nicht nur um die Ergreifung eines Mörders geht, sondern auch um Strukturermittlungen im Bereich der organisierten Kriminalität, dass Sie einen Rieseneinsatz und einhundertzwanzig Kollegen mit Ihrem Alleingang in Gefahr gebracht haben? Das wird ein Nachspiel geben.«

Mit Flipper an seiner Seite verließ Felix den Raum. Es wurde still, sehr still, als er an seinen Kollegen vorüberschritt. Viele kannten ihn, und diejenigen, die ihn nicht kannten, würden ihn ab sofort kennen. Für immer. *Schau mal, das ist doch der ...*

Der sich zum zweiten Mal lächerlich gemacht hatte.

Der Vollversager.

Erst verfolgt er die falsche Verdächtige und schrottet zwei Autos, dann lässt er sich von Russen einsperren.

Der ist fertig.

Aus.

Disziplinarverfahren.

Melanie hatte gewonnen. Er würde seinen Beruf aufgeben. Vielleicht Fischer werden wie sein Opa.

Sie ließen ihn wortlos passieren, und als er vor der Villa stand, ertönte ein Schrei, und der schwarze Hund raste wie der Blitz den Hügel hinauf.

86

»Nicht schießen!«, brüllte ich, als die Beamten ihre Waffen zückten, weil das schwarze Ungeheuer auf uns zu galoppierte. Ich warf mich ihm in den Weg, er sprang an mir hoch, und wir kugelten durch das Laub.

»Flipper! Flipper!«, rief ich ein ums andere Mal, und er wedelte, als wollte er gleich abheben und jaulte und grunzte, und ich schluchzte die Enge in meiner Brust weg. Einen Hund berühren. Meinen. Einzigen. Sein Herz spüren. Sein seidiges Fell. Der feste muskulöse Körper. Die kalte Schnauze, die warme Zunge, die weichen Lefzen. Auf die Flanken klopfen, nicht genug kriegen können.

Flipper!

Und den Bauch klopfen und die Brust und ihn umarmen, und da brachte er schon einen Stock an und schlug mir damit gegen den Arm.

Lass uns zur Tagesordnung übergehen. Wirf!

Und ich warf. Zweimal, dreimal, zehnmal. Was konnte es Schöneres geben, als zu werfen und immer weiter zu werfen bis zur Schleimbeutelentzündung, alles egal, Hauptsache Flipper.

Da sah ich Felix. Mit gesenktem Kopf ging er am unteren Waldrand entlang. Niemand hielt mich auf, als ich die Abkürzung den Hügel hinab nahm und auf Felix zulief. Hatte er schon wieder jemand erschossen? Nein, mindestens zwei, wie ich in seinem Gesicht lesen konnte. Zwei Dutzend.

»Da«, sagte ich und reichte ihm den Stock, den Flipper mir gerade gebracht hatte.

»Danke«, sagte Felix.

Flipper sprang zu ihm, überlegte kurz, drehte ab und suchte sich einen anderen Stock. Den da, das schien er zu spüren, brauchte Felix zum Festhalten.

Felix riss die Augen auf. Was sollte das. Aber er schaute gar nicht mich an. Er schaute hinter mich. Ich drehte mich um. Und sah den Mann. Der Felix anstarrte. Erkennen im Blick. Und dann ging alles ganz schnell und gleichzeitig unendlich langsam. Der Mann mit der weißen Schürze, die viel zu lang für seine kleine Gestalt war, griff in seine Jackentasche, und im selben Moment sprang Felix los, stieß mich zu Boden, und dann knallte es. Sehr laut. Und nah.

Das war ein Schuss. Da hat jemand geschossen, das dachte ich mehrere Male wie in Zeitlupe und sah den Mann mit der Waffe in der Hand. Er rannte weg. Erst nach einer Weile begriff ich, dass der Schuss aus der Waffe stammte, dass der Mann geschossen hatte. Dass Felix mich geschützt hatte. Mit seinem Körper. Leben.

Er sprang auf die Füße, schaute zu mir runter.

»Bist du okay?«, rief er schon im Vorwärtssturm.

»Ja«, rief ich, ohne es zu wissen.

Felix setzte dem Mann mit großen Sprüngen nach. War er denn verrückt! Im Rennen griff er sich an die Taille – wo war seine Waffe? Felix war unbewaffnet! Der kleine dicke Mann ruderte mehr, als dass er lief, seine Füße verfingen sich in der viel zu langen Schürze, so würde er kein Tempo machen, und das war

461

ihm selbst auch klar, denn er drehte sich um, hob den Arm mit der Waffe, richtete sie auf Felix. Der hechtete in ein Gebüsch und von dort brüllte er: »Franza! Deckung!«

Der kleine Mann strauchelte. Ich schätzte die Entfernung, und dann entsicherte ich meine Waffe.

»Flipper! Pack ihn!«

Flipper machte sich lang, er flog förmlich hinter dem Mann her, der sich aufgerappelt hatte. Ein Knall zerriss die Stille. Ich schloss die Augen. Ich wollte sie nie mehr öffnen. Ich wollte tot sein. Weil ich Flipper losgeschickt hatte. Der alles tun würde. Für mich. Der sein Leben für mich gegeben hätte. Wie Felix. Über mir. Als es erneut knallte, riss ich die Augen auf und sah Felix und den Dicken im Moos ringend, dann zog Felix seinen Gegner grob hoch, drehte ihm die Arme auf den Rücken. Flipper bellte begeistert.

»Flipper! Hier!«

Er kam angerast, setzte sich vor mich, seine Rute wetzte aufgeregt über den Boden.

»Er ist okay!«, rief Felix zu mir.

»Bist du okay?«, wurde nun von allen Seiten auf ihn zu gerufen. Von überall her strömten Beamte herbei.

»Ich bin okay!«, ließ Felix seine Kollegen wissen.

Okay war ab sofort mein Lieblingswort.

Der mit dem Vollbart, den ich für ein hohes Tier hielt, brüllte Felix an. »Was ist hier los?«

»Das ist der Boss«, erklärte Felix und nickte in die Richtung seines Gefangenen, der mittlerweile von zwei Uniformierten festgehalten wurde.

»Ja, das ist mir bekannt. Der Boss vom Catering.«

»Nein. Die Schürze trägt er erst, seit wir hier sind. Dieser Mann gehört definitiv nicht zum Cateringpersonal. Ich habe ihn vorhin gesehen. Meiner Einschätzung nach ist er eine große Nummer in der Organisation. Wenn nicht sogar der Strippenzieher. Ihre Leute haben ihn zu früh laufen lassen.«

»Jewgeni Sorokin?«, fragte der mit dem Vollbart.

Der dicke Mann blickte verächtlich nach rechts in den Wald.

Ein Grinsen verwandelte den Vollbart in einen Breitbart. »Wir kennen uns nicht, Herr ...«, sagte er höflich. »Aber vielleicht sind Sie ja ein Bekannter von Herrn Morosow, den wir vorhin in dieser feinen Gesellschaft angetroffen haben?«

Alle grinsten nun. Ich hatte keine Ahnung, was hier gespielt wurde, Russenroulette? Jedenfalls hatten die Gendarmen die Räuber besiegt.

»Tixel«, sagte der Vollbart.

Felix schaute ihn an.

»Gute Arbeit. Aber das Diszi, das kriegen Sie trotzdem.«

»Ich weiß«, sagte Felix ruhig.

»Man muss natürlich berücksichtigen, dass Sie, wenn man ehrlich ist, unseren Einsatz gerettet haben.«

»Ich weiß«, wiederholte Felix.

»Aber sagen Sie mir, Hauptkommissar Tixel, warum haben Sie sich derart unprofessionell verhalten?«

Felix' Blick glitt zu mir und zu Flipper.

»Ich musste da rein«, sagte er. »Ich musste annehmen, meine Freundin würde in dem Haus festgehalten.«

Der Vollbart schüttelte den Kopf. »Ein Alleingang – Tixel!«

Innendrin wurde ich ganz flüssig. Meine Freundin.

»Wir sehen uns auf Ihrer Dienststelle«, sagte der Vollbart und wandte sich ab.

»Kommst du gleich mit, Felix?«, fragte einer der Männer ihn.

463

Er schaute mich an. Und zwinkerte mir zu. Dann ging er. Ich blickte ihm nach, bis er verschwunden war.

Flipper beobachtete mich. Ich fühlte mich ein klein wenig ertappt und kniete mich vor ihn.

»Das hast du prima gemacht! Und ich verzichte auf ein Disziplinarverfahren, weil du einfach mit fremden Männern mitgegangen bist, die gar keine fremden Männer sind.« Ich schwieg. Und dann sagte ich das große Wort. »Felix ist unser Freund.«

Flipper wedelte.

»Und jetzt löffeln wir den Napf aus.«

Flipper sprang auf die Pfoten.

»Für unseren Freund Felix.«

87

Es gab vier Klingelschilder an dem Haus in Hochstadt, wo Franz Brandl das seltsame Ding abgegeben hatte. Es überraschte mich nicht, dass sich ein Benjamin Ludewig darunter befand. Auf mein Klingeln öffnete niemand. Vor dem Grundstück parkte ein Renault Espace und ein mit Sommersprossen übersäter silberfarbener Golf; neben dem Hauseingang unter einem Vordach ein Kinderwagen. Eine Stille wie am Sonntagvormittag lag über dem Dorf, wie es üblich ist in den Orten, wo sich Fuchs und Hase Gute Nacht sagen. In der Ferne tuckerte ein Traktor. Mit einem Blick kontrollierte ich die Fenster in Sichtweite, Dörfer haben Augen, dann lief ich links um das Haus. Flipper klebte förmlich an mir, womöglich hatte er durch den Chefinnenverlust einen Schock erlitten, darum würde ich mich später kümmern. Wenn der Napf leer war. Dann könnten wir alle noch mal von vorne anfangen. Auch Felix und ich. Das sollte er wissen. Bevor er wieder was missverstand. Ich begann hier kein neues Spiel, ich beendete das alte. Und das tippte ich ihm in der Deckung eines mannshohen Holzstapels und drückte – bevor ich es mir hin und her anders überlegte – auf Senden. *Fangen wir noch mal von vorne an? F & F*

Benny wohnte im Erdgeschoss, denn der längliche Gegenstand, den Franz Brandl in das Haus getragen hatte und bei dem es sich mit an Sicherheit grenzender Wahrscheinlichkeit um keine Oboe handelte, lehnte neben der Wohnzimmertür, gegenüber des Fensters, durch das ich spähte. Keine Vorhänge, wozu auch, er konnte die Jalousien herunterlassen, und seine Aussicht war durch eine dichte Thujahecke begrenzt. Es sah unordentlich aus in dem Wohnschlafzimmer, das Bett nicht gemacht, Geschirr von mehreren Mahlzeiten auf dem Tisch, Schuhe und Kleidungs-stücke am Boden verstreut. Ein Schatten im Flur verriet mir, dass Benny zu Hause war.

Ich vollendete meinen Kreis um das Anwesen und klingelte an seinem Namensschild. Als hätte ich damit mein Handy betätigt, meldete es eine neue Nachricht. *Wo vorne? Am Hochsitz, am See, im Auto? F.*

Überall, simste ich keck zurück und schaltete das Handy ab.

Benny öffnete die Tür nicht. Aber vielleicht das Fenster? Ich befahl Flipper, an der Ecke vor dem Fenster Platz zu nehmen, und klopfte an Bennys Scheibe. Als er mich erkannte, riss er die Augen auf.

Ich winkte. Freundlich, so als wären wir verabredet, als stünde der Kuchen schon im Herd und die Kaffeemaschine gurgelte.

»Hallo, Benny!« Er sah nicht gut aus. Verquollen. Vielleicht verkatert. Oder auf dem Weg dazu.

Seine Überraschung verwandelte sich in ungläubiges Staunen. Damit wies er mir die Richtung. Ich würde ihm das Gefühl geben, gut auszusehen, auch wenn ein Schwall Verzweiflung mich über-schwappte, als er das Fenster öffnete.

»Wo kommst du denn her?«

»Ich hab geklingelt.«

»Hab nichts gehört.«

»Und, hast du noch einen schönen Abend gehabt mit deinen Kumpels?«

»… Aber wie … hast du mich gefunden?«, stammelte er. »Und … also … warum?«

Ich lachte ihm frech ins Gesicht. »Wir Meedels sind nicht so doof, wie ihr Jungs glaubt!«

Sein Lachen wirkte bedrückt. Es stank nach den Ausdünstungen der vier Bierflaschen auf dem Boden, und eine Wodkaflasche entdeckte ich zudem.

»Nein, sag mal in echt, wie du auf mich kommst.«

»Na ja, ich fand dich halt ganz nett beim Billard und so. Kann ich reinkommen?«

Er zögerte.

»Aber woher hast du meine Adresse? Und meinen Nachnamen?«

Ich wedelte durch die Luft, als wäre das ein Kinderspiel, und enterte ohne viel Aufhebens die Fensterbank. Eine Drehung, und ich stand im Zimmer. Zu schnell, wie ich an seinem Blick bemerkte. Offensichtlich fühlte er sich bedroht. Schlechte Voraussetzungen. Ich fläzte mich auf einen grünen Biergartenstuhl, wahrscheinlich geklaut, schob einen Teller voller Krümel und blutiger Marmeladenflecken, Brombeere, wie ich vermutete, auf dem Tisch vor mir beiseite. »Hast du mal 'ne Cola oder so was?«

Benny rührte sich nicht von der Stelle. Er erinnerte mich an Flipper in einer Konfliktsituation. Zuerst den Ball bringen oder den Stock?

»Ich hab total Durst«, half ich ihm bei der Entscheidungsfindung. »Wasser wär auch okay.«

Er verschwand im Flur und bog ab nach links. Küche?

»Jetzt sag schon, woher du meine Adresse hast«, rief er.

Ich hörte den Wasserhahn. Das war mir recht. Cola kann ich nicht ausstehen. Auf dem Tisch lag ein Papier. Den Namen »Franz Brandl« zu lesen und zu flüstern geschah in einem Atemzug. Irgendwo in meinem Unterbewusstsein schrillte ein Alarm, doch ich konnte mich nicht entscheiden zwischen Ball und Stock und las das Schreiben zu Ende. Obwohl das Wasser lief und lief und lief. Das ich nicht serviert bekam. Stattdessen zielte Benny mit einer Pistole oder einem Revolver auf mich. Sepp Friesenegger hätte sofort gesehen, ob die Waffe echt war.

»Hey!«, rief ich und versuchte ein amüsiertes Grinsen. Es rutschte ab. Ich ärgerte mich über mich selbst. Mal eben schnell wo reinspazieren und mit einem Verdächtigen plaudern. Das war nicht nur unprofessionell, das war dumm, um nicht zu sagen saudumm.

»Ich weiß, wer du bist«, zischte Benny. »Du bist die Jensentochter. Du hast mir aufgelauert. Im Billardsalon. Du hast den Franz angerufen und dich mit ihm getroffen. Bei Puster. Das hat er mir selbst gesagt. Aber ich bin nicht so blöd zu glauben, du wolltest nur das Büro von deinem Vater sehen, ich nicht.«

Ich wies auf das Schreiben. »Wieso hat der Franz Brandl einen Vaterschaftstest durchgeführt wegen dir? Und wieso liegt das Ergebnis hier und heute auf dem Tisch, wenn seit dem Test bereits fünfzehn Jahre vergangen sind?«

»Geht dich einen Scheißdreck an«, bellte er. »Gib mir deinen Bauchgurt. Langsam. Schieb ihn über den Tisch zu mir.«

Ich beschloss, mich darauf einzulassen, auch wenn meine Chancen auf einen wohl platzierten Fußkick gut standen. Und danach die Fäuste. Eine Rechts-Links-Kombi in das Gesicht, das heute gar nicht mehr teigig wirkte. Irgendetwas hatte die Weichheit herausgestochen. Eine scharfe Falte im rechten Mundwinkel zuckte, was mich beunruhigte. Unter einer solchen Falte befanden sich oft die Relais für Jähzornausbrüche.

»Benny, ich bin keine Jensentochter. Ich heiße nicht Jensen, sondern Fischer und ...«

»Den Bauchgurt!«

Vorsichtig schnallte ich ihn ab und schob ihn in seine Richtung. Benny öffnete den Reißverschluss, ohne mich aus den Augen zu lassen.

»Ich hab meinen Ausweis dabei. Im Portemonnaie. Da siehst du, dass ich nicht gelogen habe.«

Er zog ihn hervor, las und schleuderte ihn wie eine Spielkarte in meine Richtung. »Der kann eine Fälschung sein.«

»Das stimmt«, sagte ich. »Ist er aber nicht.«

Benny überlegte. Zog die Stirn in Falten. Kein Relais blieb hängen. Er legte die Waffe auf sein Bett. »Sorry«, sagte er. »War eine Verwechslung.«

»Dann pack ich's jetzt«, ließ ich ihn wissen.

»Willst ein Bier?«

»Vielleicht ein andermal.« Ich beugte mich vor und hob den Ausweis auf.

»Gehst du jetzt zur Polizei?«

»Wieso?«, fragte ich erstaunt, als gäbe es dazu nicht den allergeringsten Grund.

Mit einem zerknirschten Gesichtsausdruck wies er auf die Waffe.

»So was kann jedem mal passieren, wenn einem die Nerven durchgehen«, gab ich mich generös.

»Nix für ungut«, sagte er. »Hab gerade 'n bisschen Stress.«

»Ja, vielleicht trifft man sich mal wieder«, sagte ich, »beim Billard oder so«, und überlegte, ob ich aus dem Fenster hechten

469

oder zur Tür rennen sollte. Oder einfach ganz normal aufstehen und mich verabschieden. In meinem Kopf schossen die Synapsen nur so. Und zwar scharf. Ich war mir absolut sicher, dass ich dem Mörder, den Felix suchte, gegenüberstand.

»Woher kennst du eigentlich den Franz Brandl?«, fragte er mit neu erwachtem Misstrauen.

»Ich find den total nett«, wich ich aus.

Höhnisch lachte Benny auf. »Hat er dich auch eingewickelt, hä? Wie alle! Das sag ich dir gleich, das geht nur so lang gut, wie du machst, was er will. Wehe, du tust nicht, was er für richtig hält. Der hat die Weisheit nämlich mit der Baggerschaufel gefressen, der Herr Oberschlauabteilungsleiter.«

»Wenn das Ergebnis des Vaterschaftstest anders lauten würde«, ich deutete zum Tisch, »hättest du bestimmt eine bessere Meinung von ihm. Vielleicht hast du die sogar mal gehabt. Man will schließlich von keinem Arschloch abstammen, sonst ist man doch selber eins zu fünfzig Prozent.«

»Du kapierst das nicht«, sagte Benny. »Ich habe mir immer gewünscht, er wäre mein Vater. Ich habe herausgefunden, dass er mal was hatte mit meiner Mutter. Früher. Der tadellose Herr Brandl.«

»So was kommt in den besten Familien vor.«

»Als ich ein Kind war, haben manche Leute geglaubt, ich wär sein Sohn. Wenn wir irgendwo zu dritt unterwegs waren ...«

»Du, der Franz und die Walli?«

Einen Sekundenbruchteil, ehe ich meinen Fehler bemerkte, griff er nach der Waffe.

»Hat er dich geschickt, um zu kontrollieren, dass ich es bringe, hä?«, brüllte er. »Sollst du dem kleinen Benny auf die Sprünge helfen, damit er sich beseitigt? Wie es euch am liebsten wäre? Was

bezahlt er dir dafür? Welche Vergünstigungen hat er dir versprochen? Hier eine kleine Einladung zum Gamsschießen in den Ka-
rawanken, dort den neuen Repetierer in der Holzklasse acht und
Munition auf Lebenszeit? Ich lass mich nicht mehr rumschieben,
wie es beliebt. Zuerst jammert er mir die Ohren voll, und dann
habe ich zu den falschen Maßnahmen gegriffen. Ihr könnt mich
alle mal, ihr ...« Unkontrolliert fuchtelte er mit der Waffe herum.
Das machte mich nervös. Wie viel Zeit hätte ich, sie ihm aus der
Hand zu schlagen, hätte ich diese Zeit überhaupt? Woran konnte
ich sehen, ob die Waffe entsichert war? Angestrengt versuchte
ich mich an Sepp Frieseneggers Erklärungen zu erinnern. Mir
fielen aber nur Filme ein. Tatorte, Western, Thriller. In solchen
Szenen wuchsen den Guten Engelszungen. *Hör mal Benny*, müsste ich jetzt zu ihm sagen, *es sieht im Moment vielleicht ausweglos für
dich aus, aber das ist es doch gar nicht.* Natürlich war es ausweglos
für ihn und deshalb auch für mich. Er hatte Jensen erschossen,
und nicht im Affekt, sondern mit Heimtücke, wer im Baum hockte, entschloss sich nicht kurzfristig, das war geplant, womöglich
hatte er das Schießen vom Franz Brandl gelernt. Für Benny spielte es vielleicht keine Rolle, ob er einen oder zwei Morde beging, wo
gehobelt wird, da fallen Späne. Ich wollte aber kein Span werden,
sondern meine Körperspannung behalten. Wie bloß konnte ich
erkennen, ob die Waffe geladen und entsichert war, wo hatte
er die überhaupt her? Ich müsste sie ihm aus der Hand kicken,
ich war sicher schneller als er, aber wie sicher war sicher? Dann
schon lieber das Kriseninterventionsteam anfordern, das bereits
vor dem Haus auf seinen Einsatz wartete. Diese speziell geschulten Fachkräfte vom psychologischen Dienst entschärften auch
Extremsituationen.

»Flipper!«

Mit einem Satz war er auf dem Fensterbrett und im Zimmer, doch nicht bei mir, sondern bei Benny. Der schubste ihn weg. Was Flipper nicht beeindruckte. Er kehrte zurück.

»Hau ab«, sagte Benny, und seine Stimme klang brüchig.

Flipper drückte sich eng an ihn.

»Geh weg! Ich mag keine Hunde!«

Flipper wedelte freundlich.

»Wer bist du überhaupt? Ach, ich weiß schon. Der Hund, der doch nicht im Auto gewartet hat.« Sein Gesicht veränderte sich. »Schöner Kerl.«

Ich traute meinen Augen kaum: Er legte die Waffe auf den Beistelltisch! Und schien das kaum zu bemerken. Ein Glas fiel zu Boden.

»Mist!«, fluchte er, »warte«, und kehrte die Scherben mit seinem Kopfkissen unters Bett. Dann klopfte er Flippers Flanke. Und zeigte mir, dass es auch gute Ansätze in seinem Charakter gab. Flipper grunzte und spulte die ersten paar Unterrichtseinheiten des Kommunikationstrainings ab, das Enzo im letzten Jahr für sein Personal spendiert hatte. Kundenzufriedenheit, Serviceorientierung, Konfliktmanagement. Wie so oft in Flippers Gegenwart interessierte sich niemand mehr für mich. Benny saß auf dem Bett und kraulte Flipper. Tränen strömten über sein Gesicht. Zum ersten Mal, seit ich ihn kannte, verstand ich ihn. Ein Leben ohne Hund ist kein Leben. Benny hatte viel nachzuholen. Ich mischte mich nicht ein. Manche Dinge sind bei Hunden besser aufgehoben. Und vielleicht war Flipper von Anbeginn für diese Beichte vorhergesehen, vielleicht war das alles ohnehin sein Fall. Und ich bloß sein Anhängsel an der langen Leine. Wir Menschen, wir wissen so wenig.

»Die Walli und ich«, erzählte Benny dem Flipper und nahm einen großen Schluck aus seiner Wodkaflasche, »wir haben die Laika von einer Kette abgemacht in Griechenland. Die Walli wollte zuerst nicht. Weil wir doch überall arme Hunde gesehen haben, und wir waren schon auf dem Weg zum Flughafen. Ich habe angehalten und die Laika abgemacht. Die stand allein an einer Straße, an einem Pflock. Sie hatte kein Wasser, vor ihr eine verrostete Fischdose, leer. Sie war halb verdurstet, halb verhungert. Die Kette war in ihren Hals reingewachsen. Es war so schlimm, dass die Walli zuerst gedacht hat, man müsste sie einschläfern. Ich wollte, dass wir sie mitnehmen.«

»Also war sie quasi euer Hund?«

»Nein, natürlich nicht. Es war ihrer. Es war immer alles der Walli ihrs. Wie wir klein waren, hat sie das tolle Spielzeug gehabt, und sie hatte eine Mutter und einen Vater, nicht bloß eine Mutter, die nie da war. Bei ihr war alles immer super.«

»Aber wenn du so oft bei denen warst, warum bist du jetzt so wütend auf den Franz Brandl?

»Weil, weil ...«, schwer schnaufte er, vergrub sein Gesicht an Flipper und flüsterte in sein Fell, »weil ich kein echter Kerl war.« Er schaute mich an, ließ den Blick zum Fenster schweifen und sagte mehr zu sich denn zu mir, so als müsste er das noch unzählige Male wiederholen, um es zu begreifen: »Und als ich ihm das Gegenteil bewiesen habe, hat er es nicht kapiert, und als er es endlich begriffen hat, hat er nichts damit zu tun haben wollen.«

»Ein echter Kerl rächt den Tod des Hundes?«, fragte ich.

Benny schüttelte den Kopf. »Meine Mutter hat er auch rausgeschmissen.« Wie zur Bekräftigung nahm er noch drei große Schlucke Wodka.

Ich wollte nachfragen, was er damit meinte, als er nach hinten

473

kippte und die Bettdecke über sich zog. Nur noch sein blonder Haarschopf lugte hervor. Flipper hielt ihn schön feucht.

Ich musste Franz Brandl recht geben. Ein echter Kerl sah anders aus. Aber auch Franz Brandl war kein echter Kerl. Womöglich hatte er die Tatwaffe, ob wissentlich oder nicht, in seinem Haus versteckt. Womöglich war ihm erst vorhin eingefallen, dass Benny den Mord begangen hatte. Oder er wusste es seit Langem. Das herauszufinden war nicht meine Aufgabe. Der Napf war leer. Benny Ludewig hatte den Jäger erschossen, um Franz Brandls Anerkennung zurückzugewinnen, die er seit dem Tod von dessen Tochter in seinem Auto verloren hatte.

Benny regte sich nicht, als ich die Waffe mit einem Geschirrtuch, das über dem zweiten der grünen Biergartenstühle hing, an mich nahm. Kalt fühlte sie sich an und begann sofort zu glühen in meiner Hand. Unter der Bettdecke sah ich Bennys Schultern zucken. Mit ausgestrecktem Arm und Zeigefinger wies ich auf die Fensterbank und sagte leise »hopp«. Flipper nahm Anlauf und sprang. Keine Reaktion von Benny. »Ab«, befahl ich. Flipper verschwand aus meinem Blickfeld. Ich atmete auf.

»Servus, Benny«, verabschiedete ich mich und hängte mir die gut verpackte Oboe an die Schulter. Wegen ihr und dem heißkalten Ding in meiner Hand, das jederzeit losgehen konnte, verließ ich das Haus durch die Eingangstür. Die Klinken fasste ich mit einem Zipfel des Geschirrtuches an. Keine Fehler. Franza Fischer war nie hier gewesen.

Im Garten begrüßte Flipper mich begeistert.

»Weg!«, zischte ich nervös. Wenn sich ein Schuss löste! ... Wohin mit dem Zeug ... Am besten in mein Auto. Abschließen.

Waffen müssen immer eingesperrt sein. Sonst macht man sich strafbar.

In der Deckung des Holzstapels legte ich die beiden Strafsachen vorsichtig ins Gras und betrachtete den Revolver oder die Pistole. Sah anders aus als die Heckler von Felix. Hatte einen Hebel und eine Trommel. Kalt, böse, Tod. Ich könnte sie in die Hand nehmen und den nächsten Autofahrer anhalten, der mit über siebzig durch die Ortschaft preschte. Ich könnte probieren, ob ich was treffen würde. Smith & Wesson stand auf dem Griff. Hatte Old Shatterhand nicht so was besessen? Und die Oboe war in Wirklichkeit eine Silberbüchse?

Leider konnte ich nicht einfach abhauen. Zu gefährlich. Für die Nachbarn, für Benny, für alle. Außerdem lief Franza Fischer nicht mehr weg. Ich schaltete mein Handy ein und tippte eine SMS an meinen Freund Felix: *Der Mörder heißt Benny Ludewig, Hauptstraße, Hochstadt. Da warte ich auf dich. Habe zwei Waffen, eventuell eine Tatwaffe. Komm allein. Keine Polizei. F & F.* Als ich auf Senden drückte, erhielt ich eine SMS. *Es gibt keinen falschen Zeitpunkt für die richtige Frau. Felix.*

Ich warf das Handy ins Gras, als hätte ich mir die Finger verbrannt. Schwanzwedelnd brachte Flipper es mir zurück. Ich las ihm Felix' Geständnis vor. Dann tippte ich die Zwei für Speichern.

Danke für Unterstützung bei der Fährtenarbeit:

BF Susa Bobke

BF Hartmut Baumann

Geheimdienstagent Leo Martin

Chef Bauer vom K1 Fürstenfeldbruck

Polizeihundeführer Elmar Heer

Peter Boerboom

Helga Laugsch

Sandra Uschtrin

Den Zuckerpuppen aus der Bauchtanzgruppe

Und natürlich der treuen schwarzen Spürnase, die mir auf unseren Streifzügen im Fünfseenland so einiges zugewedelt hat: meiner lieben Flipperine.

Jacques Berndorf

»Seine Krimis sind schon lange Kult.«
Bild

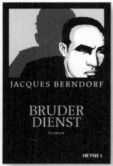
978-3-453-43346-5

978-3-453-43225-3

978-3-453-43534-6

»Jacques Berndorf versteht es einfach glänzend zu unterhalten.« *Heidenheimer Zeitung*

Leseproben unter: **www.heyne.de**

HEYNE<

Michaela Seul

Der erste Fall für das unterhaltsamste Ermittlerpaar der deutschen Spannungsliteratur: Franza und Flipper

978-3-453-43608-4

www.heyne.de

Wulf Dorn

Alles Böse hat einen Auslöser

»Wulf Dorn ist der geborene Erzähler. Räumen Sie schon mal Platz im Regal frei; Sie werden es nicht bei diesem einen Buch belassen wollen.« *Andreas Eschbach*

978-3-453-43402-8

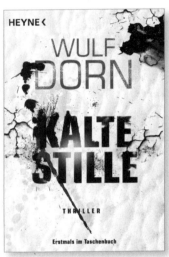

978-3-453-43403-5

Leseproben unter: **www.heyne.de**

HEYNE ❮